BASTEI
LÜBBE

ANNE McCAFFREY IM TASCHENBUCH-PROGRAMM:

24 226 Die Colonie der Catteni
24 252 Die Siedler von Botany

DIE EISPLANET-TRILOGIE
24 190 Band 1 Die Gesänge des Eisplaneten
24 203 Band 2 Das Herz des Eisplaneten
24 215 Band 3 Die Macht des Eisplaneten

DER RAUMSCHIFF-ZYKLUS
24 198 Band 1 Helva — Das Raumschiff, das sang
24 173 Band 2 Nancia — Das Raumschiff, das ein Mensch war
24 175 Band 3 Tia — Das Raumschiff, das sich verliebte
24 182 Band 4 Channa — Die Frau, die ein Computerwesen schüzte
24 196 Band 5 Carialle — Das Raumschiff, das siegte

Anne McCaffrey

Die Siedler von Botany

Roman

Ins Deutsche übertragen
von Michael Kubiak

BASTEI
LÜBBE

BASTEI LÜBBE TASCHENBUCH
Band 24 252

Erste Auflage: Februar 1999

Deutsche Lizenzausgabe 1999 by
Bastei-Verlag Gustav H. Lübbe GmbH & Co.,
Bergisch Gladbach
Originaltitel: Freedom's Choice
Lektorat: Dr. Lutz Steinhoff / Stefan Bauer
Titelbild: Roma B. Kukalis / Agentur Schlück
Umschlaggestaltung: QuadroGrafik, Bensberg
Satz: Fotosatz Steckstor, Rösrath
Druck und Verarbeitung:
Brodard & Taupin, La Flèche, Frankreich
Printed in France
ISBN 3-404-24252-1

Dieses Buch ist
voller Liebe
Jan Regan gewidmet,
die mehr von Lessa an sich hat,
als Lessa selbst es hatte.

Rennpferde trainieren
kommt auf dieser schönen Erde
gleich nach dem Drachenreiten.

VORWORT

Als die Catteni, Söldner einer Rasse namens Eosi, auf die Erde einfielen, folgten sie ihrer üblichen Unterwerfungstaktik, indem sie in fünfzig Städten des Planeten landeten und jeweils sämtliche Bewohner gefangennahmen. Diese wurden auf die Catteni-Welten verteilt und zusammen mit den Angehörigen anderer unterworfener Rassen als Sklaven verkauft.

Da Sklaverei in vielen Erste-Welt-Ländern nicht gerade willkommen war, trafen die Eroberer auf weitaus mehr Widerstand, als sie erwartet hatten. Die Körpergröße und Brutalität der Catteni-Soldaten hatte jedoch bei vielen ihrer vorangegangenen Invasionen genügend Angst und Gehorsam erzeugt, um einen aktiven Widerstand im Keim zu ersticken. Da zahlreiche Planeten vom M-Typ von den Eosi entdeckt worden waren, hatten die Catteni die Anweisung, Dissidenten und Verbrecher einzusammeln und sie auf den nächsten M-Typ-Planeten zu bringen, der für eine Besetzung zur Verfügung stand, und sie danach sich selbst zu überlassen.

Nicht alle Welten vom M-Typ sind für eine Kolonisierung geeignet, aber da die Catteni über ausreichend entbehrliches Personal verfügten, konnten sie eine empirische Methode anwenden, um festzustellen, welche Welten fruchtbar und lebensfreundlich waren und auf welchen Gefahren drohten, die sie unbewohnbar machten. Die Überlebensrate der unfreiwilligen Siedler wurde ständig überprüft. Wenn nur wenige am Leben blieben, wurde die betreffende Welt aufgegeben. War die Überlebensrate hoch, so wurden weitere Siedler dorthin gebracht. Sobald die neue Bevölkerung die Welt bewohnbar gemacht hatte, setzten die Catteni einen Herrscher ein und verlangten für sich einen prozentualen Anteil an allem, was auf dem Planeten produziert wurde. Wer sich gegen diese Prozedur auflehnte, wurde erneut eingesammelt und auf eine weitere potentielle Kolonialwelt gebracht.

Botany war eine solche Welt, auf der die Catteni, nachdem sie Arrestzellen auf Barevi und auf der Erde geleert hatten, mehrere Rassen absetzten, um darüber Aufschluß zu gewinnen, ob sie überlebensfähig waren – und zwar sowohl miteinander wie auch mit den eingeborenen, aber bisher noch nicht identifizierten Bewohnern. Menschen, Deski und Rugarianer waren die ›Kolonisten‹ der ersten Welle.

Die Catteni rüsteten jeden der ahnungslosen Kolonisten mit dauerhafter Kleidung, einer Schlafdecke und einem Paket Trockenverpflegung aus. Die ›Schiffsladung‹ erlebte die Reise in einer Art scheintotem Zustand und wurde zusammen mit Messern, Äxten und bescheidenem medizinischen Gerät auf dem Planeten abgesetzt.

Auf Botany übernahm jedoch ein ehemaliger Sergeant den Befehl über die mit ihm abgeworfenen Kolonisten. Von einer der nicht-menschlichen Spezies entsprechend gewarnt, schafften sie es, den eingeborenen fliegenden Raubtieren zu entgehen.

Zainal, der einzige Catteni, der zwangsweise der Schiffsladung einverleibt worden war, erinnerte sich im Laufe der Zeit an andere Probleme auf diesem Planeten, nachdem er einen früheren Forschungsbericht gelesen hatte. Obgleich einige der Gestrandeten Rache üben und den Catteni töten wollten, vereitelte Kris Bjornsen dieses Vorhaben mit dem Hinweis, daß er über den Planeten viel mehr als alle anderen wüßte und sie ihn daher vorerst lieber noch am Leben lassen sollten. Sergeant Chuck Mitford hielt diese Überlegung für durchaus vernünftig und befolgte außerdem den Rat des Catteni, höher gelegenes, steinigeres Gelände aufzusuchen, um leichter überleben zu können. Während eines Gewaltmarsches in die Sicherheit der nahegelegenen Berge erkannte Mitford außerdem, daß Zainal auch noch aus einigen anderen Gründen nützlich war.

Die Einrichtung eines Basislagers und die Jagd nach eßbaren Lebensformen und anderen Nahrungsmitteln hielt jeden der Überlebenden unter Mitfords Kommando in Trab. Die Siedler stellten sehr bald fest, daß der Planet überhaupt nicht so unbewohnt war, wie der Bericht der Catteni vermuten ließ. Tatsächlich schien es sich um einen hochleistungsfähigen Landwirtschaftsplaneten zu handeln, der von mechanisierten und überaus raffinierten Maschinen ohne irgendwelche Überwachung durch lebendige Wesen bearbeitet wurde. Während einer Erkundungsmission trafen Kris Bjornsen und Zainal sowohl auf weitere Menschen wie auch auf Vertreter der vier anderen Rassen, die auf Botany abgesetzt worden waren.

Um die Angehörigen der Deski-Rasse vor dem Tod durch Unterernährung zu bewahren, da Botany nicht die von ihnen benötigten Grundnahrungsmittel hervorbrachte, ließ Zainal sich auf eine Auseinandersetzung mit dem Catteni-Kapitan eines zweiten Transportschiffs ein, das eine neue Ladung Siedler auf den Planeten brachte. Er schickte außerdem eine Nachricht zurück, daß dieser Planet offensichtlich eine landwirtschaftliche Hilfswelt einer bisher noch unentdeckten Rasse wäre.

Dann wurde er zu einem geheimen Treffen mit einem anderen Emassi – einem hochrangigen Catteni-Beamten – gerufen. Dabei wurde ihm das Angebot unterbreitet, sofort in seinen alten Rang und seinen Dienst zurückkehren zu dürfen, doch er lehnte dieses Angebot ab.

Mittlerweile hatten sich genügend Techniker und

Ingenieure eingefunden, um aus den zur Verfügung stehenden Ausrüstungsgegenständen nützliche Hilfsgeräte und Maschinen herzustellen, wodurch zum Beispiel die Kommunikation unter den Siedlergruppen möglich wurde.

Mit Hilfe von Luftkarten, die ihm widerstrebend überlassen wurden, führte Zainal eine Gruppe zu einem vermeintlichen Kommandozentrum des Planeten. Es war jedoch offenbar seit längerer Zeit nicht mehr benutzt worden, obgleich in einer Garage mehrere Fluggeräte und kleinere Raketen mit Zielflugeinrichtung bereitstanden. Eine dieser Raketen wurde von Dick Aarens in der Hoffnung gestartet, daß die eigentlichen ›Eigentümer‹ von Botany zurückkehren und den Kolonisten im Kampf gegen die Catteni beistehen würden.

PROLOG

TEIL EINS

Der Satellit verzeichnete den Start einer Rakete von der Oberfläche des unter Beobachtung stehenden Planeten. Er analysierte die Komponenten und Daten und versuchte, die Information innerhalb seiner Speicherbänke einzuordnen, und fand keinerlei Entsprechungen. Die ungewöhnlich hohe Geschwindigkeit und ungefähre Zielrichtung des Flugkörpers wurden ebenfalls zur Kenntnis genommen, als er sich in nord-östlicher Richtung entfernte und Kurs auf den Randbereich der Milchstraße nahm. In dem Moment, als die Rakete die Heliopause des Systems erreichte, verschwand sie. Eine Scannersuche förderte keinerlei Trümmer zutage. Kein Ion oder irgendein anderer Hinweis auf die Art und das Prinzip ihres Antriebs konnte aufgespürt werden. Die Rakete war verschwunden, eine Tatsache, die für das Überwachungsprogramm unannehmbar war und daher einen Funktionsfehler zur Folge hatte, der wiederum eine genaue Untersuchung und Reparatur erforderlich machte. Obgleich der erste Teil der Flugbahn aufgezeichnet worden war, meldete der Satellit aufgrund der Anomalien die Daten nicht unmittelbar an seinen Betreiber weiter.

Infolgedessen nicht mit einem Dringlichkeitscode versehen, durchlief die Information mehrere Bearbeitungsstufen, ehe die Anomalien vermerkt wurden. Danach wurden sie sofort an die zuständigen Organe weitergemeldet. Ein Team wurde zusammengestellt und ausgesandt, um die Fehlfunktion zu korrigieren. Doch auch nach einer Generalüberholung und einem Service-Check des Satelliten wurde nichts dergleichen festgestellt. Die Daten wurden daher selbst als Fehlfunktion und nicht als Aufzeichnung eines Ereignisses interpretiert. Der Planet war trotz allem eine Strafkolonie. Die dorthin Verbannten hatten gerade die notwendigsten Hilfsmittel für ihr Überleben zu ihrer Verfügung und darüber hinaus keinerlei technologische Ausrüstung. Es war ein reiner Zufall, daß der Bericht von Personen gelesen wurde, die im Besitz der wichtigen Informationen waren, um die Bedeutung dieser Aufzeichnung und des geheimnisvollen Verschwindens des Zielfluggeräts zu erkennen.

TEIL ZWEI

»Du sagst, daß er sich *geweigert* hat, der Aufforderung zum Erscheinen Folge zu leisten?« Der Sprecher schaute den Emassi-Kapitän finster an.

Da sie auch Vater und Sohn waren, kannte der Sohn bereits die ungehaltene Reaktion seines Erzeugers. Er freute sich beinahe über die Reaktion, wußte er doch, daß Zainals Weigerung, zurückzukehren und die Pflichten zu übernehmen, die seinem Rang und seiner Familie auferlegt waren, das bislang makellose Ansehen seines Bruders in der Beurteilung seines Vaters noch mehr mindern würde.

»Er wurde ausgewählt«, fuhr Perizec fort und hieb mit einer riesigen Faust auf den Arbeitstisch aus Pervalloy. »Er kann sich dem Ruf nicht entziehen.«

»Er hat es getan«, sagte Lenvec mit einem gleichmütigen Achselzucken. »›Ich wurde abgeworfen, also bleibe ich.‹ Sie kennen die Regel.«

Perizec schlug nun mit beiden Fäusten auf den Arbeitstisch, so daß alles, was darauf lag und stand, in die Höhe hüpfte und die Akten aus dem Tischregal herausrutschten. »Eine Eosi-Angelegenheit hat absolute Priorität vor jeder Catteni-Konvention! Das weißt du genau!« Die Miene verfinsterte sich noch mehr, Mundwinkel und Kinn rutschten nach unten, und die graugetönte Haut verdunkelte sich. »Er weiß von dieser Pflicht, seit er bei den Eosi eingeführt wurde. Abgeworfen oder nicht, er muß zurückkehren, um diese Pflicht zu erfüllen.« Seine Faust krachte erneut theatralisch auf die Platte. Dann verengten Perizecs Augen sich zu schmalen Schlitzen, durch die seine gelben Pupillen zornig funkelten. »Wie kam es denn dazu, daß er auf diesem Strafplaneten abgesetzt wurde?«

Lenvec hob die Schultern. Er wußte, daß sein Vater mit den Begleitumständen bestens vertraut war, aber er wiederholte den Bericht.

»Zainal hatte eine Schlägerei mit Todesfolge mit einem untergeordneten Transportoffizier vom Zaun gebrochen. Die Mannschaft wollte sich revanchieren, und Zainal entkam in einem Flitzer. Dieser wurde getroffen und stürzte im westlichen Jagdgebiet ab. Von ihm wurde keine Spur gefunden. Er scheint zusammen mit Dissidenten aufgegriffen worden zu sein, die während eines Aufruhrs betäubt wurden, und gelangte auf diese Weise in die Schiffsladung Sklaven. Er machte eine zweite Abwurfmannschaft auf sich aufmerksam. Ihr Büro wurde informiert, und ich unternahm den Flug, um ihn zurückzuholen. Er weigerte sich ...«

»Ich weiß, ich weiß.« Perizec schnippte mit den dicken Fingern, um den Vortrag zu beenden. »Er muß zurückkehren. Er muß seine Aufgabe übernehmen. Wir können die Auswahl nicht umgehen.« Perizec runzelte nachdenklich die Stirn. »Sieh zu, daß die Mannschaft, die seine Deportation arrangiert hat, zum selben Ort geschickt wird. Sie werden dafür sorgen, daß er bereit ist, aufgenommen zu werden, wenn du als nächster dort landest.«

»Ein Einwand, Sir«, begann Lenvec. »Catteni dürften auf dem Planeten nicht sehr beliebt sein und werden vielleicht sogar daran gehindert, Zainal zu suchen und ihn zu finden.«

Perizec musterte ihn zornig. »Zainal ist am Leben. Du hast selbst gesagt, daß er zu irgendeinem Team gehört hat.«

Lenvec zuckte die Achseln. »Zainal ist, trotz allem, ein Emassi, Sir, und sicherlich so schlau wie Sie selbst ...«

Perizec quittierte das Kompliment seines Sohnes mit einem Knurren. »Er ist auch Catteni und würde um jeden Preis vermeiden, Angehörige seiner eigenen Rasse zu eliminieren.«

»Vielleicht ist er gar nicht in der Lage, das zu tun. Möglicherweise möchte er die Mannschaft eliminieren, weil sie ihn in diesen Flieger gesetzt hat.«

»Sie werden ihre ›Belohnung‹ erhalten« – Perizecs Lächeln war unangenehm – »für ihre Beteiligung an seinem Exil. Kümmere dich darum. Und dann sollten wir unter den Emassi ein oder zwei von Zainals Jagdgefährten suchen. Diese würde er sicherlich verschonen, oder nicht?« Lenvec nickte. »Sie werden dafür sorgen, daß er bereit ist zurückzukehren, wenn du als nächster landest.«

»Soll ich sie dorthin bringen?«

»Auf keinen Fall. Das würde Zainal mißtrauisch machen. Wann findet der nächste planmäßige Massentransport statt?«

Lenvec warf einen Blick auf den Organizer an seinem Handgelenk. »In zweiundzwanzig Tagen.«

»Such schon mal die Männer aus ...«

»Auch eine Frau, Sir, wenn ich vorschlagen darf. Er war lange Zeit ohne ... Gesellschaft.«

»Eine hervorragender Gedanke.« Perizec erwiderte das Grinsen seines Sohnes. »Du denkst an jemand Bestimmten?« Lenvec nickte. »Sie werden alle gebührend belohnt.« Er griff nach den Akten und begann sie methodisch aufzustellen und dabei zu ordnen, während er weiterredete. »Diese Angelegenheit muß so schnell wie möglich geregelt werden. Ich habe den Eosi erzählt, Zainal wäre mit einem speziellen Auftrag unterwegs und hätte keine Ahnung, daß sie ihn brauchten. Man hat uns eine Schonfrist eingeräumt, aber ihr Zorn wird uns alle treffen, wenn wir Zainal nicht in einem angemessen kurzen Zeitraum herholen können.«

Lenvec nickte. Da Zainal für die Eosi akzeptabel war,

brauchte Lenvec nicht zu befürchten, selbst ausgewählt zu werden. Er hatte auch gar nicht den Wunsch, in den Genuß einer solchen Eosi-›Ehre‹ zu gelangen, da er genau wußte, was sie einschloß. Vielleicht fand er für sich aber trotzdem noch einen Ersatz, falls Zainal sich nicht zur Verfügung stellen sollte. Die Ehre der Familie stand auf dem Spiel. Einer Forderung der Eosi nicht Folge zu leisten bedeutete für jeden Blutsverwandten Leid und Schande.

»Halte mich auf dem laufenden, Lenvec«, verlangte Perizec von seinem Sohn und entließ ihn damit.

Während Lenvec förmlich salutierte, auf dem Absatz kehrtmachte und das Büro verließ, begann Perizec darüber nachzudenken, wie die Dummheit einer Frachtermannschaft zu bestrafen wäre, die es geschafft hatte, einen Emassi zwischen transportfertige Dissidenten zu stecken. Es machte ihm Spaß, sich die richtige und perfekte Strafe für ihr Vergehen auszudenken, und er konnte schon nach kurzer Zeit die notwendigen Befehle erteilen. Sobald die ersten Gerüchte über die Strafaktion in Umlauf gesetzt worden wären, würden nur wenige Tudo oder Drassi es wagen, etwas Ähnliches zu wiederholen, ganz gleich aus welchem Grund. Daß damit einer der wesentlichsten Grundsätze der Catteni-Disziplin abgeschafft wurde, störte Perizec nicht. Dank seines Rangs hatte er gewisse Vorrechte, und diese nahm er häufig wahr.

Kapitel 1

So wie es von ihm verlangt wurde, informierte der Deski sofort den Lagerchef darüber, was er auf der Anhöhe über Camp Rock gehört hatte.

»Haben Sie ein Schiff runterkommen gehört?« fragte Worrell und massierte heftig sein Gesicht, während er versuchte zu verstehen, was Coo ihm mitteilte.

»Runterkommen«, sagte Coo und nickte heftig, »nicht groß. Nicht wie üblich«, fügte er hinzu und kämpfte mit den Silben.

»Nicht wie üblich?« wiederholte Worrell, während Coo mit einem deski-typischen Grinsen nickte, an das Worrell sich mittlerweile gewöhnt hatte. »Sie meinen, kein Abwurf?« Coo schüttelte den Kopf und nickte dann, um sicher zu gehen, daß er verstanden wurde.

Worrell seufzte erleichtert. Die verdammten Catteni hatten ihre Lieferungen von ›Kolonisten‹ während des letzten Monats soweit gesteigert, daß kaum genug Zeit blieb, um jede neue Lieferung zu assimilieren.

»Kein Abwurf. Nicht lange unten. Kommen.« Dabei gestikulierte Coo mit seinen dünnen, seltsam knotigen Fingern, führte sie nach unten, um sie mit der anderen Hand zu schließen, hielt kurz inne, ehe er sie wieder hob. »Gehen. Leise.« Und nun legte er eine Hand ans Ohr und tat so, als lausche er angestrengt.

Sofort überzog ein Schatten der Besorgnis Worrys Gesichtszüge.

»Demnach war es ein schneller Abwurf. Höchstens ein paar Leute. Nur woher?« fragte er mehr sich selbst, als daß die Frage an Coo gerichtet war. »In der Nähe?«

»Nicht nah-nah.« Coo senkte den Kopf, um sich zu orientieren, dann verschob er seine Füße, drehte sie leicht nach rechts, so daß er nun nach Norden blickte. Die

Fähigkeit der Deski, sich schnellstens Klarheit über ihren jeweiligen Standort verschaffen zu können, war auf Botany eine außerordentlich nützliche Eigenschaft. Sie fanden von jedem Punkt schnell wieder zu den Hauptansiedlungen wie Camp Ayers Rock zurück. Es war daher üblich, auf jede Erkundungsmission mindestens einen Deski mitzunehmen.

Nun breitete Coo seine langen, mit doppelten Gelenken versehene Arme aus, streckte den rechten nach Norden aus und zeigte mit dem linken nach Westen. »Dort. Nicht nah-nah.«

»Tatsächlich?« Worry erhob sich und tätschelte Coos knochige Schulter. »Sehr gut, Coo. Vielen Dank.«

»Gut gemacht?«

»Sehr gut gemacht, Coo.« Worrell drehte das Licht hoch, damit er die Karte erkennen konnte, die an der Wand hing. Der größte Teil des Kontinents, den sie zeigte, war noch weiß und unberührt dargestellt, aber während der letzten Wintermonate waren von den Erkundungsteams einige Details geliefert worden. »Wenn dies der Punkt ist, an dem wir uns befinden, Coo« – damit legte Worrell einen Finger auf das Höhlensystem von Camp Rock – »wie weit nach Westen?«

Coo drehte den Kopf auf einem Hals, der ungemein elastisch zu sein schien, zur Karte, legte einen Finger auf das Lager und schob ihn dann in der richtigen Richtung über die Karte. »Nicht mehr weit.«

»Tatsächlich?« Worrell spürte, wie sein Magen sich krampfartig zusammenzog. An dem Punkt, auf den Coo deutete, waren Zainal und sein Trupp dem Erkundungsschiff begegnet, das ihn zu seinen Aufgaben als Catteni Emassi zurückholen sollte. »Danke, Coo. Am besten kehren Sie gleich wieder auf Ihren Posten zurück.«

»Ich gehe.« Damit verließ der Deski den Raum.

Worrell warf einen kurzen Blick auf seine Uhr. Es dauerte ihm bis zum Morgengrauen noch zu lange, um einen Trupp zur Überprüfung der Landestelle loszuschicken. Die nächtlichen Aasjäger wären noch viel zu gierig hinter allem her, was sich auf der Oberfläche des Planeten bewegte. Nicht einmal ein zahlenmäßig großes Team, das schwer über das Gelände stampfte, würde diesen im Winter stets hungrigen Bewohnern entkommen können.

Dann kicherte Worrell verhalten vor sich hin. Falls die Catteni tatsächlich irgend jemanden zu irgendeinem Zweck abgesetzt hatten ... wie zum Beispiel, um mit Zainal wieder Kontakt aufzunehmen ... würde dem oder den Betreffenden ein Empfang zuteil, mit dem bestimmt niemand gerechnet hatte.

»Das geschieht ihnen nur recht«, sagte Worrell, obgleich er eigentlich kein rachsüchtiger Mensch war. In bedeutend fröhlicherer Stimmung kehrte er in sein Bett zurück und schlief zufrieden wieder ein.

Worrell hätte sehr gerne Zainal losgeschickt, damit er die gemeldete Landung überprüfte, aber er und Kris Bjornsen waren mit ihrem Team auf einem weiteren längeren Erkundungstrip. Sie suchten nach Höhlen oder Scheunen oder steinigem Gelände, wo die Siedler untergebracht werden könnten, die ihnen ständig von den Catteni geschickt wurden. Daher bestellte er Mic Rowland, der zum Fünften Abwurf gehörte, zu sich. Er war mal Stuntman beim Film gewesen und fähig, genau zu beobachten, sich stets zurückzuhalten und im Fall des Falles sich und sein Team aus fast jeder heiklen Lage zu befreien. Worry erzählte ihm von der nächtlichen Landung und beschrieb ihm, wo das Schiff laut Coos Berechnung aufgesetzt hätte.

»Wenn ein Deski überzeugt ist, daß es dort gelandet ist, dann müßten wir eigentlich entsprechende Anzeichen finden.« Mic war zu sehr daran gewöhnt, mit den verschiedensten Leuten zusammenzuarbeiten, um nicht spezielle Talente zu würdigen, wo immer er ihnen begegnete.

»Sogar Scout-Schiffe hinterlassen einen speziellen Gestank«, pflichtete Worrell ihm bei. »Nehmen Sie ein paar von den Neulingen mit, damit sie auch mal eine Gelegenheit zur Jagd bekommen.«

»Klar doch«, erwiderte Mic und nickte zustimmend.

Worrell grinste, als er verfolgte, wie Rowland die ersten fünf Leute in der Schlange vor der Frühstücksausgabe auswählte, deren noch sehr neu aussehende Overalls sie als Angehörige des letzten Abwurfs auswiesen. Er ließ sie erst in Ruhe ihre Mahlzeit beenden, ehe er sie mitnahm.

Worrell wußte, daß der Ausflug ihnen nur guttun würde. Viele kamen nach Botany und erzählten begeistert von ihrer Sabotagetätigkeit auf der Erde und davon, wie viele Catts sie verletzt oder getötet hatten, und von anderen tollkühnen Unternehmungen. Sie mußten schnellstens gebremst und auf die Verhältnisse auf Botany eingestimmt werden. Glücklicherweise paßten sich erheblich mehr recht gut an die neue Welt an, als Worry erwartet hatte.

Was dem Australier und den anderen Lagerchefs zunehmend Sorgen bereitete, war die unbestreitbare Tatsache, daß die Catteni immer häufigere Abwürfe von Dissidenten durchführten. Zainal hatte ebenfalls seine Überraschung geäußert und nicht ohne einen Ausdruck der Schadenfreude hinzugefügt, es läge wohl daran, daß die Erde sich als weitaus rebellischer erwies als jeder andere Planet, den die Catteni bisher unterworfen hatten. Daher müßten viel mehr Rebellen weggeschafft werden. Bisher hatte die Kolonie größere Mengen von Menschen und Fremdrassen aufnehmen können, wobei sie

Zainals Rat befolgt hatten, die streitsüchtigen und sich unkooperativ zeigenden Turs in kleinen Gruppen, in denen sie ankamen, in die Wildnis davonziehen zu lassen. Mittlerweile war die Bevölkerung von Botany von den ursprünglich fünfhundertzweiundachtzig Kolonisten des ersten Abwurfs auf fast neuntausend angewachsen.

Worrell dachte den ganzen Tag über besorgt daran, was Mic Rowland wohl finden würde. Er stellte außerdem verstärkt Wachen auf, um einen möglichen Überfall vereiteln zu können. Er warnte seine Leute, daß jemand Turs beobachtet hätte, die draußen herumschlichen. So wie Worrell seine Mitmenschen beurteilte, hielt er es durchaus für möglich, daß Angehörige seiner Art nach einer Gehirnwäsche bereit waren, mit den Catteni zusammenzuarbeiten und in die Kolonie einzudringen, um dort Unfrieden zu stiften. Das erschien ihm sogar viel wahrscheinlicher als eine heimliche Landung der Catteni, da diese sofort bemerkt würde. Bisher war Zainal der einzige Vertreter seiner Rasse, der auf Botany lebte. Und er war an jenem ersten Tag einem gewaltsamen Tod nur knapp entronnen. Was sich letztendlich als glückliche Fügung erwies, denn er war allen während der ersten Tage eine große Hilfe gewesen und hatte seitdem sogar jede Möglichkeit, den Planeten zu verlassen, ausgeschlagen.

Mic Rowland kehrte mit genügend Beute zurück, um die Jagd zu rechtfertigen. Während er seine Gruppe entließ, fing er Worrells fragenden Blick auf, deutete mit einem Kopfnicken auf Worrells Hütte auf der Anhöhe und beeilte sich, um sich dort mit dem Lagerchef zu beraten. Er brachte die Felsläufer in die Küche, trennte sich aber nicht von dem Sack, den er in der rechten Hand hielt.

Sobald sie unter sich waren, entleerte Mic den Sack auf

dem Tisch und registrierte Worrells Überraschung mit einem Grinsen.

»Stiefel?«

»Das war alles, was wir fanden. Und sie sind nicht von der gleichen Art wie die, mit denen sie uns ausgerüstet haben«, sagte Mic. »Sie sind von viel besserer Qualität. Und dann ist da noch dies hier.« Er holte aus seiner Brusttasche eine sehr dünne Platte, die etwa sieben Zentimeter lang und zwei Zentimeter breit war. »Ich würde auf eine Komm-Einheit oder irgendeine Art von Fernrufgerät tippen. Vielleicht sogar auf ein Implantat. Ich habe die Blutspuren abgewischt.« Dann hob er einen der Stiefel hoch, der ein Streifenmuster aufwies, als wäre er mit etwas sehr Heißem umwickelt gewesen, das tiefe Kerben hinterlassen hatte. Er drehte am Absatz, und der gesamte untere Teil der Sohle ließ sich zur Seite drehen und gab den Blick auf einen Satz kleiner Werkzeuge frei, der in einer Aussparung in der dicken Sohle untergebracht war. »In jedem Stiefel ist irgend etwas versteckt.« Er griff nach dem kleinsten Paar, öffnete die Sohle von einem und zeigte Worrell den Inhalt. »Das sieht aus wie ein Drogeninjektor.« Er öffnete die Sohle des anderen Stiefels, die zwei Ampullen enthielt. »Und das sind die Drogen.«

»Drogen? Na schön, ich gebe Dane das Zeug zur Analyse.« Worrell zählte acht Stiefel und konnte seine wachsende Unruhe kaum unterdrücken. »Sie haben einen Trupp abgesetzt, nicht wahr? Zu welchem Zweck?« Dabei hegte Worrell den schlimmen Verdacht, daß seine erste Vermutung sich als richtig erwies. Wußte Mic etwas?

Mic zuckte die Achseln. »Sie sind schon länger hier. Ein naheliegender Grund könnte sein, daß sie hinter Zainal her waren.« Als er Worrells bohrenden Blick auffing, grinste er. »Ich habe einiges gehört. Verdammt wenige wären hiergeblieben, wenn sie die Chance zum Verlassen dieser gastlichen Stätte gehabt hätten.«

»Hmmm. Keine anderen ... Funde?«

Mic schüttelte den Kopf. »Ein paar Metallreste, wahrscheinlich von der Kleidung, die sie trugen, aber sogar Cattenimaterial ist für die Aasjäger genießbar. Stiefel sind für sie einfach ein wenig zu zäh.« Und er deutete mit einem Fingerschnippen auf ein Paar. »Sie wurden von ziemlich großen Typen getragen. Sogar für Catteni recht groß. Sie haben auch reine Schlägertrupps.«

»Ein Paar ist viel kleiner. Wäre es möglich, daß sie auch eine Frau mitgeschickt haben?«

Mic zuckte die Achseln. »Wer weiß schon, was die Catteni tun.« Er verschluckte, was er noch hatte hinzufügen wollen, und hob erneut die Schultern.

Worrell konnte sich gut vorstellen, was er nicht ausgesprochen hatte. Vor seiner Deportation hatte Worrell genügend höherrangige Catteni-Frauen gesehen, um zu erkennen, daß Kris Bjornsen um einiges besser aussah als die schönsten von ihnen. Vielen war ihre Beziehung zu Zainal ein Dorn im Auge, aber niemand außer Dick Aarens war dreist genug, seinen Unmut darüber offen zu äußern.

»Danke, Mic. Haben die anderen etwas bemerkt?«

»Es konnte ihnen kaum entgehen, nicht bei all den Stiefeln, die dort herumlagen. Ich glaube nicht, daß den Neulingen aufgefallen ist, daß es nicht die gleichen Stiefel sind wie unsere. Daher melde ich Ihnen lediglich eine vermißte Patrouille. Okay?«

»Okay«, sagte Worrell. »Und ich gehe davon aus, daß Sie ihnen einen entsprechenden Vortrag gehalten haben.«

»Ein solche Gelegenheit lasse ich mir niemals entgehen, Worry.« Mic grinste und verabschiedete sich.

Als er allein war, nahm Worrell sich vor, Mic in

Zukunft mehr Verantwortung zu übertragen. Zuerst wählte er die Nummer von Zainals Erkundungstrupp, um sich die neuesten Erkenntnisse durchgeben zu lassen, dann setzte er sich mit Chuck Mitford in Verbindung.

»Nun, deponieren Sie alles an einem sicheren Ort, Worry«, sagte Mitford, »bis entweder Zainal oder ich einen Blick darauf geworfen haben. Das medizinische Zeug können Sie an Dane weitergeben. Möglicherweise kriegt er heraus, was es ist, und hat sogar Verwendung dafür. Ich denke, das Werkzeug sollten Sie zu Narrow und seinen Technikern runterschicken. Die können trotz der neuen Geräte, die sie vor kurzem erhalten haben, ständig Nachschub an Qualitätsmaterial gebrauchen. Ich werde mir irgendeine Begründung für diese ... Nachlieferung ausdenken müssen.« Aber schon einen Atemzug später meinte er: »Eigentlich muß ich doch überhaupt nichts erklären, oder?«

»Bestimmt nicht, Sarge.«

Worrell nahm die Bemerkung grinsend zur Kenntnis. Zu einem der jüngsten Abwürfe hatten auch mehrere Ex-Admiräle, Ex-Generäle und diverse andere hohe Tiere gehört, von denen die meisten, nachdem sie sich von den Beschwernissen der langen Reise erholt hatten, durchaus bereit waren, Mitford respektvoll als ›Sergeant‹ anzureden. Diejenigen, die nicht dazu bereit waren, mußten sehr schnell erkennen, welche Verdienste dieser Sergeant sich erworben hatte, oder fanden sich in weniger komfortable Lager abgeschoben. Keiner – außer wenn jemand wirklich krank war – drückte sich vor ihm zugewiesenen Aufgaben, und jeder ging turnusmäßig auf die Jagd, half in der Küche aus, schob Wachdienst oder übernahm andere Pflichten, deren Wahrnehmung ihm zuzutrauen war. Wenn es sonst nichts gab, worüber er sich den Kopf zerbrechen mußte, machte Worrell sich Sorgen, daß irgendeiner der hochrangigen Managertypen vielleicht den Versuch unternahm, Mitford aus seiner derzeitigen leitenden Position zu verdrängen. Sicher, wenn Mitford sich aus eigenen Stücken entschloß, zurückzutreten, dann war das alleine seine Sache. Bisher hatte Mitfords Management – und er hatte sich von fast jedem Angehörigen der ersten beiden Abwürfe beraten lassen – verdammt gut funktioniert.

»Sarge, müssen wir uns wegen eventueller menschlicher Eindringlinge Sorgen machen?« fragte er und hoffte dabei, eine beruhigende Antwort zu erhalten.

Mitfords abfälliges Schnauben brachte sogar die Hörmuschel des Handys zum Klirren, und Worrell entspannte sich innerlich.

»Nicht wenn sie schneller rennen können, als ein Aasjäger zupacken kann. Und wenn es vier Catteni gewesen wären, wären sie auf ihren riesigen Füßen schwer genug gewesen, um jedes Raubtier im Umkreis von vier Feldern anzulocken.« Ein kurze Pause trat ein. »Worry, Sie können doch nicht ernsthaft annehmen, daß irgendein Mensch mit den Catteni zusammenarbeiten würde, oder etwa doch?«

»In jedem Krieg hat es Verräter, Überläufer, Spione und Kollaborateure gegeben, Sarge. Warum nicht auch in diesem?«

Mitford stieß einen kurzen, aber saftigen Fluch aus. »Da könnten Sie recht haben. Verdammt noch mal. Nur warum sollten solche Infiltratoren per Eilzustellung hergeschickt werden? Mit einem routinemäßigen Abwurf ließe sich das doch genauso gut bewerkstelligen. Außerdem, warum sollte man uns Schwierigkeiten machen wollen? Zainal sagt, daß es den Catteni am liebsten ist, wenn die Kolonien bestens gedeihen, damit sie irgendwann zurückkommen und alles übernehmen können, wenn der Betrieb einwandfrei läuft.« Eine kurze Pause.

»Überdies« – und Mitfords Tonfall war stahlhart – »würden sie erheblichen Ärger bekommen, wenn sie diese Taktik auf meinem Planeten versuchen würden.«

Ebensowenig würde jemand Anstoß daran nehmen, daß Mitford den Planeten als ›seinen‹ bezeichnete.

Ein weitere kurze Pause trat ein. »Ich werde Easley entsprechende Anweisungen geben, bei den nächsten Abwürfen die Ausweise noch genauer zu prüfen. Okay?«

Damit unterbrach er die Verbindung, und Worrell war hinreichend beruhigt: Niemand wird ›meinen Planeten‹ übernehmen. Er mußte über die Entrüstung in Mitfords Stimme grinsen. Kundschafter waren in den Bergen oberhalb der Bereiche, in denen sich die nächtlichen Erdbestien aufhielten, auf mehrere primitive Lager und die Skelette derer gestoßen, die nicht überlebt hatten. Aber alles war jetzt viel besser organisiert, vor allem die Abwürfe. Dafür war Peter Easley verantwortlich, ein früherer Personalchef bei einer großen internationalen Firma. Bereits an seinem zweiten Tag auf Botany hatte er Mitford aufgesucht und Vorschläge gemacht, wie sich der Zustrom der Neuankömmlinge einfacher und schneller regeln ließ und wie man jene schneller identifizierte, die noch unter Schock standen und einer gesonderten Behandlung bedurften. Er suchte weitere Männer und Frauen, die im Umgang mit großen Menschenmassen und in der Betreuung hilfloser Individuen Erfahrung hatten und nannte Mitford weitere Spezialisten in diesem Bereich, die ihm bei der Lösung ähnlich gelagerter Probleme behilflich sein könnten. Mitford hatte die gesamte Problematik der Abwürfe in Easleys Hände gelegt. Auf Easleys Empfehlung war Yuri Palit, ein ehemaliger UNO-Manager für die Wiederansiedlung Verschleppter, mit der Organisation der Neuansiedlung betraut worden. Es gab nun genügend geprüfte Ingenieure, Flug- und Fertigungstechniker sowie Erfindertypen, daß nicht einmal Dick Aarens sich beschweren konnte, wenn es darum ging, deren Arbeitsleistung zu steigern und zu beschleunigen.

Da nun genügend Handys zur Verfügung standen, konnten Kundschafterteams Mitford jederzeit irgendwelche ungewöhnlichen Vorkommnisse und Erscheinungen übermitteln, so wie Worrell es soeben getan hatte, und der Sergeant hatte tatsächlich so etwas wie ›Dienstzeiten‹ einführen können.

»Ich werde mir irgendwann einmal die Zeit nehmen«, hatte Mitford Worrell kürzlich während eines Ausflugs von Camp Rock nach Camp Silo anvertraut, »um selbst einen Erkundungstrupp zu führen.«

»Ist es das, was Sie sich wünschen?« hatte Worrell gefragt, da es das erste Mal war, daß er so etwas wie eine Klage aus dem Munde dieses Mannes gehört hatte.

»Da bin ich nun auf einer völlig neuen Welt, und jeder andere bekommt sie früher zu sehen als ich!« Mitford hatte dabei die Hände in einer Geste der Hilflosigkeit und Verzweiflung erhoben. »Nun, ich komme dem aber ständig näher.« Dann lächelte er. »Und ich habe immer weniger Papierkram zu erledigen.«

So hatte Mitford nun mehr Zeit, um Mannschaften zusammenzustellen und Expeditionen auszusenden, neue Stützpunkte zu suchen, vor allem, um Camp Rock zu verlegen, denn es war über einer tiefen Schlucht mit Spuren von zahlreichen Springfluten angelegt worden, die im Laufe vieler Jahrhunderte stattgefunden hatten. Zainal und Kris Bjornsen befanden sich gerade auf einer solchen Erkundungsmission und hofften, einen Standort zu finden, der nicht eine Einrichtung der Mechanos oder ›Farmer‹ war, wie viele Leute sie auf Grund der landwirtschaftlichen Ausrichtung des Planeten nannten.

Worrell verstaute die Stiefel wieder im Sack, und dann

betrachtete er die Scheibe etwas eingehender. An einem Ende befanden sich offensichtlich runde Vertiefungen, wahrscheinlich Sensorpunkte, die die Funktion von herkömmlichen Tasten hatten. Er zählte neun – so viele wie auf einer numerischen Tastatur. Die Versuchung war beinahe übermächtig, aber er entschied gegen irgendwelche wahllosen Experimente. Er würde die Rückruf-Sequenz aussenden, und in ein paar Tagen wären Zainal und Kris sicher wieder im Lager.

Das Team befand sich zu diesem Zeitpunkt in einem Stadium der Begeisterung, denn sie hatten einen schwierigen Aufstieg über eine zerklüftete Felswand absolviert und blickten nun in ein langgestrecktes Tal hinunter, in dem nichts von der Ordnung und Gleichmäßigkeit zu erkennen war, die das Land auszeichneten, welches die Mechanos bearbeiteten und nutzten. Ihr Aufstieg war aufgrund eines schnellen Entschlusses erfolgt, angeregt von bestimmten Anomalien, die sowohl Zainal wie auch Whitby, der Bergbesteigungsexperte des Teams, bemerkt hatten. Die erste war ein Bach, der aus einer vermeintlich soliden Felswand heraussprudelte. Durch eine Untersuchung stellten sie fest, daß der Bach sich einen Weg durch die Felsbarriere gebohrt hatte. »Dieses Gestein kann aber nicht von Wasser erodiert werden«, sagte Whitby. »Es wurde irgendwie künstlich bearbeitet.«

Seltsam war ebenfalls der Schutthügel, der ihnen den Weg versperrte. Nach Whitbys Einschätzung konnte er nicht durch einen Erdrutsch oder eine Landsenke entstanden sein, und er machte sie auf die Spitzen der Felsklippen aufmerksam, die wie abgeschnitten aussahen.

»Vielleicht hat hier ein Erdbeben stattgefunden«, hatte Kris vermutet.

»Auf dem Weg hierher haben wir keinerlei Senkungsspuren gesehen«, hatte Basil Whitby gemeint und entschieden den Kopf geschüttelt. Dabei hatte er sich die Felswände auf beiden Seiten angesehen. »Kein Erdrutsch, jedenfalls nicht bei dieser Gesteinsart.« Dann betrachtete er ein wenig ratlos die großen Gesteinsbrocken, aus denen die Barriere bestand.

»Ich kann keinerlei Straße erkennen, die hier heraufführt«, sagte Sarah und schaute sich sicherheitshalber noch einmal aufmerksam um.

»Als ob Maschinen mit diesen Luftkissen irgendwelche Spuren hinterließen«, rief Joe Marley ihr ins Gedächtnis, und sie zog eine Grimasse. »Es gibt noch nicht mal Anzeichen, daß eins der Ungetüme irgendwo für längere Zeit geparkt hat.«

»Tiere hinterlassen Spuren«, erwiderte sie.

»Viele haben wir in letzter Zeit aber nicht gesehen, oder etwa doch?« stichelte er gutmütig.

»Es muß hier auch noch andere Tiere außer Luh-Kühen, Felsläufern, Nachtfressern und diesen bösartigen Flugbestien geben. Selbst *ich* weiß ein bißchen was über das ökologische Gleichgewicht.«

»Möglich«, meinte Leila Massuri vorsichtig, »daß die Barriere einen bestimmten Zweck erfüllen soll.« Sie und Whitby waren die neuen Mitglieder des Kris-Zainal Teams. Leila steuerte mit ihrem Können als Bogenschützin mehr zur Verpflegung bei, als daß sie Diskussionen mit vernünftigen Beiträgen bereicherte.

»Um etwas festzuhalten? Oder abzuwehren?« spann Joe diesen Gedanken weiter.

»Das werden wir untersuchen«, erklärte Zainal und begann damit, Hilfsgeräte zum Überwinden des Hindernisses auszuteilen. Obgleich der Luftkissenantrieb ihres Querfeldeinfahrzeugs ihm erlaubte, auch unwegsames Gelände ohne Schwierigkeiten zu überwinden, war das Hindernis zu steil, um einfach überfahren zu werden.

Sie waren für derartige Erkundungsunternehmen nun weitaus besser ausgerüstet als in den ersten Tagen nach der Landung auf Botany. Leila hängte sich den Bogen um und befestigte den Köcher an ihrem Gürtel, während Kris ihre Kampftasche mit Steinen für ihre Schleuder füllte und sich das Seil, das Zainal ihr reichte, um eine Schulter schlang. Whitby hatte sich einen praktischen Kletterhammer gebastelt, den er in eine Schlinge an seinem Gürtel gleiten ließ. Dann stopfte er sich Haken in seine Oberschenkeltaschen und befestigte einen kompakten Bogen samt Köcher an seinem Rückentragegestell. Sarah und Joe verfügten sowohl über Schleudern wie auch über Bumerangs, eine Waffe, die sich zunehmender Beliebtheit erfreute, während Fek und Slav sich mit Lanzen und Kampfäxten ausgerüstet hatten. Hinzu kamen bei jedem Deckenrollen und kleine Beutel mit Proviant und Wasser.

Der Aufstieg über die zerklüftete und abweisende Felswand nahm fast den ganzen Vormittag in Anspruch, doch der Blick, der sich ihnen schließlich vom höchsten Punkt bot, war die Mühe allemal wert. Unter ihnen lag ein friedliches Tal, das von den Landwirtschaftsmaschinen, die das Gelände hinter ihnen bearbeiteten, verschont geblieben war. Am schmalen Ende des Tals konnten sie einen Wasserfall erkennen, der sich murmelnd in einen See ergoß. Der schmale Bach, über den der See sich entleerte, schlängelte sich durch das Tal und verschwand in der Felswand, womit sich die Frage nach seiner Herkunft von selbst beantwortete. Der Talgrund wies ebenes Grasland und zahlreiche der seltsam aussehenden Büsche auf, die in der entsprechenden Jahreszeit eßbare Beeren trugen. Die ungewöhnlichste Erscheinung waren jedoch die kleinen Wäldchen aus Zeltstangenbäumen, wie Kris sie nannte: gerade, hohe Stämme, die an der Spitze in eine Krone aus dünnen Ästen übergingen und während der warmen Jahreszeit mit Nadeln bedeckt waren. Diese Pflanzen gediehen auch in den Hecken, die die maschinell kultivierten Felder säumten, dort jedoch nur vereinzelt und nicht in Gruppen wie hier und vor allem nicht so zahlreich, wie sie sich von ihrem Standort aus darboten. Eine mit würzigem Duft erfüllte Brise kühlte ihre verschwitzten Gesichter.

»Das ist ja das reinste Paradies«, sagte Sarah McDouall und betrachtete das Tal mit leuchtenden Augen. »Es ist wunderschön. So friedlich, so . . .«

»Versteckt?« beendete Joe ihren Satz. »Ich bin mal gespannt, was wir sonst noch da unten finden.«

»Da unten ist Platz für Hunderte«, sagte sie und ignorierte seinen pessimistischen Unterton.

»Hmm«, machte Zainal, der offensichtlich Joes vorsichtige Haltung teilte. »Slav?« fragte er den Rugarianer, der seine Augen überschattete, während er den Blick über das Tal schweifen ließ.

Slav zuckte die Achseln.

»Fek?« Zainal wandte sich an die Deski, die der schwierige Aufstieg kaum angestrengt zu haben schien. Die Deski waren derart gute Kletterer, daß Kris sich schon des öfteren gefragt hatte, ob es auf ihrem Heimatplaneten vorwiegend lotrechtes Gelande gab, in dem sie sich bewegten. Ihre seltsam geformten Hände und ihre Fußsohlen überzogen sich nämlich mit einer klebrigen Substanz, die ihnen auf steilen Flächen zusätzlichen Halt verlieh, und ihre mit ungewöhnlich vielen Gelenken versehenen Arme und Beine ermöglichten ihnen Positionen und Manöver, bei denen Menschen sich alle Knochen gebrochen hätten.

Fek hatte ihre aufmerksam lauschende Haltung eingenommen. Es sah aus, als würden ihre Hörorgane sich an den Seiten ihres Kopfes aufspannen, um auch den geringsten Laut aufzufangen.

»Wind. Wasser. Andere leise Geräusche«, sagte sie und schüttelte den Kopf, um anzudeuten, daß keine Gefahr drohte. »Nichts Lebendiges.« Ohne auf Zainals Signal zum Aufbruch zu warten, begann sie mit dem Abstieg. Er schob das schwere Seil, das er trug, auf seiner Schulter zurecht, wischte sich den Schweiß aus dem Gesicht und folgte.

Fek fand für die anderen den leichtesten Weg nach unten, indem sie einen Zickzack-Kurs über einige glatte Wandteile suchte, die sie dank ihrer natürlichen Fähigkeiten auch auf direktem Weg hätte überwinden können. Aber auch sie hielt inne, als eine glattflächige Steinformation weit aus der Felswand hinausragte.

»Ich denke, das sieht so aus, als sollte irgend etwas am Ausbrechen gehindert werden«, stellte Kris fest.

»Ungefähr fünfundzwanzig Meter mit fünfzehn oder mehr Grad Neigung nach außen«, sagte Whitby. »Wir müssen ein wenig Akrobat spielen.« Er holte den Hammer aus der Tragschlaufe, fischte einen Haken aus der Oberschenkeltasche und begann ihn einzuschlagen, während Zainal das Seil von der Schulter nahm, um es auszurollen.

Und schon wieder ist es soweit, dachte Kris, als die Reihe an sie kam, sich an der Felswand hinunterzulassen. Dieses blöde Überlebenstraining erweist sich tatsächlich immer wieder als hilfreich für mein neues Leben auf Botany. Sie alle, sogar Fek, nahmen grinsend zur Kenntnis, wie geschickt sie am Seil abwärts rutschte und sicher auf dem Grund des Tals landete.

»Hängenlassen«, sagte Zainal, als Whitby eines der drei Seile, die sie benutzt hatten, abziehen wollte. »Es könnte sein, daß wir schnellstens den Rückzug antreten müssen.«

Leila nahm sofort den Bogen von der Schulter und schaute sich wachsam um.

»Es ist heller Tag«, meinte Kris. »Selbst wenn unsere Fußtritte auf dem Boden irgendwen oder irgendwas aufgescheucht haben sollten, sind wir sicher, so lange die Sonne scheint. Was mich betrifft, so zieht es mich als erstes zu diesem Bach hin.«

Eine Biegung des gewundenen Bachlaufs war nicht weit von ihnen entfernt, daher schlugen alle den Weg dorthin ein, wobei Leila allerdings ihren Bogen weiterhin schußbereit im Anschlag hielt. Sarah, als Sanitäterin des Teams, prüfte mit einem Teststreifen die Wasserqualität.

»Trinkbar«, verkündete sie und tauchte ihren Testbecher in den Bach, um ihn ganz zu füllen und langsam daraus zu trinken.

Die anderen Menschen folgten ihrem Beispiel, dann spülten sie sich mit dem kalten Wasser ihre verschwitzten Gesichter ab. Fek und Slav, die nie viel Wasser zu brauchen schienen, blieben wachsam, hielten Ausschau und lauschten auf mögliche unsichtbare Gefahren, die ihnen von oben drohten. Dann knieten beide sich hin und tranken direkt aus dem Bach, wie sie es am liebsten taten.

»Dieser Ort ist fast zu schön, um real zu sein«, sagte Sarah, brach einen Zweig von einem Busch ab und roch daran. »Das Material ist brennbar und gedeiht überall«, sagte sie und deutete mit einer ausholenden Geste auf das langgestreckte Tal. Sie konnten zwischen den kleinen Wäldchen aus Zeltstangenbäumen einen Blick auf den Wasserfall erhaschen. »Außerdem gibt es hier viele Steine, die man als Baumaterial verwenden kann«, fügte sie hinzu und deutete mit dem Daumen auf die Felsbrocken hinter ihnen.

»Wirklich nicht übel«, sagte Joe Marley und untersuchte bereits eine Handvoll Bodenvegetation, wobei er die Pflanzen aussonderte, die er bereits kannte. Er war der Botaniker des Erkundungstrupps.

»Ein wirklich idyllischer Ort«, sagte Leila Massuri in ihrem gewählten Englisch, dem ihre seidige Altstimme etwas Musikalisches verlieh. Sie schaute sich mit einem verträumten Lächeln auf ihren ungewöhnlichen Zügen um. Sie war auf Malta geboren und von den Catteni in Marseille gefangengenommen worden. »Weshalb wurde das Tal wohl abgesperrt?«

»Wir sehen es uns etwas genauer an«, sagte Zainal und deutete auf Joe, Sarah und Whitby. »Sie gehen rechts mit Slav. Wir anderen gehen links und treffen am Wasserfall zusammen.«

Zainal gab Fek und dem Rest der Gruppe ein Zeichen, daß sie ihm folgen sollten, und watete durch den Bach, der an dieser Stelle gerade knietief war. Auf der anderen Seite verteilten sie sich, untersuchten den Boden und versuchten festzustellen, welche der Büsche Früchte trugen, und verschafften sich einen allgemeinen Überblick über ihre Umgebung.

»Keine Felsläufer. Das ist sonderbar«, sagte Kris, als sie ein Stück weitergewandert waren. Sie deutete auf Felsvorsprünge, wo die dummen, aber wohlschmeckenden Lebewesen normalerweise hätten hocken müssen, da sie sich gerne von der Sonne wärmen ließen.

»Einige gab es wohl doch«, sagte Zainal und deutete auf einen kleinen Haufen Knochen, der durch die Zweige eines niedrigen Gebüschs zu erkennen war.

»Demnach gibt es keine Aasfresser«, meinte Leila Massuri und erschauerte. Sie war mit dem Fünften Abwurf gekommen und erinnerte sich sehr deutlich daran, wie ihr Nachbar vor ihren entsetzten Augen, als sie gerade erwacht war, von einer dieser Erdbestien verschlungen wurde.

»Ich weiß nicht, ob ich mich über die mögliche Existenz von Allesfressern freuen soll«, sagte Kris, obgleich sie bisher während ihrer ausgedehnten Wanderungen bis auf die Lufträuber, vor denen sie Slav oder Fek rechtzeitig warnen konnten, kaum andere feindselige Kreaturen gesehen hatten. Sie kampierten stets in Fahrzeugen oder auf steinigen Anhöhen, um vor erdgebundenen Raubtieren sicher zu sein.

»Tiere sterben auch an Altersschwäche oder wenn sie aus großer Höhe abstürzen«, meinte Leila.

»Der Uferhöhe nach zu urteilen, scheint der Bach gelegentlich anzuschwellen«, sagte Kris und deutete auf die Erdwälle, die den Bach säumten.

»Schneeschmelze im Frühling«, sagte Whitby. Sie konnten von den höheren Regionen, die von der Felskante der Klippen, die das Tal umgaben, verdeckt wurden, nichts sehen. Es waren Berge, die das ganze Jahr hindurch mit Schnee bedeckt waren. Sarah McDouall hatte dazu bemerkt, daß es die Mechanos sicherlich gestört hatte, daß soviel Bergland ungenutzt bleiben mußte. Whitby hatte einen sehnsüchtigen Ausdruck in den Augen gehabt, als er die hoch aufragenden Berggipfel betrachtet hatte.

»Ich war zwar noch nie im Himalaya«, hatte er gemurmelt, »aber es muß eine Freude sein, dort hinaufzusteigen.«

»Später«, sagte Zainal, lächelte aber, als hätte er Verständnis für die geheimen Wünsche des Bergsteigers.

Nun blieb der Catteni stehen, um neben einem Rest getrockneten Dungs, der teilweise mit Erde bedeckt war, in die Knie zu gehen. Tiefe Kratzer im Erdreich erinnerten an die Spuren von Klauen eines Tiers von beträchtlicher Größe.

»Alt«, stellte Zainal fest, suchte sich einen Stock und stocherte damit in den Exkrementen herum.

»Groß«, fügte Kris hinzu und schaute sich prüfend um.

Zainal hob den getrockneten Fladen auf und steckte

ihn in den Sack mit dem Brennmaterial, den er bei sich hatte. Dann setzten sie, nun wachsamer geworden, ihren Rundgang fort. Mehr getrockneter Dung wurde gefunden, aber alle Reste schienen schon älteren Datums zu sein, und Kris war ein wenig beruhigt.

»Das erinnert mich an einen Ort im Yellowstone Park«, sagte sie, als sie das andere Ende des Tals mit seiner Steinbarriere erreichten. Sie legte den Kopf in den Nacken, suchte in der Felswand nach Höhleneingängen, konnte aber noch nicht mal so etwas wie eine Leiste oder ein Band entdecken, das einem Lebewesen als Kletterhilfe hätte dienen können. »Wir könnten diese Wand als Rückwand benutzen und alles andere davor bauen«, sagte sie. »Wenn wir mit einem der Fahrzeuge durch den Paß kämen, ließen sich die Steine hierher transportieren.«

»Wir brauchen Sprengstoff für die untere Lage«, sagte Whitby. »Die Brocken sehen aus, als sollten sie dort für immer liegenbleiben.«

»Wen oder was sollte dieses Hindernis zurückhalten?« fragte Kris und fröstelte unwillkürlich.

Zainal zuckte die Achseln, aber an der Art und Weise, wie er alles untersuchte, glaubte Kris erkennen zu können, daß auch er das Tal als geeigneten Ort für eine menschliche Siedlung ansah. In dem Tal hätten sicherlich mehrere hundert Leute Platz, wobei der einzelne genügend Freiraum hätte. Natürlich müßten sie vorher ergründen, weshalb das Tal so hermetisch abgeriegelt worden war.

Trotz dieser Einschränkung sah sie sich jedoch schon nach geeigneten Bauplätzen für Behausungen um. Zum Beispiel für ein Haus zu ebener Erde ... mit einer höher gelegenen Schlafebene, die sich über eine Leiter erreichen ließ ... alles hoch genug, um aufrecht stehen zu können. Sie blickte zu Zainals großer Gestalt hinüber. Er bewegte sich wachsam vorwärts. Dafür, daß er einen großen Teil seines bisherigen Lebens im Weltraum verbracht hatte, schien er sich auf Planeten erstaunlich gut zurechtzufinden. Er drehte sich zu ihr um und winkte sie zu sich.

Noch mehr Knochen, diesmal deutlich größere.

»Ein Tier von eins achtzig Körpergröße. Zu klein für eine Luh-Kuh.« Er hielt etwas hoch, das aussah wie ein Bündel Oberschenkelknochen, dann einen kleineren, dessen gerundetes Ende genau in eine Pfanne paßte. Er strich mit einem Finger über die Knochen. »Bißspuren.« Er deutete auf einige unregelmäßige Vertiefungen. »Dem möchte ich nachts nicht begegnen.«

Kris grinste, als sie hörte, wie gut der Catteni sich bereits der englischen Sprache bediente. Er wies sie an, das vordere Knochenpaar festzuhalten, um die Größe des Tiers festzustellen. Der Schädel war in mehrere Trümmer zerschmettert worden. Dazu gehörte auch ein Unterkiefer, dessen Backen- und spitze Vorderzähne für Kris nicht auf einen Pflanzenfresser schließen ließen.

»Das ist etwas für die Biologen«, meinte Whitby, der sich zu ihnen gesellte. Leila und Fek blickten ihm über die Schulter. »Sie meinten, es müsse zur Erhaltung des ökologischen Gleichgewichts auch noch andere Fleischfresser geben.« Er hob ein Stück Schädelknochen auf und tippte dagegen. »Hmm. Dick. Und trotzdem eingedrückt wie eine reife Melone. Dem Wesen, das so stark ist, möchte ich nicht über den Weg laufen.«

»Sie sprechen uns allen aus der Seele«, bemerkte Kris trocken und ließ die Knochen auf den Boden fallen. Dabei zerbrachen einige kleinere Exemplare. »Sie müssen schon lange hier liegen, wenn sie derart spröde sind.«

»Hmm«, lautete Zainals Kommentar.

»Vielleicht Höhlen?« fügte er hinzu.

»Ich habe noch keine gesehen«, erwiderte Kris, und dann wies Zainal sie wieder an, die Erkundung fortzusetzen.

Außer weiteren Knochen, davon einige bereits in einem fortgeschrittenen Zustand des Verfalls, fanden sie nichts. Sie erreichten den See als erste, während die zweite Gruppe die Erforschung der anderen Talseite gerade beendete, da es an dieser Stelle ein wenig breiter war.

Plötzlich stieß Joe einen seiner durchdringenden australischen Kriegsrufe aus und winkte ihnen zu, sie sollten sofort zu der Felswand kommen, vor der er stand. Zainal sprang, ohne lange zu überlegen, in den Bach, aber Whitby deutete auf einige verstreut liegende Steine, über die die anderen trockenen Fußes auf die andere Bachseite gelangen konnten. Zainal stand bereits in der Mitte des Bachs, wo ihm das Wasser bis zur Brust ging, und rannte auf Joe und die anderen zu, ehe seine Leute den Bach überquert hatten.

»Das gefällt mir ganz und gar nicht«, sagte Joe und drückte ein paar Äste beiseite, so daß das Skelett, das zwischen einigen größeren Felsbrocken lag, ungehindert zu sehen war.

»Es ist menschlich«, sagte Sarah. »Beziehungsweise das war es.« Sie erbleichte unter ihrer Sonnenbräune.

Kris schaute lange genug hin, um zu erkennen, daß der Schädel menschlich war, aber nicht das restliche Skelett. Es gab keine Arme, keine Beine, nur den Torso. Slav und Fek betrachteten den Fund und nickten gleichzeitig.

»Vogel«, schlug Fek vor und deutete mit einem Arm das Herabstoßen der fliegenden Raubtiere an.

»Möglich.« Joe räusperte sich betreten und ließ die Zweige wieder zurückschnellen.

Plötzlich reckten alle die Hälse und blickten hinauf zum Rand der Schlucht.

»Ah, sie hätten sicher längst angegriffen, wenn sie in der Nähe wären«, sagte Joe. »Sie haben doch nichts gehört, oder, Fek?« fragte er.

Fek schüttelte den Kopf und deutete nach oben. »Ich lausche hoch.«

»Wir wissen, daß die Flugbestien immer aus den Bergen herunterkommen, wenn sie angreifen«, sagte Sarah. Allmählich kehrte die Farbe wieder in ihr Gesicht zurück, während sie und die anderen den Schutz des nächsten Wäldchens aufsuchten.

»Ich höre gut«, fügte Fek hinzu und berührte ihre beiden Ohröffnungen.

»Wir haben ein paar Knochenhaufen gefunden, alle schon alt, die zum Teil halb im Erdreich vergraben waren«, sagte Joe. Er seufzte, während er den Blick über das Tal schweifen ließ. »Schade. Es wäre ein idealer Ort gewesen, um hier ein permanentes Hauptquartier einzurichten.«

Zainal schützte seine Augen vor der Mittagssonne, um sich die glatten Felswände anzusehen, die das Tal begrenzten. Er schüttelte den Kopf. »Wir müssen den Grund dafür herausbekommen.« Er zeigte auf den versperrten Paß. Dann klatschte er in die Hände, so daß alle erschraken. Er mußte grinsen. »Im Bach gibt es Fische. Wir sollten einige fangen und essen. Es ist Zeit.«

Bisher waren alle Bach- und Seebewohner genießbar gewesen, mit der einen giftigen Ausnahme des vielfüßigen Erdwurms, der nur in stillen Gewässern vorkam.

Die Dungreste, die sie eingesammelt hatten, verströmten einen derartigen Gestank, daß sie das Feuer mit Wasser löschten und ein neues mit abgestorbenen Ästen anfachten. Whitby übertraf alle anderen, indem er den orangegrau geschuppten Fisch mit bloßen Händen fing. Sie aßen sich alle satt, und am Ende war noch genügend Fisch für den nächsten Tag übrig.

Worrell und Chuck Mitford saßen am Feuer und genehmigten sich ein paar Krüge Bier, als sie ein rauhes Bellen hörten. Da es auf Botany keine Hunde gab, ließ der unerwartete Laut sie sofort zu ihren Dolchen greifen. Mitford rief dem Wachtposten zu, was los sei.

»Nichts rührt sich hier, Sarge«, lautete die Antwort. »Und der Erste Mond ist so hell, daß man klickweit in alle Richtungen freie Sicht hat.«

Ein zweites Bellen, das aus mindestens drei Silben bestand, erklang erneut, diesmal mit einem ungeduldigen Unterton. Sofort holte Worrell den Beutel hervor, in dem er die dünne Platte verstaut hatte, die Mic Rowland gefunden hatte.

»Wie, meinte Leon, bedient man diese Dinger?« erkundigte Worrell sich flüsternd bei Chuck.

Chuck nahm seinem stellvertretenden Kommandeur den Gegenstand aus der Hand und drückte auf den ersten Knopf. »Tikso damt. Chouma«, sagte er mit einer kehligen Stimme, als würde er husten, anstatt zu sprechen. Er legte das Gerät schnell auf den Tisch und starrte es an.

»Ich wußte gar nicht, daß Sie so gut Catteni sprechen, Sarge«, meinte Worrell staunend.

»Wer es auch ist, er verlangt einen Bericht. Ich sagte, später. Und er solle still sein«, erklärte Chuck Mitford. »Zumindest hoffe ich, daß er es so verstanden hat. Wo ist Zainal?«

»Immer noch in den Bergen auf der Suche nach geeigneten Lagerplätzen.«

»Mal sehen, ob ich ihn erreichen kann«, sagte Mitford und verband sein Handy mit der Antenne von Camp Rock hoch oben auf dem Felsmassiv. Er ließ den Rufton eine Zeitlang ertönen. »Entweder schlafen sie, oder sie sind außer Reichweite. Nun, wir sollten es so lange versuchen, bis er sich meldet. Eigentlich beherrscht Leon

Dane mehr Catteni als ich. Zumindest genug, um sie hinzuhalten, bis Zainal zurück ist.«

Leon Dane hatte zwar Dienst, war aber gerade nicht beschäftigt, als Mitford und Worrell ihn in den Höhlen der Krankenstation aufsuchten. Er hatte den Injektor und die Drogen erhalten, hatte sie aber liegenlassen, bis Zainal ihm vielleicht einige Hinweise auf den Inhalt der Ampullen gab.

»Demnach sucht jemand die Leute, die diese Nachtbestien offenbar verschlungen haben«, meinte Leon mit der Andeutung eines Lächelns. »Jemand hat wohl vergessen, die Landungstruppe über die diversen Lebensformen auf Botany aufzuklären. Es geschah ihnen recht. Meinen Sie, die sollten Zainal von hier wegholen?«

»Ich wüßte nicht, warum sie sonst vier Leute schicken sollten«, sagte Chuck Mitford. »Sie hätten zwar gegen uns nichts ausrichten können, nicht mal mit irgendeiner Guerilla-Taktik, aber sie konnten einen einzigen Mann schnappen. Zainal erwähnte mal, daß er eigentlich in seine Heimat zurückkehren sollte, um irgendeine Pflicht wahrzunehmen, der er sich lieber entziehen würde. Vielleicht wollen sie ihn so dringend zurückhaben, daß sie sogar versuchen, ihn mit Gewalt von hier wegzuschaffen.«

»Zeigen Sie mir mal das Gerät«, sagte Dane, und Chuck reichte es ihm. »Ach, das ist doch idiotensicher. Es ist bereits auf die Empfangsstation eingestellt. Also, was soll ich melden?«

»Interessiert es sie, ob ihre Leute sicher gelandet sind?« fragte Chuck.

»Das bezweifle ich.«

»Dann sollten wir durchgeben, daß sie sich verstecken. Und daß sie Zainal nicht gefunden haben ... nein, sagen sie ›Zielperson‹.«

»Emassi?« schlug Worrell vor, und Chuck nickte

zustimmend. Leon schrieb ein paar seltsame Zeichen, die aussahen wie Hieroglyphen, auf ein Stück Papier.

»Sie können auch schreiben?« fragte Worrell tief beeindruckt.

»Ein wenig«, erwiderte Leon mit einem schiefen Grinsen. In seiner Funktion als Arzt, der unter den wachsamen Augen ihrer Sanitäter Catteni behandelt hatte, war er in der Lage gewesen, sowohl ein wenig von der Sprache aufzuschnappen als auch den Untergrundkämpfern in Sydney behilflich zu sein. »Das meiste, das ich kenne, kommt aus dem medizinischen oder dem militärischen Bereich. Ich kann nicht um den Schreiber meiner Tante bitten oder etwas zu essen bestellen. Aber ich kann ganz gut emassi-typische Befehle formulieren.« Er schrieb etwas anderes auf, diesmal auf Englisch. »Wie klingt das, Sarge? ›Emassi nicht da. Gehen auf Suche. Melden uns morgen um gleiche Zeit. Wünschen keinen Kontakt.‹«

»Das klingt ziemlich echt. Sie würden sich tagsüber sicherlich vor unseren Leuten versteckt halten«, sagte Chuck nachdenklich. »Auf jeden Fall haben wir damit Zeit gewonnen. Können Sie das alles sagen?«

»Na klar«, sagte Leon und grinste breit. »Soviel Spaß habe ich die ganze Woche nicht gehabt.«

Sie gingen hinaus und stiegen auf den Felsen, um eine bessere Verbindung herzustellen. Der Mond beleuchtete die drei.

»Und ich komme mal wieder nach draußen«, sagte Leon und lachte ausgelassen. Dann wurde er wieder ernst, drückte auf den Sendeknopf, preßte sich mit der freien Hand ein wenig die Kehle zusammen und krächzte seine Botschaft. Er ließ den Knopf los und zählte stumm. Dann drückte er erneut auf den Knopf und wiederholte die Botschaft. Diesmal wurden seine Bemühungen mit einem einzigen Wort quittiert.

»Was war das?« wollte Chuck wissen.

»›Kotik.‹ Es heißt soviel wie ›verstanden‹. Kein Wort, daß ›wir‹ unsere Sache gut gemacht haben, aber Catteni erwarten keinen Dank, oder etwa doch?« Er gab Chuck Mitford das Gerät zurück. Sie wollten gleich wieder absteigen, als ihm plötzlich etwas einfiel. »Hey, vielleicht hätte ich weiblich klingen sollen. Sagten Sie nicht, daß eines der Opfer möglicherweise eine Frau war?«

»Ein Paar Stiefel ist viel kleiner als die anderen«, sagte Worrell. »Aber«, fuhr er fort und kratzte sich am Kopf, »ich glaube nicht, daß es bei den Catteni viele Kommandoeinheiten gibt, die von Frauen geführt werden.«

»Nein«, und nun klang Chuck ziemlich selbstgefällig, »aber sie könnten jemanden mitgeschickt haben, den zu treffen Zainal sich vielleicht gefreut hätte ... als eine Art Köder sozusagen.«

»Da haben sie sich aber verrechnet, nicht wahr?« meinte Leon knapp.

Als Kris, Sarah und Leila beschlossen, ein nachmittägliches Bad zu nehmen, fanden sie weitere Skelette. Leuchtend weiße Knochen, die im seichten Wasser zwischen den dicken Schilfhalmen lagen, die dort wuchsen.

»Das war's wohl«, erklärte Sarah und schloß wieder ihren Overall. »Ich frage mich bloß, was der Fisch gefressen hat, den wir zu Mittag verzehrt haben.«

Leila wurde ein wenig blaß um die Nase.

»Sarah!« rief Kris vorwurfsvoll. Sanitätspersonal hatte manchmal einen recht makabren Humor. Sie mußte schlucken, ehe sie hinzufügte: »Wir sollten uns lieber ansehen, welcher Art diese Knochen sind.«

Zainal watete ins Wasser, um einige der in Ufernähe liegenden Skelette einzusammeln. Diese wurden als Überreste von Luh-Kuh, Felsläufer, Turs und ein weiterer menschlicher Schädel mit anhängenden Halswirbeln identifiziert. Es war Leila, die auch ein paar Fischschuppen und Federkiele fand. Niemand hatte einen flüchtigen Blick zum Himmel geschickt, um nach irgendwelchen fliegenden Raubbestien Ausschau zu halten, aber alle waren sich darin einig, daß sie nicht gefiedert wären. Wahrscheinlich benutzten sie den See, um darin zu baden oder um sich zu putzen.

»Aber sie konnten nach Belieben ein- und ausfliegen. Die Sperre galt nicht ihnen«, sagte Sarah stirnrunzelnd.

»Es muß etwas gewesen sein, das den Farmern so heftig zusetzte, daß sie es um jeden Preis eingesperrt halten wollten«, sagte Kris und unterdrückte ein Frösteln. Sie informierte sich durch einen Blick über den Stand der Sonne. »Ich schlage vor, wir kehren zum Fahrzeug zurück und verschwinden von hier. Ich für meinen Teil möchte nicht an diesem See wohnen.«

Daher löschten sie das Feuer und begaben sich zur Barriere.

»Aufsteigen«, sagte Zainal zu den anderen. »Whitby, zu mir. Ich beobachte den Fluß ...«

Die beiden marschierten zum anderen Talende. Kris, Leila und Slav stiegen als erste an den Seilen empor. Als Kris dankbar die Felskante erreichte, konnte sie Zainal und Whitby sehen, wie sie die Stelle, wo der Bach im Felsen verschwand, genau untersuchten. Sie fragte sich, was Zainal dort zu entdecken hoffte. Sobald Fek, Sarah und Joe mit ihnen zusammentrafen, setzten sie ihren Weg die Klippen hinauf fort und erreichten den oberen Rand in dem Augenblick, als Zainal und Whitby die Barriere erklettert hatten und damit begannen, die Kletterausrüstung aus der Wand zu holen. Die anderen machten sich auf den Weg zum Fahrzeug, aber Kris wartete auf Zainal und Whitby.

»Und?« fragte sie, als Zainal sich neben ihr hochzog.

»Da unten hätte etwas durchschwimmen können«, sagte er.

»Das wäre aber ein verdammt riskantes Unternehmen«, meinte Whitby, »es sei denn, hier existierte eine Amphibienart, von der Sie mir noch nichts verraten haben.«

»Auf der Erde gibt es große Fleischfresser, die sehr gut schwimmen können«, sagte Kris.

»Auf der Erde«, räumte Whitby ein und nickte, während er sich über Stirn und Gesicht wischte. Er schaute die steile Felswand hinunter. »Wenn das betreffende Lebewesen nichts mehr zu fressen gehabt hätte, nicht einmal einen Fisch, wäre es wahrscheinlich ein solches Risiko eingegangen. Aber ich habe trotzdem nicht gerade den dringenden Wunsch, dieses Lebewesen kennenzulernen, was immer es auch sein mag. Schauen wir lieber mal nach der Antenne ...«

Er wurde durch das laute Summen von Zainals Handy unterbrochen.

»Hier ist Worrell. Seid ihr alle okay?« Der Australier war deutlich zu verstehen.

»Ja, alles klar. Wir waren den ganzen Tag in einem tiefen Tal«, lieferte Zainal die Erklärung für die lange Sendepause.

»Na gut. Hier gibt es ein Problem«, meldete der Aussie nun. »Sie müssen so schnell wie möglich zurückkommen, Zainal.«

»Was für ein Problem?« fragte Zainal, aber Kris glaubte aus seinem belustigten Augenzwinkern herauslesen zu können, daß er sich schon vorstellen konnte, worum es ging. »Sucht man mich?«

»Das nehmen wir an. Nur wurden sie nicht ausreichend vorbereitet.«

»Aasjäger?« fragte Zainal und grinste, als Kris sich entsetzt schüttelte.

»Na klar.« Worrell klang sehr zufrieden. »Und jemand erkundigt sich über die tragbare Komm-Einheit, die als einziges von ihnen übriggeblieben ist ... ach ja, außer den Schuhen. Leon erklärte ihnen, wer immer sie sind, daß Sie nicht da wären und daß immer noch nach Ihnen gesucht würde.«

»Soll ich mit ihnen gehen?«

Wenn Zainal nicht so breit gegrinst hätte, hätte Kris einen Schreck bekommen.

»Auf keinen Fall, Zainal«, wehrte Worrell beleidigt ab. »Chuck hat eine Idee.«

»Bin mal gespannt, ob wir dieselbe haben«, sagte Zainal und zwinkerte Kris zu. »Wir kommen so schnell wie möglich.«

»Haben Sie irgendwas Erwähnenswertes gefunden?«

»Das erfahren Sie, wenn wir zurück sind.«

Worrell unterbrach die Verbindung, und Zainal verstaute das Handy in der Tasche, die er dann verschloß.

»Darf ich wissen, worum es geht?« fragte Whitby mit unverhohlener Neugier.

»Warum nicht?« Zainal zuckte die Achseln und gab Kris mit einem Kopfnicken zu verstehen, sie sollte es ihm erklären.

Whitby lachte über Zainals Entschluß, »ich wurde abgeworfen, also bleibe ich«, auch, als er hörte, wie die Aasjäger das Problem kurzfristig gelöst hatten.

Aber weder Whitby noch Kris wagten zu fragen, welche Aufgabe so wichtig war, daß Zainal auf diese heimliche Art und Weise hatte entführt werden sollen.

Sie erreichten den Fuß des Abhangs.

»Wir machen uns sofort auf den Rückweg zum Lager«, entschied Zainal.

»Wir sind doch mindestens fünf Tage weit weg«, protestierte Joe.

»Auf dem Herweg haben wir einige Schlenker

gemacht«, erinnerte Zainal ihn. »Wir wechseln uns ab und fahren auch die Nacht hindurch.«

»Hey, das scheint aber wichtig zu sein.«

»Tja, irgend etwas Übles ist im Gange«, gab Zainal zu.

»Dann nichts wie los«, sagte Joe und rollte das letzte Kletterseil zusammen. »Ich fahre als erster. Ich konnte mich nämlich gerade ein wenig ausruhen.«

Slav und Fek standen auf der Ladefläche des Fahrzeugs, hielten sich am Aufbau fest und behielten die Umgebung wachsam im Auge. Sarah und Leila saßen neben Joe auf der breiten vorderen Sitzbank. Kris, Whitby und Zainal machten es sich hinten auf den Deckenrollen so bequem wie möglich. Zainal rutschte so weit es ging hinunter, bis er den Kopf auf Kris Bjornsens Schulter betten konnte. Dann verschränkte er die Arme vor der Brust und ließ sich von dem Schwanken des auf seinem Luftkissen sanft dahingleitenden Vehikels in einen friedlichen Schlaf wiegen.

KAPITEL 2

Sie kamen in Camp Rock bei Sonnenuntergang des nächsten Tages an, nachdem sie das Fahrzeug bis an die Grenze seines mittels Kollektoren geschaffenen Energievorrats belastet hatten. Joe war der Meinung, daß die beiden Vollmonde hell genug gewesen waren, um den Energievorrat auf hohem Niveau zu halten, aber Whitby und Leila hatten dem widersprochen. Diese unterschiedliche Bewertung sorgte für eine lebhafte Diskussion während der langen Fahrt, auf der sie nur lange genug anhielten, um dem Ruf der Natur zu folgen oder um ein paar Felsläufer zu erlegen. Es stellte sich heraus, daß Joe hinsichtlich der Energie recht gehabt hatte, allerdings hatte ihre Fahrt sich erheblich verlangsamt.

Der Wachtposten stieß einen lauten Ruf aus, als er sie sah, und läutete eine Glocke, damit Worrell und Mitford sie bereits auf dem Parkplatz, einer der neuesten Errungenschaften von Camp Rock, erwarteten. Ein großer Transporter und ein kleiner Rutscher, der alleine für Mitford reserviert war, besetzten den Platz.

»Wir haben das Schiff gehört«, sagte Zainal, während er den Platz des Fahrers verließ und heruntersprang. »Schon wieder ein Abwurf?«

»Ja, weitere dreizehnhundert unfreiwillige Kolonisten«, erklärte Mitford und verzog das Gesicht.

»Ihre Rasse sollte doch nicht allzu schwierig unter Kontrolle zu halten sein«, meinte Zainal grinsend.

»Wir mußten auch noch auf etwas anderes reagieren«, sagte Mitford und fletschte die Zähne.

»Erzählen Sie«, forderte Zainal ihn auf.

»Wir packen erst einmal aus«, sagte Joe taktvoll und gab den anderen ein Zeichen.

Zainal ergriff Kris' Arm. Mitford und Worrell gingen

die Steintreppe hinauf, die zum Büro auf der Anhöhe führte. Das mit zwei Räumen ausgestattete Steingebäude war auf einer ebenen Fläche errichtet worden. Es stand in sicherem Abstand über dem Niveau jeder möglichen Frühjahrsflut, die durch die Schlucht, die Camp Rock in der Mitte teilte, zu Tal schäumen könnte. Antennen und Solarzellen waren auf dem schiefergedeckten Dach des großzügig dimensionierten Bauwerks angebracht. Von einem Schreibtisch, der ebenso von Mitford wie von Worrell in seiner Funktion als Verwalter von Camp Rock benutzt wurde, hatte man durch das große Mittelfenster einen ungehinderten Blick auf das gesamte Lager. Durch das andere Fenster, es war ein wenig kleiner, konnte man zu den ersten Nutzäckern hinüberschauen.

Mitford lud seine Begleiter ein, auf den Hockern und Bänken, die bereitstanden, Platz zu nehmen. »Leon kommt gleich«, fügte er hinzu. »Ich will Sie nur kurz ins Bild setzen.«

Zainal nickte.

»Das Signal ertönte, kurz bevor wir den Transporter zur Landung ansetzen hörten.«

»Das alte Feld?« fragte Zainal.

Mitford nickte. »Wenigstens das haben sie richtig hingekriegt. Leon erhielt den Befehl, daß eine Kommandogruppe zum Transporter kommen und Sie in bewußtlosem Zustand abliefern sollte. Sicherlich hingen einige Leute an den Begrenzungshecken herum und taten nichts anderes, als die Augen offenzuhalten und auf ihre Handorganizer zu lauschen.«

»Was haben Sie erwidert?«

»Leon teilte ihnen mit, die Suche nach Ihnen wäre noch im Gange.«

Zainal runzelte die Stirn. »Welche Worte hat er benutzt?«

»Ich kannte die richtigen Formulierungen«, sagte

Leon, der soeben eintrat und sich kurz an den Türrahmen lehnte, um nach dem anstrengenden Aufstieg zu Atem zu kommen. »Als ich mich um die verwundeten Catteni kümmerte, war ständig eine Gruppe in meiner Nähe, die mich genau beobachtete. Dabei konnte ich eine Menge Emassi-Jargon aufschnappen. Ich half mir mit einem heiseren Flüstern, für den Fall daß es die Frau war, die die Meldung machte.« Zainal schüttelte den Kopf. Seine Miene war ausdruckslos. »Ich sagte« – damit legte Leon eine Hand an seine Luftröhre, um den Klang seiner Stimme zu verändern – »Mekichak Zainal obli. Tik escag erich. Tikso tag.« Er ließ die Hand sinken und fuhr mit normaler Stimme fort: »Das heißt wohl soviel wie: ›Zainal viel unterwegs. Kehrt bald zurück. Dann Meldung.‹« Leon schaute Zainal fragend an.

Es geschah nicht oft, daß der Catteni wie jetzt in schallendes Gelächter ausbrach und sich offensichtlich köstlich amüsierte. »Sie können es zwar nicht wissen, Leon, aber ich bin tatsächlich viel unterwegs. Sie haben genau das gesagt, was sie glauben werden. Wo ist das Gerät?«

Leon holte es aus einer Brusttasche. »Da ich der einzige bin, der genug Catteni beherrscht, habe ich es an mich genommen.«

Der Kommunikator sah in Zainals Händen winzig klein aus und konnte leicht in einer Tasche oder in einem Stiefel versteckt werden. Zainal untersuchte das Gerät sorgfältig, dann grinste er triumphierend.

»Das ist gut – sehr gut!« Zainals Augen funkelten vor Vergnügen.

»Die Dinge wurden in einem Stiefel gefunden.«

Damit legte Dane die anderen drei Gegenstände auf den Tisch.

Zainal hielt eine Ampulle ins Licht und knurrte ungehalten. »Vikso. In kleinen Dosen kann es für Sie sehr nützlich sein, Dane. Es schwächt die Muskeln.« Dabei ließ er schlaff die Arme baumeln, um zu demonstrieren, was er meinte, ehe er die Ampulle dem Arzt zurückgab.

»Demnach waren sie also entschlossen, Sie zu betäuben«, stellte Chuck Mitford fest, kippte mit seinem Stuhl leicht nach hinten und verschränkte die Arme vor der Brust. »Können Sie uns erklären, weshalb sie sich mit Ihnen soviel Mühe geben?«

Zainal lachte wieder verhalten. Er schien die Frage nicht gehört zu haben. »Das ist sehr nützlich«, sagte er und wedelte mit dem Kommunikator in der Luft, ehe er ihn auf die Steinplatte legte, die dem Sergeant als Schreibtisch diente. »Jetzt können wir eine Falle aufstellen. Zwei müßten wir kriegen.«

»Zwei Schiffe?« Kris begriff als erste, was gemeint war, noch bevor Mitford seinen Stuhl nach vorne kippen ließ und sich mit gespannter und hoffnungsvoller Miene über den Tisch lehnte.

»Zwei?« rief Worrell angesichts dieses kühnen Vorschlags verblüfft aus.

Zainal nickte und sah den Sergeant an. »Sie haben mich erfaßt. Du, Kris, wirst Nachricht sprechen, ich hätte gekämpft und zwei getötet. Du brauchst schnell Schiff, ehe Vikso« – damit tippte er gegen die Ampulle – »keine Wirkung mehr. Sie müssen landen, wo Emassi-Scout uns getroffen. Sie müssen leise landen.« Er senkte die Stimme zu einem dramatischen Flüstern. »Ohne Licht, und dann müssen sie zum Rand des Feldes gehen, um dir zu helfen, den gefangenen Zainal zu tragen.«

»Aber ich beherrsche nicht genug Catteni.«

»Du wirst, wenn du Nachricht schickst«, sagte Zainal, und sein Blick machte ihr klar, daß sie nicht aussteigen konnte. Schließlich hatte sie ihn Englisch gelehrt. Daß sie jetzt ein wenig Catteni lernen mußte, war nur fair. »*Du* hast mich gefangen.«

»Ich?« Kris schaute die anderen im Raum an, die sie

beinahe schadenfroh angrinsten. »Hört damit auf, Leute«, sagte sie mit einem scharfen Unterton.

»Beruhigen Sie sich, Kris«, sagte Mitford, der für ihre heftige Reaktion Verständnis hatte. Dann wandte er sich wieder Zainal zu. Es stand außer Frage, daß der Sergeant eine Menge riskieren würde, um sich in den Besitz eines Raumschiffs zu setzen, aber der eher vage Plan überzeugte ihn nicht sonderlich. »Sie haben sie also aus dem Schiff herausgelockt, wo sie hoffentlich von den Aasjägern verarbeitet werden – was dann?«

»Dann haben wir ein Scout-Schiff.«

»Und keine Vergeltungsmaßnahmen?« Mitford war äußerst skeptisch.

»Weshalb? Das Schiff wird starten ...« Die anderen schienen ihren Ohren nicht zu trauen, und Zainal grinste wieder. »Deshalb werden sie glauben, was als nächstes geschieht.« Er wandte sich an Kris. »Du schaffst es gerade noch, eine Meldung abzusetzen ... und dann ...« Er fuhr sich mit einem Finger quer über den Hals, sein Grinsen wurde noch breiter.

»Du hast uns schon wieder überwältigt?« Kris verdrehte verzweifelt die Augen. »Meinst du, das kaufen sie dir ab?«

»Abkaufen?« fragte Zainal. Er beherrschte die englische Sprache zwar schon erstaunlich gut, aber bestimmte Formulierungen waren ihm noch immer ein Rätsel.

»Uns glauben«, lieferte sie ihm die notwendige Erklärung.

»Auf Barevi habe ich dir demonstriert, wie schwer es ist, mich zu fangen.«

Kris lachte. »Okay. Ich sende also eine Nachricht, ehe du mich tötest ...«

»Und ich ändere den Kurs ...«

»Sie ändern den Kurs?« fragte Mitford mißtrauisch. Er

verengte die Augen und musterte Zainal nicht gerade freundlich.

»Damit der Mond das Schiff verbirgt, wenn es hierher zurückkommt.« Zainal lächelte beruhigend. »Ich bringe Kris mit ...« Mitfords Miene verdüsterte sich noch mehr, »und Bert Put und die Frau, Raisha Simonova – die von Ihrem Planeten aus in den Weltraum geflogen sind. Sie lernen, das Schiff zu bedienen. Es ist sehr einfach zu steuern. Sie können auch mitkommen«, fügte er hinzu und deutete vor Mitford eine Verbeugung an.

»Vielen Dank«, sagte Mitford und winkte kopfschüttelnd ab. »Ich bleibe lieber auf der guten alten Terra Firma. Aber die Raumfahrer mitzunehmen ist eine verdammt gute Idee.«

»Ich gehe an Ihrer Stelle, Sarge«, sagte Worrell, hob die Hand und schien es kaum erwarten zu können. »Wenn das möglich ist ...«, fügte er hoffnungsvoll hinzu. »In diese Geschichte sollen doch wohl nicht allzu viele Leute eingeweiht werden, oder?«

Mitford schüttelte den Kopf, sucht nach irgendwelchen Fehlern in dem Plan und schaute wieder zu Zainal. »Und Ihre Leute kommen nicht her, um nach dem Scout-Schiff zu suchen?«

»Ein Scout hinterlaßt nur eine schwache Spur, und sie sind nicht schnell genug, um hier nachzusehen.« Dabei vollführte er eine ausholende Geste, die ganz Botany einschloß. »Sie schauen nach, ob ich Freunde habe, die mich verstecken. Wenn sie zurückkommen, steht der Scout versteckt zwischen anderen Teilen aus Metall in Camp Narrow. So fällt er bei einer Scannersuche nicht auf.« Nach einem kurzen Moment fügte er hinzu: »Der letzte Ort, an dem sie mich vermuten würden, ist hier!« Er deutete auf den Boden und lächelte seine Zuhörer an.

»Nun, das denke ich auch«, erklärte Mitford, während sich seine Lippen ebenfalls zu einem Lächeln verzogen.

»Es wird funktionieren«, versprach Zainal mit derartiger Überzeugungskraft, daß auch Mitford Zuversicht schöpfte und Anstalten machte, sich von der Couch auf der anderen Tischseite zu erheben. Der Catteni grinste. »Danach ...« Alle hörten ihm aufmerksam zu, »dürfte das nächste Transportschiff, das hier eintrifft, eine Überraschung erleben, und schon haben wir zwei Schiffe zur Verfügung.«

Alle reagierten mit sprachloser Verblüffung auf diesen Plan. Mitford fand als erster seine Sprache wieder.

»So dumm sind Ihre Leute niemals«, sagte er.

»Nein?« Zainal hob sarkastisch die Augenbrauen. »In den Transportern kommen ausschließlich Drassi zum Einsatz. Keine Emassi. Die Schiffe, die hierherkommen, sind allesamt in einem ziemlich schlechten Zustand.« Er konnte sich auch diesmal ein Grinsen nicht verkneifen. »Sie sind völlig verschlissen. Wenn nun ein Schiff nach dem Start explodiert ...« Er spreizte die Hände und hob die Schultern.

»Das Schiff soll explodieren?« fragte Mitford und schob das Kinn vor.

»Eine Explosion wird vorbereitet, so daß Metall im Weltraum zurückbleibt, als Beweis für den Unfall. Deshalb müssen wir zuerst das Scout-Schiff in unsere Gewalt bringen. Es kann Trümmer ins All bringen. Dann haben wir zwei Schiffe.«

»Aber nur eins befindet sich in einem guten Zustand«, hob Mitford hervor.

Zainal schüttelte den Kopf. »Hier sind viele Leute ausgebildet, um an Maschinen zu arbeiten. Ich bin nicht nur Pilot. Ich weiß auch ...« Zainal klopfte ungeduldig mit dem Finger auf die Tischplatte, während er nach dem richtigen Wort suchte. »Wie man ... repariert.« Er lächelte. »Ich setze großes Vertrauen in Ihre Leute, Mitford. Also sollten auch Sie mir vertrauen.«

»Mein Gott, Zainal, das tue ich, glauben Sie mir«, erklärte Mitford mit Nachdruck und schlug mit beiden Handflächen auf die Tischplatte. »Und ich denke, das gilt für alle hier.« Die anderen nickten zustimmend. »Und es wäre toll zu wissen, daß wir hier nicht mehr festsitzen ...« Er hielt inne, schaute überrascht in die Runde. »Wissen Sie, ich bin eigentlich gar nicht mehr so erpicht darauf wie früher, Botany hinter mir zu lassen.« Er machte eine wegwerfende Handbewegung. »Werden die Emassi sich nicht an der Erde rächen, wenn sie hier auf Botany ein Scout- und ein Transportschiff verlieren?«

»Das glaube ich nicht.« Leon Dane hatte grinsend das Wort ergriffen. »Die Catteni, die ich kennengelernt habe, betrachten uns als höchstens eine Entwicklungsstufe über den Ureinwohnern rangierend. Unsere Sabotageakte und Aufstände hören ihrer Meinung nach in dem Augenblick auf, wenn sie die Anführer zusammengetrieben und hier abgeladen haben.«

»Oder woanders.« Diese Bemerkung Zainals rief sie unsanft in die Wirklichkeit zurück. »Es gibt noch andere Planeten, die ... für eine Besiedlung getestet werden müssen. Nicht nur dieser. Ich habe nur eine Sorge«, meinte er und schaute Worrell an.

»Das freut mich fast zu hören«, sagte Mitford grinsend. »Und welche?«

»Daß Lenvec, der mich mit dem ersten Scout-Schiff holen sollte, mit einem höherrangigen Kommandeur spricht und verlauten läßt, daß wir hier über Technologien verfügen, die nicht mitgeschickt wurden, und daß dieser Planet ganz gut funktioniert. Das wäre schon ein weiterer Grund, um mich wieder einzufangen.«

»Wie groß ist die Wahrscheinlichkeit, daß er das getan hat?«

Zainal wiegte nachdenklich den Kopf. »Er kann ziemlich hartnäckig und überzeugend sein, aber ...« Er schnaubte, »... viele Catteni glauben nur das, was sie glauben wollen.«

»Genauso wie einige Menschen, die ich kenne«, meinte Leon mit spöttischem Unterton.

»Demnach haben wir sogar etwas, womit wir uns verteidigen können, falls die Farmer hier nachschauen sollten«, sagte Worrell und war sichtlich erleichtert.

Zainal schüttelte den Kopf. »Nur der Scout verfügt über Waffen. Aber zwei Schiffe sind besser als keins, und außerdem gibt es für den Scout auch noch andere Verwendungen.«

»Zum Beispiel eigene Erkundungsunternehmen?« fragte Mitford.

»Ich für meinen Teil würde gerne wissen, wer die anderen Eigentümer sind. Sie nicht?« fragte Zainal. »Außerdem sind es nicht nur die Catteni, die Ihre wahren Feinde sind. Es sind die Eosi. Wer diesen Planeten landwirtschaftlich nutzt, wer den Kommandoturm zurückgelassen hat, könnte durchaus stärker, klüger und besser sein als die Eosi.« Er lehnte sich zurück und beobachtete, wie Mitfords Miene sich veränderte, als er diesen Gedanken weiterverfolgte. »Ich möchte nicht, daß die Eosi weiterhin mein Volk beherrschen. Oder Ihres. Es ist das erste Mal, daß ich berechtigte Hoffnung schöpfe, die Herrschaft der Eosi zu beenden.«

»Mich laust der Affe«, murmelte Mitford und ließ entspannt die Schultern sinken, nachdem er Zainals Plan kennengelernt hatte.

Er brach in schallendes Gelächter aus, in das auch Leon Dane und Worrell einstimmten.

»Das ist es also, was du dir während der gestrigen Rückfahrt ausgedacht hast«, sagte Kris und musterte ihn mit großen Augen.

»Ist das alles nicht ein wenig hoch gegriffen?« fragte Mitford, aber der Glanz in seinen Augen und das energisch vorgereckte Kinn verrieten, daß er durchaus einverstanden war.

»Ja, sicher«, sagte Zainal achselzuckend, »und warum nicht?«

Mitford schlug wieder krachend auf den Tisch. »Ja, warum eigentlich nicht?«

»Wir können es *versuchen* . . .«, sagte Leon und schlug sich mit der flachen Hand klatschend auf den Oberschenkel. »Bei Gott, ich will es!«

»Meinen Sie, wir sollten?« fragte Worrell. »Es wäre durchaus möglich, daß sie ziemlich sauer auf uns sind, weil wir uns in ihre landwirtschaftlichen Aktivitäten eingemischt haben . . .«

»Aber wer hat uns denn hierhergebracht?« fragte Kris. »Warum mußt du so tun, als würde das Transportschiff explodieren? Und weshalb mußt du mit dem Scout auf Schleichwegen nach Botany zurückkehren?«

»Wir müssen den Satelliten austricksen.«

Mitford hob die Augenbrauen.

»Den Satelliten?« rief Worrell entsetzt.

Zainal hielt den schlanken Kommunikator hoch. »Sie haben einen, weil er die Nachrichten übermittelt. Ein Satellit gehört zu jedem Kolonialplaneten. Er sendet die Berichte. Er muß nur die richtigen abstrahlen, damit wir die Empfänger überzeugend täuschen.«

»Einen Punkt müssen Sie mir aber erklären, Zainal, okay?« sagte Mitford und fuhr fort, als Zainal bereitwillig nickte: »Weshalb wollen die, daß Sie etwas tun, wovon Sie nichts wissen wollen?«

Zainal lachte rauh. »Ich wurde von Eosi dafür ausgesucht. Sie können sich dafür nehmen, wen sie wollen.«

»Und was genau sollen Sie tun?« fragte Mitford direkt.

Die Veränderung in Zainals Körperhaltung und Miene ließ Kris einen eisigen Schauer über den Rücken rieseln und brachte Mitford dazu, sich unwillkürlich zu ducken.

»Die Eosi benutzen Körper.« Dann, indem er sich einen unmerklichen Ruck gab und sich straffte, signalisierte Zainal, daß er sich zu diesem Thema nicht mehr äußern wollte, und fuhr statt dessen fort: »Also, holen wir uns das Scout-Schiff?« Er schaute Kris, Dane und Worrell nacheinander fragend an, ehe er sich Mitford zuwandte. »Es ist zu schaffen, aber wir müssen sofort handeln. Kris muß auswendig lernen, was sie sagen soll. Und dann brauche ich Bert Put und eine Frau. Ist das möglich?«

»Klar«, sagte Mitford, griff nach dem Handy und tastete den Code für Camp Narrow ein. »Hey, Latore? Schicken Sie Bert Put und Raisha Simonova sofort hierher, klar? Es hat sich etwas Wichtiges ergeben. Wir brauchen sie hier vor ...« er warf einen Blick zu Zainal, der zwei Finger in die Höhe streckte. »... dem zweiten Mondaufgang. Okay?« Dann hielt er inne und dachte angestrengt nach. »Wir nennen dies Phase Eins, und es bleibt alles unter uns.« Die anderen nickten. »Über Phase Zwei unterhalten wir uns, wenn Phase Eins so läuft wie geplant.«

»Das wird sie«, sagte Zainal mit dem Brustton der Überzeugung.

»Phase Drei ...« Und dabei deutete Mitford mit dem Finger auf Zainal. »... muß weitaus gründlicher geplant werden.«

Zainal war voll und ganz seiner Meinung.

»Verdammt, Sarge«, sagte Leon Dane mit bebender Stimme, »allein der Gedanke an Phase Drei ... macht mich ganz heiß. Stellen Sie sich mal vor, wie nachhaltig sich dieses Unternehmen auf die Moral unserer Leute auswirken wird.«

»Daran denke ich schon die ganze Zeit.« Mitford hatte die Stimme zu einem halben Flüstern herabgesenkt. »Ich möchte auch nicht den Anflug eines seligen Grinsens auf

Ihren Visagen sehen, wenn Sie diesen Raum verlassen. Es geht uns im Augenblick sehr gut, viel besser als je zuvor, und ich möchte keine falschen Hoffnungen enttäuschen müssen. Immer schön einen Schritt nach dem anderen.«

»Sie meinen wohl eine Phase nach der anderen, nicht wahr?« sagte Kris.

Tatsächlich hätte sie am liebsten die sehnsüchtige Hoffnung hinausgeschrien, die Zainals Plan in ihr geweckt hatte. Das erste Schiff in ihre Gewalt zu bringen wäre ein ganz toller Coup. Danach auch noch ein Transportschiff zu entführen würde allen auf Botany beweisen, daß sie sich durchaus mit den Catteni messen könnten. Wie Phase Drei aussehen sollte, wußte sie nicht genau, aber über zwei weltraumtüchtige Schiffe zu verfügen versetzte sie in die Lage, herauszufinden, wer die Besitzer von Botany waren. Würde das Scout-Schiff der Catteni den riesigen Kreuzern folgen können, die die Farmer zum Einsammeln der Ernte nach Botany schickten? *Zuerst*, sagte sie sich, *solltest du den Scout haben. Dann kannst du weiterträumen.* Und falls es sich um eine Rasse handelte, die sich dagegen wehrte, daß ihre Versorgungsplaneten von einer anderen raumfahrtfähigen Macht übernommen wurden, dann kame es vielleicht zu Phase Drei. Und Erde und Catten würden sich von der Herrschaft der Eosi befreien können.

»Richtig.« Mitford lächelte sie seltsam an. »Raumschiffe zu erobern ist sicherlich um vieles besser, als herumzusitzen und auf den nächsten Abwurf zu warten.« Er fing Zainals Blick auf und begann die einzelnen Punkte an den Fingern abzuzählen. »Sie bringen Kris bei, was sie sagen soll, wenn der Scout während des zweiten Mondaufgangs landet, klar?« Zainal nickte. »Schön, wenn der Scout keinen Verdacht schöpft und tatsächlich landet und die Besatzung das Schiff verläßt ... woher sollen sie wissen, daß Sie bereit sind, mitgenommen zu werden? Ich kann unmöglich nachts jemanden auf das Feld hinausschicken.«

»Luftkissenfahrzeuge locken keine Aasfresser an«, erinnerte Zainal ihn.

»Während unserer Rückfahrt«, fügte Kris hinzu, »haben wir festgestellt, daß das Licht des Vollmonds ausreicht, um die verbrauchte Energie zu ersetzen.«

»Sehr gut«, lobte Mitford. »Wir halten also Ersatzleute weit genug entfernt auf dem Feld bereit ...«

»Fahrzeuge bewegen sich in Richtung Catteni«, sagte Zainal und nickte, »aber nicht so schnell, weil sie schwer beladen sind.« Er deutete mit dem Daumen auf seine Brust. »Nämlich mit mir.

»Gut ... damit haben die Aasjäger genügend Zeit anzugreifen. Und wenn die Catteni sie erschießen? Dieser Lenvec-Emassi dürfte bei seiner letzten Reise hierher gesehen haben, zu was diese Erdbestien fähig sind.«

Zainal zuckte die Achseln. »Im Winter sind Aasjäger sehr hungrig, sehr schnell und schnappen nach Füßen. Oder wir sind human«, und er grinste, als er die allgemeine Reaktion auf dieses Wort bemerkte, »und töten sie, ehe sie wissen, was los ist. Wir besitzen schnelle und leise Waffen. Lanzen, Pfeil und Bogen, Steinschleudern.«

»Werden Sie niemanden an Bord zurücklassen?« wollte Mitford wissen.«

Zainal hob die Schultern. »Ich bin betäubt. Es werden zwei oder drei Leute nötig sein, um mich zu tragen. Wenn im Schiff einer ist, sobald wir die Luke öffnen, ist es aus für ihn.« Er klopfte auf das Messer an seinem Gürtel. Mitford nickte zustimmend. »In Ordnung ... alles verläuft wie geplant, und Sie und Ihre Mannschaft starten zu Ihrer Irreführungsnummer. Ein kleiner Punkt noch. Kris mag ja nützlich sein, um die Mannschaft herunterzulocken, aber wenn Sie die Crew überwältigen, würden sie dann nicht als erstes die Frau töten, weil sie Sie betäubt hat?«

Zainal nickte langsam. Er wußte genau, was Mitford nicht auszusprechen wagte. »Leon spricht Catten. Ich kann nicht reden, weil sie von meiner Stimme eine Aufnahme haben. Leon kann die letzte Nachricht durchgeben.«

»In Ordnung.« Mitford musterte Kris mit einem fragenden Blick. »Sie haben verstanden, nicht wahr?«

Kris nickte und machte sich nicht die Mühe, die Bitterkeit zu überspielen, die sie bei diesem Gedanken empfand.

»Du wirst ein anderes Mal mitfliegen«, sagte Zainal zu ihr und betrachtete sie mitfühlend.

»Also, Moment mal, Mitford.« Dane setzte zu einem Protest an.

»Leon wird die notwendigen letzten Worte sprechen«, entschied Zainal und fixierte weiterhin Kris. »Das dürfte sie überzeugen.«

»Das sollte es auch lieber.« Kris starrte Mitford wütend an. Wie konnte er es wagen, den Verdacht zu äußern, daß sie und Zainal so egoistisch wären, das Schiff selbst in Besitz zu nehmen, sobald sie beide an Bord waren?

»Weshalb brauchen Sie Bert und Raisha?« fragte Worrell.

»Sie müssen schnellstens lernen, einen Scout zu lenken. Je mehr Leute dazu fähig sind, desto besser ist es.« Zainal zeigte wieder sein altes Grinsen. »Und das sollte möglichst bald geschehen.«

»Das sehe ich ein«, sagte Mitford und wagte es nicht, Kris in die Augen zu blicken. »Demnach gilt für Phase Eins grünes Licht ... und höchste Geheimhaltungsstufe. Setzen Sie Ihr Team für die Steuerung des Schiffs und die ... Exekutionen ein, Zainal. Slav und Fek können in der Dunkelheit sehr gut sehen. Ich schicke Bert und

Raisha zu Ihnen, sobald sie hier eintreffen.« Dann fiel ihm noch etwas Wichtiges ein. »Hat Ihr Trupp eigentlich etwas Bedeutsames gefunden, ehe Sie zurückgerufen wurden?«

Verblüfft über diesen abrupten Wechsel zur Tagesroutine, starrte Kris den Lagerchef entgeistert an.

»Ein sehr interessantes Tal«, sagte Zainal und verstaute den Kommunikator in der Tasche, ehe er den Sack mit den Stiefeln hochhob. Leon packte die medizinischen Fundstücke zusammen. »Joe und die anderen können alles weitere besprechen.« Dann streckte er Kris seine freie Hand entgegen. »Sie müssen jetzt lernen, wie eine Catteni-Frau zu sprechen.«

»Nach allem, was Sie getan haben«, murmelte Leon Dane, während er hinter ihnen hinausging, »dürfte er wohl kaum Ihre Integrität in Zweifel ziehen, oder?«

»Keine Sorge, Leon«, sagte Zainal.

»Die Sorgen mache ich mir schon«, sagte Worrell, aber sein Tonfall machte deutlich, daß er Mitfords vorsichtige Haltung, aufgrund derer er Kris nicht gestattete mitzufliegen, als unnötig betrachtete.

»Aber nicht wegen heute nacht«, sagte Zainal und klang für Kris viel zu unbeschwert, wenn man sich vorstellte, was er soeben in Gang gesetzt hatte.

Dann dachte Kris wieder an seine völlig farblose Stimme, mit der er gesagt hatte: »Die Eosi benutzen Körper.« Kein Wunder, daß er sich dieser Pflicht entziehen wollte. Sie wußte genau, daß er es haßte, fremdbestimmt zu werden. Und dennoch ließen seine ursprünglichen Andeutungen über ›diese Pflicht‹ darauf schließen, daß sie für die Emassi eine Ehre war und daß es sie mit einem gewissen Stolz erfüllte, sie wahrzunehmen. Hatte die Zeit auf Botany ihn so grundlegend verändert, oder lag es einfach daran, daß er nun eine Möglichkeit sah, einer vielleicht schrecklichen Zukunft zu entgehen? Dann überlegte sie, wie weit dieses ›Besitzen‹, diese Fremdbestimmung, reichte. Wurde nur der Körper von den geheimnisvollen Eosi als eine Art Vehikel benutzt? Ober unterwarfen sie sich die gesamte Persönlichkeit, so daß von dem ursprünglichen Individuum nichts mehr übrigblieb? Oder . . . was?

»Denk nicht darüber nach«, sagte Zainal leise und ergriff sanft ihren Arm, als sie den Abstieg beendet hatten. »Ich meine nicht Mitford.« Dann winkte er den anderen Mitgliedern ihres Teams zu, die offensichtlich darauf warteten, Mitford ihre Berichte liefern zu können. »Geht ruhig rauf. Er wartet schon auf euch.«

»Wir sind wieder in unserem alten Quartier«, teilte Sarah ihm mit, während sie hinter Joe die Treppe hinaufstieg. »Wir haben Ihre Sachen schon dorthin gebracht.«

»Prima. Wir haben beim zweiten Mondaufgang noch etwas zu erledigen. Ich erzähle es Ihnen später.«

Kris wußte, daß Sarah es kaum erwarten konnte, endlich zu erfahren, weshalb Dane und Worrell anläßlich einer Abschlußbesprechung nach einem Erkundungsunternehmen ebenfalls in Mitfords Büro gewesen waren.

»Sollen wir erst baden gehen?« fragte Zainal, während sie zu ihrem Quartier in der Michaelstown-Höhle gingen.

»Das kannst du wohl annehmen. Ich denke viel schneller, wenn ich sauber bin«, sagte Kris, aber sie brauchte nicht nur das kalte, frische Wasser des Sees, um ihren Zorn zu dämpfen, sondern sie wollte endlich mal wieder mit Zainal allein sein . . . falls sie das Glück hatten, die einzigen im See zu sein.

Sie hatten Glück, und in ihrem Quartier fanden sie saubere Overalls. Zainal verstaute den Kommunikator der Catteni sorgfältig zusammen mit seinem Handy in der Tasche seines frischen Anzugs, ehe sie sich auf den Weg zu ihrem Badeplatz machten.

Er schien diese Gelegenheit ebenfalls zu etwas ganz Besonderem machen zu wollen. Sie seiften sich gegenseitig ausgiebig ab, dann schwammen sie im sicheren Teil des Sees, der abgetrennt war gegen die kräftige Unterströmung, ehe sie aus dem Wasser stiegen, um sich gegenseitig abzutrocknen. Das wiederum bot ihnen ausreichend Gelegenheit, ihre innere Anspannung abzubauen. In solchen Momenten staunte Kris, wie grundlegend Zainal von den anderen Catteni, sogar den Emassi, abwich. Sie wußte, daß ihre Verbindung mit Zainal nicht allgemein akzeptiert wurde, aber diese Haltung hatte sich – mit wenigen Ausnahmen – während der letzten Monate grundlegend geändert, da viele Siedler auf Botany erkennen mußten, wieviel sie Zainals Anwesenheit auf dem Planeten zu verdanken hatten. Fremdenhaß wurde von Mitford oder Easley bei ihrem Bemühen, die Welt den neuen Bewohnern zugänglich zu machen, in keiner Weise geduldet oder gar gefördert.

Ihre Überlegungen wurden in dem Augenblick unsanft gestört, als sie wieder in die Haupthöhle hinaufstiegen und Zainal ihr in rauhem Befehlston einige Anweisungen gab.

»Wir brechen schon auf?«

»Der zweite Mond geht bald auf. Du mußt bereit sein.«

»Ich muß wissen, was diese Laute bedeuten, Zainal«, beklagte sie sich.

»Sprich die Laute richtig aus, dann erkläre ich dir die Bedeutung«, sagte er und wiederholte die ersten vier stakkatohaften Silben. Sie gab sich alle Mühe, sie zu imitieren ... obgleich sie an der Anhäufung von Reibelauten beinahe erstickte. Dieses Charakteristikum der cattennischen Sprache hatte sie bereits erkannt. Es klang so ähnlich wie Deutsch mit französischem Akzent ... oder wie ein sehr kehliges Französisch mit einem ausgeprägten deutschen Akzent und einer kleinen Prise Chinesisch dazwischen.

Als sie die Haupthöhle erreichten, bewältigte sie die ersten Silben zu seiner Zufriedenheit. Die Essensausgabe war noch geöffnet, und sie stellten sich in die Warteschlange, um sich ihre Portionen zu holen. Sie fanden einen abseits stehenden Tisch auf einer der Aussichtsterrassen, außer Hörweite der anderen Esser, die ihre Mahlzeit in der milden Abendluft einnahmen. Die erste Sonne Botanys war noch nicht untergegangen, aber der erste Mond stand bereits über den Bergen im Osten als bleiches Gespenst dessen, was vom Sonnenschein noch übrig war. Das erinnerte Kris daran, daß die Zeit knapp bemessen war.

Weil sie schon immer besser hatte lernen können, wenn sie sich visueller Hilfen bediente, kratzte Kris mit einem scharfkantigen Stein die Laute, die Zainal ihr vorgesagt hatte, auf eine glatte Unterlage, und sprach sie nach, so gut sie konnte. Als sie glaubte, daß sie den Klang perfekt getroffen hatte, schüttelte Zainal den Kopf.

»Was ist denn daran nicht gut?«

Er schüttelte erneut den Kopf, klopfte ihr aber besänftigend auf die Schulter. »Du klingst nicht ... böse genug.«

»Böse?«

Er knurrte die Worte, deren Bedeutung sie nun kannte. »Meldung. Zainal gefunden. Hat sich heftig gewehrt. Zwei Tote. Er ist betäubt. Landen, wo Lenvec war. Kein Licht. Warte auf Feld.«

Sie versuchte es erneut so kehlig wie möglich und erkannte, daß es alles andere als perfekt war.

»Sieh doch, ich knurre eben leise. Wie sollen sie irgend etwas bemerken?«

»Es könnte aber passieren.« Dann hob er die Hand. »Was hat Leon getan, um heiser zu klingen?«

»Er hat sich an den Hals gefaßt.« Sie versuchte es ebenfalls und wiederholte die Worte. Dabei hoffte sie, daß sie sich nicht selbst erwürgte.

»Das ist es!« rief Zainal und klatschte in die Hände. »Und jetzt hör genau zu ...« Er rasselte einen Satz herunter, von dem sie gerade drei Worte verstand. »Meldung«, »Tote« und »landen«.

Sie sagte ihm, was sie verstanden hatte.

»Du könntest gefragt werden. Du mußt wissen, was du auf jede Frage antworten mußt.«

»Was ist mit ›ich weiß nicht‹?«

»Du mußt klingen, als wüßtest du alles. Also sag zuerst ›Chouma‹ – ›still‹ –, als ob du belauscht werden könntest. Dann ›Schkelk‹ ...« Kris richtete sich verblüfft auf, denn sie wußte, was es bedeutete.

»›Zuhören‹?«

Zainal lächelte überrascht und nickte. »Sag es so rauh du kannst, denn du redest mit einer sehr dummen Person.«

»Ich habe dieses Wort sehr oft auf Barevi gehört«, sagte Kris traurig, und dann stieß sie das Wort mit angemessener Heftigkeit hervor. Zainal lachte und gab ihr einen aufmunternden Klaps auf die Schulter.

»Sprich alle Worte in diesem Ton aus, und sie werden dir nicht widersprechen. Du klingst fast wie eine Emassi. Nach ›Schkelk‹ wiederholst du die erste Meldung, um sicherzugehen, daß sie dich richtig verstanden haben. Danach sagst du ›Kotik?‹, was soviel heißt, daß sie dir keine weiteren Fragen stellen sollen.«

»Verstanden.«

Er ließ sie ständig wiederholen, bis er zufrieden und ihre Stimme heiser genug war, ohne daß sie sich die Kehle zudrücken mußte. Sie stellte überrascht fest, daß der erste Mond schon hell und hoch am Himmel stand, als er endlich meinte, sie sei gut genug.

Er holte den Kommunikator hervor und hielt ihn hoch. »Jetzt!«

»Jetzt? Du meinst, wir machen es heute nacht?« Sie geriet in Panik. Sie war noch nicht soweit. »Aber Bert und Raisha ...«

»Sie sind da. Ich habe gesehen, wie sie hineingefahren sind. Ich bereite sie ebenfalls vor. Daher schicken wir die Meldung jetzt gleich. Noch hast du alles frisch in deinem Kopf. Und in deinem Mund.«

Er drückte auf den Sensorknopf, und für Kris viel zu schnell antwortete eine Stimme. Sie schluckte, sagte ihren einstudierten Text auf und überging eine Frage mit einem harten, rauhen »Schkelk«, wie es ihr erklärt worden war. Zainal nickte und deutete ihr mit einer Geste an, daß die Unterbrechung nichts zu bedeuten hätte. Sie sagte »Chouma« – so bösartig sie konnte – und nahm sofort wieder den gelernten Text auf. Mittlerweile hatte sie soviel Angst, daß ihr abschließendes »Kotik?« genauso heftig und drohend herauskam wie aus dem Mund des schlimmsten cattenischen Gefangenenwärters.

Ein beinahe zaghaftes »Kotik« sowie zwei Silben, die sie nicht verstand, waren die Antwort, und Zainal unterbrach die Verbindung.

»Baby, du warst ganz toll!« Zainal fuhr ihr durchs Haar und drückte sie liebevoll an sich.

»Aber was war das zum Schluß?«

»Dein Name. Du bist – oder warst – Arvonk.«

Kris verzog das Gesicht. »Ein schrecklicher Name.«

»Aber nützlich zu wissen.«

»Sie haben aber furchtbar schnell geantwortet.«

Zainal nickte. »Klar, sie wollen Zainal schnellstens zurückhaben. Sie bleiben dort, bis sie mich kriegen.«

»In einem größeren Schiff?«

»Das Scout-Schiff reicht für dieses Unternehmen völlig aus.«

»Aber sie kriegen dich nicht!« sagte sie und sprang auf.

»Nein, das tun sie nicht«, meinte er, ergriff ihre Hand und lief mit ihr hinunter zu Mitfords Büro.

Mitford mußte aufgepaßt haben, denn die Leute, mit denen er sich unterhielt, wurden sofort hinauskomplimentiert. Überrascht gingen sie an Zainal und Kris vorbei. Bert Put, dessen schmales Gesicht einen gespannten Ausdruck zeigte, und Raisha Simonova eilten durch die Schlucht, die das Lager durchschnitt, um nicht zu spät zu kommen. Gleichzeitig mit Zainal und Kris erreichten sie Mitfords Büro.

»Sind Sie mit der Meldung durchgekommen?« fragte Mitford.

»Sie kommen. Kris hat gesprochen wie eine echte Emassi.« Zainal grinste mit unverhohlenem Stolz, während er für sie die Tür aufhielt.

»Ich mußte es ja auch oft genug aufsagen, ehe es richtig rauskam«, sagte sie unwirsch, und Mitford bot ihr zum Trost sofort eine Tasse Kräutertee an, von dem jeder, der ihn einmal gekostet hatte, voll des Lobes war.

Bert und Raisha setzten sich zaghaft hin. Kris erkannte sofort, daß sie keine Ahnung hatten, weshalb sie zu dem Treffen bestellt worden waren.

»Haben Sie schon mit Ihren Leuten gesprochen, Zainal?« erkundigte Mitford sich.

»Noch nicht. Sie werden tun, was getan werden muß, und das ohne Murren.«

Mitford gab einen undefinierbaren Laut von sich und kratzte sich am Hinterkopf. Er vermied es noch immer, Kris in die Augen zu blicken. Was sie irgendwie friedlich stimmte.

»Kann ich mal etwas zum Schreiben haben?« fragte

Zainal, und Mitford reichte ihm schnell ein paar Bögen Papier und einen Bleistift. Mit kräftigen, klaren Strichen skizzierte Zainal das Innere des Scout-Schiffs. Berts Augen weiteten sich, während Raisha die Zeichnung mit wachsender Faszination betrachtete.

»Das Innere eines Catteni-Scouts?« fragte Bert und schaute Zainal ungläubig an. Raisha rutschte vor bis zur Kante ihres Hockers.

»Haben Sie ihnen nichts von Phase Eins erzählt, Sergeant?« wollte Zainal wissen, während er seine Zeichnung vervollständigte.

Kris verbarg ihr Grinsen hinter der Hand, denn Zainal hatte sich plötzlich in einen typischen Emassi verwandelt, und Mitford reagierte, indem er sich kerzengerade aufrichtete, wie es sich für einen Untergebenen gehört. Er warf einen spaßigen, aber respektvollen Blick in Zainals Richtung, ehe er das Wort ergriff.

»Bert, Raisha, wir haben die Absicht, uns heute nacht ein Scout-Schiff zu schnappen«, sagte er, und beiden sackte der Unterkiefer herunter. »Vor ein paar Nächten hat ein Schiff der Catteni vier Kommandotypen auf einem Feld abgeladen.«

»Oho!« sagte Raisha und wurde blaß.

»Das war dann wohl ihr erster Fehler«, sagte Bert mit einem selbstzufriedenen Grinsen.

»Und ihr zweiter Fehler war anzunehmen, es wäre einfach, Zainal zu finden«, sagte Mitford. »Glücklicherweise haben die Aasfresser Stiefel und einige andere ungenießbare Teile der Ausrüstung übriggelassen. Daher können wir das Scout-Schiff hierherlocken.«

»Sie meinen, heute nacht?« Raisha rutschte auf ihrem Hocker noch weiter nach vorne und atmete tief ein.

Kris konnte in diesem Moment nicht mehr an sich halten. »Ich habe sie angewiesen, leise zu landen, ohne Licht, um mich und den bewußtlosen Zainal abzuholen.

Ich brauchte Hilfe, um ihn zu transportieren; er hätte bei einem Fluchtversuch zwei Leute umgebracht, ehe ich ihn ausschalten konnte.« Raisha schaute ein wenig verwirrt drein. »Ein Paar Stiefel war erheblich kleiner. Cherchez la femme.«

»Ach, ich verstehe«, sagte Raisha. »Nur wie können wir den Aasfressern entgehen?«

Mitford schilderte den Rest von Phase Eins, und die beiden klatschten Beifall, als er geendet hatte.

»Sehen Sie, ich habe eine lange Ausbildung absolviert, bin aber nur einmal geflogen«, begann Raisha unsicher.

»Ich hatte nur zwei Flüge, aber einen als Navigator«, sagte Bert, obgleich beide trotz ihrer Unerfahrenheit unbedingt mitmachen wollten.

»Sie werden es schon schaffen«, sagte Zainal so überzeugt, daß sie ihre Einwände vergaßen. »Ein Scout-Schiff kann höchstens sechs Personen befördern. Vier wurden abgesetzt. Ich denke, es sind demnach nur noch zwei übrig. Beide können gebeten werden, Arvonk, der Kontaktperson, behilflich zu sein.« Er deutete auf Kris. »Vielleicht auch nicht. Wenn wir sie töten müssen und dann ins Schiff steigen, sieht es darin so aus.«

Er führte sie auf der Zeichnung ins Innere des Scout-Schiffs, machte sie mit der Kontrolltafel vertraut und erklärte ihnen die einzelnen Schritte der Flugvorbereitung. Er nannte ihnen die Farben der wichtigsten Schalter und zeichnete Diagramme der Symbole über den Kontrollen. Sie konzentrierten sich auf Mitfords Vortrag, und Kris konnte spüren, wie sie die Worte und die Zeichnungen in ihrem Gedächtnis speicherten.

»Wir nehmen Leon, der Catten spricht, um eine letzte Warnung vor Zainal und seinen Tricks zu senden ...« Wieder führte er den Finger an seinem Hals vorbei und grinste. »Ich zeige Ihnen, wie Sie den Mond umkreisen und anschließend wieder landen.« Er wandte sich an

Mitford. »Wir verstecken den Scout, und dann bringe ich Ihnen schnellstens bei, wie man ein Schiff der Catteni lenkt.«

»Das tun Sie?« Bert sprangen fast die Augen aus dem Kopf, während Raisha plötzlich gelassenes Selbstvertrauen demonstrierte und leise seufzte.

Zainal hatte zwei Menschen sehr glücklich gemacht. »Prägen Sie sich die Zeichnung ein. Kris und ich müssen nun unser Team vorbereiten.«

Kapitel 3

Dafür, daß der Plan ziemlich überstürzt aufgestellt worden war, hätte er nicht besser funktionieren können. Kris zitterte furchtbar, als die Komm-Einheit summte. Aber Zainal hatte ihr noch zwei weitere Äußerungen beigebracht.

»Arvonk«, sagte sie mit der Hand an der Luftröhre und fügte in hartem Catten hinzu: »Bis gleich. Kommt rein. Chouma.« Letzteres hängte sie von sich aus an.

Sie konnten das Schiff im hellen Schein des aufgehenden Mondes kaum erkennen, als es leise in einer Ecke des Feldes aufsetzte. Ein kurzes Aufblitzen gedämpften Lichts, dann wurde die Luke geschlossen.

Zainal tat so, als wäre er einer von seinen eigenen Häschern, Kris der andere, während Leon, der sehr groß war, sich an Zainal lehnte, als wäre er bewußtlos. Joe Marley, dessen Gesicht geschwärzt worden war, kauerte über den Kontrollen von Mitfords Luftkissenfahrzeug und lenkte es im Schrittempo vorwärts.

Der erste überraschte Ausruf des Catteni war das Signal für Fek und Slav, sich aus ihrer kauernden Haltung aufzurichten und beide Eindringlinge mit ihren Lanzen auszuschalten. Dann steigerte Joe das Tempo des Fahrzeugs, und sie flitzten über das Feld zum Scout-Schiff. Zainal betätigte den äußeren Einlaßmechanismus, und Bert und Raisha stürmten durch die Luke, sobald sie weit genug geöffnet war. Jetzt war Leon an der Reihe.

»Stolix Zainal!« rief er, versuchte einen Unterton des Triumphs in seine Stimme zu legen, lauschte aber gleichzeitig, um sich zu vergewissern, daß sich keine andere Person mehr an Bord aufhielt.

Zainal drängte sich an ihm vorbei, das Messer kampfbereit in der Faust, und marschierte ganz und gar nicht heimlich, still und leise zur Brücke im Bug des kleinen Raumschiffs. Diejenigen, die draußen lauschten, hörten, wie er eine Tür aufschob.

»Wir sind nur zu zweit«, rief er zurück.

»Ist es gestattet, an Bord zu kommen, Sir?« fragte Bert überhaupt nicht scherzhaft, da er sich an das allgemein gültige Protokoll hielt.

»Erlaubnis erteilt«, sagte Zainal, und Kris hörte die Erleichterung in seiner Stimme.

»Ich will mich nur schnell umschauen«, sagte sie und folgte Raisha und Bert den Gang hinunter. Sie fragte sich, ob die Besatzungen von Scout-Schiffen danach ausgewählt wurden, ob sie klein genug waren, um sich in solchen engen Räumlichkeiten ungehindert bewegen zu können. Zainal kam hier allenfalls seitwärts gehend vorwärts.

Raisha hatte sich bereits in einen Sessel sinken lassen, während Bert mit dem Finger über die eine oder andere Kontrolltafel strich, als wollte er den Vortrag rekapitulieren, den Zainal ihnen gehalten hatte. Der Ausdruck in seinem Gesicht ließ Kris unwillkürlich schlucken. Es fiel ihm offensichtlich schwer zu glauben, daß er sich tatsächlich darauf vorbereitete, wieder in den Weltraum hinauszugehen – diesmal nicht als bewußtloser Passagier. Sie beneidete ihn.

»Kris, eine letzte Nachricht«, sagte Zainal und drehte sie zu den Kontrollen um. »Sag ›Arvonk icts, stolix Zainal Escag. Klotnik.‹«

Sie murmelte die Worte vor sich hin, und dann deutete Zainal auf den Lautsprechergrill und legte einen Schalter um. Sie vergaß beinahe, die Luftröhre zusammenzudrücken, doch die Tatsache, daß sie die Worte im Befehlston aussprechen konnte, verlieh ihrer Stimme einen überzeugend triumphierenden Unterton. »Was habe ich überhaupt gesagt?«

Zainal fuhr ihr durchs Haar. »Hier ist Arvonk. Habe Zainal. Komme zurück. Ende.«

»Ende klingt zu sehr wie ›Kotik, verstanden.‹«

»Aber nicht für einen Catteni. Jetzt nichts wie weg. Der Satellit muß den Start melden.« Er geleitete sie durch den engen Gang zur Luke. Dort drückte er sie kurz an sich, ehe er den Knopf betätigte, der die Luke öffnete.

Obwohl sie benommen war von dem nächtlichen Erfolg und von der Aussicht, ein oder zwei Tage lang auf ihn verzichten zu müssen, dachte sie immerhin noch daran, sich in acht zu nehmen, als sie auf die Plattform des Luftkissenfahrzeugs hinuntersprang. Sie legte eine Hand auf ihre Wange, die er gerade noch berührt hatte, während Joe das Fahrzeug weglenkte.

Er beschleunigte, als Fek einen lauten Ruf ausstieß. »Stopp!« Verblüfft bremste Joe so abrupt, daß seine Passagiere sich aneinander festhalten mußten, um nicht aus dem Fahrzeug zu stürzen. Fek beugte sich über den Rand und blickte auf etwas hinunter. Kris war froh, daß sie nicht so gut sehen konnte wie die Deski. Mit einem Griff, genauso zielsicher wie Whitbys Griff beim Fischen, zog Fek etwas an Bord, das klappernd auf die Plattform fiel. Sie reichte noch einmal nach unten, hielt sich dabei an Joe fest, und ergriff etwas anderes. Ein Lichtstrahl glitt über einen Teil des Feldes, zuckte wütend und zischte, denn es war ein Handstrahler, den sie geborgen hatte. Die Aasjäger stießen bei ihrer vergeblichen Suche nach weiterer Beute gegen den Boden des Luftkissenfahrzeugs.

»Sehen Sie das, Slav?« fragte sie und zeigte ihr dreieckiges Deskilachen, während sie den Lichtstrahl auf die andere Seite des Fahrzeugs und das andere Opfer richtete.

»Ich sehe. Ich hole.« Und Slav barg ebenfalls mit schnellen Griffen zwei Gegenstände. Einen hielt er hoch, so daß Kris ihn im Lichtschein erkennen konnte, und sein Grinsen war das breiteste, das sie je auf einem rugarianischen Gesicht gesehen hatte. »Stunner.« Und wie ein ausgelassenes Kind legte er den Lauf der Waffe auf seinen Arm und erzeugte mit dem Mund das Zischen eines Stunnerschusses.

»Können wir jetzt endlich abhauen?« fragte Joe Marley mit einem scharfen Unterton. Er wartete gar nicht erst auf eine Antwort, sondern schob den Antriebsregler nach vorne. »Wir hätten ruhig bis morgen früh warten können. Aasjäger verzehren kein Metall.«

»Ich wollte es aber schon heute nacht versuchen«, erklärte Fek mit ungewöhnlichem Nachdruck.

»Und hören Sie auf, damit in der Gegend herumzuleuchten«, fügte Joe gereizt hinzu, während sie über ein Feld jagten, das ebenfalls zuckte und feucht glänzte.

Mitford wartete auf dem Parkplatz, als traute er den Teilnehmern an der Mission nicht, daß sie die Aktion für sich behielten. Kris spürte, daß sie sich fast in einem Adrenalinrausch befand, daher hatte seine Anwesenheit eine ernüchternde Wirkung auf sie. Er bedeutete ihnen mit energischen Handzeichen, das stille Lager zu durchqueren und in sein Büro zu kommen. Vorsichtshalber hatte er für Bier und Salzgebäck zum Knabbern gesorgt. Rugarianer und Deski mochten gelegentlich einen Krug Bier, aber sie achteten darauf, nicht zuviel und nicht zu oft zu trinken. Es hatte irgendeine nachteilige Wirkung auf ihren Metabolismus – nicht mit einem Kater zu vergleichen, wie Leon Dane zu wissen schien, aber ähnlich in der Wirkung, worunter ihr Wohlbefinden sehr zu leiden schien. Kris trank einen tiefen Schluck von ihrem Bier, um ihren Magen zu beruhigen, und bemerkte, daß Joe ihrem Beispiel folgte. Mitford wartete geduldig, da er am Ausdruck ihrer Gesichter erkannte, daß die Aktion erfolgreich verlaufen war.

»Ich würde sagen, daß ich mittlerweile getötet wurde und daß Leon im Sterben ist«, begann sie. »Ansonsten lief alles wie geplant ... mit einem kleinen Intermezzo von Fek und Slav.« Sie fröstelte, als die beiden die geborgenen Gegenstände auf Mitfords Tisch legten.

Er warf nur einen kurzen Blick auf die Handstrahler, die nach Kris' Auffassung viel nützlicher waren als Stunner. Aber bei einem Vertreter des Militärs war das Interesse für Waffen natürlich viel größer. Er nahm den Stunner hoch, drehte ihn hin und her, überprüfte die Kontrollen und ließ irgend etwas zuschnappen. »Das war die Sicherung – jetzt ist sie aktiviert –, aber das konnten Sie nicht wissen.« Er tätschelte die Waffe beinahe verliebt, bevor er sie beiseite legte und die andere hochhob, um sie ebenfalls zu sichern.

»Bert und Raisha sahen aus, als würden sie vom Christkind beschenkt«, erzählte sie weiter. »Ich habe mich nur einmal umgeschaut, als Zainal meinte, die Luft wäre rein.« Mitford nickte. »Ziemlich beengt. Nur gut, daß Leon keinen Zentimeter größer ist.« Mitford nickte erneut. »Er kommt zurück, ganz bestimmt.« Mitford nickte ein drittes Mal.

Sie leerte ihren Bierkrug, nahm eine Handvoll Salzbrezeln und stand auf. »Ich bin kaputt«, sagte sie. »Gute Nacht und vielen Dank, Joe, Fek und Slav. Wir sind das beste Team auf Botany.«

Mitford widersprach nicht.

Erst als sie in ihr Bett kroch, bemerkte Kris, daß sie immer noch den Kommunikator bei sich hatte. Er nutzte ihr wenig, auch wenn er eine Verbindung mit Zainal oben im Scout-Schiff darstellte, der gerade den nächsten Schritt von Phase Eins vorbereitete. Sie legte ihn in ihr Regal und ließ sich schließlich in einen tiefen Schlaf sinken.

Mitford begab sich mit ihr am nächsten Tag, als mit Zainals Rückkehr zu rechnen war, zum Abwurffeld. In Camp Rock brodelte die Gerüchteküche, obgleich jeder, der mit Phase Eins in Verbindung stand, sich bemüht hatte, sich so normal wie möglich zu benehmen. Um ganz sicher zu gehen, daß sie nichts verriet, hatte Kris so tun müssen, als hätte sie sich den Knöchel verstaucht. Sarah holte ständig frisches kaltes Wasser, um die Schwellung zu kühlen. Joe, Fek und Slav warteten ihr großes Erkundungsfahrzeug oder schrieben Berichte. Von Leon Dane hieß es, er halte sich mit Zainal, Bert und Raisha wegen irgendeines Notfalls in Camp Shutdown auf. Aber die Gerüchte wollten nicht verstummen.

»Es wird für sie trotzdem eine Überraschung sein«, sagte Mitford, während er den kleinen Luftkissenrutscher an die Hecke heranlenkte. Sie hatten auf ihrem Weg einige Flugräuber gesehen, daher nutzte er jede sich ihm bietende Deckung. »Ich hoffe es jedenfalls.«

»Wir sind jetzt allein, Sarge, daher möchte ich Ihnen nur kurz mitteilen, was ich von der Nummer halte, die Sie mit mir abgezogen haben ...« Kris konnte voller Genugtuung verfolgen, wie Mitford vor Scham errötete. »Sie hatten kein Recht, Zainal auf diese Art und Weise zu beleidigen ... und erst recht nicht durften sie mich als Pfand für ihn benutzen. Es hätte nicht viel gefehlt, und ich hätte Sie k.o. geschlagen ...« Sie ballte die Hand zur Faust.

»Verdammt noch mal, Kris Bjornsen ...« Mitford erholte sich schnell von seiner Verlegenheit und reagierte ungehalten auf ihren Vorwurf. »Ich mußte es tun! Ich traue Zainal – höchstwahrscheinlich sogar mehr, als ich je einem Menschen getraut habe ... und für mich ist er ein Mensch ...« Mitfords Erwiderung klang genauso leidenschaftlich wie ihr Vorwurf, und seine Augen blitzten. »Aber ich kann und darf nicht das geringste Risiko eingehen. Weder bei ihm noch bei Ihnen.« Er fuhr sich mit einer Geste nur mühsam gebändigter Erregung und, seltsamerweise, Hilflosigkeit durchs Haar. »Und ich brauche ihn sehr. *Wir«* – und damit meinte er die gesamte Kolonie – ». . . brauchen ihn sehr.« In einem seiner schnellen Stimmungsumschwünge lächelte er sie herausfordernd und melancholisch zugleich an. »Ich wäre schon verdammt gerne dort, wo er jetzt bei Ihnen steht . . .« Er hob abwehrend beide Hände. »Verstehen Sie mich nicht falsch, Kris. Aber Sie sind eine tolle Frau, und Zainal ist der einzige Mann, den zu verdrängen ich niemals wagen würde.«

Nun war es an Kris, verlegen zu sein. Sie hatte schon immer irgendwie geahnt, daß Mitford eine Schwäche für sie hatte, dann allerdings, als er sie mit Zainal auf ihre Mission geschickt hatte, entschieden, sie habe sich dies nur eingebildet.

»Das tut mir leid, Chuck«, erwiderte sie, wobei ihr Zorn blitzschnell verflog. »Es ist einfach passiert, zumal Sie mich ihm geradezu in den Schoß gelegt haben . . . mehr oder weniger jedenfalls.«

»Eher mehr.« Mitford verzog sein zerfurchtes Gesicht. »Ich hätte es nicht tun sollen. Aber Sie waren die einzige, bei der ich mich darauf verlassen konnte, daß sie ihn am Leben lassen, bis den anderen klar wurde, daß er lebendig viel wertvoller ist als tot.«

»Wir sind Ihnen eine Menge schuldig, Sarge«, sagte sie und legte eine Hand auf seinen Arm. »Aber ich war gestern trotzdem furchtbar wütend auf Sie.«

Mitford lachte und streckte die Beine aus dem geparkten Fahrzeug.

»Tja, aber manchmal muß ich tun, was getan werden muß, und es blieb uns keine Zeit, die Lamettaträger zusammenzutrommeln, die hier mittlerweile herumschwirren.«

»Ha.« Sie erwiderte sein Lächeln. »Sie *wollten* die Sache ganz alleine durchziehen, völlig ohne Lamettaträger. Aber Sie wären dumm, wenn Sie die anderen bei der Planung von Phase Zwei nicht beteiligen ...«

»Und Phase Drei«, fügte Mitford hinzu und drehte den Kopf ein wenig, um seinen Blick über das Feld schweifen zu lassen, dessen Bewuchs durch die zahlreichen Landungen der Transportschiffe und die Abwürfe der bewußtlosen Körper plattgewalzt war. Er kratzte sich noch einmal am Kopf und sah Kris wieder an. »Ich wäre wirklich dumm, wenn ich die Strategen nicht an der Vorbereitung von Phase Zwei beteiligen würde. Aber diese erste ... die ...« – und damit deutete er mit einem Daumen auf seine Brust – »... war für mich! Und für Sie!« fügte er großmütig hinzu. »Um ganz ehrlich zu sein – ich versuche mich aus der ganzen Sache rauszuziehen.«

»Ach, kommen Sie, Chuck ...«

»Nein, ich meine es ernst, Kris. Wir haben hier jetzt an die neuntausend Leute. Ich wußte, was ich für fünfhundertzweiundachtzig getan habe, auch noch für zweitausend, aber ... verdammt noch mal, ich möchte auch zu denen gehören, die die interessanten Dinge finden, und das nicht nur Ihnen oder Zainal oder den Doyles oder den Skandinaviern überlassen. Ich, Chuck Mitford, möchte auch meinen Spaß haben.«

»Wen wollen Sie denn in Ihrem Team haben?« fragte sie, um dieses überraschende Geständnis zu verarbeiten. Sie wußte sehr wohl, daß die Kolonie über ausgebildete Leute wie Easley und Rastancil und Gouverneure wie Ayckburn und Chavell verfügte, aber Mitford hatte dafür gesorgt, daß die Kolonie *funktionierte*.

»Es wird ohne Sie nicht mehr so sein wie sonst. Ganz und gar nicht«, sagte sie mit einem Ausdruck tiefen Bedauerns.

Er legte eine Hand auf ihren Arm und zwinkerte ihr

zu. »Sie werden gar nicht wissen, daß ich nicht mehr da bin, bis ich wieder zurückkomme. Es wäre mir, ehrlich gesagt, viel lieber, wenn jemand, der Erfahrung im Planen solcher Unternehmungen hat, Phase Zwei und Drei durchziehen würde. Aber Sie können sich darauf verlassen, daß auch ich mein Scherflein dazu beitragen werde.«

»Es würde auch gar nicht zu Ihnen passen, wenn Sie das nicht täten.«

»Zum Teufel, Kris«, meinte er nun wieder mit ernster Miene. »Als ich am ersten Tag das Kommando übernahm, habe ich den Leuten versprochen, daß wir irgendwann unsere Freiheit zurückgewinnen würden.« Sein Blick schweifte in die Ferne und verlor sich über den vom morgendlichen Dunst bedeckten Feldern. »Freiheit, ja. Aber von hier weggehen? Dessen bin ich mir gar nicht mehr so sicher.« Er schaute sich um und sah eine Landschaft, die ihm nicht mehr fremd und unwirklich erschien.

»Das habe ich mich auch schon gefragt«, sagte sie.

»Wenn wir mit unseren Wirten hier – wenn ich sie so nennen darf – zu irgendeiner Einigung kommen können, sei es nun mit einer oder mit beiden Parteien, dann wäre dies hier ein ganz toller Ort, um sich niederzulassen, nämlich ohne diese verdammten Minderheiten, die ihren eigenen Lebensraum vernichten. Es wäre für alle ein vielversprechender Neuanfang.«

»Den haben wir doch längst gemacht.«

Er nickte und massierte seine Nase. »Das weiß ich. Aber in Freiheit. Ich habe es versprochen, und jetzt haben wir die Chance, das auch zu schaffen.«

»Phase Drei könnte bedeuten, daß wir von hier weggehen, falls die hohen Tiere sich für Zainals Plan entscheiden, die Erde – und Catten – von diesen Eosi zu befreien.«

Er musterte sie mit zusammengekniffenen Augen.

»Zur Hölle, Mädchen, es gilt, zumindest einen weiteren Krieg auszufechten. Ich habe keine Ahnung vom Kampfgebiet oder von den Waffen.« Er drohte ihr mit dem Finger, und seine Miene war ernst. »Glauben Sie nur nicht, daß ich der einzige bin, der sich Zainals Bericht mit allen Details und auch dem Kleingedruckten anhört. Es gibt noch verdammt viel, was wir nicht über die Catteni wissen – von den Eosi ganz zu schweigen.«

»Und von unseren Wirten, den Farmern.«

Sie hörten beide den leisen Donner über ihren Köpfen, gefolgt von einem heftigen Rascheln, als Slav, Fek, Joe, Sarah, Whitby und Leila durch die Hecken hinter ihnen brachen.

Kris warf Mitford einen erschrockenen Blick zu und fragte sich, ob ihr sehr privates Gespräch vielleicht belauscht worden war. Er schüttelte unmerklich den Kopf und deutete auf die Gruppe, die kurzatmig keuchte, als wäre sie eine beträchtliche Strecke gerannt.

»Fek hat gehört«, erklärte die Deski grinsend. »Scout kommt zurück.«

Slav deutete nach oben, und sie konnten den Fleck am Himmel sehen, der schnell an Größe gewann. Der Lärm wurde lauter, aber nicht klarer erkennbar. Plötzlich erschienen mehr Flugräuber, als sie jemals auf einmal gesehen hatten, und umschwärmten das Schiff. Einige stürzten flatternd ab, andere fielen wie Steine vom Himmel. Die, die übrigblieben, vollführten erstaunliche Flugmanöver und segelten so schnell sie konnten davon.

»Das ist gut zu wissen«, sagte Mitford mit einem zufriedenen Knurren und kletterte aus dem Rutscher. Er verschränkte die Arme vor der Brust und verfolgte mit zusammengekniffenen Augen den Anflug des Schiffs.

Saß Zainal an den Kontrollen, fragte Kris sich, oder hatte er Bert den Platz überlassen? Wer immer es war, er absolvierte in etwa zwanzig Metern Entfernung eine saubere Landung und setzte in einer letzten Wolke aus Abgasen aus den Heckdüsen auf dem Feld auf. Die Luke wurde geöffnet, und Raisha sprang, übers ganze Gesicht strahlend, heraus. Sie salutierte vor Mitford, und dieser erwiderte den militärischen Gruß.

»Mission erfolgreich abgeschlossen, Sir. Alle heil und unversehrt zur Stelle.« Dann reckte sie die rechte Faust in die Luft und stieß einen unmilitärischen Triumphschrei aus.

Kris und die anderen gingen auf sie zu und hielten Ausschau nach Zainal und Bert.

»Dieser Zainal ... er hat das Schiff von Bert lenken lassen!« rief Raisha, schüttelte allen die Hand, sogar Fek und Slav, die sich mittlerweile an diese seltsame menschliche Geste gewöhnt hatten. »Sie sollten sich diesen Ort mal aus dem Weltraum ansehen, Sarge. Er ist noch schöner als Terra. Ich weiß, daß es ziemlich unglaubwürdig klingt, aber es ist so! Und wir wissen, wo der Satellit steht, daher meint Zainal, daß es keine Probleme gibt, ihn zu meiden, indem wir uns andere Startfenster suchen, da er geosynchron für diese Region positioniert wurde. Es gibt keinen Hinweis darauf, wie lange er schon da oben ist, daher ist es durchaus möglich, daß er auch von den Farmerschiffen noch nichts mitbekommen hat.«

Kris grinste Raisha an, erkannte sehr wohl, in welcher Hochstimmung sie sich befand, suchte aber weiterhin nach Zainal.

»Ach, er erklärt Bert noch einige Kleinigkeiten. Sie müssen die beiden mit Gewalt dort herausholen«, sagte Raisha. »Sarge, wir haben während unseres Landeorbits auch einen Blick auf die anderen Kontinente werfen können. Es sieht so aus, als würde nur noch ein weiterer landwirtschaftlich genauso intensiv wie dieser genutzt.

Es wäre sicherlich nicht unklug zu überlegen, ob es nicht besser wäre, alles auf einen unbewohnten Kontinent zu schaffen und die Farmen in den Zustand zurückzuversetzen, in dem wir sie vorgefunden haben. Stellen sie sich nur mal vor, wie verwirrt die Catteni wären.«

»Nun mal langsam, Raisha«, versuchte Mitford das aufgeregte Geplapper der Frau einzudämmen.

»Oh!« Sie schaute zu den anderen hinüber. »Ich sollte eigentlich nur Ihnen Bericht erstatten, oder? Aber sie wissen doch alle über Phase Eins Bescheid, nicht wahr? Es ist ...« Und sie hielt inne, machte einen tiefen Atemzug und wischte sich ein paar Tränen aus ihren Augen. »Es ist nur so, daß ich, seit die Catteni die Macht übernommen haben, nicht mehr geglaubt habe, jemals in einem richtigen Raumschiff zu sitzen.« Weitere Tränen rannen über ihre Wangen, und sie gab sich Mühe, sich zusammenzureißen. »Ich bin wirklich eine tolle Astronautin.«

»Sie haben Ihre Sache sehr gut gemacht, Ma'am«, lobte Mitford sie in militärisch knappem Tonfall, und damit erreichte er sein Ziel.

»Danke, Sergeant. Ich betrachte es als eine Ehre, an der Mission teilgenommen zu haben.«

»Und dorthin zu gehen, wo noch kein Mensch gewesen ist«, Kris zitierte unwillkürlich eine Dialogzeile aus einer uralten terranischen Fernsehserie namens *Raumschiff Enterprise*.

Mitford ging weiter zur offenen Raumschiffluke, aber Kris erreichte sie noch vor ihm.

»Zainal?« rief sie und schalt sich im stillen dafür, daß sie sich benahm wie eine Frau mit Besitzansprüchen auf ihren Partner.

»Auf der Brücke.« Er klang ebenfalls euphorisch.

Wie Raisha gesagt hatte, erklärte er Bert bestimmte Flugmanöver und Bedienungselemente.

»Sie haben das Schiff praktisch auf einer Briefmarke gelandet«, sagte Kris und schaute von einem zum anderen. Bert lächelte stolz.

»Zainal hat darauf bestanden – und ich hätte beinahe in die Hose gemacht«, sagte er, aber Kris lachte nur. »Es gibt eigentlich kaum eine Möglichkeit, beim Bedienen der Kontrollen einen Fehler zu machen, deshalb war es am Ende gar nicht so schwierig. Nicht daß Zainal bestimmt übernommen hätte, wenn mir doch ein Fehler unterlaufen wäre ...« Er deutete auf die rechte Seite der Brücke. »Ich kann Ihnen flüstern, diese Raubvögel, die wie Düsenjäger auf mich herabstießen, boten schon einen furchterregenden Anblick ...«

»Ich glaube kaum, daß sie so bald wieder zurückkommen«, sagte Kris. »Diejenigen, die die Begegnung überlebt haben, sind davongeflogen.«

»Das tun sie aber offenbar nicht, wenn ein Transportschiff landet«, sagte Zainal nachdenklich.

»Der Scout gibt eine Art Pfeifen von sich ...«, meinte Kris, und er nickte. Sie wollte mehr tun als nur dastehen, wollte Zainal irgendwie zeigen, wie sehr sie sich freute, ihn wiederzusehen. Sie wünschte sich, daß Bert woanders wäre als ausgerechnet auf der Brücke.

Dann ging Zainal zu ihr, zog sie an sich, so daß ihre Wangen sich berührten und er mit den Lippen ihr Ohr streifte, ehe er wieder zurücktrat. »Ich erstatte Mitford jetzt meinen Bericht.« Er wandte sich an Bert. »Gehen Sie noch einmal den ganzen Check durch. Wir müssen das Schiff verstecken, ehe wir alles stillegen.« Danach schob er Kris durch den engen Verbindungsgang vor sich her. »Wir wissen jetzt viel mehr über Botany, was sich als nützlich erweisen kann.«

Kris konnte nur daran denken, daß er wieder zurück war und daß Phase Eins als Erfolg gewertet werden konnte und daß Mitford entschlossen war, mit Phase

Zwei weiterzumachen. Als sie wieder draußen auf dem Feld stand, auf dem sie vor neun Monaten aus ihrer Bewußtlosigkeit aufgewacht war, konnte sie kaum fassen, wie grundlegend sich alles verändert hatte. Und alles nur, weil sie einen Catteni gerettet hatte.

Kris stellte fest, während die Schaulustigen – und sie kamen in Scharen von Camp Narrow herüber – das Scout-Schiff besichtigten, daß Zainals abschließendes Gespräch mit Mitford sich vorwiegend um das drehte, was er vom Rest des Planeten gesehen hatte, und nicht so sehr um den Flug selbst. Er hatte anfangs das Schiff selbst gelenkt, nachdem er sich am Satelliten vorbeigeschlichen hatte, einige akrobatische Manöver ausgeführt, um die Maschine zu testen.

»Damit es aussah, als hätte ich die Kontrolle über die Kiste verloren«, erklärte Zainal grinsend. »Und dann versteckte ich mich hinter dem Mond und war außer Reichweite des Satelliten.« Von Bert und Raisha erzählte er: »Sie wissen mehr, als ihnen bewußt ist. Sie sind bestens ausgebildet. Sie konnten das Schiff lenken, während ich mich umsah. Der Scout macht schnelle ... Skizzen ...« Er sah Kris fragend an, die mit dem Begriff ›Photos‹ aushalf. »Ja, Photos vom anderen Kontinent. Wir sind beim letzten Überflug ziemlich nahe herangekommen.« Zainal grinste. »Viel besser als das, was wir erhielten.« Er schüttelte ungehalten den Kopf, als er daran dachte, wie inständig er um Informationsmaterial hatte bitten müssen.

»Raisha erwähnte, daß nur zwei Kontinente landwirtschaftlich genutzt würden.«

Zainal nickte. »Einer ist leer, aber grün. Der andere ist nicht so gut, nehme ich an. Aber ich bin kein Farmer.«

»Wollen Sie, daß wir umziehen?« fragte Mitford und

machte mit dem Arm eine Geste, die die Lagerplätze der Kolonisten einschloß. »Damit wir mit den eigentlichen Betreibern dieses Planeten keinen Ärger bekommen?«

»Be ...« Zainal teilte die Silben ein wenig ratlos, »trei ... ber?«

»Die Rasse, die als erste diesen Planeten für sich beanspruchte.«

»Aha, Betreiber. Ja. Das wäre zu überlegen. Ein Volk, das aus dem Tal, das wir erkundet haben, ein Gefängnis gemacht hat, handelt nicht wie Catteni oder Eosi. Sie haben dort etwas festgehalten oder etwas davon abgehalten, einzudringen. Das ist nicht das, was Catteni oder Eosi tun würden.«

»Nicht einmal Terraner, wenn Sie einen Blick auf deren Geschichte werfen«, sagte Mitford mit einem leicht spöttischen Unterton und verschränkte wieder die Arme vor der Brust. Dann schaute Zainal den Lagerchef von der Seite fragend an.

»Phase Zwei, Sarge?«

Mitford lachte verhalten, ließ die Arme sinken. »Haben Sie Waffen gefunden?«

»Genug, um die dummen Drassi zu überwältigen«, stieß Zainal abfällig hervor.

»Allmählich wird es hier interessant, nicht wahr?« bemerkte Mitford.

Jemand räusperte sich in der Nähe. Kris blickte über die Schulter und entdeckte ein paar Männer, die, soweit sie sich erinnern konnte, früher zum Führungsstab von Armee und Marine gehört hatten. Sofort wurde sie aus Sorge um Mitford wachsam. Sie wollte nicht, daß er durch Neuankömmlinge ersetzt wurde, die meinten, sie wüßten besser, wie diese Welt zu verwalten wäre. Es war Peter Easley, der sich geräuspert hatte.

»Sergeant, wenn Sie einen Augenblick Zeit haben, würden wir uns gerne mit Ihnen unterhalten.«

»Mehr als nur einen Augenblick, und daß Sie hergekommen sind, erspart mir die Mühe, Sie holen zu lassen«, sagte Mitford und schwang sich aus dem Fahrersitz nach unten. »Kennen Sie schon Emassi Zainal und Kris Bjornsen?«

Ein allgemeines Händeschütteln folgte, und Kris stellte fest, daß die Hände, die sie ergriff, voller Schwielen und durch ›zivile‹ Arbeiten abgehärtet waren. Sie registrierte, daß man ihr und Zainal durchaus respektvoll begegnete, und sagte sich, daß sie sich eine ›feindliche Übernahme‹ nur einzubilden schien. Die Herzlichkeit der neun Männer wirkte überhaupt nicht gezwungen. Die Bemerkungen reichten von »Gut gemacht« bis »Das hebt die Moral aller beträchtlich«.

»Welcher Rang entspricht auf der Erde dem eines ›Emassi‹, Zainal?« fragte Mitford und zwinkerte Kris zu.

»Ein Emassi ist soviel wie ein Captain«, antwortete Zainal und sah Mitford ausdruckslos an. »Ein Emassi steht über dem Sergeant«, fügte er hinzu und grinste.

»Wie bitte?« fragte Peter Easley und beugte sich vor, als glaubte er, etwas Wichtiges überhört zu haben.

»Ein alter Scherz«, sagte Mitford. »Haben Sie sich schon das Schiff angesehen, Gentlemen?«

Sie nickten lächelnd.

»Würden Sie uns ein wenig ins Bild setzen?« fragte ein Mann mit silbergrauem Haar – einer der Generäle, dachte Kris. Seine Blicke wanderten von Zainal über Kris und Mitford bis zu Easley. »Die Möglichkeiten, die sich durch einen solchen Coup ergeben, sind unendlich. Rastancil, Generalmajor«, stellte er sich vor und fügte mit trauriger Miene hinzu: »Außer Dienst.«

»Wie ich schon sagte«, begann Mitford, »wollte ich Sie so bald wie möglich zu Rate ziehen, sobald ich den erfolgreichen Abschluß von Phase Eins melden konnte.« Er deutete auf das Schiff und runzelte die Stirn, als an der Luke ein kurzes Handgemenge entstand. Er legte seine Hände wie einen Trichter an den Mund und brüllte mit lauter Exerzierplatzstimme: »IMMER LANGSAM DA UNTEN! ODER NIEMAND KOMMT REIN! LATORE, DOYLE, SORGEN SIE DAFÜR, DASS SIE EINE WARTESCHLANGE BILDEN! Tut mir leid«, sagte er, während er sich wieder den Militärs zuwandte. »Es ist erfolgreich verlaufen, und ich denke, es ist an der Zeit, daß ich die Angelegenheit den Taktikern oder den Strategen oder wem auch immer übergebe.«

»Sergeant, wenn Sie *das* schon geschafft haben«, sagte Rastancil, »dann haben Sie sich das Recht mehr als verdient, auch eine Phase Zwei zu organisieren, wenn Sie das meinen, was ich annehme.«

Mitford nickte heftig. »Eine Phase Zwei und eine Phase Drei.« Er deutete wieder auf Zainal. »Ja, wir müssen miteinander reden.« Weitere laute Rufe klangen vom Raumschiff herüber. »Lassen Sie mich das da hinten erst mal regeln«, sagte er, stieg wieder in seinen Luftkissenrutscher und lenkte ihn zu den Leuten an der Einstiegsluke des Raumschiffs hinunter.

»Was hatten Sie sich denn für Phase Zwei gedacht, Emassi Zainal?« fragte einer der Marinevertreter. Er hatte einen deutlichen britischen Akzent, daher identifizierte Kris ihn als Geoffrey Ainger.

»Ich bin Zainal und kein Emassi mehr«, erwiderte er. »Ich werde Ihnen von Phase Eins erzählen.«

»Dann tu das doch oben in Narrow, oder was meinst du?« schlug Kris vor, als weitere Leute herbeiströmten, um das Raumschiff zu besichtigen. »Ich warte hier auf den Sergeant.«

»Wir werden alle auf den Sergeant warten«, sagte Easley, doch er deutete auf einen Punkt auf dem Feld, ein Stück von dem Betrieb zwischen dem Lager und dem Raumschiff entfernt, wo ein kleiner Abhang zur Hecke hinaufführte, der Platz zum Sitzen bot. Falls es ein oder zwei Männer gab, die sich wegen dieses sehr nachdrücklich vorgebrachten Vorschlags ungehalten räusperten oder die Augenbrauen hoben, so war Easley geschickt genug, dorthin zu lenken, wo er sie haben wollte, so daß sie schließlich bereitwillig nachgaben. Als sie die Stelle erreichten, schlug Zainal die Füße übereinander und ließ sich elegant nieder. Kris und Easley setzten sich neben ihn, den anderen gegenüber, die es sich ebenso gemütlich machten. Zainal lieferte einen Bericht über Phase Eins von der ersten Meldung durch Coo bis zu dem Augenblick, als das Schiff landete. Kris war besonders stolz auf sein Englisch, das manchmal vielleicht nicht gerade perfekt, dafür aber sehr präzise war.

Als er geendet hatte, zeigte ein Mann mit beginnender Glatze, untersetztem Körperbau, einem von Wind und Wetter gegerbten Gesicht und einer dünnen Narbe vom Unterkiefer bis zur Schläfe auf. »Weshalb könnten Sie das Objekt eines solchen Entführungsversuchs sein, Zainal?«

»Wieviel wissen Sie von den Eosi?«

»Mehr als mir lieb ist, aber nicht genug, um zu wissen, weshalb sie Jagd auf einen ganz bestimmten Mann machen«, lautete die Antwort.

»Sind Sie der amerikanische General Bull Fetterman?« Ein Nicken beantwortete Zainals Frage, und Kris staunte, wie schnell er sich die Namen und die Dienstränge eingeprägt hatte. Zainal informierte sich stets über die Leute, die abgeworfen wurden, und er wußte aus Mitfords Berichten von der Anwesenheit einiger Armee- und Marineoffiziere. »Dann wissen Sie sicherlich auch, daß die Eosi den Catteni Anweisungen geben.« Fetterman war nicht der einzige, der jetzt nickte. »Sie suchen sich Emassi aus, um ihr Leben zu verlängern.«

»Wie bitte?« Bull Fetterman nahm eine Haltung ein

und zeigte einen Gesichtsausdruck, denen er zweifellos seinen Spitznamen zu verdanken hatte.

»Sie übernehmen die Catteni total«, sagte Kris. »Zainal würde zu einem Zombie ... oder etwas Schlimmerem ... Er wäre nicht tot, aber von seiner Persönlichkeit wäre nichts mehr da. Er wäre wie eine Puppe, eine Marionette.«

»Und das erste Scout-Schiff war hier, um Sie mitzunehmen, weil Sie auserwählt waren?« fragte Easley.

Zainal nickte.

»Ich habe gehört, es wäre eine Art Ehre«, sagte Rastancil, obgleich sein Gesichtsausdruck verriet, daß er es nicht so empfand.

»Das ist es.« Und dann grinste Zainal. »Aber ich wurde abgeworfen, also bleibe ich.« Er imitierte mit seinen Händen eine Schere. »Ich bin nicht mehr auf der Ehrenliste.«

Easley blinzelte und grinste, Rastancil ebenfalls.

»Aber es war doch eine Pflicht«, sagte Fetterman.

»Nicht mehr, als ich hier abgeworfen wurde.« Zainal deutete feierlich auf den Untergrund, auf dem er saß.

»Jemand muß doch Ihren Platz einnehmen, nicht wahr?« fragte ein schwarzer Offizier – Kris schätzte sein Alter auf Ende Vierzig.

»Ein anderer Mann aus meiner Familie. Davon gibt es mehrere«, meinte Zainal achselzuckend.

»Aber wie sieht es mit Vergeltungsaktionen aus?« fragte ein anderer Mann. Kris vermutete, daß es Reidenbacker war. Sie war in Gedanken sämtliche Namen und Berufe auf der Abwurfliste durchgegangen und versah sie nun mit Gesichtern.

»Der letzte Ort, an dem sie nachschauen würden, ist hier«, sagte Zainal.

»Sind Sie sich ganz sicher?« fragte Admiral Scott in einem auffallend militärischen Tonfall.

»Er hat nicht ganz unrecht, Ray«, erwiderte Rastancil. »Wenn Sie desertieren würden, würden Sie sich auf keinen Fall an dem Ort verstecken, von dem Sie desertiert sind.«

»Ich desertiere nicht«, sagte Zainal und runzelte ungehalten die Stirn. »Ich wurde abgeworfen und bleibe jetzt hier.«

»Handelt es sich um eine Art Pflicht oder lediglich um einen persönlichen Wunsch?« wollte Scott wissen.

»Zainal spielt darauf an, daß niemand, der in eines dieser planetaren Testunternehmen gesteckt wurde, jemals seine Freiheit zurückerhält«, sagte Kris mit Nachdruck und bemühte sich, Scott nicht mit Blicken zu töten. »Dies ist im Grunde eine Strafkolonie, wissen Sie. Zainal wies die Möglichkeit zurück, von hier weggeholt zu werden, denn damit wurde eine andere Regel übertreten: nur weil es seinen Vorgesetzten ganz gut paßte. Wenn sie ihn geborgen hätten, ehe er mit uns anderen Dissidenten weggeschickt wurde, hätte es grundlegend anders ausgesehen. Aber sie ließen zu, daß er weggeschickt wurde.« Sie fügte das hinzu, ganz gleich ob es stimmte oder nicht, nur um dafür zu sorgen, daß Scott Zainal niemals als einen Deserteur oder Feigling oder etwas Ähnliches bezeichnete.

»Wir lassen diesen Punkt am besten auf sich beruhen«, sagte Rastancil lächelnd.

»Wir können also sicher sein, daß es keine gegen uns gerichteten Vergeltungsmaßnahmen geben wird, weil Sie das Scout-Schiff hergebracht haben«, fügte Scott hinzu.

»Ich denke, wir haben dafür gesorgt, daß es eher unwahrscheinlich ist«, sagte Easley und versuchte, das Thema damit abzuschließen, »da Zainal bewußt einen Kurs eingeschlagen hat, der ihn aus dem System hinausführte. Aha, da ist der Sergeant.«

Mitford glättete den Ausdruck des Zorns in seinem

Gesicht, als er aus seinem Rutscher herabstieg. »Der verdammte Aarens nimmt Sonderrechte für sich in Anspruch …«, murmelte er Kris zu, während er sich neben ihr niederließ. »Haben Sie ausgiebig über Phase Eins diskutiert?«

»Das haben wir …«, begann Easley.

»Können wir darüber einen schriftlichen Bericht haben? Nur für die Ablage«, fragte Scott.

»Für ein Exemplar ist noch Papier übrig«, sagte Mitford ohne Bedauern in der Stimme. »Kris, können Sie das für mich erledigen? So, Zainal, wenn Sie Phase Zwei jetzt genauso beschreiben könnten, wie Sie es vor drei Tagen getan haben …«

Zainal stand plötzlich auf. Obgleich die meisten hohen Tiere des Militärs auf einem Schräghang saßen, zwang seine neue Position sie, zu ihm aufzuschauen – eine raffinierte Strategie, wie Kris sie selten erlebt hatte.

»Die Transportschiffe, die die Abwürfe vornehmen, erscheinen öfter. Ihr Planet macht den Catteni Schwierigkeiten, die sie nicht erwartet haben. Die Schiffe sind in keinem guten Zustand. Wir haben jetzt Waffen. Wir können ein zweites Schiff übernehmen.« Er hob die Hand, um Fragen zuvorzukommen, die dieses Vorhaben sicherlich aufwarf. Die Geste drückte soviel Würde und Befehlsgewalt aus, daß sogar Scott sich widerstrebend zurückhielt. »Wir nehmen ein Transportschiff. Dann lädt der Scout Metall und eine Bombe und erzeugt weit genug im Raum eine Explosion …« Er deutete nach oben. »Satellit ist geo-syn-chron.« Er schaffte es, die Silben in der richtigen Reihenfolge auszusprechen. »Er kann daher nur diese Seite sehen. Er sieht die Explosion.« Er vollführte wieder die Scheren-Geste.

»Erzählen Sie mir bloß nicht, daß die Catteni die Angelegenheit ohne eine gründliche Untersuchung auf sich beruhen lassen!« sagte Scott und unternahm nicht den

Versuch, seine Skepsis und seine Ablehnung zu kaschieren.

»Nicht wenn die letzte Meldung der Crew auf ein ... Versagen des Systems hinweist.« Zainal mußte angestrengt überlegen, um die richtigen Worte zu finden.

»Zwei letzte Meldungen, und jedesmal verschwindet ein Raumschiff?« fragte Scott mit offenem Spott.

»Nur Drassi sind im Transportschiff. Kein großer Verlust«, sagte Zainal kühl. »Catteni ...« und er verlieh diesem Wort eine besondere Betonung, »zerbrechen sich nicht den Kopf über geringe Verluste. Schiff oder Drassi. Sie sollten das mittlerweile wissen.«

»Soll das heißen, daß Sie, ein hochrangiger Catteni-Offizier, bereit sind zuzulassen, daß wir Catteni töten?« fragte Scott und fixierte Zainal mit zu Schlitzen verengten Augen.

Zainal zuckte die Achseln. »In jedem Krieg gibt es Verluste. Sie wissen das. Ich weiß das. Oder ...« – ein spöttisches Lächeln spielte um seine Lippen – »... machen Sie es wie die Catteni. Lassen Sie die Crew laufen, jedenfalls die, die am Leben bleiben. Wenn sie nach einem Tag nicht gefunden wurden ...« – und er reckte einen Finger in die Höhe – »... bleiben sie am Leben und kommen zu uns. Sie wurden abgeworfen. Also bleiben sie hier.«

Kris schlug hastig die Hand vor den Mund und betrachtete verstohlen die Gesichter, um festzustellen, wer Zainals List verstand. Die Zahl derer, die begriffen hatte, überwog. Diese Leute waren intelligent genug. Scott schien als einziger ernsthafte Kritik zu üben.

»Sie kannten diese Catteni-Regel offensichtlich nicht, oder, Admiral?« fragte Mitford ausgesucht höflich.

Scott nickte kurz.

»Mit allem Respekt, Sir, für den Fall, daß niemand Sie aufgeklärt hat«, fuhr der Sergeant fort, »Zainal wurde gegen die Regel und gegen seinen Willen ins Schiff getrieben. Das nur für den Fall, daß einer von Ihnen sich fragen sollte, weshalb er sich nicht dazu verpflichtet fühlt, irgendwelche weiteren Befehle der Emassi zu befolgen.«

»Vielen Dank für diese Erklärung, Sergeant«, sagte Easley. »Ich denke, damit sollten sämtliche Zweifel hinsichtlich der Frage, auf wessen Seite Zainal steht, ausgeräumt sein. Um wieder zu Phase Zwei zurückzukehren – welchen Vorteil hätte es für uns, ein Schiff zu besitzen, daß vielleicht gar nicht einsatzfähig ist? Selbst wenn Zainal glaubt, daß wir nicht mit Vergeltungsmaßnahmen rechnen müssen.«

»Ich denke an die Farmer«, sagte Zainal, und alle Blicke waren wieder auf ihn gerichtet. »Bei zwei Schiffen können wir eins mit ihrem Transportschiff mitschicken ...«

Scott verwarf diesen Vorschlag und senkte den Blick.

»Moment mal, Scott«, meldete Fetterman sich zu Wort. »Ich bin mir in bezug auf diese Farmer oder Mechano-Bauern, oder wie immer man sie nennen will, nicht ganz im klaren.« Dann wandte er sich wieder an Zainal. »Sie wollen, daß sie erfahren, daß wir ihr Land besetzen?«

»Besetzen?« Zainal schaute fragend zu Kris.

»Das hat nichts mit kriegsmäßiger Besetzung zu tun. Es ist ein Ausdruck für die Übernahme und Nutzung von Land, das einem nicht gehört«, erklärte sie schnell. »Das ist eigentlich schon Phase Drei.« Ehe sie mit der Diskussion über Phase Zwei begannen, wollte Kris ihnen wenigstens Zainals Plan verständlich machen. »Es geht um ein Bündnis mit den Farmern gegen die Eosi, denn wenn sie einen Planeten landwirtschaftlich nutzen können, ohne daß ein vernunftbegabtes Wesen die Kontrolle innehat, verfügen sie nach Zainals Auffassung vielleicht auch über eine ausreichend hoch entwickelte Technologie, um den Catteni dabei behilflich zu sein, die Herrschaft der Eosi abzuschütteln – und den Zwang, sich in Zombies verwandeln zu lassen und Dinge zu tun, die die Eosi von ihnen verlangen. Wie zum Beispiel die Erde zu überfallen und zu unterdrücken.«

»Donnerwetter, junge Dame«, sagte Fetterman, aber er grinste ebenso wie Rastancil, während Scott unwirscher als vorher dreinschaute. »Ganz schön ehrgeizig, wenn Sie mich fragen.«

»Jede lange Reise beginnt mit einem ersten Schritt«, sagte sie mit fester, klarer Stimme und deutete über die Schulter auf das Raumschiff. »Das ist Schritt Nummer eins.«

»Kris' Argument hat etwas für sich«, sagte Easley und übernahm wieder die Gesprächsleitung, was ihm immer wieder mühelos zu gelingen schien. »Bis heute hätte niemand von uns auch nur in seinen kühnsten Träumen an die Möglichkeit gedacht, ein Catteni-Schiff zu kapern ...«

»Ein schadhaftes Transportschiff zu besitzen ist wohl kaum eine Hilfe .... um Catteni, Eosi oder diese Farmer anzugreifen«, sagte Scott und erhob sich.

»Aber das Transportschiff gestattet es uns, viele Menschen auf einen der anderen Kontinente zu bringen, die die Farmer nicht ausbeuten«, sagte Mitford und machte aus seiner Verärgerung keinen Hehl mehr. »Es ist ein weiterer Schritt, der uns dem Ziel näherbringt, unsere eigenen Herren und keine verdammte Catteni-Kolonie mehr zu sein, die sie übernehmen können, sobald sie sich erfolgreich etabliert hat. Das ist doch die übliche Vorgehensweise, nicht wahr, Zainal?«

Kris verfolgte, wie Mitford wieder verstärkt in die Diskussion eingriff, und schaute besorgt zu Easley, doch dieser schien aufrichtig daran interessiert zu sein, Mitfords Argumente zu hören.

»Nun, ein Scout-Schiff ist ein Anfang für unsere

Botany Verteidigungs-Initiative, und ich werde Phase Zwei mit jedem Mann und jeder Frau unterstützen, die mir in den vergangenen neun Monaten gefolgt sind.« Dann sammelte Mitford sich für einen kurzen Moment und machte einen tiefen Atemzug. »Wenn wir dort erfolgreich sind, können wir die Lage überdenken und neu bewerten. Und es gibt nicht nur die Catteni, über die wir uns Sorgen machen müssen. Da sind auch die Farmer und ihre Reaktion darauf, daß wir ohne ihre Zustimmung auf ihrem Land abgeladen wurden und werden. Ich habe schon des öfteren angeregt, daß wir die Einrichtungen der Farmer unangetastet lassen und einen eigenen Betrieb nach ihrem Muster aufbauen sollten. Das ist der Grund, weshalb ich Erkundungstrupps über den ganzen Kontinent schicke.«

»Moment mal, Sergeant«, sagte Rastancil und erhob sich. »Ich dachte, sie hätten die Mechanos auseinandergenommen, damit die Farmer herkommen, um nachzusehen, wer sich an ihrem Planeten vergreift.«

»Das war damals unsere einzige Möglichkeit, Sir. Aber seitdem haben wir ausführlich darüber diskutiert.« Mitford deutete auf Easley, Fetterman und hinauf zum Camp Narrow auf dem Berg. »Ich war damals nicht der einzige, der so schnell wie möglich von diesem Planeten weg wollte.« Er hielt für einen Moment inne. »Ich bin mir nicht sicher, ob ich immer noch weg will. Und ich weiß, daß viele andere ähnliche Überlegungen anstellen wie ich. Aber das ...« – damit zeigte er wieder auf das Scout-Schiff – »... ändert vieles grundlegend. Oder .. zum Teufel, das müßte Ihnen doch genauso klar sein wie mir.« Er verstummte und wartete auf eine Reaktion.

»Die Situation hat sich tatsächlich verändert«, sagte Easley und löste damit ein Gemurmel der Zustimmung aus. Er lächelte zufrieden. »Phase Zwei scheint durchaus durchführbar zu sein, aber wie Sergeant Mitford sagt, sind dazu intensive Planung und ein gutes Timing nötig ... selbst mit den Waffen, die uns zur Verfügung stehen. Ich schlage vor, wir vertagen dieses Treffen und unterhalten uns als nächstes über Wege und Hilfsmittel.«

»Scout muß versteckt werden«, sagte Zainal und zeigte in Richtung Camp Narrow.

»Fliegen Sie damit hin?« fragte ein Mann mit einem ziemlich verwegenen Schnurrbart, während er aufsprang und die Sitzfläche seines Overalls abklopfte. »Ich bitte darum, Sie begleiten zu dürfen, Sir. Ich saß während des letzten Raumfahrtunternehmens der Erde im Kontrollzentrum. Ich bin ausgebildeter Testpilot – Gino Marrucci.«

Zainal schickte einen fragenden Blick zu Mitford, der ihm zunickte. Dann ließ Zainal seinen Blick zu Scott wandern. »Kommen Sie auch mit?«

Jemand kicherte leise, aber Scott nickte gemessen. »Gerne.«

»Im Schiff ist Platz für höchstens acht Personen«, erklärte Kris, wobei sie hoffte dazuzugehören. »Sie müssen ebenfalls mitfliegen, Sergeant.«

»Dann Sie aber auch.« Mitford schob das Kinn vor.

»Noch einer«, sagte Zainal. »Jemand von der Luftwaffe?«

»Ich gehörte mal zu dem Verein«, sagte der schwarze General, stand ebenfalls auf und stellte sich vor: »John Beverly.«

»Damit wäre das entschieden«, sagte Peter Easley. »Soll ich den Rutscher ins Camp Narrow zurückbringen, Sarge? Und dafür sorgen, daß die Garage ... oder soll ich lieber der Hangar sagen ... bereit ist?«

»Gute Idee«, sagte Mitford.

Zainal machte kehrt und ging voraus, ohne sich zu vergewissern, wer ihm folgte.

»Ich wollte mir immer mal die Anlagen in Houston

ansehen, hatte aber nie die Zeit dazu«, sagte Mitford zu der Gruppe, die sich ihm anschloß. Er grinste, als Kris schnell einen Fußwechsel vornahm, um mit den anderen im Gleichschritt zu sein. »Das passiert uns Leuten vom Militär immer wieder.«

»Okay, okay«, sagte Joe Latore, als er die Gruppe sah, die ins Raumschiff drängte, und winkte den Neugierigen zu, die das Schiff besichtigen wollten, sie sollten Platz machen. Protest regte sich, bis Mitford erschien, und verwandelte sich in begeisterte Hochrufe für Zainal und ihn.

»Wir bringen dieses Baby jetzt nach Camp Narrow«, gab Mitford bekannt. »Sie können sich das Schiff später eingehend ansehen.«

»Heißt das, die Catteni werden danach suchen?« fragte ein Mann in nervösem Tonfall.

»Nee«, antwortete Bert, der in der offenen Luke erschien. Er grinste, als er die Delegation entdeckte, sprang hinunter auf das Feld und bedeutete den Teilnehmern der letzten Besuchergruppe, sie sollten schnellstens das Schiff verlassen. »Weshalb sollte ein halbwegs vernünftiger Catteni auf Botany leben wollen, wenn er die Chance hat, den Planeten zu verlassen?«

Gelächter erklang, als diejenigen, die gehofft hatten, die Beute noch an diesem Tag besichtigen zu können, wieder den Berg hinaufstiegen.

»Gentlemen.« Bert winkte die neue Gruppe herein. »Soll ich ...«, sagte er zu Zainal, als rechnete er damit, abgelöst zu werden.

»Sie müssen mir zusehen«, sagte Zainal. »Die dort ebenfalls.«

»Das tun sie ganz bestimmt«, murmelte Bert leise genug, so daß nur Kris und Zainal ihn verstanden, als sie an ihm vorbeigingen. Kris schob sich vor den Militärs durch die Einstiegsluke. Diesmal würde sie nicht zurückbleiben. Mitford ließ Scott, Beverly und Gino Marrucci den Vortritt. Als sie die Brücke betraten, sprang Raisha, die den zweiten Sessel eingenommen hatte, hastig auf.

Zainal nickte ihr zu und gab Bert ein Zeichen, er sollte ihren Platz übernehmen, während er selbst sich in den Pilotensessel sinken ließ.

»Luke schließen, Raisha«, befahl Zainal und drehte sich zu seinen Begleitern um, die sich im begrenzten Raum der Brücke um ihn drängten. Er nickte und bedeutete ihnen, sie sollten dort stehenbleiben, wo sie gerade standen.

Kris schob sich näher an Mitford heran, der dicht hinter Zainal stand.

»Passen Sie auf?« sagte Zainal zu Bert, während seine Finger sich in langsamer Folge über Knöpfe und Schalter bewegten. »Verstanden?«

»Ja, ja ...«

Ein schneller Blick in die Runde verriet Kris, daß Bert nicht der einzige war, der sich die Bedienungssequenz einprägte. Beverly und der Testpilot zeigten das größte Interesse, und Scotts Miene war weniger ablehnend.

»Sehr glatt«, sagte Beverly. Er bemerkte als erster, daß sie senkrecht nach oben gestartet waren.

»Es ist ein außerordentlich leicht lenkbares und wendiges Schiff«, erklärte Zainal, während er den Steuerknüppel mit zwei Fingern bediente. »Einer seiner größten ...« Er drehte sich halb zu Kris um, damit sie ihm das Wort nannte, nach dem er suchte.

»Vorzüge«, lieferte Kris den gewünschten Begriff.

»Auch im Weltraum?« fragte Beverly.

»Im Raum läßt sich das Schiff noch besser manövrieren«, entgegnete Zainal, während er auf einen Knopf auf der Kontrolltafel drückte und auf horizontale Fortbewegung umschaltete. Das Schiff glitt über die Köpfe derer hinweg, die nach Camp Narrow zurückkehrten.

»Bemerkt der Satellit nichts von dieser Bewegung?« wollte Scott wissen.

Kris fragte sich, ob der Admiral denn niemals nachlassen würde, Zainal wie einen unerfahrenen Prüfling zu behandeln.

»Nicht diese Art. Sehr grob und geo-syn-chron«, erwiderte Zainal und hob eine Schulter. »Ich benutze nur ... Lenk – ...« Er suchte Kris' Hilfe.

»Lenkung«, sagte Beverly. »Korrekturtriebwerke? Oder Raketen?«

Zainal vollführte mit der freien Hand eine Bewegung, als drücke er den Planeten von sich weg.

»Ich glaube, wir nennen sie Korrekturtriebwerke«, sagte Beverly. »Sind sie beweglich?« Er drehte die Hände, um damit unterschiedliche Positionen anzudeuten. Zainal verfolgte die Demonstration aus den Augenwinkeln und nickte. Dann konzentrierte er sich wieder auf das Gelände, das sie überflogen.

»Ist noch genug Treibstoff vorhanden?« fragte der Testpilot und ließ den Blick über die Anzeigeinstrumente gleiten. »Welche Skala?«

»Diese«, sagte Bert und tippte darauf – ein leuchtender Punkt knapp über der Markierung für die Hälfte des Tankinhalts.

»Zweiter Grund für Phase Zwei. Das Transportschiff hat Treibstoff«, sagte Zainal.

»Wie weit kommen wir damit?«

Zainal zuckte die Achseln. »Nicht zurück zu Ihrer Erde.«

»Und was für einen Treibstoff benutzen Sie?« fragte der Testpilot weiter.

Zainal rasselte einige cattenische Kehllaute herunter und grinste den Piloten an.

»Kann hier nicht hergestellt werden.« Er nahm eine weitere Kurskorrektur vor, legte einen Schalter um, und dem Piloten verschlug es den Atem.

»Sie schweben ein?«

»Nicht nötig, Treibstoff zu vergeuden«, sagte Zainal und deutete voraus, während der Einlaß zu Camp Narrow im Berghang erschien. Zahlreiche Leute beobachteten nun das Geschehen, winkten mit weit geöffnetem Mund, doch kein Laut drang bis in das Scout-Schiff.

»Verdammt«, murmelte Mitford, bleich im Gesicht, während er sich krampfhaft festhielt, als das Scout-Schiff durch einen Korridor jagte, der früher einmal viel breiter gewesen zu sein schien.

»Kinderleicht, Sergeant«, sagte Beverly und grinste breit, während sie unaufhaltsam auf die weit geöffneten Tore der Zielscheune zuglitten.

»Paßt es rein?« fragte Mitford und klammerte sich noch verzweifelter an den Deckengriff, den er gefunden hatte.

»Kein Problem«, beruhigte Bert ihn.

Kris hatte Mitleid mit Mitford. Sie bemühte sich, nicht den Atem anzuhalten. Die Stabilisierungsflossen am hinteren Teil des Rumpfs waren sicherlich nur wenige Zentimeter von der Gangwand entfernt. Dann bemerkte sie jemanden, der sie mit Handzeichen vorwärts winkte, während er rückwärts in die Scheune hineinging. Zainal hob eine Hand, machte den Mann auf sich aufmerksam und bedeutete ihm, er solle zur Seite treten. Indem er mit äußerster Behutsamkeit die Regler der Korrekturtriebwerke bediente, ließ Zainal das Schiff wenige Zentimeter hochsteigen, drehte es herum, sank wieder herab und bugsierte es rückwärts in die Scheune hinein. Die Bodenmannschaft erschien vor dem Schiff und deutete ein Schieben an, während Zainal auf die Seite ging, um erkennen zu können, wann er abwinken mußte.

»Das Ding hat keine Rückspiegel, nicht wahr?« murmelte Mitford in Kris' Ohr. Sein Gesicht zeigte wieder Farbe, da sie nun fast in sicherer Parkposition standen.

Zainal gab das Zeichen zum Beenden der Aktion, und dann spürten sie, wie das Scout-Schiff auf dem steinigen Untergrund aufsetzte.

Zu Kris' Überraschung klatschten die Beobachter – sogar Scott – lautstark Beifall.

»Sie wären ein hervorragender Atlantis-Pilot«, stellte Marrucci fest.

Zainal stand auf und drängte sich in der engen Brücke an Mitford und Kris vorbei.

»Bert, zeigen Sie Marrucci, wie das Schiff stillgelegt wird.«

»Dürfen wir zuschauen?« fragte John Beverly.

Zainal blickte achselzuckend zu Mitford.

»Klar, warum nicht«, sagte der Sergeant und begab sich in Richtung Verbindungsgang, damit die anderen mehr Platz hatten. Aber er blickte über die Schulter und bekam mit, daß auch Scott zurückblieb.

»Hat alles wunschgemäß geklappt?« fragte Raisha vom Verbindungsgang. »Bei all den Leuten, die mir im Weg standen, konnte ich nichts erkennen, aber ich habe wohl gespürt, wie das Schiff gewendet wurde.«

Zainal öffnete die Luke, trat hinaus in die Scheune, half zuerst Kris nach unten und dann Raisha.

»Kann das Schiff abgeschlossen werden, Zainal?« erkundigte Mitford sich halblaut, als der Mann, der als Bodenmannschaft fungiert hatte, auf sie zukam.

»Es gibt sechs von diesen Dingern«, sagte Zainal und zeigte Mitford die kleinen graubraunen Rechtecke in seiner Hand. »Drei habe ich versteckt. Bert und Raisha haben je eins. Ist das okay?«

Mitford schaute beinahe traurig drein. »Einstweilen schon, aber ich glaube, daß die Jungs von der Luftwaffe und die hohen Offiziere am Ende entscheiden werden, wer das Baby fliegen darf.«

»Baby?« fragte Zainal und wandte sich an Kris. »Ist das das gleiche wie ›Junge, Junge‹ oder ›Mann-o-Mann‹?«

»Schiffe sind gewöhnlich weiblich«, sagte sie grinsend. »Und spezielle Schiffe werden ›Babys‹ genannt. Vor allem sehr gute Schiffe!«

»Das ist sogar ein ganz besonderes Baby«, sagte Zainal, und in seinen Augen funkelte ein Lachen, als er den Scout betrachtete.

»Hey, Zainal, Sie sind der geborene Pilot«, meinte der Mann, der sie eingewunken hatte, und ging auf Zainal zu, um ihm zu gratulieren. »Ich war mal Flugdeckoffizier auf der *George Washington* ...«

»Ein Flugzeugträger«, erklärte Kris.

»Junge, Junge, Sie sind mit dem Schiff umgegangen, als hätten Sie in Ihrem ganzen Leben nichts anderes gemacht!«

Zainal zuckte erneut die Achseln. »Ich habe eine Menge lernen müssen. Und ich mußte jeden Schaden bezahlen, den ich verursacht habe.«

»Tatsächlich?« Das schien dem Mann zu gefallen. »Wenn Sie irgendwelche Hilfe brauchen, dann bin ich Ihr Mann. Vic Yowell heiße ich.« Er schüttelte Zainal noch einmal die Hand und ging dann hinüber zum Schiff.

»Die hohen Tiere werden uns das Schiff niemals wegnehmen, oder?« fragte Raisha mit leiser Stimme und schaute Mitford prüfend an.

»Hört mal zu, Leute.« Mitford hob die Stimme und musterte alle mit ernstem Blick. »Das Schiff ändert die Lage vollständig. Ich kenne General Rastancil dem Ruf nach, und der ist ganz hervorragend – er gilt als guter Mann. Ich habe auch viel Gutes über General Beverly gehört ... über die Marine kann ich nicht viel sagen, aber eins weiß ich ...« Er drohte ihnen scherzhaft mit dem Finger, »... es wird einige Veränderungen geben, und wir müssen flexibel sein. Also sollten wir die Dinge auf uns zukommen lassen. Okay?«

»Ich mache alles mit, was Sie mitmachen«, versprach Zainal und bohrte Mitford bei jedem Wort einen Finger in die Schulter. »Klar?« Mitford lachte, aber Kris wußte genau, wieviel ihm Zainals Treuegelöbnis bedeutete.

»Ich weiß nicht, wie es mit Ihnen ist, aber ich brauche um diese Tageszeit etwas zu essen.« Er marschierte aus dem Hangar hinaus.

»Ich auch«, schloß Raisha sich an. »Die Schiffsrationen der Catteni konnten mich nicht gerade begeistern. Sie haben geschmeckt wie aufgeweichte Pappe.«

»Gesund«, sagte Zainal, während er Kris' Arm ergriff, um den anderen zu folgen.

»Wird es überhaupt zu einer Phase Zwei kommen?« erkundigte Raisha sich und schaute über die Schulter.

»Allein schon um Treibstoff zu organisieren ist sie nötig«, erwiderte Zainal.

»Wenn ich also die Chance bekäme, zu lernen, wie man den Scout fliegt, könnte ich dann auch ein Transportschiff steuern?«

»Das können Sie jetzt schon«, sagte Zainal und mußte grinsen, als er ihr überraschtes Gesicht sah. »Die Drassi können nur mit sehr einfachen Kontrollen umgehen.«

»Sagen Sie mal, Zainal«, fragte Mitford, »was meinen Sie, wie viele Schiffe wir kapern können, ehe sie Zerstörer aussenden, um hier nach dem Rechten zu sehen?«

Zainal grinste nur.

Sie hatten das Mittagsmahl beendet, als Bert und die anderen, die im ›Baby‹ geblieben waren, wie das Schiff einstimmig getauft worden war, an ihren Tisch kamen.

Marrucci und Beverly hatten jede Menge Fragen an Zainal zu den Leistungsdaten des Schiffs: seine Reisegeschwindigkeit, seine Ladekapazität, seine Bewaffnung und die Wartungszyklen. Kris übersetzte so gut es ging mit Unterstützung durch Bert und Raisha, wenn sie bei unbekannten technischen Begriffen und Bedeutungen hängenblieb. Mitford schickte jemanden los, Papier und Bleistift zu holen.

»Gibt es vielleicht so etwas wie eine Bedienungsanleitung?« erkundigte Ray Scott sich irgendwann.

»Was hätten wir von einer cattenischen Bedienungsanleitung?« fragte Kris beinahe feindselig, obgleich Scotts Haltung sich seit dem Parkmanöver im Hangar beträchtlich gebessert hatte. »Ich dachte an Diagramme«, sagte Scott, und Kris schämte sich, das Nächstliegende übersehen zu haben.

Daher erklärte Zainal Bert, wo die Wartungshandbücher in der Pilotenkanzel aufbewahrt wurden. Der Tag war ausgefüllt mit der Klärung fremdartiger Terminologien und ihrer Übersetzung. Ingenieure wurden hinzugezogen, um die technischen Zeichnungen zu entschlüsseln, während Zainal sich bemühte, trotz seines unzureichenden technischen Vokabulars verständliche Erklärungen zu liefern. Kris konnte stets nur raten, aber sie gab viel öfter richtige Tips ab als die anderen. Zainal kannte die grundlegenden Wartungschecks, da er diesen Schiffstyp schon oft geflogen war und zahlreiche Reparaturen hatte durchführen müssen.

Irgendwann erschien Worrell und holte Mitford weg. Reidenbacker verabschiedete sich später zusammen mit Fetterman, aber Kris war viel zu sehr mit der Klärung flug- und raumfahrttechnischer Begriffe beschäftigt, als daß sie darauf achtete, wer diese Männer im einzelnen ablöste. Es war keine Frage, daß die Eroberung von Baby das beste war, was der Kolonie auf Botany zu diesem

Zeitpunkt hatte passieren können. Es war schon dunkel, als Zainal sich plötzlich schüttelte und aufstand.

»Ich kann nicht mehr. Für heute reicht es mir.«

Alle reagierten verständnisvoll und dankbar und meinten, er solle sich gründlich ausruhen.

»Sie aber auch«, sagte er zu Raisha und Bert. »Kein Schlaf vergangene Nacht. Das ist nicht gut. Der Geist muß ausgeruht sein, um lernen zu können, wie Baby gesteuert wird.« Er faßte Kris und Raisha bei den Händen und bedeutete Bert mit einem Kopfnicken, er solle mit hinauskommen.

Während sie aufstanden, kam es zu einer kurzen Unterbrechung im angeregten Gemurmel, das jedoch, als sie die Tür erreicht hatten, schon wieder in vollem Gange war, wobei Diagramme zusammen mit dem Wartungshandbuch von Hand zu Hand wanderten.

Die vier marschierten zu einer der weniger stark frequentierten Endscheunen. Eine kleine ›Kolonisten‹-Tür war in das Tor hineingebaut worden. Außerdem gab es einen schmalen Vorraum, von dem aus drei Gänge die Scheune aufteilten. Wandschirme aus geflochtenen Gräsern schufen Wohnbereiche und spendeten einen gewissen Grad von Privatsphäre. Einzelne Matratzen, die mit weichem Gras gefüllt waren, Reservedecken, ein Kasten für die persönliche Habe und zwei Hocker bildeten die Möblierung des Wohnraums, den Zainal und Kris sich teilten. Er schob zwei Matratzen zusammen. Kris schlüpfte aus den Stiefeln, nahm die Komm-Einheit und andere Gegenstände aus den Taschen und streckte sich aus. Zainal breitete eine Decke über sie, ehe er ebenfalls seine Stiefel auszog und sich neben sie legte. Er ergriff ihre Hand, machte einen tiefen Atemzug und schlief sofort ein. Sie folgte nicht viel später seinem Beispiel.

Sogar nach neun Monaten war Kris immer noch nicht an die längere Tagesperiode Botanys gewöhnt, und trotz der Aufregungen und Strapazen des vergangenen Tages und der Nacht erwachte sie bereits vor Sonnenaufgang. Zainal war ebenfalls schon wach, lag auf dem Rücken und hatte die Hände hinterm Kopf verschränkt.

»Was ist los?« fragte sie leise.

Er streichelte ihre Wange. »Ich denke nach.«

»Gute Gedanken?«

Er nickte.

»Verrätst du sie mir?«

Wieder streichelte er ihre Wange. In der Dunkelheit konnte sie seine Zähne leuchten sehen, als er lächelte. »Ich muß Catteni überlisten.«

Sie hielt seine Hand fest, drückte sie gegen ihre Wange, während sie sich halb zu ihm hindrehte, so daß ihre Lippen sich dicht an seinem Ohr befanden. »Demnach könnte es wegen des Scout-Schiffs Ärger geben.«

»Noch nicht hicr.« Sie spürte, wie seine Gesichtsmuskeln sich spannten, als sein Lächeln sich vertiefte. »Vielleicht kann Lenvec nicht ... getäuscht werden. Ist das Wort richtig? Getäuscht?«

»Ja. Warum?« Sie bemühte sich, sich nicht in einem Anflug von Besorgtheit zu verkrampfen, aber er spürte es, da er ihre Körpersprache viel zu gut kannte. Seine Hand schmiegte sich tröstend um ihren Kopf.

»Er möchte den Eosi-Dienst nicht wahrnehmen.«

»Ist er der andere Mann, von dem du gestern gesprochen hast?«

Sie spürte, wie Zainals Schulter zuckte und seine Brust von einem stummen Lachen erbebte. »Er ist der nächste, wird aber vielleicht nicht ausgewählt.« Das schien ihn noch mehr zu amüsieren. »Er hat einen Lebenspartner und schon mehrere Kinder«, fügte Zainal hinzu, als sollte das ein Trost sein.

»Du denn nicht?« hörte sie sich fragen.

»Ich habe noch keine Lebenspartnerin ausgewählt, aber ich habe zwei Männer. Ich bin zu jung, um ausgewählt zu werden.«

»Demnach brauchen wir uns keine Sorgen zu machen, wenn Lenvec ausgewählt wird, oder?«

»Er hat nicht gesagt, wie schnell die Ausgewählten sich melden müssen. Wenn genügend Zeit ist, vielleicht. Ihm wird erklärt, wo er zuerst suchen muß.« Dann hielt Zainal inne, und sie spürte, daß er überlegte, ob er fortfahren sollte oder nicht. Er streichelte ihren Kopf. »Vielleicht ... kriegt er einen besseren Satelliten über Botany.«

»Bessere Technik? Leistungsfähiger?«

Zainal nickte. »Aber auch das dauert einige Zeit.« Und sie spürte sein Lachen. Spürte auch, daß es abbrach. »Ich muß vorsichtig sein.«

»Sollten wir das alles nicht lieber Mitford erzählen?«

Zainal schüttelte den Kopf. »Nicht jetzt. Er hat genug Probleme mit – wie hast du sie genannt? – mit den ›hohen Tieren‹. Beverly, Scott, Rastancil, mit denen, nicht wahr?«

»Ja, das sind alles hohe Tiere, Admiräle, Generäle. Ich glaube, Marrucci war Colonel. Nimm dich vor Scott in acht.«

Zainal gab einen zustimmenden Laut von sich und überraschte sie, indem er lächelte. »Für einen guten Kampf bin ich immer zu haben.«

»Du meinst, du willst Scott davon überzeugen, daß du für einen Catteni ganz in Ordnung bist? Oder daß Phase Zwei genau das richtige ist, um Treibstoff für das Scout-Schiff zu beschaffen?«

»Beides.« Er drückte ihre Hand. »Das wird noch interessant.«

»Sei nicht zu selbstsicher, Emassi Zainal.«

»Ich? Niemals. Dieses Catteni-Schwein paßt verdammt gut auf.«

»Zainal! Wo hast du diese Sätze aufgeschnappt?«

»Sind sie nicht korrekt?«

Sie wußte, daß er sie neckte, und lachte. »Ich bin verdammt froh, daß du schon soviel weißt, vor allem jetzt ...«

»Wo diese hohen Lamettaschädel hier sind.«

Sie kicherte und drückte ihr Gesicht an seine Brust, um das Geräusch zu dämpfen. ›Lamettaschädel‹ – das mußte sie unbedingt dem Sergeant erzählen.

Auf Lenvecs Drängen, das Perizec sowohl als Patriarch wie auch als Kommandeur allmählich auf die Nerven ging, hörte jener sich das Tonband an und spielte noch einmal die Aufnahme des Satelliten ab. Da war der Start des Scout-Schiffs, der plötzlich so seltsame Kurs, der in einen Sturz des Schiffs auf den Zweiten Mond überging, bis er aus dem Überwachungsbereich des Satelliten verschwand.

»Aber die Analyse ergibt, daß es nicht Zainals Stimme war. Keine ist es. Was sagt die Personalabteilung über Arvonk?«

Das war der einzige Schwachpunkt in Lenvecs Argumentation. »Es gibt nichts über Arvonk. Sie war lediglich eine Frau und versah keinen Dienst als Emassi. Sie wurde mitgeschickt, weil Zainal sie mehrmals zum Geschlechtsverkehr ausgewählt hatte.«

»Da unten gibt es sonst keine Catteni. Wer sonst als ein Scout könnte geantwortet haben?«

»Einige Terraner haben unsere Sprache erlernt.«

Perizec schnaubte. »Aber sie wissen nicht, wie man Komm-Einheiten bedient.«

»Zainal könnte es ihnen beigebracht haben.« Lenvec

sprach wütend und mit zusammengebissenen Zähnen – ein unkluges Verhalten gegenüber seinem Vorgesetzten und Vater, aber er zweifelte nicht im mindesten daran, daß Zainal sich irgendwie der Gefangennahme entzogen hatte. Wahrscheinlich hatte er sogar das Scout-Schiff vom Planeten weggesteuert. Und dann, aus Gründen, die Lenvec bei einem cattenischen Emassi, der auserwählt worden war, um den Eosi zu dienen, nicht verstehen konnte, war Zainal auf den Planeten zurückgekehrt. Er hatte keine Zuflucht im Catteni-Raum gesucht, denn überall würde er verfolgt werden. Er würde nirgendwo Ruhe finden.

Zainals Erklärung ›Ich wurde abgeworfen, ich bleibe‹ ertönte wie ein Pulsschlag in Lenvecs Hinterkopf. Was nutzte es Zainal, auf den Planeten zurückzukehren, ganz gleich welche Technologie er dort vorgefunden hatte? Kannte Zainal vielleicht die Herkunft der ursprünglichen Bewohner des Planeten? Hatte er sich deshalb des Scouts bemächtigt? Was hätte er von einer solchen Aktion?

»Er hat sich irgendwie mit den terranischen Dissidenten angefreundet«, fuhr Lenvec fort, in dem verzweifelten Bemühen, seinen Vater von der Richtigkeit seiner Vermutungen zu überzeugen. »Jetzt hat er ein Verkehrsmittel. Er scheint irgendeinen Plan zu verfolgen.«

Perizec verwarf diese Möglichkeit und erhob sich. »Das nutzt ihm überhaupt nichts.«

»Sir, um der Ehre der Familie willen, bestehen Sie auf einem zweiten orbitalen Satelliten. Ein geosynchroner Satellit kann auf keinen Fall seine nächsten Aktionen überwachen.«

»Nächste Aktionen?« Perizec musterte seinen Sohn derart zornig, daß Lenvec sich am liebsten instinktiv geduckt und an einen möglichst sicheren Ort verkrochen hätte. »Deine nächste Aktion ist die Teilnahme an der

Eosi-Selektion. Ein weiterer Aufschub wird nicht gewährt. Hast du verstanden?«

»Vielleicht sind die Eosi nicht so blind«, sagte Lenvec in bitterem Ton, und als die Nervenpeitsche plötzlich in der Hand seines Vater erschien, wappnete er sich gegen den Schlag. Trotzdem ließ der Schmerz ihn auf die Knie fallen.

Er mußte sich von seiner Lebenspartnerin in seine Behausung bringen lassen, wo er gegen das Protokoll, das vom Bestraften verlangte, einen Peitschenschlag zu ertragen, verstieß, indem er sich einen Nervenblock nahm. Clern blieb an seiner Seite, bis die Arznei ihre Wirkung entfaltete. Was mehr war, als sie hätte tun sollen, aber sie schaffte es nicht, wie sie wahrscheinlich gehofft hatte, seine bitteren Gefühle für ein letztes sexuelles Zwischenspiel zu lindern. Lenvec konnte nur daran denken, um was er gebracht worden war, da Zainal der Auserwählte ihrer Blutlinie gewesen war. Die Gelegenheiten und Beförderungen, derer Zainal sich hatte erfreuen können, weil er ausgewählt worden war. Eosi begrüßten es, wenn ihre ›Subjekte‹ reichhaltige Erfahrungen hatten, an denen sie sich erfreuen und die sie als Leitlinien bei ihrer Behandlung der unterworfenen Rassen benutzen konnten. Lenvec hatte mit einem überschaubaren Lebensplan zufrieden sein müssen, indem er sich um die Verwaltung des Familienvermögens kümmerte und mit einfacheren Belohnungen zufrieden sein mußte, als Zainal sie einheimste. Lenvec mußte sogar Zainals Kinder zusammen mit seinen eigenen aufziehen, da sein Dasein als Auserwählter es Zainal verbot, eine Partnerin zu haben. Das war das einzige Privileg, das Lenvec hatte und das Zainal versagt blieb. Und nun stand die Trennung von Clern bevor, weil Zainal geflohen war.

Während jener langen letzten Stunden seiner Eigenexistenz hatte Lenvec mit der Möglichkeit des Selbstmordes gespielt, doch dieses unehrenhafte Ende hätte Clern um Reichtum und Schutz und seine Söhne um ihr Erbe gebracht, das beträchtlich war. Wenn Lenvec damit auch seinen Vater hätte entehren können, hätte er diesen Schritt wahrscheinlich vollzogen.

Sein Haß auf Zainal, das Gefühl, verraten worden zu sein, sein Gespür für das ihm widerfahrene Unrecht erfüllte Lenvec sogar, als er, innerlich gestützt vom Stolz auf sein Blut, den in dieser Intensität zu besitzen er niemals für möglich gehalten hatte, von seinem Vater zu dem ausgedehnten Komplex begleitet wurde, der für die Eosi reserviert war. Er betrat ihn zusammen mit den drei anderen Catteni, die ebenfalls von ihren Vätern gebracht wurden, und Lenvecs Zorn loderte noch einmal heftig auf. Sie waren auserwählt; sie hatten die Privilegien gehabt, die auch Zainal ausgekostet hatte und die ihm versagt worden waren. Aber er besaß mindestens ebensoviel Emassi-Stolz wie jeder einzelne von ihnen, und so ging er hinein, erfüllt von glühendem Haß und dem leidenschaftlichen Wunsch, sich bei Zainal zu revanchieren.

Das hielt seinen Rücken gerade, seine Knie steif, als er vor den Eosi Mentat trat, der ihn umschließen und dafür sorgen würde, daß er nicht mehr Lenvec, sondern ganz Eosi wäre. Eine furchteinflößende Wesenheit selbst für einen Emassi, der gesehen hatte, was aus einem Catteni wurde, wenn er von eosianischen Mentats übernommen wurde: diese glänzende Riesenhaftigkeit in einer aufgeblähten cattenischen Gestalt. Dieser eine Gedanke, dieser letzte Triumph reichte Lenvec aus, als die Übernahme stattfand. Es hielt ihn davon ab zu schreien, wie die beiden anderen, vorher durchaus bereite und stolze junge Männer es taten, als sie verschlungen wurden.

Gewiß reizte diese intensive Emotion den Eosi, als er sich in dem starken neuen Körper einrichtete, und die Hülle, die er benutzt hatte, schwebte wie das tote Ding, das sie seit Jahrhunderten gewesen war, auf den auf Hochglanz polierten Boden der Kammer hinab. Sehr ungewöhnlich, denn der Eosi hatte solche Transfers schon häufiger vollzogen und genoß diese völlig neue Erfahrung, als der letzte Rest Persönlichkeit, die einst Lenvec gewesen war, sich im Mentat endgültig auflöste.

Die Hülle, die schließlich schlaff dalag, wurde in ein Behältnis gepackt und mit einer angemessenen Zeremonie zu Perizec zurückgebracht, der mit den anderen Vätern darauf wartete, sie entgegenzunehmen. Von allen war Perizec derjenige, der am erleichtertsten reagierte. Er hatte große Angst gehabt, daß Lenvec als inakzeptabel bewertet würde, und diese Schande wäre für ihre Blutlinie eine Katastrophe gewesen. Aber der Ehre war Genüge getan worden, und seine Familie würde fortfahren, den Eosi junge Männer zuzuführen und dafür weitaus mehr irdische Güter als Belohnungen zu erhalten als andere, weniger bevorzugte Familien.

Perizec mußte jedoch immer noch nachforschen, wo der feige Zainal sich versteckte, und dafür sorgen, daß er den Preis für seine Flucht bezahlte. Perizec lächelte bei dem Gedanken an eine angemessene Exekution. Privat, natürlich, aber ausgekostet von Clern, die um ihren Lebenspartner gebracht worden war, und verfolgt von Zainals Söhnen, die mit dieser Schande als lebenslange Last ihr zukünftiges Dasein fristen mußten.

Er brachte das Behältnis mit den Überresten seines Urgroßvaters zum Familiengrab und stellte es in die dafür vorbereitete Nische. Er betrachtete die Reihe von Vorfahren, die stets ihre Pflicht getan hatten. Dann nahm er seine letzte Handlung vor: er registrierte zuerst Zainal und dann Lenvec als tot. Schade, daß er Zainals Söhnen keine Strafe zuteil werden lassen konnte, aber das hätte den Grund offenbart, weshalb Lenvec für seinen Bruder hatte einspringen müssen. Es gab andere, subtilere Arten, wie man sie für die Tat ihres Vaters würde bezahlen lassen können.

Immer noch eine beträchtliche galaktische Strecke vom eosianischen Heimatplaneten und seiner sich ausdehnenden Einflußsphäre entfernt, traf die Zielflugeinrichtung in der Öffnung ein, die geschaffen worden war, um sie in der großen Mondanlage aufzunehmen, wo solche Einrichtungen untersucht und bearbeitet wurden. Als keine Nachricht erschien, wurde der Behälter routinemäßig auf diese Fehlfunktion untersucht. Solche Zielflugeinrichtungen wurden nur höchst selten ohne Grund auf die Reise geschickt. Eine Fehlfunktion wurde nicht festgestellt. Die Einrichtung war technisch einwandfrei und hatte stets innerhalb ihrer Leistungsgrenzwerte funktioniert. Das Fehlen einer Nachricht war ungewöhnlich. Der Behälter wurde auf seine Herkunft untersucht. Da dieser Planet in keiner Hinsicht kritisch oder gar bedeutend war, wurde der Irrläufer an die Organe weitergeleitet, die von Zeit zu Zeit solche Anomalien untersuchten. Die entsprechenden galaktischen Koordinaten wurden für eine genauere Überprüfung beim nächsten regulären Wartungszyklus markiert.

Kapitel 4

Jene, die aufs engste mit Phase Eins verhaftet waren, schliefen, als Zainal und Kris im Morgengrauen leise ihr Quartier verließen.

Eine müde Köchin hatte ihren Stuhl nach hinten gegen die Wand gekippt und den Kopf auf die linke Seite fallen lassen, um sich so gut wie möglich auszuruhen. Männer und Frauen an einem weit entfernten Tisch waren in eine erregte Unterhaltung vertieft und tauschten alle möglichen schriftlichen Unterlagen aus.

Obgleich Zainal und Kris die Messe ausgesprochen leise betreten hatten, beendete ihr Erscheinen sofort die Diskussion. Fast jeder Kopf drehte sich in ihre Richtung, um nachzusehen, wer hereingekommen war.

»Zainal! Kris!« Peter Easley erhob sich halb von seinem Platz und winkte sie heran. »Holen Sie sich etwas zu essen und zu trinken und machen Sie mit, okay?«

Die Köchin schlief weiter und schnarchte leise, daher bedienten Kris und Zainal sich selbst von dem Essen, das in den Pfannen warmgehalten wurde, und nahmen sich Tee aus der Kanne. Kris erkannte nicht nur Scott und die meisten Militärs vom Vortag, sondern auch andere, die offenbar zu dieser Konferenz aus anderen Lagern herbestellt worden waren.

»Da haben Sie etwas in Gang gesetzt, Zainal«, sagte Peter, erhob sich und machte für Zainal Platz, während er für Kris und sich selbst Stühle von einem Nebentisch holte.

»Phase Zwei?« fragte Zainal, ließ sich nieder und betrachtete den Wust von Karten und Listen, der den Tisch bedeckte. Er trank von seinem Tee.

»Na klar doch«, sagte Easley, während mehrere Männer am anderen Ende des Tisches ihre unterbrochene

Debatte fortsetzten. »Ich habe Mitford beim dritten Mondaufgang ins Bett geschickt. Er konnte die Augen nicht mehr offenhalten.«

»Wie schaffen Sie das denn?« fragte Kris.

»Ach, ich habe vor der Wachablösung ein paar Stunden geschlafen.« Easley zwinkerte ihr verschwörerisch zu. Sie war einigermaßen beruhigt, obgleich sie bisher in Easley trotz aller Hilfe, die er Mitford während der Abwürfe geleistet hatte, nicht einen Ersatz für den Sergeant gesehen hatte.

»Wir haben herausbekommen, daß eine große Zahl der Abgeworfenen eine militärische Ausbildung absolviert hat, und mehr als genug haben in ihren Heimatländern Kommando-, SAS- oder ähnliche Schulungen absolviert, so daß wir aus dem Vollen schöpfen können, um Phase Zwei zu einem erfolgreichen Unternehmen zu machen«, erklärte Easley mit leiser Stimme. »Was wir jetzt brauchen, sind Informationen von Ihnen darüber ...«

»Welche Waffen sich an Bord des Scout-Schiffs befinden«, fiel Scott ihm ins Wort, »wie es im Innern des Transportschiffs aussieht und welche Waffen der Gegner besitzt, damit wir unsere Leute entsprechend ausbilden können.«

Zainal nahm einen Schluck von dem heißen Getränk in seiner Tasse und verlangte ein Stück Papier und einen Schreiber.

»Was ist mit einem Frühstück vorher?« fragte Kris in bissigem Ton, während sie einen Löffel Haferbrei aus ihrer Schüssel aß. »Armee ... und Marine funktionieren bestimmt viel besser, wenn sie satt sind.«

»Miss Bjornsen ...«, begann Scott betont höflich.

»Vergessen Sie's«, sagte Zainal mit sehr leiser Stimme, aber er bedachte Scott mit einem kurzen warnenden Blick, ehe er damit begann, die Umrisse eines Transportschiffs aufzuzeichnen. Dabei trank er gelegentlich von seinem Tee. »Zwanzig Leute Mannschaft, nur Drassi mit Waffen. Andere haben Nervenpeitschen ...« Zainal schaute Scott lange an. »Sie kennen Nervenpeitschen?«

Scott nickte langsam, und es freute Kris sehr, als sie erkannte, daß er zumindest ein höchst intimes Erlebnis mit diesem Überredungsmittel gehabt zu haben schien.

»Die Crew trägt sie auf dem Rücken.« Zainal demonstrierte, wie die Peitsche an einem Griff befestigt war und wie man sich das Gerät auf den Rücken schnallte. »Die Leute sind bewußtlos kein Problem.« Er zeichnete den Brückenbereich, die Mannschaftsquartiere, wo die Besatzungsmitglieder genauso dicht zusammengepfercht zu schlafen schienen wie ihre unfreiwilligen Passagiere. Dann skizzierte er den Maschinenraum, die Luftaufbereitungsanlage und andere wichtige Bereiche des Transportschiffs, inklusive der Frachträume, die nicht mit Sauerstoff versorgt wurden. Übrig blieb ein freier Mittelteil, in den Zainal nun eine Reihe paralleler Linien einzeichnete.

»Schläfer brauchen nicht viel Platz. Erstes Deck leer, entfernen, nach oben schieben, zweites Deck leer ...«

»Wir lagen da drin wie die Sardinen«, berichtete Easley und erschauerte. »Womit schaffen sie es, uns in einen scheintoten Zustand zu versetzen?«

»Schlafen?« flüsterte Kris, denn sie wußte, daß Zainal dieses Wort kannte.

»Das tun nur Eosi. Nicht einmal Emassi kennen die Bestandteile«, antwortete Zainal mit einem gleichgültigen Achselzucken.

»Demnach müssen wir die Wachen ausschalten, dort hindurchstürmen, um die Brücke zu sichern ...«

Kris erkannte die Stimme nicht, konnte auch den leichten Akzent nicht identifizieren, viel weniger noch den langen, nicht-weißen Finger, der die eingezeichnete Linie entlanggefahren war, und schaute hoch. Der schlanke Mann hatte sich zwischen Scott und Fetterman gedrängt. Er grinste sie an und tippte gegen eine imaginäre Hutkrempe.

»Hassan Moussa, ehemaliger Angehöriger der israelischen Streitkräfte«, stellte er sich vor.

»Nein.« Zainal schüttelte den Kopf. »Zuerst werden sie ausgeladen, dann bringen wir keine Leben in Gefahr. Sie werden nicht mit Angriff rechnen. Nach dem Abwurf sind sie müde. Wir betäuben alle, die draußen sind. Das reicht vielleicht schon. Dann ...« Zainal grinste Moussa an, »stürmen wir zur Brücke und überraschen Drassi.«

Moussa war nicht der einzige, der sich über Zainals Vorschlag amüsierte, die Catteni das Schiff erst entladen zu lassen.

»Ich habe die zuverlässige Information, daß nicht jeder mit besonderer Vorsicht ausgeladen wird«, bemerkte Ainger, der Engländer.

»Ich werde natürlich alles beobachten«, versprach Zainal.

»Hey, Moment mal«, sagte Kris, und sie war nicht die einzige, die die Gefahr in dieser Absicht erkannte.

»Nicht wenn die Catteni versucht haben, Sie zu entführen ...«, widersprach Rastancil stirnrunzelnd.

»Drassi wissen das nicht«, sagte Zainal, »aber sie gehorchen immer den Befehlen von Emassi.«

Eine offene Debatte entspann sich, und nachdem er ein paar Sekunden lang zugehört hatte, begann Zainal seinen Haferbrei zu essen und ignorierte den Streit.

»Er meint, er wäre ein Opfer der Entführung ...«

»Ein Transportschiff wurde losgeschickt, um ihn zu holen, oder etwa nicht?«

»Können wir ihm wirklich vertrauen?«

»Wenn es so einfach ist, ein Transportschiff zu kapern, weshalb hat es dann noch niemand versucht?«

»Sie haben noch nie gesehen, wie jemand sich mit bloßen Händen gegen Nervenpeitschen gewehrt hat, oder?«

»Wenn Drassi und Emassi niemals miteinander verkehren, wer soll ihn dann erkennen?«

»Und das Risiko ist allemal besser als sichere fünfundzwanzig Prozent Verluste.«

Kris identifizierte Leon Danes Stimme. »Wenn Leon im Schatten steht, kann er einen Emassi ganz gut nachmachen«, äußerte sie über die anderen Stimmen hinweg ihren Vorschlag. Das ließ die anderen verstummen. »Sie reagieren auf den Tonfall und nicht auf die Gestalt.«

»Gute Idee«, sagte Zainal und leckte sich die Lippen. »Er klingt wie Emassi. Er könnte ... sogar ... mich ... täuschen.« Und er schickte Kris einen verschmitzten Seitenblick, während er sein Frühstück fortsetzte.

»Wir können uns später noch für eine Strategie entscheiden«, legte Scott fest. »Wenn Sie fertig sind«, meinte er zu Zainal, der tatsächlich soeben seine Schüssel und seine Tasse geleert hatte, »sollten wir noch einmal die zahlenmäßige Stärke der Mannschaft durchgehen.«

»Ein Drassi-Kapitän«, sagte Zainal und zählte an den Fingern auf. »Ein Drassi-Navigator, ein Drassi-Kommunikator, ein Drassi-Ingenieur, vier weitere als Reserve zum Ablösen und zwölf zum Ausladen.«

»Das wären insgesamt zwanzig. Sind alle am Entladen beteiligt?«

Zainal nickte. »Auch Dienstfreie helfen ausladen. Andere ruhen sich dort aus.« Er deutete auf die Brücke. »Es gibt nicht viel Sicherheit«, fügte er hinzu. »Von dort aus« – er legte den Finger auf die Tür –, »kann man alle mit dem Stunner betäuben.«

»Betäuben?« Scotts Gesicht spiegelte Zweifel wider.

»Warum nicht? Tötungswaffen sind schmutzig.«

»Und wurde nicht entschieden«, ergriff Kris nun das

Wort, »daß sie wenigstens eine Chance zum Weglaufen haben?«

»Weshalb?« Die Stimmung am Tisch verhärtete sich.

»Weil wir dann nicht genauso sind wie die Catteni«, sagte John Beverly und erhob seine Stimme über das Stimmengewirr.

»General, ich glaube nicht, daß die Bevölkerung Verständnis für Milde hätte«, sagte Bull Fetterman.

»Weshalb nicht«, sagte Hassan Moussa mit einem listigen Grinsen. »Man könnte eine lustige Jagd veranstalten.«

»Einen Moment, verdammt noch mal.« Kris hatte das Gefühl, als würde ihr gleich das Frühstück hochkommen. »Wir sind keine Catteni. Wir sind Menschen ...«

»Sie können als Kriegsverbrecher bestraft werden«, sagte Moussa immer noch grinsend und wartete auf Zainals Reaktion, doch der Catteni konzentrierte sich ausschließlich auf die Fertigstellung seiner Zeichnung und achtete nicht auf den moralischen Disput.

»Wir können das Lager abstimmen lassen«, schlug Yuri Palit vor und erhob sich am anderen Ende des Tisches.

»Die Voraussetzung ist aber immer noch, daß wir uns erst mal das Transportschiff sichern wollen«, sagte Beverly.

»Einen Augenblick, General ...«

»Beverly, wir können niemals zwanzig Leute überwältigen ...«

»Ein Referendum!«

»Jeder muß sich darüber im klaren sein ...«

»Diese Kerle sind Mörder ...«

»Wir brauchen nicht genauso zu handeln ...«

Kris stand vom Tisch auf und nahm ihr und Zainals Geschirr mit, ehe ihr das Frühstück von diesem haßerfüllten Gerede tatsächlich hochkam. Sie verstand, sagte sie sich, als sie mit dem Geschirr zu den Spülbecken ging, sehr gut, daß sie sich an den Catteni rächen wollten, aber ein solches Gemetzel hätte Menschen nicht besser aussehen lassen als Catteni, und außerdem würde es diese neue Welt und ihren neuen Anfang vergiften und mit all dem Haß und den Vorurteilen belasten, die in fast jedem zu schlummern schienen und nur abgebaut werden konnten, indem man sich ein fremdrassiges Opfer suchte, an dem man sich schadlos hielt.

Fast hätte sie das Geschirr einfach ins Spülbecken geworfen, aber sie bemerkte die immer noch schlafende Köchin und ließ die Schüsseln und Tassen daher behutsam ins warme Spülwasser gleiten. Wenn es nicht zu umgehen war, könnte sie wahrscheinlich auch einen Catteni mit bloßer Hand töten. Es hatte ihr nichts ausgemacht, als Fek und Slav die Entführer getötet hatten, aber sie hatten es ganz bestimmt nicht kaltblütig getan – sie hatten eine schreckliche Angst gehabt, daß man ihren Schwindel aufgedeckt und Zainal mitgenommen hatte. Alle Argumente verschleierten den wahren Sachverhalt. Allein das Prinzip war wichtig. Viel mehr noch hier auf Botany als zu irgendeinem anderen Zeitpunkt in ihrem Leben ... selbst in dem Moment, als sie hatte befürchten müssen, von dem Catteni auf Barevi vergewaltigt zu werden.

»Kris!« Zainals Stimme hatte nicht sehr laut geklungen. Er stand am Ausgang und winkte ihr. Die ›Strategen‹ waren derart in ihre Diskussion über Ehre, Gesetz, Prinzipientreue und Integrität vertieft, daß sein Abgang von niemandem bemerkt worden war. Bis auf Easley und Rastancil, die auf ihn zueilten.

»Zainal?« In Easleys ruhiger Stimme lag ein schuldbewußter Ausdruck, und Rastancils Miene war bedrückt.

»Wir schauen nach, welche Waffen und anderer nützlicher Schrott im Scout zu finden ist«, sagte Zainal. »Das ist der nächste Schritt der Vorbereitung für Phase Zwei.« Er ging als erster hinaus, drehte sich dann um und wartete auf Kris, Easley und Rastancil. »Sie sind vernünftige Männer«, fügte er hinzu.

Er marschierte mit einem derartigen Tempo los, daß sogar der langbeinige Easley Schwierigkeiten hatte mitzuhalten. Abrupt blieb er stehen, als vor dem frühmorgendlichen Himmel die Umrisse des Hangars zu erkennen waren, die, wie Kris erkannte, sehr sonderbar erschienen. Zainal räusperte sich knapp und setzte seinen Weg fort.

»Was haben die denn damit angestellt?« fragte Kris, obgleich sie die Antwort zu kennen glaubte.

»Mitford hat den Vorschlag gemacht, die Scheune ein wenig zu tarnen«, sagte Easley. »Nur für den Fall, daß irgend jemand sich hier zu neugierig umschaut. Alles, was sie von oben sehen, sind Metallbrocken. Das Dach trägt deren Gewicht. Die Techniker haben sich davon überzeugt.«

Sie hatten kaum die kleine Besuchertür geöffnet, als eine schattenhafte Gestalt aufsprang und sie ansprach. Die Stimme Vic Yowells war unverkennbar. Er hatte sogar eine Lanze wurfbereit in der Faust. »Wer ist da?«

»Zainal, Kris, Easley und Rastancil«, sagte Zainal, der die Frage durchaus ernst genommen hatte.

»Oh«, seufzte Vic erleichtert. »Ständig kommen irgendwelche Leute her«, schimpfte er. »Und ich habe das Schiff noch nicht mal gesehen, als es gelandet war ...« Er schüttelte enttäuscht den Kopf. »Ich möchte ein Schloß an dieser verdammten Tür.«

»Niemand kommt in das Schiff rein, Vic«, versicherte Kris.

»Das habe ich denen auch schon erklärt, aber sie wollten es sich dann wenigstens von außen ansehen, wenn sie schon nicht hinein konnten.«

»Schlafen Sie sich erst einmal aus, Vic«, schlug Easley ihm vor. »Wir brauchen Sie später, und ich finde es gut, wenn Sie hier die Kontrolle übernehmen.«

Vic raffte seine Decke und seine Matratze zusammen und verließ grinsend den Hangar.

»Ich hätte nie gedacht, daß ich jemals die Chance bekäme, irgend etwas zu landen. Ich möchte nicht, daß es vielleicht beschädigt wird.«

Rastancil gab ihm einen freundlichen Klaps auf den Rücken, als er an ihm vorbeikam, und als Vic die Tür hinter sich geschlossen hatte, war der Hangar wieder dunkel. Rastancil stieß einen Fluch aus, doch Easley knipste eine Taschenlampe an. Kris erkannte sie als eine der Lampen, die bei den Leichen der Entführer geborgen worden waren.

»Sie sind aber schnell«, sagte sie grinsend zu Easley.

»Kriegsbeute sollte auch benutzt werden«, erwiderte er. Kris fragte sich, ob dieser Mann jemals aus dem Konzept gebracht werden konnte. Die ganze Nacht hatte er mit ziemlich engstirnigen Typen herumdiskutiert, und sein Gleichmut schien nicht im mindesten gelitten zu haben.

»Sind Sie immer so?« fragte Kris.

»Wie meinen Sie?«

Sie konnte im Lichtschein sein unschuldiges Grinsen sehen.

»Zainal nennt sie Lamettaschädel«, fügte sie hinzu, da er ihre Frage nicht beantwortete.

»Lamettaschädel?« Er kicherte. »Tatsächlich, das sind sie wirklich.«

»Mein Gott, ich schaffe es noch nicht mal, Sie dazu zu bringen, daß Sie auf einen Scherz eingehen.«

»Oh, ich kann auch lustig sein, Miss Bjornsen. Glauben Sie mir, das kann ich.«

Die Luke wurde geöffnet, und im Schiff flammten

Lichter auf und entlockten Easley und Rastancil erstaunte Rufe.

»Lassen Sie nicht zu«, murmelte Easley in Kris' Ohr, als er den Kopf ein wenig senkte, »daß Zainal die Kontrolle entzogen wird.«

»Er hat nicht vor, sie ihnen zu überlassen«, erwiderte sie flüsternd, während Rastancil lärmend die Leiter ins Schiff hinaufkletterte. Demnach hatte Easley sich entschieden – und zwar für die richtigen Leute –, dachte sie, während sie sich ebenfalls ins Schiff schwang. Vom Luftkissenfahrzeug aus war es einfacher gewesen.

Ein leises Geräusch setzte ein, und Kris spürte, wie frische Luft an ihnen vorbeistrich.

»Sie verfügen über Ventilation?« fragte Rastancil.

»Die Luft ist ... alt«, sagte Zainal. Er machte mit der Hand einen rotierenden Propeller nach. Dann bedeutete er ihnen, sie sollten lieber ins Heck gehen als in die Pilotenkanzel. Sie waren nur ein halbes Dutzend Schritte weit gekommen, als er stehenblieb und an Griffen zog, die in die Wand eingepaßt waren.

Der Schrank, den er geöffnet hatte, war mit einem ganzen Sortiment an Waffen gefüllt, vieles davon war Kris absolut fremd, aber Rastancil stieß einen begeisterten Seufzer aus. Nachdem er sich mit einem Blick von Zainal die Erlaubnis geholt hatte, griff er nach einem gewehrähnlichen Gebilde mit einem dicken Patronenmagazin und einem gedrungenen Lauf. Zainal erklärte ihm jeden Knopf und jeden Schalter. »Sicherung, rot heißt geladen, weiß heißt leer. Erzeugt breiten oder schmalen ...« Er schaute zu Kris.

»Kugelregen?« Sie deutete mit Daumen und Zeigefinger unterschiedliche Abstände an. »Metall? Wunden?« Zainal verringerte den Abstand zwischen den Fingern bis auf einen winzigen Spalt. »Nadel?«

Er nickte.

»Oh, ich habe schon auf der Erde davon gehört. Sie haben giftige Nadeln eingesetzt, als ich mitgenommen wurde. Schlimm.« Rastancil gab die Waffe zurück. »Gibt es auch einschüssige, revolverähnliche Waffen?«

Zainal runzelte die Stirn. Kris formte mit der Hand eine Pistole und gab mit dem Mund ein einzelnes »Peng!« von sich.

»Stunner«, sagte Zainal und deutete auf ein Regal mit acht Waffen. Dann legte er die Hand auf die Waffe daneben, ein langläufiges Modell. »Boden-Luft.« Danach deutete er mit einem Kopfnicken zum Bug. »Die Raumwaffen sind vorne.«

»Was für eine Bewaffnung haben sie?« fragte Rastancil neugierig.

Zainal lachte verhalten. »Raum, Luft-Boden, kleine Satelliten, um Ziele zu markieren. Nicht viel. Es ist schnell und sehr wendig.«

»Demnach vertrauen Sie mehr auf die Geschwindigkeit und dic Manövrierfähigkeit des Schiffs als auf seine Artillerie?«

Kris überlegte, welche Worte wohl übersetzt werden müßten, aber Zainal schaute Rastancil aufmerksam an und nickte schließlich. »Ja, Geschwindigkeit und ... anderes Wort ...« Er schickte Kris einen ratlosen Blick und wedelte mit der Hand und den Fingern.

»Flexibilität?« sagte sie.

»Gibt es in Ihrer Familie Fälle von Telepathie, Kris?« erkundigte Easley sich.

»Keinen einzigen, aber seit unserem Abwurf bin ich mit Zainal zusammen. Ich weiß, welche Worte er gelernt hat ... und er hat ein recht umfangreiches Vokabular«, erzählte Kris, »daher ist diese Suche nach Synonymen zwischen uns eher ein Spiel, mehr nicht.«

Easley kicherte verhalten. »Ich habe den Verdacht, daß er viel mehr Englisch versteht, als die Leute vermuten.«

»Ich habe diesen Verdacht nicht«, erwiderte Kris, und sie meinte es als verkappte Warnung. »Ich *weiß* es.«

»Das werde ich mir merken.«

Ganz gleich, ob Easley versuchte, sie bei Laune zu halten, Kris spürte deutlich, daß er auf Zainals Seite stand und gerne als Freund betrachtet werden wollte.

Als Zainal schließlich alle anderen Schätze vorgeführt hatte, die der Scout enthielt – wie hochleistungsfähige Ferngläser mit Infrarotsensoren und Nachtsichtfähigkeit; eine Anzahl Komm-Einheiten, Notleuchten, Peilsender, Landkarten und sämtliche Fotos, die er während des Herflugs geschossen hatte, sowie Handkameras, catteni-eigenes Erkundungsgerät, Kompasse, Seile, Rucksäcke, Winter- und Sommerausrüstung, Thermoanzüge und eine Menge andere Dinge, mit denen die Erkundungstrupps weitaus besser ausgestattet wären – summte ihr der Kopf von soviel Information. Mitford würde völlig durchdrehen. Es gab sogar Tauchgerätschaften und zwei Boote, für den Transport zerlegt und sorgfältig verpackt.

»Segel- oder motorgetrieben?« fragte Easley mit neuerwachtem Interesse. Er zeichnete mit einer Hand die Umrisse eines Segels in die Luft und imitierte gleichzeitig mit dem Mund ein Motorengeräusch.

Zainal grinste. »Beides.«

»Das ist ja wie Weihnachten!« rief Kris und hätte am liebsten in die Hände geklatscht.

»Nun, in gewisser Weise ist es so«, gab Easley zu, doch er grinste ebenfalls. »Sie haben mit so wenig soviel erreicht, daher lassen Sie sich durch all das in Ihrem Ideenreichtum nur ja nicht eindämmen. Nicht alles ist achtfach vorhanden.«

»Aber von den Dingen, die wir für Phase Zwei brauchen, sind jeweils acht Exemplare da«, sagte Rastancil nüchtern und deutete auf den Waffenschrank.

Zainal nickte, aber er interessierte sich viel mehr für

Kris' Reaktion auf die Fotos, die er ihr reichte. Sie hatte keine Ahnung, was sie an Bergen und Tälern finden sollte, bis sein Zeigefinger erst auf einen, dann auf einen anderen Punkt deutete.

»Oh, weitere Sackgassen wie das Tal, das wir gefunden haben?«

Er nickte. »Viele sogar.«

»Alle leer?« wollte sie wissen.

Zainal hob die Schultern und lächelte. »Sollen wir nachsehen?«

»Was ist?« erkundigte sich Easley und blickte ihr über die Schulter.

»Unser Erkundungsprojekt«, sagte Kris, ohne auf weitere Einzelheiten einzugehen.

»Ach, Sacktäler wie das, welches Ihr Trupp entdeckt hat und von dem Mitford erzählte?« Easleys Gesicht drückte seine tiefe Hoffnung aus, daß sie ihm endlich ihr volles Vertrauen schenkten.

»Wird dort etwas fest- oder ferngehalten?« fragte Zainal und lockerte seine Zurückhaltung.

»Ich würde meinen, ferngehalten, wenn man an die nächtlichen Schrecken denkt, die Botany bereithält.« Easley erschauerte ein wenig.

»Haben Sie sie gesehen?«

Er demonstrierte einen Ekel, der wahrscheinlich echt war. »Kein Interesse, aber ich gehe auch nicht ... das heißt, ich ging auch nie ... in Horrorfilme.«

Rastancil reckte den Kopf, betrachtete die Bilder und nickte anerkennend. »Sehr scharf. Was für eine Kameraausrüstung haben Sie an Bord?«

Zainal lachte. »Das überlasse ich den Experten. Baxter sagt, er war mal Kameramann beim Film. Ich drücke nur auf den Knopf, und nachher ...« Er deutete mit einem Kopfnicken auf einen Ausgabeschlitz in der Wand, »kommt das Bild heraus. Zeig sie Mitford, Kris, bitte.«

»Das können wir doch gemeinsam tun«, wandte sie ein.

Zainal schüttelte den Kopf. »Mein Dienst ist heute hier. Beim Vorführen.«

»Führen Sie mich noch ein paarmal herum, Zainal, dann kann ich Sie ablösen«, bot Rastancil an.

»Viele wollen eine Führung«, sagte Zainal mit amüsiertem Ausdruck, daß Rastancil ihn verblüfft musterte. »Ich lerne sehr viel von Kris«, meinte er und legte besitzergreifend einen Arm um ihre Schultern.

»Nun ja, gut«, sagte Rastancil und senkte den Kopf mit einem Ausdruck der Scham, falls ein hoher Militär überhaupt zu einer solchen Regung fähig war. »Es gibt nicht vielleicht ein Verzeichnis aller Ausrüstungsgegenstände an Bord von Baby? Es wäre zwar in Ihrer Sprache abgefaßt, aber wir haben mittlerweile ein paar Leute, die genug Catteni gelernt haben, um es zu lesen.«

»Kommen Sie«, sagte Zainal und winkte Rastancil zu, während er nach vorne zur Pilotenkanzel ging. »Schauen Sie sich gründlich um, Kris, Peter«, fügte er hinzu und deutete auf die anderen Türen an dem schmalen Gang. »Machen Sie sich mit allem vertraut.«

Easley schüttelte verwundert den Kopf. Zainal ging hinter Rastancil her.

»Ein toller Bursche. Ich hätte niemals gedacht, daß ein Catteni so etwas wie Humor haben könnte.«

»Vielleicht hatten sie niemals Gelegenheit, es zu zeigen«, sagte Kris und schob die erste Tür auf. »Pfui! Hier muß schnellstens gelüftet werden. Was für Schweine!« Kleider lagen verstreut auf dem Fußboden und den Kojen herum. Schmutzige Teller und Tassen warteten darauf, gespült zu werden. Ein leerer Bildschirm und eine Fernbedienung waren zu sehen. Easley nahm letztere hoch, legte sie aber gleich wieder zurück, weil er die Beschriftung nicht verstehen konnte. Insgesamt befanden sich vier Kojen im Raum, alle breit genug für Cattenikörper und alle ungemacht und schmuddelig.

Easley warf einen Blick in einen Spind, rümpfte die Nase und schloß ihn schnell wieder. Aber er schaute auch in den anderen Spinden nach. »Einige Ausrüstungsgegenstände könnten für uns nützlich sein. Vor allem die Uniformen für Phase Zwei. Sie müßten nur gewaschen werden.«

Es gab noch zwei weitere Wohnräume, einen mit drei Kojen und einen – offensichtlich das Quartier des Kapitäns – mit einer Koje. Dort fanden sie auch andere Gegenstände, die nur von Kommandopersonal benutzt wurden. Zum Beispiel befanden sich in dem Raum eine Sichtplatte wie die, die Kris auf Barevi gesehen hatte, und ein ganzes Regal voller Scheiben, die zu dem Sichtgerät gehörten. Easley kannte sich damit aus. Er legte eine Scheibe ein und aktivierte das Gerät. Eine Catteni-stimme mit monotonem Ausdruck gab einen Kommentar zu dem gedruckten Text auf dem Schirm.

»Nun, sicherlich sehr interessant«, sagte Easley, schaltete das Gerät aus und deponierte die Scheibe wieder an ihrem alten Platz im Regal. »Wo haben sie denn gegessen und sich gewaschen – falls sie das überhaupt getan haben?« Eine der Türen im Abteil des Kapitäns ließ sich aufschieben und gab den Blick auf eine Duschkabine mit einem, wie Kris vermutete, Urinal und einer anderen seltsamen Öffnung frei. Nun, die Catteni hatten in etwa die gleichen Körperfunktionen wie die Menschen. Easley gab einen undefinierbaren Laut von sich, als er über Kris' Schulter blickte.

Es gab eine andere Zelle, ein Stück den Gang hinunter, in der zwei Benutzer Platz fanden. Die Kombüse befand sich gleich dahinter, fast am Ende des Gangs.

»Wenigstens eine Solokabine«, sagte sie und schaute sich dann die ›Küche‹ und ihre Einrichtung an. Ein Tisch mit gepolsterten Bänken war offenbar der Eßplatz für die Mannschaft, falls sie die Mahlzeiten nicht in ihren Quartieren einnahmen. Aber die Küche war aufgeräumt und sogar sauber. Ach ja, Raisha hatte erwähnt, daß sie an Bord gegessen hätten, daher war sie es wahrscheinlich gewesen, die anschließend für Ordnung gesorgt hatte.

»Ich frage mich nur, was sich dort verbirgt«, sagte Easley nach einem kurzen Blick in die Garderobe und wandte seine Aufmerksamkeit der letzten großen Tür zu, die das Ende des Gangs darstellte. Sie war geschlossen und mit weißen cattenischen Schriftzeichen bedeckt.

»Wenn weiß auf den cattenischen Waffen die Farbe für ›leer‹ ist, könnte das dann auch auf andere Teile der Ausrüstung zutreffen?« fragte Kris.

In dem Augenblick, als Easley seine Hände auf die Schalter legte, erklang ein Alarm.

»Nicht eintreten«, warnte Zainals Stimme aus einem Lautsprecher über ihren Köpfen. »Bitte«, fügte er hinzu.

»Er ist noch nicht ganz assimiliert, nicht wahr?« bemerkte Easley. »Mal sehen, was sie vorhaben. Es sei denn, Sie wollen die Spinde ausräumen. Wir brauchen nämlich möglicherweise saubere Catteni-Uniformen.«

Kris sah ihn streng an. »Das könnte sein, aber ich denke, es würde die Moral unserer Leute stärken, wenn sie mit eigenen Augen sehen könnten, was für Schweine die Catteni sein können.«

»Stimmt!«

»Am liebsten möchte ich ein Verzeichnis all dieser herrlichen Gegenstände anlegen, unter denen, wie ich hoffe, die Scouts als erste auswählen dürfen, was sie brauchen können«, sagte sie und rieb sich die Hände. »Verdammt, ich habe kein Papier.«

»Voilà«, sagte Easley und holte einen kleinen Stapel Zettel aus einer Oberschenkeltasche und einen Bleistift aus der Brusttasche.

»Hey, das ist ja fast wie zu Hause. Auch Mitford ist ohne Papier und Bleistift praktisch hilflos.«

»Was meinen Sie denn, wo ich das her habe?«

Grinsend begannen Kris und Easley mit der Inventarisierung ihrer Funde. Sie wurden von einem Klirren an der Einstiegsluke unterbrochen.

»Wer ist da an Bord?« wollte eine ungehaltene Stimme wissen.

»Scott?« rief Easley.

»Mit Fetterman, Reidenbacker und Marrucci«, lautete die Antwort, und die vier Männer kletterten an Bord und drängten sich in den schmalen Durchgang. »Wir haben Sie gar nicht weggehen sehen, Easley.«

Easley lächelte und überging den versteckten Vorwurf. »Ich wollte eine Bestandsaufnahme machen, ehe sich hier das ganze Volk tummelt. Rastancil ist mit Zainal vorne und fertigt einige Ausdrucke an. Ich habe bisher nur sechs Tragegestelle gefunden«, sagte er nun zu Kris und stellte das erste wieder an seinen Platz zurück.

Als sie hörten, wie die Neuankömmlinge nach vorne gingen, grinste Easley Kris an.

»Es hat ganz schön lange gedauert, bis sie uns vermißten, nicht wahr?«

»Ich frage mich«, erwiderte sie, »ob sie zu einer Einigung gefunden haben.«

»Wahrscheinlich nicht. Erst wollen Sie wohl unser neues Baby auf Herz und Nieren untersuchen. Übrigens, die Catteni scheinen wenig von Hygiene zu halten. Bisher habe ich weder Zahnbürsten noch Seife gefunden.«

»Doch, in einer Schublade war so etwas wie eine Waschlotion.«

»Ach ja, in Schublade Nummer neun.«

Wie sich herausstellte, war die Inventur der angenehmste Teil des Tages.

Kapitel 5

Sobald die Inventur abgeschlossen war, begab Kris sich zu Mitford. Easley, der zuerst nachgeschaut hatte, wie Zainal zurechtkam, holte sie auf halbem Weg zur Scheune ein, in der Mitford residierte, wenn er sich in Camp Narrow aufhielt.

»Das Abteil ist vollgestopft mit denen, die alles wissen müssen. Da warte ich lieber, bis es etwas ruhiger ist«, sagte Easley.

Kris stieß die Luft zwischen den Zähnen aus. »Egal, was er erklärt, sie brauchen ihn noch immer, um dieses Ding zu steuern.«

»Das denke ich auch.«.

Chuck Mitfords Augen weiteten sich, als er die Liste mit den zur Verfügung stehenden Ausrüstungsgegenständen sah. Völlig sprachlos war er, als er einen Blick auf die Luftaufnahmen warf.

»Das sind die schärfsten Aufklärungsfotos, die ich je gesehen habe«, stellte er staunend fest, nachdem er sie nacheinander eingehend betrachtet hatte.

»Sehen Sie mal dort ... und dort ... und da«, sagte Kris und zeigte ihm die Punkte auf den verschiedenen Fotos. Einer war nicht weit von Camp Narrow entfernt, lag aber in einer Gegend, die schon oberflächlich erforscht worden war. »Da sind noch mehr von diesen Sacktälern. Zainal meint, sie haben oder hatten irgendeinen Zweck.«

»Wenn nicht früher, dann vielleicht jetzt. Zumal wir genug Personal haben – und die technische Ausrüstung.« Zufriedenheit schwang in Mitfords Stimme mit, »so daß ein Team in der Nähe bleiben und verfolgen kann, was als nächstes geschieht.« Er tippte mit dem Zeigefinger auf das nächstgelegene Tal. »Wenn wir diese

Gegend sichern können ...« Er brach mitten im Satz ab, als seine Schultern heftig erbebten. »Ich möchte, daß wir die Anlagen der Farmer verlassen. Ich habe wegen ihnen so eine seltsame Ahnung.«

Er schob die Bestandslisten zu einem kleinen sauberen Stapel zusammen und die Fotos zu einem anderen. »Hat jemand die schon gesehen?«

»Nein«, erwiderte Easley, »Sie leiten die Erkundungsaktivitäten. Und wenn ich an Ihrer Stelle wäre, dann würde ich diesen Nachschub für Ihre Trupps sichern und damit anfangen, die loszuschicken.«

Mitford grinste schief. »Danke für den Rat, Peter.« Er wandte sich zu Kris um. »Die restlichen Leute Ihrer Trupps machen Küchendienst, aber sie sollten mittlerweile damit fertig sein. Ich lasse nur mal eben den Sattelschlepper an und sichere uns die Vorräte. Hat jemand Waffen?«

»Einige. Aber ich lasse sie, wie sie sind, bis Zainal uns ihren Gebrauch erklärt«, sagte Easley. »Einige hinterlassen recht häßliche Löcher in Menschen. Wissen Sie was?« Er kratzte sich am Kopf, verzog sein Gesicht, was, wie Kris entschieden hatte, seine Gewohnheit war, eine diplomatische Ermahnung einzuleiten, »wir könnten uns eine Seite des Catteni-Buchs über Kolonialverwaltung ansehen und die nächste Gruppe Turs in einem dieser Täler absetzen. Nach ein paar Wochen können wir zurückkehren und nachsehen, wie sie zurechtkommen.« Er hielt inne. »Oder noch besser, wir können auch eventuelle cattenische Gefangene in ihnen unterbringen. Das wäre doch eine faire Revanche, oder?«

Mitford starrte Peter Easley stirnrunzelnd an. »Geht es Ihnen zu gut?«

»Ursprünglich war das Yuri Palits Idee«, entgegnete Easley leicht irritiert. »Ich erwähnte, daß Sie dieses Tal entdeckt hätten. Ich sehe keine Notwendigkeit für grundlose Gewalt oder gar einen Mord. Davon hatten wir doch eigentlich schon genug. Mir wäre es lieber, wir Menschen würden auftreten wie Engel anstatt wie die Eosi. Außerdem ist das ausgleichende Gerechtigkeit, indem sie ein wenig von dem zurückkriegen, was sie uns zugemutet haben. Außerdem haben wir so Versuchskaninchen für das, was vielleicht in einem der Täler an Gefahren lauern mag.«

Mitford war nicht überzeugt. »Sie verlangen doch zuerst nach diesem Referendum, nicht wahr?«

»Ich glaube nicht, daß Sie jemanden vom Prinzip der Milde überzeugen können, der mal Bekanntschaft mit einer Nervenpeitsche gemacht hat«, sagte Kris.

»Bei den Turs sehe ich diese Möglichkeit schon, Easley«, meinte Mitford. »Es hat mir eigentlich nie gefallen, sie so einfach laufen zu lassen. Sie sind gefährlich, und wenn genügend von ihnen zusammen sind, dann stellen sie eine Gefahr dar.« Er massierte sein Kinn. »Wir könnten solche Täler tatsächlich als Straflager nutzen. Das ist weitaus eleganter, als jemanden nachts zu den Aasfressern zu schicken.« Dann ließ er mit einem Achselzucken dieses Thema ruhen und wandte sich den Fotos und der Bestandsliste zu.

»Papier ist geduldig und verdirbt nicht«, sagte Kris und zupfte an seinem Ärmel. »Wir sollten hingehen und uns holen, was wir brauchen, ehe jemand anderer es für sich beansprucht.«

»Verdammt gut ausgedrückt«, erwiderte Mitford, und Easley und Kris mußten rennen, um ihn einzuholen.

Vic Yowell war wieder im Dienst und hatte sich genau vor der kleinen Zusatztür aufgebaut. Seine Miene war undurchdringlich, bis Mitford sich aus dem Fenster auf der Fahrerseite des kleinen Tiefladers lehnte.

»Machen Sie auf, Vic. Ich habe einige Fundsachen aus dem Schiff angefordert, um damit meine Erkundungstrupps auszurüsten.« Vic hatte nichts dagegen einzuwenden und schob das Haupttor auf. Mitford setzte zurück, bis die Ladefläche sich genau unter der Einstiegsluke des Schiffs befand. Während Joe, Sarah, Whitby, Leila, Pete und Mitford schnell und leise zu Werke gingen, zählte Kris von der Liste die Teile auf, die sie sich holten. Es dauerte nicht lange, und sie hatten die Schränke am Durchgang geleert. Während die anderen die letzten Gegenstände verstauten, warf Mitford einen abschließenden Blick auf die Waffensammlung und schloß dann die Tür.

Versuchung, weiche von mir, dachte Kris.

In diesem Moment erschien Scott am vorderen Ende des Gangs.

»Was tun Sie dort, Sergeant?«

»Ich schaue mir die Waffen an. Das könnte sich als nützlich erweisen.«

»Pete und ich haben soeben die Bestandsaufnahme in den Schränken abgeschlossen, Admiral«, fügte Kris hinzu und hielt den Schreibblock hoch.

»Gute Idee, Bjornsen. Machen Sie weiter.«

»Das tun wir«, entgegnete sie fröhlich. Sie unterdrückte ein belustigtes Kichern über ihren Schwindel und folgte Mitford nach draußen.

»Haben Sie, was Sie brauchen?« fragte Vic, als der Tieflader langsam aus dem Hangar hinausrollte.

»Ich glaube schon«, antwortete Mitford und bohrte Sarah einen Ellbogen in die Seite. Sie lachte laut genug auf, so daß Vic sie hören konnte.

Sie hatten ihre Beute fein säuberlich im hinteren Teil von Mitfords Büro aufgestapelt und mit cattenischen Armeedecken verhüllt. Die übrigen Angehörigen von Kris' Team gingen zum Mittagessen, während Mitford Judith

Blane zu sich rief, die ausgebildete Kartographin war. Er wollte mit ihrer Hilfe die Fotos den entsprechenden Gegenden auf der Landkarte zuordnen. Unterdessen rief Mitford außerdem die Aufklärungstrupps zusammen, bestellte Reiseproviant in der Küche und hielt sich bereit, sie mit Material zu versehen, sobald sie sich bei ihm meldeten.

»Ehe die Lamettaschädel rausbekommen, wohin das Zeug verschwunden ist«, sagte Kris, als der Sergeant eine kurze Pause einlegte.

»Lametta-*schädel*?« Er lachte leise. »Zainal?« Sie nickte.

»Haben Sie vor, diesmal eine Gruppe zu führen, Sarge, und sich aus dem Lager zu verdrücken?«

Er schüttelte den Kopf mit einem traurigen Lächeln. »Nein, diesmal nicht. Ich denke, es ist besser, wenn ich hierbleibe.«

»Ich kann nicht behaupten, daß mir das nicht recht ist, Chuck«, sagte sie und deutete mit einem Kopfnicken auf den Hangar und die »Lamettaschädel«, die ihn besetzt hatten. »Aber sie haben es wirklich verdient, einmal hier rauszukommen und alles ein wenig abzuschütteln. Sie haben mehr getan, als Sie mußten. Sie brauchen ein wenig Ruhe und Zerstreuung.«

»Ich gehe raus, wenn Phase Zwei abgeschlossen ist. Und machen Sie sich keine Sorgen, Kris. Ganz gleich, was sie in ihren Konferenzen und militärischen Strategiesitzungen beraten – sie brauchen Zainal mehr, als er sie braucht. Oder uns.« Dann grinste er sie herausfordernd an. »Sie natürlich ausgenommen ... Bjornsen.«

»Scott traut ihm überhaupt nicht«, sagte Kris und setzte sich auf die Tischkante.

»Der Admiral traut niemandem«, sagte Mitford mit einem abfälligen Schnauben und verschränkte die Arme vor der Brust. »Zunächst einmal sitzt er auf dem Trockenen, wo er natürlich nicht gerade in seinem Element ist.

Aber Mißtrauen ist nicht grundsätzlich eine schlechte Eigenschaft.«

Es klopfte an der Tür, die sogleich unaufgefordert geöffnet wurde. Das erste Team, die Leute Ninety Doyles, stand davor. Dann trafen die Skandinavier ein. Sie waren außer Atem vor Eifer und unterbrachen Mitford, der gerade im Begriff war, Ninety über die augenblickliche Lage zu unterrichten. Kris schlich aus dem nun vollen Büro hinaus, um sich etwas zum Mittagessen zu besorgen.

Ein Teil der ursprünglichen Strategie-und-Taktik-Gruppe war immer noch an ihrem Tisch tätig, und diejenigen, die sich nur zum Essen einfanden, ließen eine Art Niemandsland aus unbesetzten Tischen um sie herum frei, um ihnen ihre Ruhe zu lassen. Kris holte sich ihre Portion Suppe und frisches Brot und ging dorthin, wo Sarah, Joe, Leila und Whitby saßen.

»Werden wir etwas von unserem traumhaften Gerät einsetzen können?« fragte Joe.

»Wir gehen nicht raus . . .«

»Bis das Militär Zainal endlich glaubt?« fragte Sarah sarkastisch.

»Nun, ich denke, daß sie ihm glauben«, sagte Kris.

»Es fehlt ihnen nur an Vertrauen«, fügte Whitby nach einer kurzen Pause hinzu.

»Ich würde lieber warten, bis Zainal uns begleiten kann«, bemerkte Leila auf ihre ruhige, entschiedene Art und aß ihre Suppe.

»Außerdem möchte ich Phase Zwei um keinen Preis versäumen«, meinte Joe. »Haben Sie darüber irgendwelche neuen Informationen, Kris?«

Sie schüttelte den Kopf und deutete mit dem Daumen auf die in eine hitzige Diskussion vertieften Männer am Endtisch. »Zuerst einmal müssen die sich einig werden.«

»Was wollen wir wetten, daß sie am Ende genau das

tun werden, was Zainal gleich zu Beginn vorgeschlagen hat?« fragte Joe und schaute seine Gefährten prüfend an.

»Hauptsache, sie kommen vor Ankunft des nächsten Transports zu einer Entscheidung«, sagte Sarah. »Und der könnte praktisch jeden Tag eintreffen, nach der Häufigkeit zu urteilen, mit der in letzter Zeit die Abwürfe stattgefunden haben.«

»Man könnte meinen, sie planen den Dritten Weltkrieg«, schaltete Whitby sich in die Diskussion ein, »und nicht nur ein kleines Kommandounternehmen.«

Sie hatten soeben ihre Mahlzeit beendet, als ein Gewirr männlicher Stimmen zu hören war, das das Eintreffen von Scott, Fetterman, Rastancil, Beverly, Marrucci und Zainal ankündigte. Zainal blieb an der Tür stehen, ließ den Blick durch den Saal schweifen, entdeckte Kris und gab ihr mit dem Finger ein Zeichen, sie sollte zu ihnen an den Strategietisch kommen.

»Ich wurde soeben dienstverpflichtet«, sagte sie, wischte sich mögliche Suppenspuren aus den Mundwinkeln und klopfte sich mit der anderen Hand Brotkrümel von der Brust, während sie sich erhob. »Warten Sie hier, ja?«

»Drüben bei Mitford, meine Liebe«, sagte Sarah, die ebenfalls aufstand. »Ich möchte nicht in eine weitere Runde Küchendienst hineingezogen werden, nur weil wir alle hier sitzen und den Eindruck erwecken, als hätten wir nichts zu tun.«

»Was ja auch zutrifft«, sagte Joe, und während Kris zu Zainal hinüberging, verließen sie die Messe. Peter Easley kam ihnen in seiner typischen lässig federnden Gangart entgegen und wechselte kurz ein paar freundliche Worte mit ihnen.

Dann ging er weiter zum Tisch und zwinkerte Kris zu.

»Da sind Sie ja endlich, Easley«, sagte Scott. »Wann können wir mit dem nächsten Transportschiff rechnen?«

»Jederzeit«, antwortete Easley gleichmütig.

Alle Blicke richteten sich auf ihn.

»Sie kommen, wenn sie wieder eine komplette Ladung zusammenhaben«, sagte er und schaute zu Zainal, der die Achseln zuckte.

»Die letzte kam vor acht Tagen. Manchmal vergehen zwischen zwei Abwürfen bis zu einundzwanzig Tage.« Er machte eine wegwerfende Handbewegung. »Deskis hören am besten. Deskis verteilen sich ...« Er fuhr mit seiner großen Hand über die Karte, die das eine Ende des langen Tischs bedeckte. »Sie hören. Sie melden.«

»Und sie benutzen noch immer dasselbe Feld, auf dem sie uns abgeworfen haben?« wollte Scott wissen.

»In letzter Zeit auf jeden Fall«, sagte Easley und grinste Zainal an, »seit Zainal mit ihnen ein ernstes Wort geredet hat.«

»Kann man den Deskis trauen?« fragte Rastancil.

»In bezug auf was?« fragte Kris. »Daß sie hören oder daß sie melden?«

»Wissen sie, wie man die Komm-Einheiten bedient?« fragte Scott und überging ihre Bemerkung.

»Mit den Geräten, die wir zur Verfügung haben, könnte sogar Ihre Großmutter umgehen«, erwiderte Kris bissig, »wobei Ihre Großmutter mir verzeihen möge«, fügte sie hinzu und mußte über Scotts ungehaltene Reaktion grinsen.

»Sind sie denn in der Lage, ausführlichere Berichte abzugeben?« fragte Beverly in einem etwas respektvolleren Ton. »Schließlich habe ich sie bisher nie mehr als nur ein Wort benutzen hören.«

»Was braucht man mehr? Höre Schiff. Landet nahe. Landet weit. Bei Ihnen«, sagte Zainal, und Kris hörte mit Freude, wie er die seltsame Tonlage der Deskistimme imitierte.

»Ein Deski hat uns vor dem Scout-Schiff gewarnt«,

fügte sie hinzu. »Und Worrell genau erklärt, wo es gelandet war.«

»Überzeugt«, sagte Beverly. »Also können wir uns auf ihre Ohren verlassen . . .«

»Und ihre Augen«, fügte Easley hinzu. »Deskis und Rugarianer sind mit einer hervorragenden Nachtsichtfähigkeit gesegnet.«

»Schicken Sie doch einen Terraner mit, wenn Sie sich Sorgen machen«, schlug Kris vor.

»Nicht nötig«, sagte Zainal und holte dann aus seinem Overall einen Stapel Bilder, offensichtlich Kopien von den Fotos, die er bereits in Mitfords Büro inspiziert hatte. Er breitete sie auf dem Tisch aus, während einige Taktiker erstaunte Rufe ausstießen und nach den Bildern griffen, um sie eingehender zu betrachten. Zainal fand das Bild, das er suchte. »Das ist der Kurs, auf dem ich reingekommen bin.«

Das Bild war während des Sinkflugs über den Felsklippen aufgenommen worden, in denen Camp Narrow sich befand, doch es zeigte die Felder, die dem Abwurf-Feld vorgelagert waren. Auf dem Foto war auch noch die dritte Abwurfzone zu erkennen sowie der Sumpf, in dem Zainal nach seiner Begegnung mit den giftigen Dornen gelegen hatte.

»Dort wurde auch abgeworfen.« Er legte seinen Finger auf den kleinen Fleck, der das Feld darstellte.

»Aber alle anderen sind dort erfolgt.« Easley deutete auf das Abwurf-Feld.

»Gute Deckung für Soldaten in diesen Hecken. Wir können sie noch verbessern«, sagte Fetterman und wies auf die drei höher gelegenen Ränder.

»Und noch etwas näher heranrücken, wenn genügend Kisten aufgebaut werden.« Rastancil tippte mit einem Bleistift auf den Punkt, an dem gewöhnlich der Nachschub abgeladen wurde.

»Im Scout haben wir ein paar Catteni-Uniformen gefunden ...«, berichtete Kris. »Sie müssen zwar gewaschen werden, aber ich habe sie in den Spinden gesehen. Damit können Männer, die kräftig genug gebaut sind, sehr leicht an Bord gelangen.«

»Catteni reden nicht viel beim Entladen«, erzählte Easley, der diesen Vorgang in seiner Funktion als Quartiermeister oft genug verfolgt hatte. »Die meisten haben noch nicht mal eine Peitsche oder einen Stunner bei sich.«

Die gesamte Prozedur wurde nun ausführlich durchdiskutiert, bis Kris ein seltsames Rumoren im Magen verspürte. Sie haßte Beratungen, in denen die offensichtlichen Dinge immer und immer wieder durchgekaut wurden, ohne daß eine Entscheidung getroffen wurde. Einmal, als sie ungeduldig auf ihrem Platz herumrutschte, spürte sie, wie Zainal seinen Oberschenkel gegen ihren preßte, und sie hielt noch eine Weile durch.

Dann wurden Anweisungen für Deski-Teams ausgegeben – Easley, Beverly und Rastancil schlossen sich Zainals Auffassung an, daß die Aliens diese Aufgabe ohne menschliche Helfer würden wahrnehmen köncn , dic sich, ausgerüstet mit Komm-Einheiten, in einem weiten Bogen um die terranische Siedlung verteilen sollten, um den ersten Laut eines im Landeanflug befindlichen Schiffs sofort zu melden. Sie erhielten zusätzliche Verpflegung und Decken, und Zainal übersetzte die Befehle in Deski, für den Fall, daß sie Beverlys Ausführungen nicht verstanden hatten. Sie hatten freundlich gelächelt, als sie dem schwarzen General zugehört hatten, kicherten aber ausgelassen nach Zainals Erklärungen. Kris sah, daß er ebenfalls lächelte, doch sein Gesicht zeigte wieder gemessenen Ernst, als er sich zu den militärischen Würdenträgern umdrehte.

»Jetzt warten wir«, entschied er.

»Nein, jetzt bilden wir die Angriffstruppen aus«, sagte Scott und entfernte sich mit all jenen, die ihm bei dieser Aufgabe behilflich waren. Die anderen sammelten ihre Notizen und Landkarten und sonstigen Unterlagen ein und verabschiedeten sich, wahrscheinlich um schlafen zu gehen.

»Hast du die Ausrüstung besorgt?« wollte Zainal von Kris wissen, während er mit ihr zur Essensausgabe schlenderte, um sich einen Imbiß zu holen.

»Alles, was irgendwie nützlich aussah – bis auf die schmutzigen Uniformen.«

Sie bestellte sich eine Tasse Kräutertee und setzte sich mit ihm an einen Tisch am anderen Ende der Halle, weit weg vom Konferenztisch. Den ganzen Tag hindurch kamen und gingen die Leute und aßen in der Messe, wann immer ihr Dienst es ihnen gestattete. Kris sah Aarens hereinkommen. Er war in eine heftige Diskussion mit einem Mann verstrickt, den sie als einen der leitenden Ingenieure wiedererkannte. Aarens hatte einen beträchtlichen Teil seiner Arroganz abgelegt. Als schlauer Bastler, der die technischen Errungenschaften für den menschlichen Gebrauch umfunktionierte, hatte er immer noch eine ziemlich herausgehobene Position inne.

»Mittlerweile hat der Sergeant sicherlich die meisten Erkundungsteams losgeschickt.«

Zainal deutete ein Grinsen an. »Ist er mítgegangen?«

Kris schüttelte den Kopf. »Er hat das Recht, an Phase Zwei aktiv mitzuwirken.«

Zainal nickte. »Ja, das hat er.«

»Oh, wurde diese Entscheidung im Scout-Schiff getroffen?«

»Ich glaube, ja.« An diesem Morgen hatte Zainal auch noch etwas anderes amüsant gefunden, aber obgleich Kris ihn drängte, es ihr zu verraten, schüttelte er den Kopf.

»Es ist nichts Schlimmes«, sagte er. »Ist er in seinem Büro?«

»Wahrscheinlich.« Sie stand mit Zainal auf. Nachdem sie ihr Geschirr zu der jungen Frau gebracht hatten, die sich um seine Reinigung kümmerte, begaben sie sich zu Mitfords Büro.

Obgleich er sofort »Herein!« rief, als sie an die Tür klopften, war er nicht alleine. Ein ausgesprochen diensteifriger junger Mann mit beginnender Glatze, der ein aus einem Stück Vorratskiste angefertigtes Klemmbrett in der Hand hielt, machte sich Notizen, so schnell es seine Handschrift erlaubte. Ein Blick zum hinteren Teil des Büros verriet Kris, daß der Stapel Ausrüstungsgegenstände, der beinahe die Decke berührt hatte, als sie an diesem Morgen alles abgeladen hatten, stellenweise bis auf einen dünnen Rest zusammengeschrumpft war.

»Ich bin für die Aufklärungsteams zuständig, und ich habe alle losgeschickt – zum ersten Mal angemessen ausgerüstet. Bestellen Sie Admiral Scott, daß wir sonst nichts mitgenommen haben.« Mitford deutete auf die Inventarlisten, die Kris zusammengestellt hatte. »Alles wurde darauf vermerkt. Es ist nicht ein verdammtes Ding dabei, das er für Ausbildung und Training der Angriffsgruppe brauchen könnte. Aha, Zainal, wollen Sie mir einen allgemeinen Lagebericht erstatten? Nun, unser Freund hier wollte gerade gehen. Oder etwa nicht, mein Sohn?«

»Wie ich Ihnen schon früher erklärt habe, *Sergeant*«, sagte der Mann mit eisiger Stimme. »Ich war Admiral Scotts persönlich Adjutant in der Widerstandsbewegung ...«

»Und Sie sind sicherlich auch hier ein fähiger Assistent«, sagte Mitford, »aber, Lieutenant, wir hier auf Botany sind allesamt Abgeworfene, nicht wahr, Zainal?«

»Wir wurden abgeworfen, also bleiben wir hier.« Zainal hielt dem Lieutenant höflich die Tür auf. Sobald er hinausgegangen war, ließ Mitford sich in seinen Sessel fallen, streckte alle viere von sich und stieß einen leisen Pfiff aus. »Scott ist ja so ein verdammter Narr. Er braucht von dem Kram überhaupt nichts, aber unsere Leute haben die Sachen nötig.«

»Eins zu null für Sie, Sarge«, sagte Kris, während sie sich auf einem Hocker niederließ. Zainal zog sich einen Hocker an den Tisch heran und begann Mitford zu erzählen, was bisher geschehen war.

Fünf Tage später, als jeder in Camp Narrow vom Warten nervös zu werden begann, meldete sich im matten Licht des ersten Morgengrauens eine Deski beim Kommandoposten. Zufälligerweise war Mitford der diensthabende Offizier in dieser Schicht. »Kommt jetzt. Schlimmer Lärm. Schlimmer Geruch«, sagte sie. »Falsches Geräusch.«

»Was könnte sie damit meinen?« fragte Beverly. Er war im Dienstzimmer aus seiner Koje gesprungen und beugte sich über das Handy, das Mitford höflich zu Boden gerichtet hatte, damit der General den Bericht mithören konnte, den Tul auf Mitfords Bitte hin wiederholen sollte.

»Fragen wir Zainal.« Er erhob sich und weckte die Läufer, die für einen solchen Fall im Büro stationiert waren. Jeder der Jungen wußte, wer geweckt werden mußte und wo der Betreffende sein Quartier hatte. Dann wandte er sich dem Diagramm an der Wand zu, das die Position jedes Deski zeigte. »Hmm. Tul steht dort ...« Er zeigte auf den betreffenden Punkt. »Wenn das Schiff auf dem üblichen Weg hereinkäme, hätte eigentlich Fek es zuerst hören und melden müssen.« Er zeichnete mit dem Finger eine gerade Linie bis zum Abwurf-Feld. »Ist es vom Kurs abgekommen?«

Beverly zog eine gerade Linie von Tuls Position und endete mehrere Klicks von der üblichen Gegend entfernt. »Wir sollten lieber die Fahrzeuge startklar machen.«

Er war schon verschwunden, ehe Mitford Beverly darauf aufmerksam machen konnte, daß sie genügend Zeit hätten, um eine andere Position einzunehmen und trotzdem den einstudierten Angriff durchzuführen.

Narrow war nicht das einzige Lager, das alarmiert worden war. Die Deski befolgte Zainals Befehle, Narrow zuerst und dann die anderen Lager zu informieren. Worrell meldete sich und bat um Anweisungen. Sogar Camp Bella Vista oben in den Bergen war an dem Unternehmen beteiligt, das die hochrangigen Militärs geplant hatten. Nun, es war etwas, womit man in Atem gehalten wurde, bis Phase Zwei tatsächlich gestartet wurde. Was nun geschehen war!

Feks Bericht traf ein, kurz bevor Zainal, Kris und der Rest ihres Teams sich einfanden.

»Es kommt. Laut«, sagte Fek.

»Wohin unterwegs, Fek?« fragte Mitford.

»Zu Ihnen«, antwortete sie.

»Danke, Fek. Weiterhin Ohren auf. Tul meint, das Geräusch ist falsch.«

»Ist es«, pflichtete Fek ihr bei, und Zainal nickte zum Zeichen, daß er es gehört und verstanden hatte.

»Kris, suchen Sie Beverly und bestellen Sie ihm, daß das Schiff trotz allem hierherkommt«, sagte Mitford. »Er wird sich in der Hauptgarage aufhalten. Warum sollte ein Transportschiff ein ›falsches Geräusch‹ erzeugen, Zainal?«

Zainal legte den Kopf schief. »Ich habe doch erzählt, daß das Schiff nicht in gutem Zustand ist. Ich muß das Geräusch hören, um raten zu können. Ich gehe rauf!« Er deutete zum Dach des Büros.

Eine Leiter war in einer der Gassen zwischen den

Scheunen aufgestellt worden, damit man zum oberen Rand der Felswand gelangen konnte, an die die Schuppen angebaut waren.

Mitford stieß einen Fluch aus, behielt aber seinen Platz am Komm-Pult, um weitere eingehende Berichte in Empfang zu nehmen.

Zwei weitere Deski-Lauscher meldeten ihre Wahrnehmungen und sprachen ebenfalls von einem ›falschen Geräusch‹. Ein Läufer kam zurück, und Mitford bat ihn, kurz seinen Platz am Komm-Pult zu übernehmen, während er hinausging, um zu lauschen. Dort herrschte mittlerweile soviel Lärm, da Männer und Frauen umherrannten und die ihnen zugewiesenen Fahrzeuge suchten oder sich ihre Ausrüstung holten, daß er den Versuch aufgab und wieder an seinen Platz zurückkehrte.

Seine Komm-Einheit meldete sich. Diesmal war Zainal am anderen Ende.

»Ich höre ebenfalls ein falsches Geräusch. Das Schiff hat Probleme. Der Antrieb ist schlecht. Aber kein Grund zur Sorge. Der Angriffsplan muß vielleicht geändert werden.«

»Nicht wenn die Entscheidung bei Scott liegt, und er leitet Phase Zwei.«

»Phase Zwei ist meine Idee«, erwiderte Zainal, und danach wurde die Verbindung unterbrochen.

Es dauerte nicht lange, bis jeder das Transportschiff mit seinem Pfeifen und Dröhnen, seinem schrillen metallischen Quietschen, seinen grellen Landescheinwerfern und den an Bord ertönenden Sirenen hören und sehen konnte. Die Empfangstruppe begab sich schnellstens zum Abwurf-Feld, nahm ihre Positionen ein, ehe das Transportschiff in Sichtweite kam. Es berührte beinahe die Zeltstangenbäume und kam eher rutschend zum Stehen, als daß es ordnungsgemäß landete. Von allen Landungen, die Mitford bereits gesehen hatte, einige mit mehrmaligen Hüpfern, andere mit einer spektakulären Rutschpartie, war dies die schlechteste. Er wagte gar nicht an die bewußtlosen Körper im Innern des Schiffs zu denken, die dabei wild durchgeschüttelt und umhergeworfen wurden.

Dampf entwich aus dem Heck des Transportschiffs. Die Haupteinstiegsluke öffnete sich, und Catteni, hustend, niesend, schwankend, stiegen ziemlich überhastet aus dem Schiff. Und zwar alle. Mitford zählte zwanzig, also, wie Zainal geschätzt hatte, die gewöhnliche Besatzung. Und sie rannten so schnell sie konnten vom Schiff weg.

Zainal lief ins Licht, wedelte mit dem Stunner und bellte Befehle. Er deutete auf einen der schneller Flüchtenden.

»Schnappt ihn!« rief er auf Englisch und dann lauter, auf Catteni.

Der Flüchtling wurde nicht langsamer, und Zainal gab einen Stunnerschuß ab, traf den Catteni in den Kopf – ein tödlicher Treffer – und erwischte die nächsten beiden Flüchtlinge in den Beinen. Sie stürzten und stöhnten verzweifelt. Das reichte aus, um die anderen zu stoppen und sie mit erhobenen Händen herumfahren zu lassen. Zainal bellte einen weiteren Befehl, und sie kamen widerstrebend zurück, die Augen ängstlich geweitet. Furchtsame Blicke sprangen zwischen Zainal und dem Schiff, das sie mühsam heruntergebracht hatten, hin und her.

Zainal rief eine Frage. Er erhielt eine Antwort und gab sofort denjenigen, die sich im Schatten der Hecken versteckt hatten, ein Zeichen herauszukommen.

»Der Energiekreislauf des Schiffs ist überladen. Es kann explodieren. Wir müssen die Leute rausholen.

Dane, Chavell, Rastancil, organisieren Sie das. Scott, wir brauchen jeden Mann, den Sie haben.« Er rannte die Rampe hinauf, Kris und ihr Team auf den Fersen. Er ging zu der Kontrolltafel, die sich gleich hinter der Einstiegsluke befand, und öffnete die Abdeckung, die bereits glühend heiß war. Er murmelte oder fluchte auf Catteni. »Schkelk!«

Sie wurde aufmerksam. »Hör mal!«

»Sie atmen nicht, Kris. Keine Luft. Zieh den runter«, sagte er und zog an dem Hebel, »um die Luke zu öffnen. Der hier wechselt die Decks. Verstanden? Gut! BERT! MARRUCCI! YOWELL! DOWDALL! Kommen Sie mit! Ich gehe zur Brücke. Dort läßt sich etwas tun. Ich brauche Ingenieure, Techniker, Piloten. AARENS!«

Als sie über die Schulter blickte, sah sie, wie die horizontalen Türen des Decks aufglitten, und Lichter flammten auf, in deren Schein die wirr herumliegenden Leute zu sehen waren, die während der Landung umhergeworfen worden waren. Sie brauchte nicht nach Rettern zu rufen. Sie rannten bereits die Rampe hinauf und betraten das stinkende Deck. Die verängstigte Catteni-Besatzung war ebenfalls zurückgekommen. Von je einem Siedler mit einem Stunner angetrieben, begannen sie damit, die unfreiwilligen Passagiere auszuladen.

Die Evakuierung begann. Catteni schafften es, zwei oder drei Körper auf einmal zu tragen, während die Siedler sich jeweils mit einem begnügen mußten, den sie nach Feuerwehrmannsart trugen. Weitere Helfer erschienen, während das Schiff zitterte und erbebte und die unheimlichsten und furchtbarsten metallischen Geräusche von sich gab, während an allen möglichen und unmöglichen Stellen Dampfwolken austraten. Kris' rechte Hand geriet in einen Dampfstoß, der hinter der Kontrolltafel hervorschoß. Wimmernd vor Schmerzen lutschte sie an ihren Fingern, dann versuchte sie sie durch Blasen zu kühlen. »Alle sind draußen!« rief ihr jemand zu.

»Nein, sind sie nicht!« rief sie zurück. Und wechselte die Decks. Der Gestank, der herauswallte, war ekelerregend. Diejenigen, die sich als Retter betätigten, husteten und würgten, widmeten sich aber weiterhin ihrer anstrengenden Aufgabe.

Männer mit Werkzeugkästen, die mit dem Zeichen von Baby, dem Scout-Schiff, versehen waren, eilten an Kris vorbei. Dann rannte eine Gruppe nach hinten, angeleitet von Zainal, der ihnen Erklärungen zu Skalen und Kontrollen zubrüllte. Die Hitze und der Gestank waren stärker, als Kris es ertragen konnte, obgleich sie in nächster Nähe der offenen Luke stand, und ihr Magen rebellierte heftig. Ihre Hand schmerzte stark. Sie beugte sich aus der offenen Luke und atmete die frische Luft von draußen tief in ihre Lungen. Indem sie sich die Vorderpartie ihres Overalls bis zu Mund und Nase hochzog, konnte sie wenigstens einen Teil des Gestanks herausfiltern.

»Die hätten wir auch geschafft.« Yuri blieb neben ihr stehen, das Gesicht eine schmutzstarrende Maske. Sein Overall war blutbesudelt. »Wie viele noch?«

»Zwei weitere Decks.« Sie bediente die Kontrollen, obgleich sie sich angesichts des Lärms, den die Maschinen von sich gaben, nicht sicher war, ob der Mechanismus tatsächlich die Decks verschob. Die Metallkonstruktionen mußten sich durch die Hitze total verzogen haben. Aber das dritte Deck tauchte allmählich in der Toröffnung auf. »Wie viele haben überlebt?«

»Sie werden gerade versorgt.«

»Wir sollten auch die Ladung bergen«, sagte Kris.

»Die Ladung? Zuerst die Lebenden.« Yuri verwarf ihren Vorschlag mit einer knappen Geste, begab sich schnellstens in das neue Deck und kletterte durch die halb geöffnete Luke. Plötzlich nahm der Lärm rund um das Schiff schlagartig ab. Mehr Männer und Frauen eilten umher, sowohl nach vorne wie auch nach hinten. Einige hatten Werkzeug bei sich, andere trugen Schläuche und andere Ausrüstungsteile, die sie, wie Kris erkannte, im Transportschiff gefunden haben mußten.

Eine weitere mächtige Dampfwolke stieg von den Deckplanken unter ihren Füßen auf. Sie sprang zur Seite und versuchte eine Stelle zu finden, die nicht glühend heiß war. Sobald sie die Maschinerie in Gang gesetzt hatte, die das letzte Deck hochfahren ließ, stürzte sie ebenfalls in den Frachtraum, um beim Entladen zu helfen. Die Hitze war nahezu unerträglich. Wie lange waren diese bewußtlosen Opfer diesen Temperaturen ausgesetzt gewesen? Lebten sie überhaupt noch?

Sie schlang sich einen Arm über die Schulter und wuchtete einen Körper – es war eine Frau – hoch und stolperte damit hinaus und die Rampe hinunter.

»Dort entlang. Laufen Sie lieber bis zum nächsten Feld«, wurde ihr geraten, während eine Hand sie in die richtige Richtung drehte und weiterschob. Die Sonne war aufgegangen, und sie konnte wenigstens sehen, wohin sie lief. Auf dem Feld lagen nur zwei Körper, ein Catteni, ein anderer unidentifizierbar, und beide tot. Sie stolperte weiter, wobei sie den stechenden Schmerz in ihrer Hand und an ihren empfindlichen Füßen viel deutlicher spürte. Die Hecke war gründlich gestutzt worden, und Bretter waren auf beiden Seiten über die Gräben gelegt worden. Das Feld war mit Körpern bedeckt. Viele von ihnen, so sah sie dankbar, bewegten sich und wurden betreut. Sie wurden mit Wasser übergossen, oder jemand hielt ihnen Becher oder Tassen an die Lippen, damit sie trinken konnten. Über dem Feld lag ein einziges lautes Stöhnen, untermalt von vereinzelten Schluchzlauten. Sie stolperte weiter, bis sie einen freien Platz fand, wo sie ihre Last ablegen konnte. Als sie in das reglose graue Gesicht blickte, tastete sie instinktiv am Hals nach dem Puls. Sie fühlte nichts und sank mit einem verzweifelten Schrei in sich zusammen. Tränen liefen über ihre Wangen.

»Beruhigen Sie sich, Kris«, sagte eine vertraute Stimme, und sie schaute hoch zu Sandy Areson, die ihr einladend eine Tasse Wasser reichte. »Trinken Sie.« Ihre Hand strich ihr das Haar aus dem verschwitzten Gesicht und tätschelte ihre Schulter. »Wir haben sehr viele gerettet. Dank Zainal.«

Kris machte Anstalten, sich zu erheben. Vielleicht waren in diesem Deck nicht alle tot. Aber Sandys Hand hielt sie zurück.

»Nein, lassen Sie's«, sagte Sandy. »Hey, was ist mit Ihrer Hand passiert? Sie ist voller Blasen!«

»Tatsächlich?« Kris streckte sie aus und betrachtete sie, als wäre sie etwas völlig Fremdes. »Stimmt«, hörte sie sich sagen, dann fiel sie in Ohnmacht.

Es dauerte einige Tage, bis die Ereignisse dieses denkwürdigen Morgens richtig eingeordnet werden konnten. Von den 728 lebend Geborgenen waren viele verletzt. Knochenbrüche waren noch die harmlosesten Probleme für die Dreier-Teams, die jeden Überlebenden untersuchten. Alle litten unter akutem Flüssigkeitsmangel, und das war das erste, was versorgt werden mußte. Innere Verletzungen sowie Gehirnerschütterungen wegen der harten Landung waren schon schlimmer. Starke Überhitzung hatte zwanzig mittlere bis schwere Herzanfälle ausgelöst, und dies war vermutlich auch die Ursache zahlreicher weiterer Todesfälle. Aus dem untersten Deck hatten nur fünfundvierzig überlebt: vier Terraner, neun Deski, zwölf Turs, sechs Ilginish, die einen grünen

Schleim absonderten, und vierzehn Rugarianer, deren Körperbehaarung fast vollständig weggesengt worden war.

Sogar diejenigen, die keine ernsten Verletzungen davongetragen hatten, brauchten Hilfe, anständige Verpflegung und Trost, damit sie sich von der Strapaze erholen konnten. Den einzigen echten Vorteil, den die Tröster hatten, war die Tatsache, daß sie in etwa die gleichen Erfahrungen gemacht hatten und sehr gut verstanden, wie sehr die Leute darunter litten. Easley wurde nicht müde, seine Teams anzufeuern, stellte Namen und Herkunft der Überlebenden fest, ehe er sie Yuri Palits Wiederansiedlungsspezialisten anvertraute, und ließ die gehfähigen Verwundeten in eine ruhigere Umgebung bringen.

Die Verletzten wurden mit Luftkissenfahrzeugen für eine weitere Behandlung ins Camp Narrow transportiert. »Ein toller Krankentransport«, meinte Leon Dane. »Kein Rütteln und Stoßen für die armen Teufel.«

Die Gruppe der Turs war ungewöhnlich friedlich nach ihrem entsetzlichen Erlebnis und ausgesprochen dankbar für das Wasser und die Suppe, die an sie verteilt wurden. Die Unversehrten – insgesamt vierzig Personen – wurden in ihrer Sprache von Zainal derart ernst und nachdrücklich vor den Lufträubern und den nächtlichen Aasfressern gewarnt, daß sie sich absolut still verhielten, als sie in ihre neuen Quartiere gebracht wurden. Joe und Whitby führten diese Gruppe zusammen mit einer bewaffneten Wache an. Während ihrer ersten Nacht unter freiem Himmel arrangierte Whitby außerdem eine Vorführung, in deren Verlauf er zeigte, was Aasfresser mit einer toten Luh-Kuh machten, und das bewirkte, daß sie sich während der restlichen Reise still verhielten. Sie wehrten sich noch nicht einmal, als sie, versehen mit Trinkgefäßen, Decken, Messern und einem großzügigen

Vorrat an cattenischen Proviantriegeln, ins Tal hinuntergelassen wurden.

Zainal errang noch einen zweiten Sieg dank der Unterstützung durch Easley, Yuri Palit und, überraschenderweise, Mitford. Die neunzehn Überlebenden der Catteni-Mannschaft wurden in das näher gelegene Sacktal gebracht, das von Ninety Doyles Team erforscht worden war. Auch sie erhielten vor ihrem Abmarsch eine Lektion über die lauernden Gefahren Botanys. Zainal zwang sie zuzusehen, wie die Aasfresser die Körper jener verzehrten, die die Bruchlandung nicht überlebt hatten. Er hatte außerdem darauf bestanden, daß Scott, Fetterman, Rastancil und Reidenbacker dieser Demonstration beiwohnten. Es war eine heilsame Lektion für alle Zuschauer.

»Sie haben erwartet, einfach auf das Feld getrieben zu werden, nicht wahr?« wollte Doyle von Zainal wissen, als das größte Luftkissenfahrzeug seinen Krankentransportdienst beendete und die Catteni-Mannschaft eingeladen wurde.

»Sie haben den Tod erwartet«, erwiderte Zainal. »Ganz bestimmt haben sie nicht damit gerechnet, daß ein Emassi den Befehl führt.«

»Die Catteni sollten lieber lernen, uns Terraner nicht zu unterschätzen«, erwiderte Doyle, während er mit dem Stunner herumfuchtelte, um das Einladen zu beschleunigen. Die beiden Besatzungsmitglieder, die Zainal mit dem Stunner getroffen hatte, waren noch immer ziemlich wackelig auf den Beinen, aber keiner ihrer Gefährten machte Anstalten, ihnen zu helfen. »Sie sind ziemlich gemein zu ihren eigenen Leuten, nicht wahr?«

»Das ist eine ihrer liebenswertesten Eigenschaften«, sagte Zainal in einem derart ernsthaften Tonfall, daß Doyle den unterschwelligen Sarkasmus beinahe in seiner Stimme überhörte.

Während das Fahrzeug langsam davonschwebte, bedachte der Drassi-Kapitän Zainal mit einem Blick voller Haß, Angst und Verachtung, daß ein Vertreter seiner eigenen Rasse für diese totale Erniedrigung verantwortlich war.

»Er hätte Zainal am liebsten die Haut in Streifen abgezogen«, erzählte Sarah, als sie sich mit Kris unterhielt. »Ich hoffe nur, daß sich später nicht herausstellt, daß es besser gewesen wäre, sie für immer loszuwerden.«

»Nein, dann wären wir nicht besser als sie, wenn wir nach dem Prinzip Auge um Auge, Zahn um Zahn handeln würden«, sagte sie und biß die Zähne zusammen, als die Schmerzen aufwallten. Sarah untersuchte die Blasen an der vom Dampf verbrühten Hand. Es gab nichts, womit man sie und die empfindlichen Fußsohlen hätte behandeln können. Die Sohlen ihrer Catteni-Stiefel waren auf den heißen Deckplanken geschmolzen, und wenn sie noch länger gewartet hätte, wären die Verletzungen um einiges schlimmer gewesen. Leon hatte sich ihre Wunden angesehen, und er war untröstlich gewesen, daß er nichts zur Verfügung hatte, nicht einmal aus dem Medizinschrank im Scout-Schiff, womit er die Verbrühungen hätte behandeln können.

»Ich denke, es werden keine Schäden zurückbleiben, Kris«, sagte er und legte ihre Hand behutsam in die Armschlinge zurück. »Sobald die größte Blase geplatzt ist, läßt der Schmerz nach, und Ihr Körper wird den Heilungsprozeß einleiten. Wir haben nur diese Salbe, die Patti Sue hergestellt hat und auf die das Kochpersonal schwört, um die Haut geschmeidig zu halten. Vielleicht ist sie auch für Ihre Fußsohlen heilsam.«

»Ich beklage mich doch gar nicht«, sagte sie. »Sarah war ein wenig übereifrig, daß sie Sie von denen weggeholt hat, die wirklich Ihre Hilfe brauchen.«

»Ach, keine Angst, meine Liebe«, meinte Leon

lächelnd. »Wir haben eine ganze Reihe von Spezialisten zur Verfügung. Und einen beträchtlichen Vorrat an Gas, das sie immer benutzen. Es ist ein sehr wirkungsvolles Narkosemittel.« Er schüttelte sich. »Gott sei Dank. In einigen Fällen wäre eine Behandlung ohne das Zeug die reinste Barbarei gewesen.«

Kris hatte sich geweigert, ins Camp Rock zurückzukehren, da sie nichts von den Aktivitäten versäumen und von Zainal nicht schon wieder getrennt sein wollte. Außerdem hatte sie unbedingt erfahren wollen, wie sie es geschafft hatten, das Schiff vor einer Explosion zu bewahren. Sarah und Leila hielten sie auf dem laufenden und halfen ihr, als sie in die untere Messehalle hinunterging, wo sie sich die »stündlichen Bekanntmachungen«, wie Sarah sie nannte, anhören konnte. Damit wurden alle, die interessiert waren, über den jeweiligen aktuellen Stand der Dinge informiert.

Zainal und die Techniker hatten es geschafft, die Kontrolltafel zu reparieren und auf diese Weise die Explosionsgefahr zu bannen. Eine Pumpe wurde gefunden, aus dem Schiff ausgebaut und in den nächsten Bach gestellt. Indem alle Schläuche auf das Catteni-Schiff gerichtet wurden, konnten die Treibstofftanks gerettet werden, und die allgemeine Senkung der Temperatur hatte auch andere Systeme davor bewahrt, auf die Hitze zu reagieren.

»Wenn sie es nicht geschafft hätten, hätte die Explosion die Landschaft ziemlich gründlich verändert«, fuhr Sarah fort, indem sie versuchte, Kris von der Behandlung der empfindlichen Sohle ihres rechten Fußes abzulenken. »Aber der Treibstoff wurde gerettet, und jetzt ist genug für Baby vorhanden.«

»Das war also der Grund, weshalb die Catteni so schnell wie möglich das Weite gesucht haben«, stellte Kris mit zusammengebissenen Zähnen fest. »Wurde das

Schiffsinnere ernsthaft beschädigt? Können wir damit irgend etwas anfangen?« Sie hatte zwar nur die Frachträume mit ihren geplatzten Leitungen und Rohren und verbogenen Decksplanken gesehen, aber irgend etwas ließ sich bestimmt noch bergen und anderweitig verwenden.

Sarah schaute grinsend von dem Fuß hoch, den sie gerade sorgfältig verband. »Sie können es sich kaum vorstellen. Die gesamte Brücke!«

»Tatsächlich?«

Sarah kicherte spöttisch. »Nun, das, was davon noch übrig ist. Jeder, der jemals mit irgend etwas geflogen ist, fragte sich, wie das verdammte Ding überhaupt hatte in der Luft bleiben können, geschweige denn eine längere Reise durch den Weltraum unternehmen konnte. Scott wollte sie jedoch dort haben, wo sie benutzt werden kann. Und das Innere des Transportschiffs stinkt immer noch bestialisch, daher wurde es auseinandergenommen und wird im Hangar wieder zusammengesetzt. Sie haben sogar das Komm-System wieder in Gang gebracht. Und Solarzellen auf den Hangar montiert, um alles mit Energie zu versorgen.

Wie die Ameisen haben sie sich auf das Schiff gestürzt und es zerlegt. Es ist jetzt nicht mehr als eine leere Hülle – die immer noch stinkt. Die Techniker und die Ingenieure sind selig mit all den neuen Schätzen, auch wenn das meiste gebraucht und leicht beschädigt ist. Aber es ist mehr, als wir jemals zur Verfügung hatten.

Und dann ist da noch ein Wettstreit im Gange, wer einem Catteni am ähnlichsten klingt. Es gibt mehr Leute, als man meint, die die Sprache erlernt haben.«

»Ich denke, dieses Wissen hat Ihnen auf der Erde sicherlich kaum Freunde gemacht«, meinte Kris sinnend. »Aber warum ein Wettstreit? Die Schiffs-Crew wurde doch in ein Tal verbannt.« Kris hatte Mühe, sich auf das zu konzentrieren, was Sarah erzählte, und sich nicht von ihrem schmerzenden Fuß ablenken zu lassen.

»Tut mir leid, Liebes, ich dachte, Sie hätten an allen Einsatzbesprechungen teilgenommen. Der Drassi-Kapitän hat ein Mayday-Signal, oder wie immer Catteni es nennen, ausgesandt und dabei ein anderes Transportschiff erreicht, das geantwortet hat, es käme auf dem Rückflug vorbei, um die Crew abzuholen. Das heißt, wenn sie die Bruchlandung überlebt hat.«

»Deshalb wollte Scott also, daß die Brücke wieder funktioniert.« Kris grinste, denn es war klar zu erkennen, was höchstwahrscheinlich als nächstes passieren würde. »Demnach haben Sie gemeldet, daß sie am Leben sind?«

Sarah nickte und grinste breit. »Leon hat es durchgegeben. Er ist noch immer der Beste, aber nicht mehr lange.«

»Wann erwarten sie das Rettungsschiff?«

Sarah zuckte die Achseln. »Aus dem, was Zainal bei seiner Befragung der Crew herausbekommen hat – der Kapitän wollte sich mit keinem Wort dazu äußern – geht hervor, daß es sich um ein größeres, neueres Schiff mit größerer Reichweite handelt, daher müssen wir auf eine Nachricht warten, wann wir mit ihnen rechnen dürfen. Es bleibt uns also genug Zeit, um uns auf ihre Ankunft vorzubereiten und unseren Einsatz zu üben.«

»Ein größeres, neueres Schiff?« wiederholte Kris. Dann lachte sie leise, als sie sich Admirals Scotts Brücke vorstellte, die in einem Hangar stand. »Damit hätten wir drei Schiffe.« Sie war so stolz auf Zainal, daß es sie kaum in ihrem Bett hielt.

»Scott scheint mittlerweile Zainal gar nicht mehr so übel zu finden«, sagte Sarah. »Er hat bereits ein paar Leute damit betraut, etwas zu entwickeln, womit man der menschlichen Haut den charkateristischen grauen Farbton verleihen kann. Diese weiten Uniformen, die sie tragen, verschleiern zwar, wer in ihnen steckt, aber sie müssen graue Haut haben. Leon ist ganz wild darauf mitzumachen, aber er ist wirklich zu groß, um einen Drassi zu spielen.«

»Also wieder Zainal.« Kris begann sich Sorgen zu machen. Zainal ging ein sehr großes Wagnis ein. Ein größeres, neueres Schiff hatte sicherlich einen besseren Kapitän und eine bessere Crew. Aber dafür hatten sie den Überraschungseffekt auf ihrer Seite.

Der Verband war jetzt komplett. Sie betrachtete ihre Füße. Sie sollten lieber ganz schnell abheilen, denn sie wollte am zweiten Teil von Phase Zwei auf jeden Fall aktiv mitwirken.

Kapitel 6

Nachdem Zainal den Technikern und Ingenieuren ausführlich erklärt hatte, wofür das geborgene Gut benutzt worden war, konnten sie es geschickter ihren eigenen Bedürfnissen anpassen. Sobald die Brücke aufgebaut und wieder funktionsfähig war, verlangte Scott von ihm, die Angaben in den Datenspeichern des Transportschiffs zu übersetzen.

»Das meiste sind Routineangaben«, sagte Zainal und scrollte schnell durch die Einträge.

»Aber wir müssen wissen, wo sie waren, wie lange es dauert, an welche Regeln und Anweisungen sie sich halten …«, sagte Scott mürrisch.

»Ich glaube, ich habe im letzten Abwurf jemanden gefunden, der Routineberichte übersetzen kann«, sagte Easley und versuchte erneut, sich so diplomatisch wie möglich ins Gespräch zu bringen. »Es sind Leute, die sich in den Symbolen ganz gut auskennen. Sie können die cattenischen Dokumente entziffern, die während der Razzien ebenfalls erobert wurden.«

Beth Oebell war die einzige Unversehrte von den drei »Leuten«, die zu Rate gezogen wurden. Sally Stoffers, eine zierliche Brünette mit einem außerordentlich unschuldigen Gesichtsausdruck, erschien wegen eines gebrochenen Beins auf Krücken, François Chavell trug den linken Arm in einer Schlinge. Scott wollte sie zuerst über ihre Tätigkeit auf der Erde befragen. Danach schickte er sie zu Zainal, der ihr Können testete, indem er sie laut aus den Datenbanken vorlesen ließ.

»Sie beherrschen Catteni sehr gut.« Zainal stellte allen ein gutes Zeugnis aus.

Später erkundigte Easley sich, ob er die Wahrheit gesagt hatte oder ob er sie nur deshalb wohlwollend beurteilt hatte, um sich von einer sehr langweiligen Aufgabe zu befreien.

»Ich habe die Wahrheit gesagt. Sie können aufschreiben, was sie nicht verstehen, und ich übersetze ... wenn ich kann.« Zainal blickte lächelnd von Easley zu Kris.

Scott ließ ihn dann mit jedem männlichen Abwurfopfer reden, das während der ersten Befragungen nach dem Abwurf auf Kenntnisse der cattenischen Sprache hingewiesen hatte.

Mit Kris' Hilfe legte Zainal eine Liste von über siebzig Männern und deren Fähigkeiten in Schrift und Wortschatz an. Scott konnte sich dann diejenigen aussuchen, die er als besonders nützlich für die Kommandotruppe ansah, die er ausbildete, um die Crew des gestrandeten Transportschiffs zu ersetzen.

»Sind Sie sicher, daß sie tatsächlich zurückkommen, um die Mannschaft zu holen?« hatte Beverly von Zainal zu Beginn dieses neuen Unternehmens wissen wollen.

»So lautete die Nachricht.« Zainal hatte die Achseln gezuckt. »Sie werden es damit nicht eilig haben. Die Crew wäre nämlich im Schiff in Sicherheit und auf Distanz zu uns, die abgeworfen wurden.«

Scott war vielleicht nicht davon überzeugt, daß die Catteni die gestrandete Crew aus Fürsorge abholten, aber er betrachtete sie auch als Ersatz für den nutzlosen Haufen Blech auf dem Abwurf-Feld.

Zainal gab Kris eine Liste mit den häufigsten Kommandos, die sie in phonetische Symbole übertrug, so daß alle sie erlernen konnten, außerdem die richtigen Antworten auf sowohl die Drassi – wie auch die gewöhnlichen Mannschaftsbefehle. Wer einen hohen Rang bekleidete, konnte sich auch gewisser Privilegien erfreuen.

»Die Catteni-Crew redet nicht viel«, sagte Zainal. »Sie gehorchen nur.«

»Sie müssen auch wissen, was gesagt wird, damit sie aus eigenem Gutdünken handeln können, falls es sich als notwendig erweisen sollte«, lautete Scotts Forderung.

»Nicht Catteni«, erwiderte Zainal und schüttelte den Kopf.

»So lange Sie wie die echten Catteni gehorchen, gibt es keine Probleme«, sagte Scott, und ein harter Ausdruck trat in seine Augen.

»Dann wird die Überraschung um so größer sein«, meinte Easley und lächelte Scott entwaffnend an, »und das dürfte doch für uns von Vorteil sein, oder?«

Scott knurrte ein unfreundliches »Ja« und kehrte zu den Zeichnungen zurück, die nach Zainals Dafürhalten das Innere des neuen Transportschiffs darstellten. Er selbst hatte noch nicht die Gelegenheit gehabt, ein solches Schiff zu besichtigen.

»Es soll mehr Personen transportieren, dafür mit weniger Todesopfern«, sagte er abschließend. »Allein daß es neuer ist, wird schon als Verbesserung gewertet.«

Die Ingenieure und Techniker stimmten dem zu.

»Einige Kontrollen wurden zusammengefaßt, und ich weiß nicht, womit sie die Antriebsaggregate steuern«, sagte Peter Snyder.

Er hatte auf der Erde als Spezialist für Düsenantriebe gearbeitet und war von der Catteni-Technik fasziniert – vor allem davon, wie sie in dem Zustand funktionieren konnte, in dem sie sich befand. Unter Verwendung der Schemazeichnungen in den Handbüchern versuchten er und andere Luft- und Raumfahrttechniker aus den vier geborgenen Antriebsaggregaten ein funktionsfähiges Modell zusammenzubauen.

»Nur um zu begreifen, wie es arbeiten soll«, hatte Snyder gemeint. Er war ein umgänglicher Zeitgenosse von mittlerer Statur und pfiff oder summte gewöhnlich leise vor sich hin, während er und seine Leute das Triebwerk zusammenzubauen versuchten. »Wir befinden uns hier im Niemandsland, haben Teile zur Verfügung, die nach unserem Wissen in einer hochtechnischen Ära funktioniert haben und funktionieren sollten, wenn wir sie richtig zusammenfügen, aber wir haben dafür Werkzeug, das vergleichsweise aus der frühen Eisenzeit stammt. Manchmal vollbringt Aarens wahre Wunder – wenn man ihm erklärt, was man mit einem bestimmten Werkzeug machen will, schafft er es, eins anzuschleppen, das diese Arbeit tatsächlich ausführt. Das Problem ist, zu wissen, welches Werkzeug man als nächstes braucht und wie lange man warten muß, bis er es heranschaffen kann.«

Kris, die mit verbundenen Füßen und einer bandagierten Hand auf Krücken umherhumpelte, begleitete Zainal zu den zahlreichen Beratungen. Sie schien noch immer die unverzichtbare Hilfe bei der Vervollkommnung seines Vokabulars zu sein. Die Hälfte der Zeit versuchte sie sich mit dem technischen Kauderwelsch, aber sie war nicht bereit, offen zuzugeben, daß ihr das nicht immer gelang. Easley vermutete das sicherlich, aber er war auf ihrer Seite. Kris wäre wirklich froh gewesen, wenn sie, Zainal und ihr Team wieder das hätten tun können, worin sie am besten waren, nämlich im Erkunden.

Manchmal schien es ihr, daß Scott das ablehnte, was Zainal nicht zu erlernen brauchte – soweit es die verschiedenen Aspekte der Antriebstechnologie seiner eigenen Rasse betraf –, weil er immer noch gezwungen war, den Catteni aufgrund seines wenn auch nur geringen Wissens und der Informationen, die er zu anderen Bereichen geben konnte, zu allen wichtigen Besprechungen hinzuziehen.

»Scott hat einen ausgeprägten Sinn für Kleinigkeiten«, meinte Easley eines Abends während einer extrem langen Besprechung zu Kris.

»Er kommt mir übertrieben mißtrauisch und geradezu abfällig vor«, erwiderte sie flüsternd.

»Mißtrauen ist auch wichtig, wissen Sie, aber ich weiß zufälligerweise, daß er von Zainal tief beeindruckt ist.«

»Das hätte ich fast nicht bemerkt«, erwiderte Kris und schaute zum Ende des Tischs, wo Scott, Rastancil, Ainger, Marrucci und Beverly die Köpfe zusammensteckten und leise diskutierten.

»Aber ich weiß es«, sagte Easley, und seine leise Stimme vibrierte geradezu vor Ernsthaftigkeit. »Er erkennt sofort, wenn er einer integren Persönlichkeit begegnet, und so betrachtet er Zainal. Ich glaube nicht, daß viele von uns eine Vorstellung von der Rolle hatten, die die Eosi bei den Catteni spielen. Daher wirft er den Catteni nicht mehr vor, was sie auf der Erde getan haben, sondern betrachtet sie als Werkzeug für andere. Zainal hat dieses Umdenken bewirkt, ohne in Scotts Augen seine Würde oder Ehre verloren zu haben.«

Kris freute sich über diese Einschätzung und sah Scotts abweisende Haltung gegenüber Zainal nicht mehr in einem so kritischen Licht. Aber richtig zufrieden war sie noch immer nicht.

Wieder einmal, als ihr hochempfindliches Gehör den ersten Laut eines herannahenden Schiffs wahrnahm, alarmierten die Deski-Wachen die Lager, ehe das landende Schiff seine unmittelbar bevorstehende Ankunft über Funk bekanntgab.

Die ›Brücke‹ nahm die Nachricht mit typischer Catteni-Gelassenheit auf, wie Zainal es eingeübt hatte, und bestätigte die Koordinaten der Position des gestrandeten Schiffs. Obgleich Leon einen Bericht über die Ursache des Schadens vorbereitet hatte, wurde er nicht danach gefragt. Zainal hatte ihm zwar erklärt, daß diese Angaben nicht verlangt würden, hatte ihm jedoch dabei geholfen, die entsprechenden Begriffe auswendig zu lernen.

Die Lager, die sich auf dem Kurs des anfliegenden Schiffs befanden – Bella Vista, Ayers Rock und Shutdown – entfernten sofort jegliche Zeichen eines geordneten Lebens. Alle Luftkissenfahrzeuge wurden versteckt, und es herrschte eine allgemeine Sorge wegen der Leute, Scouts und Jäger, die vielleicht beobachtet werden konnten. Vor allem Camp Narrow mußte aus der Luft völlig verlassen erscheinen.

»Sie erkennen an der Wärmestrahlung, daß Leute sich auf der Oberfläche aufhalten«, hatte Zainal gewarnt, »aber nicht, was sie tun oder wo sie wohnen. Es wäre klüger, sie sehen Männer auf der Jagd.«

»Heißt das, sie zählen?« hatte jemand gefragt.

Zainal lachte über diese Vorstellung. »Nein, nur das Vorhandensein von Lebenszeichen, die angeben, daß hier unten Überlebende sind.«

»Damit sie uns mehr Leute schicken können?« fragte Mitford ungehalten.

»Zu diesem Zeitpunkt gilt, je mehr, desto schöner«, hatte Easley gesagt und so fröhlich gelacht, daß Mitford davon angesteckt wurde und ebenfalls lächelte.

Die Instrumente auf der Kommandobrücke im Hangar arbeiteten jetzt so optimal wie während vieler Reisen nicht, und der Sinkflug des Schiffs ließ sich leicht berechnen. Das Angriffsteam, seit Eingang des ersten Deski-Alarms in Stellung, trieb sich am gestrandeten Transportschiff herum. Einige waren draußen, andere saßen auf der Rampe, und die ›Drassi‹ würden nicht erscheinen, bevor sie von ihren Kollegen gerufen würden.

In den Hecken und auf den Bäumen in strategischen Positionen getarnt, befanden sich Scharfschützen mit

Bögen und Lanzen. Zainal hatte keinerlei Informationen über die Mannschaftsstärke des neuen Transports ausfindig machen können. Die ›Catteni‹, die der Rettung harrten, waren mit Stunnern bewaffnet, die wahrscheinlich völlig ausreichten. Hinzu kam das Überraschungsmoment. Die Eroberung des Transportschiffs verlief noch glatter als die Kaperung des Scouts. Die besorgten Drassi des Rettungsschiffs waren so eifrig darauf bedacht, den gestrandeten Kapitän nachzuahmen, daß sie als erste die Rampe hinunterkamen, gefolgt vom restlichen Drassi-Stab, während die Mannschaft damit begann, auszuladen, was an Passagieren noch übrig war. Sie lachten und schwatzten miteinander, waren sie doch froh, nach diesem letzten Zwischenstopp endlich die Heimreise antreten zu können. Sie freuten sich außerdem darauf, die geretteten Catteni arbeiten zu lassen, während sie herumlungerten.

Im nächsten Feld auf dem Bauch liegend und Zainal, der leise vor sich hinlachte, neben sich, beobachtete Kris, wie die Catteni-Drassi in überheblicher Haltung zu dem beschädigten Transporter hinüberschlenderten.

Die falsche Catteni-Crew hatte sofort Haltung angenommen und rief – in hervorragender Aussprache, wie Kris voller Stolz vermerkte – den im Schiff Wartenden zu, daß der Drassi-Kapitän an Bord käme. Sie folgten ihm in respektvollem Abstand, und einer blieb an der offenen Luke stehen und lehnte sich dagegen, während die Retter die letzten bewußtlosen Abwurfpassagiere ausluden. Sie hatten die Arbeit kaum abgeschlossen, als sie an Bord des Wracks gerufen wurden.

»Was müssen wir jetzt tun?« wollte ein Catteni von einem anderen wissen, während sie über das Feld gingen. Zainal übersetzte den Dialog für Kris.

»Wahrscheinlich alles abmontieren, was die Tiere gebrauchen könnten«, erwiderte der andere.

»Tiere, häh?« murmelte Joe, der ebenfalls in Zainals Nähe wartete. »Wir werden ihnen Tiere geben.«

Zainal übersetzte den ersten Teil der Catteni-Antwort. »Hoffentlich dauert es nicht zu lange. Ich brauche mein . . .« Und er weigerte sich, Kris diesen ziemlich langen Satz zu übersetzen. Aufgrund des häßlichen Lachens der beiden Catteni war Kris froh, daß er darauf verzichtete.

Nachdem die Beobachter eine, wie es ihnen vorkam, halbe Ewigkeit gewartet hatten, erschien der falsche Drassi-Kapitän – in Wirklichkeit Vic Yowell, der nicht nur die richtige Größe hatte, sondern genug Catteni beherrschte, um das Begrüßungsgespräch zu führen – und begab sich mit seinen Männern zu dem soeben eingetroffenen Schiff und ging die Rampe hinauf.

Es dauerte nur kurze Zeit, ehe er wieder auftauchte, seine Mütze schwenkte und damit den Unterschied zwischen Catteni-Schminke und seiner eigene Hautfarbe offenbarte.

»Es gehört uns!«

Aus den Hecken tauchten Terraner auf, jubelten und tanzten vor Freude über den zweiten erfolgreich abgeschlossenen Angriff von Phase Zwei. Dann beeilten sie sich, den Neuankömmlingen behilflich zu sein. Es waren insgesamt 114, alle von der Erde und in einem weitaus besseren Zustand als die jüngsten Neuankömmlinge. Die gefangenen Catteni wurde gleich zu ihren Leidensgenossen ins Tal gebracht.

Yuri Palit, ein weiterer falscher Catteni, dessen Haut wieder ihre normale Farbe hatte, führte die Wächter, die die Gefangenen begleiteten. Unterwegs wurden ihnen die Aktivitäten der nächtlichen Aasfresser vorgeführt und die anderen Gefahren Botanys so farbig geschildert, daß sie ziemlich kleinlaut waren, als sie ihr Ziel erreichten.

Nachdem das neue Transportschiff einer Inspektion unterzogen worden war, lächelte Scott jeden der Umstehenden an. Dies war die Jungfernfahrt der KDL, wie aus dem Logbuch hervorging und wie man am Geruch der immer noch neuen Ausrüstung feststellen konnte. Zainal, Kris, Bert Put, Peter Snyder, Rastancil und Beverly blieben die ganze Nacht auf, übersetzten die Handbücher und machten sich mit den Verbesserungen vertraut, die das System aufwies. Bei weitem das beste war die Entdeckung zweier kleiner Schiffe für interplanetare Kurzstreckenflüge und eines bestens ausgestatteten Bodenfahrzeugs, geeignet für unwegsames Gelände, mit einer Panzerung, die vielen korrosionsauslösenden Atmosphären widerstand. Nach einem Blick auf die Anzeigen der Kontrolltafel sagte Zainal, daß es wahrscheinlich auch ›wassergängig‹ wäre.

»Amphibisch«, murmelte Kris, und sie sahen sich an und lächelten. Sie brauchten also nicht das Risiko einzugehen, das Scout-Schiff zu benutzen und vielleicht gesehen zu werden, wenn sie andere Kontinente aufsuchten. Dieses Vehikel faßte zwölf Passagiere und drei Crewmitglieder und würde sie sicher mindestens zum nächsten Festland bringen. Sie sollten sich dazu lieber einen Tag aussuchen, wenn das Wasser ruhig war, denn Kris hatte keine Lust, in einer solchen Enge seekrank zu werden.

Aber diese Art der Erkundung würde in näherer Zukunft sowieso nicht stattfinden. Als nächstes Szenario war vorgesehen, daß der brandneue Transporter startete und nach Barevi, seiner Basis, zurückkehrte.

So viele, wie in dem Schiff Platz fanden, wozu fast jeder gehörte, der bei der NASA oder in Luftwaffenjets in verschiedenen Länder gearbeitet hatte, bestiegen die KDL 45A – wie aus den Symbolen am Rumpf hervorging – und starteten. Die Decks konnten in Höhe und

Grundriß, je nach Fracht oder Passagieren, wach oder bewußtlos, verändert werden. Eine ziemlich sinnreiche Konstruktion, darin waren Marrucci und Beverly sich einig, als Zainal ihnen zeigte, wie die verschiedenen Kombinationen hergestellt werden konnten. So konnte die KDL tatsächlich allem und jedem, der einen Grund oder die Verpflichtung hatte, an der Reise teilzunehmen, ausreichend Platz bieten. Einige würden das Schiff im Raum lenken dürfen, andere mußten sich darüber informieren, wie das Schiff bedient wurde, und alle würden mithelfen, die Spuren einer plötzlichen und totalen Vernichtung eines nagelneuen Schiffs zu erzeugen. Zainal hatte Logbucheintragungen über mehrere kleine Störungen der Antriebsaggregate auf der Herreise gefunden. Ein Zwischenfall war sogar so ernst, daß der Kapitän die Triebwerke ausschalten und ein Reparaturteam nach draußen schicken mußte, um die Düsen zu reinigen. Das war an die Basis gemeldet worden, da sich dadurch die Landung auf Botany, um die Transporter-Mannschaft abzuholen, verzögert hatte.

Pete Snyder leitete ein Team, das herausfinden sollte, welche Fehlfunktion zu einem tödlichen Unfall führen konnte. Sie hatten eine Menge Schrott des defekten Schiffs geladen, glücklicherweise bestanden die Teile alle aus gleichen Legierungen. Sie würden einige Meldungen an die Basis senden, in denen auf weitere Probleme hingewiesen würde, und dann ... würde eine Explosion stattfinden, und genügend Schrott würde durch den Weltraum treiben und jeden, der ihn untersuchte, davon überzeugen, daß die KDL tatsächlich während ihres Heimwegs explodiert war. Eine passende Außenplatte war von dem alten Transportschiff abmontiert worden, und mit Farbe, die man im Magazin der KDL gefunden hatte, hatte man ihre Glyphen aufgezeichnet. Die falsche Reise in den Weltraum sollte eine Woche dauern, da Zainal den Wunsch hatte, die Heliopause des Systems hinter sich zu lassen und den Aufzeichnungsbereich des Satelliten zu verlassen, ehe die Explosion ausgelöst wurde.

Kris war zurückgeblieben, da ihre Hand nur ungenügend geheilt war, um während der Reise nützlich zu sein ... vor allem, wenn so viele wie Raisha und andere im Raum ausgebildete Pilotinnen eine solche Chance verdient hatten. Ehrlich gesagt, war sie müde nach langen Nächten und endlosen Übersetzungssitzungen. Und dann hatte Mitford um das Landfahrzeug für seine Erkundungsteams gebeten und es auch erhalten. Sie wäre von viel größerem Nutzen, wenn sie sich mit dieser Art von Maschine vertraut machte, als Statistin während eines Raumflugs zu sein.

»Sie sollten doch längst wieder zurück sein, nicht wahr?« fragte sie Mitford, während sie ihre Ausrüstung in das Land-Wasser-Fahrzeug luden, das den Spitznamen ›Tub‹ trug, was soviel wie Badewanne bedeutete. Als Zainal zurückkehrte, plante Mitford einen Ausflug mit ihm als Anführer, um den Kanal zu überqueren, der diesen Kontinent von seinem nächsten Nachbarn trennte. Er stellte für dieses Projekt zwei Teams zusammen und war glücklicher, als Kris ihn je gesehen hatte, seit er Neuankömmlinge befragt und zu Peter Easley geschickt hatte.

»Ja, sie sind tatsächlich drei Tage überfällig. Aber die Vernichtung ist einwandfrei erfolgt. Das wissen Sie.«

Die Verbindung zwischen der Brücke des alten Transporters und der KDL war offen, und die gesamte aufbrandende Hysterie, die Befehle und Gegenbefehle, als das Antriebssystem ›versagte‹, war pflichtschuldigst von denen auf dem Boden verfolgt worden ... der letzte große Knall inklusive. Dieser Teil hatte perfekt geklappt.

Die Deski-Wachen erhielten den Befehl, die Ohren

offen zu halten, da ihren Sinnen viel mehr vertraut wurde als dem veralteten und unberechenbaren Überwachungssystem auf der Brücke im Hangar.

Kris begleitete Mitford, als sie das Gefangenental überprüften und die Catteni lebend antrafen, die in keiner Weise daran dachten, es sich häuslich einzurichten.

»Keine Initiative«, meinte Mitford leise zu Kris. »Genauso wie Zainal gesagt hat. Noch nicht einmal diese beiden Drassi-Kapitäne.«

Diese schienen sich auf einen kleinen Erdfleck vor sich zu konzentrieren, aber keiner rührte sich.

»Schach?« fragte Kris, denn sie hatte diese Art von Konzentration schon bei ihnen beobachtet.

»Schach?« Mitford schaute sie überrascht an. »Sie haben noch nicht einmal genug Grips für Dame, geschweige denn Schach.«

»Nun, einer versucht zu fischen«, sagte Kris und deutete auf den einen Mann, der sich mit einer dünnen Lanze in der Hand über den Bach beugte.

»Das tut er. Sogar Catteni sind irgendwann diesen Trockenproviant leid«, sagte er und wandte sich ab.

Yuri Palit; Chef der Wiederansiedlung, hatte sich bei den Turs umgeschaut und kehrte mit der Information zurück, daß sie bereits ein paar Hütten gebaut hätten, nachdem sie einige Zeltstangenbäume gefällt hatten. Es lagen auch einige Verletzte in der Sonne mit gebrochenen Armen und Beinen und einer mit einer deutlich sichtbaren tiefen Wunde in der Seite.

»Haben Sie versucht rauszuklettern?« fragte Astrid.

»Wie stur können Turs sein?« wollte Yuri Palit von Mitford wissen.

Der Sergeant zuckte die Achseln. »Verdammt stur. Lassen Sie sie lieber in Ruhe.«

»Damit sie dieses schöne Tal ruinieren?« fragte Kris.

Mitford deutete mit einem Kopfnicken auf die Fotos,

die die Rückwand seines Büros schmückten. Sie zeigten die anderen abgeschlossenen Täler, die Zainal auf seinem Anflug gesehen hatte. »Es gibt doch auch noch andere, und auch die anderen Kontinente.«

»Also, was das betrifft . . .«, begann Astrid.

Mitford hielt eine Hand hoch und grinste die hochgewachsene attraktive Schwedin an. »Das muß warten, bis Zainal uns mit dem Amphibienfahrzeug rausgeschmuggelt hat.«

Was jeden daran erinnerte, daß KDL nun schon sechs Tage überfällig war. Kris versuchte unbesorgt zu erscheinen, aber mögliche Katastrophenszenarios raubten ihr fast jede Nacht den Schlaf.

»Was mag da passiert sein?« fragte Astrid sie am Morgen des siebten Tags. »Sie müßten doch längst zurück sein.«

»Dieser Knall war keine echte Explosion«, sagte Mitford und vermied es, Kris in die Augen zu schauen, er redete vielmehr so zuversichtlich, als wäre er absolut sicher, daß Zainal zurückkommen würde.

»Für diese Verspätung wird es einen guten Grund geben, dessen bin ich mir sicher«, sagte Kris so überzeugt, daß Mitford sie skeptisch ansah.

»Ja, den wird es wohl geben, Kindchen. Ich kann mir nur nicht vorstellen, welchen.«

»Asteroiden, irgendwelche technischen Schwierigkeiten oder sonstige Probleme. Es gibt Dutzende von plausiblen Gründen.«

»Ja.«

»Es wäre keine gute Idee, wenn er mit uns Verbindung aufnehmen und alles verraten würde, da das Schiff als zerstört gelten muß und der verdammte Satellit jede Nachricht aufschnappen würde, die er sendet.«

»Da haben Sie recht«, meinte Mitford und wandte sich dann einer anderen Beschäftigung zu.

»Neuer Satellit«, warnte Zainal, sobald die Luke für die gespannt wartende Menge geöffnet wurde. »Wir sind so geflogen ...« Er deutete mit der Hand einen Ausweichkurs an. Er suchte Kris und fand sie neben der Luke. »Lenvecs Werk.« Er sprang neben ihr hinab, berührte kurz ihre Wange. Die Raumfahrer stiegen aus und begrüßten begeistert das Empfangskomitee.

Das strahlendste Lächeln lag auf Scotts Miene, während er die Rampe hinunterging. Beverly, Rastancil und diejenigen, die nun als Oberkommando bezeichnet wurden, folgten dichtauf.

»Mitford, Easley!« rief Scott und nannte weitere Namen. »Besprechung um neunzehn Uhr dreißig in Narrow. Beggs!« Der diensteifrige Lieutenant, der Kris so unsympathisch war, kam mit dem obligatorischen Klemmbrett in der Hand herbeigeeilt. »Ich möchte, daß all diese Männer und Frauen an der Besprechung teilnehmen ...« Danach gab er Anweisungen, während er das nächste Luftkissenfahrzeug bestieg und es in Richtung Camp Narrow starten ließ.

Zainal ergriff Kris' Arm und führte sie auf die Seite, weg vom allgemeinen Trubel an der Luke.

»Hat Lenvec sie dazu gebracht, einen leistungsfähigeren Satelliten zu starten und in Position zu bringen?« fragte sie.

»Irgend jemand hat es getan. Wir mußten seine wechselnde Bahn genau berechnen, um unbemerkt zurückkommen zu können. Dabei hat KDL einzigartige Gleitflugeigenschaften bewiesen.«

»Ihr seid ohne Antrieb geflogen? Von wo?«

Zainal quittierte ihr Erstaunen mit einem nachsichtigen Lächeln. »Es war nicht schwierig. Eure Raumfähren sind früher genauso gelandet. Catteni sind noch bessere Raumjockeys.«

»Jockeys?« Kris mußte sich eingestehen, daß es ihr gar

nicht gefiel, wenn er aus anderen Quellen Slangausdrücke aufschnappte, aber sie ließ sich absolut nichts anmerken.

»Bert brachte sie runter. Ein guter Mann. Wo sollen wir das Schiff verstecken?« Zainal dachte angestrengt über dieses Problem nach.

Kris blickte über das Feld zu dem alten Wrack, das immer noch auf seinem Platz stand. »Stellt sie dorthin. Sie erwarten sowieso an dieser Stelle ein gestrandetes Schiff. Welche Details kann der Satellit hier auf der Oberfläche deutlich aufzeichnen. Erkennt er die Namenssymbole?«

Zainal lachte. »Warum nicht? Die KDL ist zwar größer, aber nicht sehr viel.«

»Wenn man etwas wirkungsvoll verstecken will, dann muß man es ganz offen dem Suchenden vor die Nase stellen«, sagte Kris.

»Ist Scott einverstanden?«

Kris zuckte die Achseln. »Das Ding ist zu groß für jede Garage – bis vielleicht auf die am Meer, in die wir nicht reinkommen. Wer sucht danach? Du hast uns mit deinen ständigen Befehlen und Gegenbefehlen und der ganzen Hysterie ziemlich aufgeschcucht ...«

Zainal lachte jetzt noch offener, seine gelben Augen funkelten nach typischer Catteni-Art.

»Und wenn ihr auf dem Herweg den Satelliten überlistet habt, dann haben wir es ganz bestimmt geschafft, ihn zu täuschen.«

»Einer von euren Weisen sagte mal ...« Er schloß für einen Moment die Augen, rief sich den genauen Wortlaut ins Gedächtnis und fuhr fort: »... daß man den meisten Leuten für einige Zeit etwas vormachen kann, aber nicht allen Leuten für immer.«

Sie mußte darüber lächeln, wie sehr er sich freute, richtig zitiert zu haben. Und sie war froh, daß er heil zurückgekommen war. »Meinst du, Lenvec ist so rachsüchtig?«

»Ich meine es nicht nur, ich weiß es. Als ich ausgewählt wurde ...« Er hielt kurz inne und fuhr dann fort: »Ich hatte Privilegien der Auserwählten. Lenvec war neidisch. Wenn er jetzt meinen Platz als Auserwählter einnehmen muß, fühlt er sich, als hätte man ihn beraubt.« Er musterte sie verstohlen und erwartete eine Reaktion auf seine Ausdrucksweise. Kris grinste. Auch seine Aussprache war nicht mehr so rauh. Nicht mehr lange, und er würde sprechen wie ein eingeborener Terraner.

»Hmm, ja, wenn er von der neidischen Sorte ist, wird er sich ganz gewiß vorkommen wie beraubt. Aber vielleicht wurde er ... bereits auserwählt? Wieviel von *ihm* ist in dem Eosi noch vorhanden?«

Zainal nickte und ließ sich diesen Punkt durch den Kopf gehen. »Das weiß ich nicht. Glücklicherweise ...« Und nun schmiegte er seine Wange an ihre und drückte sie an sich, »wurde ich hier abgeworfen – und ich bleibe.«

Kris war nicht die einzige, die die Idee hatte, die KDL ganz offen zu parken. Ein kunstvoll auf verbrannt getrimmtes Modell nahm den Platz der Kommandobrücke der neuen KDL 45 ein, aber es gab eigentlich keine andere Möglichkeit, selbst wenn sie ein Bauwerk der Farmer hätten finden können, das groß genug gewesen wäre, um das Schiff aufzunehmen. Das Schiff war nicht nur eine Trophäe, die Staub ansetzte, obgleich über seine weitere Nutzung erst noch entschieden werden mußte. Scott hatte Phase Zwei zugestimmt, aber wer wußte schon, ob der Admiral, der die Führung des militärischen Oberkommandos übernommen hatte, bereit war, es auch mit Phase Drei zu versuchen?

Die KDL senkte sich auf das Wrack hinab und drückte den leeren Rumpf zusammen. Die Deski-Wachen würden die Annäherung eines anderen Transportschiffs so rechtzeitig wahrnehmen ..., daß die KDL aufsteigen und ein paar Felder entfernt landen und getarnt werden könnte, um vor einer oberflächlichen Suche sicher zu sein. Die Catteni schauten sich während des Abladens ihrer Passagiere und der wenigen Vorräte, die ihnen zugeteilt waren, kaum einmal um. Ein gewisses Risiko war vorhanden, aber Scott hatte sich Zainals Einschätzung der Drassi angeschlossen: Arbeite so wenig wie möglich und sieh zu, daß du schnellstens zur Basis zurückkehrst.

»Wissen Sie, jemand könnte meinen, es wäre ziemlich seltsam, daß in diesem Gebiet kurz hintereinander drei Schiffe explodiert sind«, meinte Leon Dane gegen Ende der Abschlußbesprechung, »und entscheiden, daß es sich nicht lohnt, diesen Teil des weitläufigen Eosi-Catteni-Reichs aufzusuchen, und uns in Ruhe läßt.«

»Das bezweifle ich«, entgegnete Easley mit einem traurigen Lächeln. »Laut Aussage der jüngsten Neuankömmlinge nimmt der Widerstand auf der Erde zu, und die Catteni nehmen immer noch jeden, der in ihren Augen ein Saboteur oder ein Rädelsführer ist, in Haft. Bei der letzten Gruppe befand sich auch ein Trupp Sea Scouts, und die hatten nichts anderes getan, als ihre monatliche Versammlung abzuhalten. Am Ende haben wir hier ... oder wo immer sie sonst noch abgeladen werden ... mehr Erdbewohner als auf der Erde selbst.«

»Ich hoffe nur, wir schaffen auf Botany einen neuen Anfang und legen die Verhaltensweisen ab, die uns auf der guten alten Erde so viel Verdruß bereitet haben«, sagte Mitford. Er hatte gute Gründe, an der Fähigkeit der Menschen zu zweifeln, ihre tief verwurzelte Intoleranz und Scheinheiligkeit abzulegen. Drei Männer und zwei

Frauen saßen zur Zeit Strafen ab, weil sie wegen irgendwelcher alter Vorurteile in einen heftigen Streit geraten waren. Die, die dabei verletzt worden waren, würden später ihre Strafe verbüßen, nachdem sie wieder gesund waren. »Je mehr Leute zu uns kommen, desto mehr Ärger haben wir.«

»Wir haben vier Kontinente ... nun ja, zwei, wenn wir den Farmern ihre Gebiete überlassen«, sagte Leon. »Damit ist doch genügend Platz für jeden da, oder nicht?«

»Für einige Typen ist nie genug Platz da«, sagte Sarah.

»Das stimmt«, sagte Dane und seufzte müde.

Kapitel 7

Sobald sich die Aufregung um Erobern und Verstecken von KDL gelegt hatte, verbrachten Scott und andere Angehörige des Oberkommandos, Abteilung Militärische Angelegenheiten, Stunden damit, die letzten Neuankömmlinge von der Erde zu befragen, um sich aus den fragmentarischen Berichten ein Bild von wichtigen Ereignissen zu machen. In einer Welt, die früher rund um die Uhr mit Neuigkeiten versorgt wurde, gab es kaum noch aktuelle Nachrichten.

»Katastrophen zu jeder Tages- und Nachtzeit«, hatte Kris erzählt.

»Tun sie das auch auf Catten oder auf Barevi?« hatte Sarah von Zainal wissen wollen. Sie saßen nach dem Abendessen in Narrow noch an ihrem Tisch zusammen.

»Allen alles erzählen? Nein.« Zainal lachte über diese Frage. Sein graues Haar war mittlerweile so lang, daß er es zu einem Pferdeschwanz zusammengerafft hatte, eine Frisur, die ihm besser stand als den meisten. Kris hatte ihm angeboten, es nach Indianerart zu flechten, wie sie es mit ihrem eigenen Haar tat, aber er hatte abgelehnt. »Nur denen, die es wissen müssen, wird es mitgeteilt.« Dann zuckte er die Achseln. »Und abends Lügen über die neue Welt und das tapfere Catten.«

»Zur Rekrutierung?«

Zainal dachte über das Wort nach und drückte dabei Kris' Hand, um anzudeuten, daß er die Bedeutung selbst herausfinden würde. »Ja, um der Raumarmee beizutreten.«

Er erhielt ein Lob für die korrekte Wortwahl von den anderen am Tisch – von seinen Erkundungspartnern und den Mitgliedern von Astrids Team. Sie verbrachten sehr viel Zeit zusammen und lernten, die amphibische

Maschine zu lenken, damit jeder sie beherrschte. Die Techniker hatten sich ebenfalls damit beschäftigt und sich mit ihrer Ausrüstung, ihren Motoren, Systemen, Kommunikationseinrichtungen und der lebenserhaltenden Technik vertraut gemacht. Obwohl Mitford einen hohen Rang im Oberkommando für die Siedler bekleidete, mußte er trotzdem eine ›Sondererlaubnis‹ einholen, um ein so wertvolles Stück Technik zu übernehmen. Er brauchte außerdem Scotts Zustimmung, um Zainal als Begleiter zu behalten.

»Sie tun alles, absolut verdammt alles, denken aber nicht daran, uns wie ein geschlossenes Team agieren zu lassen«, hatte Mitford am Tag vorher geschimpft. »Beide Kommandobrücken sind bemannt, und die KDL arbeitet mit Sonnenenergie, und wir haben immer noch die Deski, die an den Lagergrenzen die Ohren spitzen. Praktisch nichts kann sich unbemerkt an uns anschleichen. Wenn sie Zainal wirklich brauchten, könnte Marrucci mit einem dieser Atmosphärenflugzeuge rüberfliegen, die zu lenken er gelernt hat. Und es hinterläßt keine Spur, die der Beobachtungssatellit aufzeichnen könnte.«

Zainal konnte dazu nichts Beruhigendes mitteilen, da er nicht wußte, wie leistungsfähig die Technik des neuen Satelliten war. Er wußte nur, daß er sich auf einer globalen Umlaufbahn befand und die Planetenoberfläche alle halbe Stunde einer Überprüfung unterzog. Er war sich sicher, daß die umgebauten Luftkissenfahrzeuge der Farmer nicht von dem Satelliten bemerkt würden, weil sie nur mit Sonnenenergie arbeiteten. Das Amphibienfahrzeug könnte durchaus zu sehen sein – obwohl es angeblich längst nicht mehr existierte –, daher hatte man einen Kurs berechnet, und sie würden sich lediglich bewegen, wenn der Satellit sich über einer anderen Region des Planeten befand. Es könnte etwas länger dauern, die Küste zu erreichen, aber sobald sie im Wasser wären, dachte er, wäre das Tub nicht mehr aufzuspüren, da Wasser nicht nur die Außenhülle kühlte, sondern auch seine Strahlung tarnte. Kris' Hand war immer noch leicht gerötet, aber ihre Füße waren verheilt, auch wenn sie weiterhin ihre Sohlen mit weichen Pflanzenfaserbüscheln schützte. Sie versuchte sich einzureden, daß es nur die Wanderlust war, die sie unruhig machte, denn sie glaubte nicht, daß sie so etwas wie eine Vorahnung hatte, aber sie wünschte sich sehr, endlich aufzubrechen, um den benachbarten Kontinent zu erforschen.

An seine neue äußere Form gewöhnt, langweilte sich das Eosi Mentat Ix. Es hatte sich wieder Vergnügungen hingegeben, die seine geschwächte ehemalige Hülle nicht hatte vollziehen können, und nun befriedigte sie seine Suche nach ungewöhnlichen Erfahrungen nicht mehr. Die neue Form war relativ beschränkt, da sie nicht die Ausbildung des jungen Männlichen genossen hatte, der ursprünglich aus dieser Blutlinie ausgewählt worden war. Das war, als es sich an die Animosität und die Bitterkeit des Catteni-Geistes im Augenblick der Übernahme erinnerte. Ix verschaffte sich Zugang zu seinem Gedächtnis. Eine kurze Untersuchung würde den Nachweis erbringen, ob die Vermutungen der Entität zutreffend gewesen waren. Ix erschrak ein wenig, als es erfuhr, daß ein leistungsfähigerer Satellit in eine Umlaufbahn um den Testplaneten gebracht worden war. Die Reste der Entität innerhalb des Mentat gerieten in Panik, als der jüngste Bericht von den Diensthabenden mental abgeschöpft wurde.

Das Scout-Schiff war verschwunden, und keine Spur wurde im Eosi-Raum gefunden. Es hatte weder auf einem Planeten noch im Raum getankt. Ebensowenig konnte der Satellit diese Art von metallener Form auf dem Testplaneten aufspüren. Die Frage nach dem Wrack des Transport—Schiffs wurde durch die Kommunikation zwischen KDL und dem gestrandeten Schiff aufgeklärt. Die KDL, das neueste Modell der Transportflotte, war nach Abwurf ihrer Ladung gestartet und hatte dieses Sonnensystem verlassen. Und die Bandaufnahme von ihrem letzten Notruf und von der Explosion lag vor.

Ix hörte sich das Band aufmerksam an, lauschte ihren letzten Momenten und den Bemühungen der Mannschaft, den Defekt zu beheben. Ix untersuchte den Defekt außerdem im Hinblick auf die Schwesterschiffe von KDL, die laufend in Dienst gestellt wurden, und stellte fest, daß eine solche Störung im Antriebssystem zwar möglich, aber eher unwahrscheinlich war.

Das Eosi Mentat ordnete an, das Logbuch der KDL zu suchen. Es müßte eigentlich im Raumschrott zu finden sein. Es wurde gefunden. In den winzigen Bereichen von Ix' großem Geist deutete ein fast nicht wahrnehmbarer Schrei an, daß solche Ereignisse verdächtig waren.

Ix inspizierte die Datenspeicher des umlaufenden Satelliten und fand nur das Wrack, das immer noch dort lag, wo es gelandet war. Dann wurde Eosi Mentat Ix zu einer Konferenz mit seinen Kollegen gerufen, um zu beraten, wie die zunehmenden Probleme der cattenischen Besatzungsmacht auf dem jüngsten Planeten zu lösen wären, den sie erobert hatten. Ein derart lange andauernder Widerstand war einmalig, ja geradezu bizarr, und Ix mußte entscheiden, welche Strafmaßnahmen ergriffen werden mußten, um dieses Problem endgültig zu lösen. Alle Eosi waren jedoch fasziniert von Umfang und Qualität der Opposition gegen ihre milde Herrschaft.

Die allgemeine Wartungskugel erreichte den Zielplaneten und stellte fest, daß sein nächster Raumbereich von zwei technologischen Gebilden beherrscht wurde: einer bewegte sich auf einer Umlaufbahn, die dreißig Stunden dauerte, der andere war geosynchron. Diese Objekte wurden gründlich untersucht, ehe die Kugel bis auf eine Höhe hinuntersank, in der sie ermitteln konnte, weshalb eine Zielflugrakete ohne irgendeine Nachricht von der Kommandoeinrichtung abgefeuert worden war. Die Kugel entdeckte einige Lebensformen in der Einrichtung, aber sie war nicht darauf programmiert worden, herauszufinden, zu welchem Zweck sie dort waren. Immerhin wurde ihre Anwesenheit aufgezeichnet. Die Kugel fuhr mit ihrer ordnungsgemäßen Inspektion der landwirtschaftlichen Einrichtungen auf den urbar gemachten Kontinenten fort und entdeckte in einem weiten Bereich Anomalien, die auf eine Fehlfunktion der intelligenten Apparaturen in einem noch nie dagewesenen Maße hinwiesen. Indcm dic Kugel das Maschineninventar mit dem verglich, was zu diesem Zeitpunkt der Ackerbausaison des Planeten nicht im Einsatz hätte sein dürfen, konnte sie verschiedene Ausrüstungsteile aufspüren, die jedoch nicht die übliche bekannte Form aufwiesen. Diese Abweichung wurde vorschriftsmäßig vermerkt. Es schienen mehr Lebensformen zu existieren, als durch die natürliche Vermehrung der eingeborenen Arten hätten entstehen können. Es war absolut unmöglich, daß eine solche geistig träge Spezies die Maschinen, die sie versorgten, beschädigen geschweige verändern konnte. Die Kugel war lediglich auf mechanische Einrichtungen, Bestandsaufnahme und Versorgung programmiert. Sie untersuchte keine Lebensformen. Das gehörte in eine andere Abteilung.

Die Kugel beendete die nötigen Kreisbahnen in der für maximale Effizienz der verlangten Untersuchungen festgelegten Höhe, schickte die ermittelten Daten zur Heimatwelt und setzte den routinemäßigen Wartungsdienst fort.

Die Deski verhüllten die Augen, duckten sich, schafften es aber trotzdem, ihren Basen zu berichten, daß ein schrecklicher Lärm herrschte. Die Anzeigeinstrumente auf beiden Brücken meldeten ein räumliches Objekt, das mit enormer Geschwindigkeit unterwegs war und mit einem Tempo knapp unterhalb der Lichtgeschwindigkeit, wie Marrucci stotternd durchgab, über Botany dahinraste. Es stellte sich auf den Anzeigen der Brücken als ein Lichtmuster dar, das Botany einhüllte.

»Dann kann es nicht cattenischen Ursprungs sein«, entschied Rastancil, der hinter Marrucci stand und ihm über die Schulter blickte. »Sie verfügen noch nicht über die Fähigkeit ...«

»*Noch* nicht«, bemerkte Marrucci leise.

Das Team am Kommandoposten meldete eine erschreckende Wahrnehmung.

»Ich hatte das Gefühl, als würde ich von E. T.'s überprüft«, gab der im allgemeinen gelassen reagierende Colonel Salvinato mit einer Stimme durch, die hörbar zitterte.

»Nun, Sie sind nicht alleine. Jemand sieht sich uns verdammt genau an«, erwiderte Rastancil, womit er den Colonel zu beruhigen hoffte. Sein Körper kribbelte immer noch von dem, was ihn berührt hatte, was immer es gewesen sein mochte.

Salvinato berichtete weiter, daß es nun zwei Zielfluggeräte gebe, wo früher nur eins gewesen sei.

»Ersatz durch Materietransmitter?« fragte Rastancil gönnerhaft.

»A la ›Beam mich rauf, Scotty‹ meinen Sie bestimmt«,

zitierte Marrucci einen klassischen Befehl aus der terranischen Fernsehserie *Raumschiff Enterprise*, und diesmal senkte er nicht die Stimme. »Auch die Catteni besitzen nichts, das dazu fähig wäre.«

»Das wäre aber eine Erklärung dafür, daß die Schiffe der Farmer so schnell beladen wurden«, sagte Mitford, als er gebeten wurde, seine Deutung des seltsamen Vorfalls kundzutun. »Ich habe es auch gespürt. Es war wie ein leichter elektrischer Strom, der mich durchfloß.« Dann lächelte er. »Die Farmer haben uns endlich bemerkt.«

»Haben wir das denn auch tatsächlich gewollt?«

Mitford dachte einige Sekunden lang darüber nach und zuckte dann die Achseln. »Keine Ahnung, General«, sagte er. Die Generäle hatten ihm die Kontrolle über Botany entzogen, aber er fühlte sich noch immer verantwortlich. »Es war die einzige Möglichkeit, die ich damals hatte. Sie erscheint mir immer noch gut. Nur war niemand lange genug hier, um mit uns zu reden. Also, was geschieht als nächstes?«

Scott berief sofort eine Versammlung all seiner Leute aus Camp Rock ein, die den Vorbeiflug des Raumschiffs der Farmer und Mechano-Bauern verfolgt hatten. Gerüchte überschlugen sich und wurden mit jeder weiteren Planetenumkreisung des Scanners unwahrscheinlicher, törichter und beängstigender. Es hieß nun, daß jeder mit einer tödlichen Krankheit infiziert worden wäre, die die gesamte Bevölkerung innerhalb von vierundzwanzig Stunden ausrotten würde. Andere Gerüchte besagten, daß die Farmer sie gezählt hätten und in Kürze kommen und sie zusammentreiben, sie in Schlachthäuser bringen, dort ›verarbeiten‹ und sie als Delikatesse wegschaffen würden. Oder alle würden ›markiert‹ werden und als Sklaven eingesetzt oder in sechsbeinige Luh-Kühe oder in Aasfresser verwandelt.

Es herrschte eine allgemeine Gespanntheit, als die Angehörigen des ersten Abwurfs sich am späten Nachmittag in der Messe von Camp Narrow versammelten. Bänke – zusammengefügt aus alten Maschinenteilen – und Hocker bildeten einen Halbkreis um einen Tisch, an dem Jim Rastancil, Geoffrey Ainger, Bull Fetterman, Bob Reidenbacker, John Beverly, Pete Easley, Yuri Palit und der ehemalige Richter Iri Bempechat saßen. Letzterer kümmerte sich seit kurzem um die disziplinarischen Maßnahmen im Kampf gegen Drückebergerei und Leistungsverweigerung. Ray Scott, begleitet von seinem unerträglichen Helfer Beggs, der sich Notizen machte und die Zahl der Anwesenden feststellte, erhob sich, als feststand, daß alle, die hatten kommen wollen, sich auch eingefunden hatten. »Ich hoffe, daß keiner die lächerlichen Gerüchte ernstgenommen hat, die nach unserem letzten Erlebnis aufgekommen sind«, begann Scott mit einem Ausdruck des Bedauerns.

Er sah zu Chuck Mitford, der zwischen Zainal und Kris saß. Dann folgten Dowdall, Cumber, Esker, Murphy und Tesco – seine ursprünglichen Helfer während des Rückzugs vom ersten Abwurffeld. Sie hatten den Sergeant vor möglichen Störungen abgeschirmt. Weitere Angehörige des ersten Abwurfs bildeten die zweite Reihe. Direkt hinter ihm Patti Sue, gefolgt von Jay Greene, Sandy Areson, Bart, Coo, Pess, Slav, Bass, Matt Su und Mack Dargle. Weitere zuerst Abgeworfene nahmen schließlich die Plätze dahinter ein: Janet, Anna Bollinger und ihr Sohn, die Doyles, Joe Latore und Dick Aarens. Mitford hatte die Arme vor der Brust verschränkt. »Sie und ich kennen die Probleme mit Gerüchten, Admiral, aber ich werde mich davon nicht behelligen lassen, gescannt oder nicht gescannt. Vor allem dann nicht, wenn jeder morgens genauso aufwacht, wie er eingeschlafen ist.«

»Schön, damit wäre dieses Problem gelöst, aber wir stehen vor größeren Schwierigkeiten«, sagte Scott. »Ich gehe davon aus, daß dieses grandiose Schauspiel nicht mit einem Eosi- oder Catteni-Raumschiff in Zusammenhang stand.«

»Ganz und gar nicht. Die Satellitenberichte werden einen ziemlichen Wirbel auslösen. Das weiß ich sicher«, erwiderte Zainal. »Den Eosi wird nicht gefallen, was da geschah. Sie werden sich große Sorgen machen.«

»Sie waren doch mal als Scout tätig, nicht wahr, Zainal?« fragte Bull Fetterman. »Haben sie jemals Spuren von ihnen in dieser Galaxis gefunden?«

Zainal schüttelte den Kopf. »Dies ist ein neues Sonnensystem für Eosi und Catteni. Deshalb sollen *wir*« – und er betonte dieses Pronomen, während er sich umschaute –, »es kolonisieren. Ich weiß nur, daß ihre Technologie dem weit überlegen ist, was die Eosi bisher aufbieten können. Ich habe auch nicht soviel Angst vor ihnen wie vor den Eosi.«

»Wie bitte?« Scott war nicht der einzige, der über dieses Geständnis überrascht war. »Wie kommen Sie nach dem, was geschehen ist, zu dieser Schlußfolgerung?«

»Aufgrund dessen, was gerade geschah«, entgegnete Zainal, als läge es auf der Hand. »Niemand wurde bei der Überprüfung geschädigt. Eine Zielflugeinheit wurde ersetzt. Nein, von den Farmern befürchte ich nichts. Ich fühle es ...« Er legte eine Hand auf seine Magengegend, »... im Bauch.«

»Fühlen andere ... das gleiche?« fragte Scott eher amüsiert als überheblich.

»Nachdem ich dieses Tal gesehen habe, würde ich dem zustimmen«, meinte Kris. Der Charakter des Tals war sicherlich auch den anderen aufgefallen: seine Ruhe, die durch den versperrten Zugang geschaffene Sicherheit und Abgeschiedenheit. »Sie sind keine Mörder wie die Eosi. Sie gehen mit dem Planeten eher behutsam um.«

»Was ich wissen möchte«, sagte Dowdall mürrisch, »ist, weshalb sie diese nächtlichen Aasfresser nicht ausgerottet haben.«

»Sie sorgen überaus zuverlässig für die Vernichtung von Müll und Abfällen«, sagte Kris.

»Sie haben Orte geschaffen, um darin etwas festzuhalten oder um davon etwas fernzuhalten. So etwas tun die Eosi nicht. Die Farmer unterscheiden sich grundlegend von den Eosi ... und den Catteni.«

Lenny Doyle meldete sich grinsend. »Ich würde ihm noch viel eher glauben, wenn die Mechanos ... oder die Farmer ... uns wegen der Kisten nicht beinahe vernichtet hätten. Aber Zainal hat uns rausgeholt, ehe sie uns erwischten, und außerdem waren die Maschinen darauf programmiert, zwischen uns und den Luh-Kühen zu unterscheiden.«

Dick Aarens äußerte einen leisen Widerspruch.

»Könnte das kein Hinweis darauf sein, daß die Farmer keine Zweibeiner sind?« fragte Scott.

»Nein, es ist lediglich ein Beweis dafür, daß die Maschinen der Farmer nicht darauf programmiert waren, zwischen warmblütigen Rassen zu unterscheiden«, sagte Kris.

»Könnten die Mechanos nicht der äußeren Form ihrer Erbauer nachempfunden sein?« fragte Janet blinzelnd.

Lenny brach bei dieser Vorstellung in Gelächter aus, das er sofort zu unterdrücken versuchte, als er erkannte, daß er Janet damit verletzte.

»Ich bitte Sie, Janet«, sagte Aarens abfällig, »ersparen Sie uns diesen religiösen Unsinn ... geschaffen nach dem Ebenbild ihrer Schöpfer? Quatsch, nein! Jedes Stück Technik auf diesem Planeten ist ein absolutes Meisterwerk, bedient sich erneuerbarer Energiequellen und läßt sich auf einfachste Art reparieren oder warten. Niemand hat bisher herausfinden können, welche Art von metallischer Legierung benutzt wurde, aber die Maschinen sind praktisch unzerstörbar.«

»Bis Sie daherkamen«, sagte Janet spitz, die sich über Aarens' höhnischen Tonfall ärgerte.

»Das liefert uns jedoch«, ergriff Ray Scott schnell wieder das Wort und bedeutete ihnen mit einer Handbewegung, sich wieder zu setzen, »keinerlei Hinweise darauf, welche Maßnahmen die Farmer ergreifen, wenn diese Zauberkugel am Himmel meldet, daß ihre Maschinen in einem großen Gebiet ihrer Anbaugebiete nicht mehr einsatzfähig sind.« Kris hielt sich eine Hand vor den Mund, um ihr Grinsen zu verbergen. Sie hätte ein derartiges Geständnis von dem Admiral niemals erwartet.

»Wir sollten uns nicht in fruchtlosen Spekulationen verlieren«, sagte Scott. »Werden die Eosi mit Botany irgend etwas anstellen, während sie diese Bericht studieren? Vielleicht so etwas wie eine Blockade errichten?«

»Oder wenigsten den Hertransport von weiteren Kolonisten für eine Weile einstellen?« fragte Pete Easley voller Hoffnung.

»Das dürfte schon wahrscheinlicher sein«, sagte Zainal.

»Ich hatte eher an die Entsendung eines Teams gedacht, um einen Planeten zu erforschen, auf dem ein Scout-Schiff und zwei Transporter verschollen sind.«

»Könnten sie die Schuld am Verschwinden der Schiffe den E. T.'s geben?« fragte Lenny Doyle.

»Das wäre zu schön, um wahr zu sein«, sagte Jim Rastancil, doch er schien ernsthaft über diese Möglichkeit nachzudenken.

»Den Eosi ist es gleichgültig, was mit einer Kolonie wie dieser geschieht«, erklärte Zainal. »Aber ihnen wird nicht gefallen, was heute geschah, wenn sie erstmal die

Berichte gelesen haben. Die Eosi glauben, daß ihre Technologie die beste ist.«

»Und sie haben Schwierigkeiten, einzugestehen, daß es nicht der Fall ist«, sagte Rastancil, dem diese Denkrichtung offensichtlich gefiel.

»Demnach sind also die Eosi die Erfinder?« fragte Ainger.

»Ja. Sie liefern die Pläne. Catteni bauen danach.«

»Sind Sie sicher, daß sie nicht nach Botany kommen, weil es hier solche ...« Rastancil hielt inne und suchte nach dem passenden Begriff, »stellaren Erscheinungen gab?«

Zainal zuckte die Achseln.

»Wie zum Teufel soll Zainal das wissen, General?« fragte Mitford bissig. »Bisher haben die Eosi den Raum beherrscht. Zumindest haben die Catteni es so dargestellt, und ich habe ihre Geschichten gehört, als ich auf Barevi festsaß.«

»Es herrscht sicher große Sorge, und viele Versammlungen finden statt«, sagte Zainal, dem es offenbar gefiel, die Eosi derart verunsichert zu sehen. »Sie alle«, und er deutete mit einer umfassenden Geste auf diejenigen, die erst kurze Zeit auf Botany lebten, »begreifen nicht, wie niedrig die Catteni von den Eosi angesehen werden.« Er blickte zu Kris, um sich zu vergewissern, ob er die richtigen Worte benutzt hatte. »Sie werden viel Mühe und Zeit aufwenden, um herauszubekommen, wer dieses sehr schnelle Raumfahrzeug geschickt hat, aber nicht ...« Er machte eine Pause, um seine Worte zu unterstreichen, »weshalb es hier in direkter Nähe ihrer Strafkolonie aufgetaucht ist.«

»Das ist ja beruhigend«, murmelte Anna in der Reihe dahinter.

»Und *wie* beruhigend das ist«, schloß Rastancil sich ihr an.

»Demnach können wir die Reaktion der Eosi einstweilen außer acht lassen«, stellte Scott fest. »Aber ich bezweifle, daß wir die Reaktion der Farmer ignorieren können.«

»Er meint, wenn er sie ›Farmer‹ nennt, machen sie uns nicht soviel Angst«, meinte Janet zu Anna.

Kris lächelte Janet über die Schulter an, die gegen ihre eigene Unsicherheit ankämpfte. Ihre Augen waren angstvoll geweitet, und ihr Kinn zitterte leicht. Anna Bollinger, die ihren Sohn anläßlich dieses Treffens in der Obhut von jemand anderem zurückgelassen hatte, wirkte sogar noch verängstigter.

»Ich hatte gehofft, ihre Aufmerksamkeit zu erregen, Admiral. Es war für mich die einzige Chance, diesen Planeten zu verlassen und nach Hause zurückzugelangen. Am besten wäre es, wenn die Farmer über das Zusammenwirken von Eosi und Catteni Aufschluß erhalten«, sagte Mitford.

»Das war ein wenig naiv von Ihnen, nicht wahr, Sergeant?« meinte Geoffrey Ainger.

»Moment mal, Ainger«, schaltete Kris sich ein, und sie richtete sich mit zornfunkelnden Augen auf. Sie ließ sich nicht durch Easley besänftigen, der sich zur Seite neigte und dem englischen Marineoffizier etwas zuflüsterte.

»Tut mir leid, Miss Bjornsen. Ich hatte vergessen, wie wenig Mittel Ihnen in der Anfangszeit zur Verfügung standen«, sagte Ainger und deutete eine Verbeugung an, indem er sich halb von seinem Platz erhob. »Sergeant Mitford, ich hatte es nicht böse gemeint.«

»Schon gut«, erwiderte Mitford und nahm die Entschuldigung mit einem Kopfnicken an. Er legte Kris eine Hand auf den Oberschenkel, als Zeichen, daß er sich durchaus selbst zu wehren wußte.

»Es war das mindeste, was ein Unteroffizier tun konnte«, sagte Bull Fetterman. »Nämlich eine Fluchtroute zu suchen, auf der man zum Regiment zurückkehren kann.«

»Wir haben sehr viel mehr als das geschafft«, sagte Dick Aarens und sprang auf. »Zum Beispiel die Geräte der Mechano-Bauer für unsere Bedürfnisse umgewandelt. Das war doch auch schon allerhand, oder?«

»Das finden wir auch, Mr. Aarens. Zumal Sie ja so viele Verbesserungen beigesteuert haben ...«, begann Reidenbacker.

»Entschuldigen Sie, Sir«, unterbrach Mitford ihn, »aber wir sollten uns jetzt nicht gegenseitig beweihräuchern. Mich interessiert viel mehr, was Admiral Scott vorhat.« Kris dachte bei sich, daß Scott, seinem Gesichtsausdruck nach zu urteilen, überhaupt nichts vorhatte ... *noch* nichts.

»Was ich gerne wüßte ... Freunde« – Scott hatte offensichtlich Schwierigkeiten, eine passende, nicht allzu distanzierte Anrede für die Versammelten zu finden, »ist, welchen Eindruck Sie von der Ankunft des Riesenschiffs hatten, das zum Einsammeln der Ernte hier war.«

»Sie meinen, ob wir in diesem Moment gescannt wurden«, sagte Kris. »Nein, das wurden wir nicht.«

»Zum Teufel, Admiral, das Schiff wußte überhaupt nicht, daß wir hier waren«, sagte Jay Greene. »Es flog über uns hinweg wie ...« Er hob die Schultern und deutete nach oben. »... wie ein monströser Saurier.«

»Und es ist nicht gelandet?«

»Wir haben jedenfalls nichts Derartiges beobachtet«, erwiderte Mitford.

»Zainal hat eine Gruppe hierhergeführt, weil wir annahmen, daß es hier in der Luft stehenblieb«, erzählte Ninety Doyle. »Wir waren gar nicht so weit hinter ihm, als es wieder aufstieg. Von dem Kistenberg, den wir mühsam überklettern mußten, um von dort zu verschwinden, war nichts mehr übrig.«

»Demnach war von dem Tempo und der Wendigkeit des Objekts, das uns abgetastet hat, nichts zu bemerken?« fragte Beverly.

»Nein.« Ninety schüttelte mit Nachdruck den Kopf. »Es war völlig anders.«

»Damals nahmen wir an«, sagte Jay Greene, »daß das Schiff von einem Programm gesteuert wurde. Es gab an Bord keinerlei organisches Leben.«

Rastancil stieß einen anerkennenden Pfiff aus. »Also völlig automatisch?«

»Und wahrscheinlich von einer Kultur geschickt, die Materietransmitter erfunden hat ...«, sagte Scott und räusperte sich.

»Das wäre die einzige Möglichkeit, wie die Masse Fracht in der kurzen Zeit, die das Schiff in der Luft verharrte, eingeladen wurde«, meinte Ninety. »Genau wie beim Raumschiff *Enterprise*.«

»Demnach ist es sehr wahrscheinlich, daß der Scanner von heute ebenfalls ein Automat war«, sagte Easley.

»Wir erhielten keinerlei Angaben über die Masse des Scanners«, sagte Rastancil. »Ich war auf der Brücke, als das Objekt in seine Umlaufbahn einschwenkte, und das Transportschiff hat kaum empfindliche Anzeigeeinrichtungen ...« Er blickte zu Marrucci hinüber, der im Scout-Schiff gesessen hatte.

Der Pilot schüttelte den Kopf und hob beide Hände. »Ich hatte keine Ahnung, was ich auf der Kontrolltafel hätte aktivieren sollen.« Er schaute hilfesuchend zu Zainal.

»Der Scout kann eine solche Geschwindigkeit nicht erreichen«, sagte der Catteni.

»Demnach müssen wir abwarten, bis das Objekt seine Daten an die Farmer übermittelt hat«, entschied Scott, »und uns gegen die Folgen wappnen.«

»Können wir denn nichts tun, um uns irgendwie zu

schützen?« Anna Bollingers Stimme hatte einen leicht hysterischen Unterton.

»Wir können doch nicht still dasitzen und überhaupt nichts tun«, schloß Janet sich ihrem Protest an.

Ein leicht überheblicher Ausdruck glitt über Admiral Scotts Gesicht, und Kris, die begonnen hatte, den Mann ein wenig zu mögen, änderte sofort wieder ihre Meinung.

»Wenn er sie fragen sollte, was wir ihrer Meinung nach tun sollten ...«, meinte sie murmelnd zu Mitford, der erneut seine Hand auf ihren Oberschenkel legt, um sie zu bremsen, während er sich zu Janet umwandte.

»Wir können eine ganze Menge tun, Janet, und deshalb sind wir ja hier. Bisher sind wir doch ganz gut zurechtgekommen, oder?« fragte er und wartete, bis sie widerstrebend nickte. »Also halten Sie noch ein wenig länger aus, okay?« Dann drehte Mitford sich wieder zum Tisch um. »Da man wohl davon ausgehen kann, daß der Scanner bemerkt hat, daß wir alle Maschinen, die in den verschiedenen Garagen und Scheunen stehen sollen, die wir benutzen, verändert haben, sollten wir vielleicht damit anfangen, sie hinauszuschaffen, oder? Ich empfehle außerdem, daß ein paar von uns den nächsten Kontinent erforschen sollten mit dem Ziel, dort eine Bleibe zu finden ... das heißt, falls wir feststellen können, daß die Farmer sich nicht auch schon dort festgesetzt haben.«

Scott nickte zustimmend, und sogar Ainger schaute nicht mehr so mürrisch drein.

»Auf diesem Kontinent gibt es diese abgeschotteten Täler. Wie viele haben wir davon entdeckt, Zainal?« Mitford drehte sich halb nach rechts.

»Mehrere Dutzend. Wir müssen mal die Kartenspezialistin Sheila nach Einzelheiten fragen.

»Die Höhlen gehören uns«, erklärte Patti Sue. Sie war wirklich die letzte, von der Kris erwartet hätte, daß sie sich bei einem solchen Treffen zu Wort melden würde. »Wir haben sie bewohnbar gemacht.«

»Aber wir waren nicht dazu befugt«, hielt Janet ihr entgegen.

Kris wagte nicht, Janet direkt anzusehen. Was sie sagte, klang aus dem Mund einer Frau, die als sehr empfindsam galt, ziemlich seltsam. Vielleicht hatte der Scanner bei einigen Leuten doch irgendwelche Veränderungen bewirkt. Kris erschauerte. Sie wehrte sich gegen die Annahme, daß an all den dummen Gerüchten doch etwas Wahres war.

»Wenn wir ihnen zurückgeben, was wir ihnen weggenommen haben ...«, fuhr Janet fort, und dann, als sie Dick Aarens abfälliges Schnauben hörte, wirbelte sie zu ihm herum. »Sie waren es, der damit angefangen hat, die Maschinen auseinanderzunehmen ...«

»Janet!« Erneut rief Mitford sie zur Ordnung. »Sie haben das alles nicht richtig durchdacht, dabei sind Sie doch gar nicht so dumm. Sie waren für so viele, die verzweifelt und durcheinander waren, eine starke Stütze.«

Sandy Areson hatte sich mittlerweile neben Janet gesetzt und legte beruhigend einen Arm um ihre Schultern. Sie deutete Mitford mit einem Kopfnicken an, daß sie sich nun um die Frau kümmern würde.

»Was geschehen ist, ist geschehen, und ich bezweifle, daß auch unsere größten technischen Genies alles wieder in den Urzustand versetzen können«, sagte Scott einlenkend. »Nicht daß es überhaupt möglich wäre, da wir alles, was wir aus ihren Maschinen hergestellt haben, dringend brauchen, um uns aus ihrem Eigentum zurückzuziehen. Wenn das überhaupt eine Möglichkeit für uns ist.«

»Ich denke, ein Rückzug angesichts überwältigender Stärke wird gewöhnlich als vernünftiger Schritt betrachtet«, meinte Bull Fetterman trocken.

Sein Versuch, die allgemeine Anspannung in der Kantine zu mildern, wurde mit vereinzeltem Gelächter belohnt. »Außerdem können wir Lebensraum für jeden schaffen«, sagte Beverly mit einem strahlenden Lachen, »wenn das, was wir in einigen Tälern gesehen haben, irgendwelche Bedeutung haben soll.«

»Der andere Kontinent ist eine bessere Idee, General«, sagte Mitford und erhob sich von seinem Platz. »Zumal wir jetzt das Tub für weitere Erkundungen zur Verfügung haben. Was ich sowieso tun wollte.«

»Aktivitäten dieser Art sind immer begrüßenswert, Sergeant«, sagte Scott, »und ich schlage vor, daß Sie Ihre Pläne vervollständigen und so bald wie möglich in die Tat umsetzen.«

»Wird Yuris Gruppe ebenfalls mit der sofortigen Evakuierung beginnen?« fragte Mitford mit einem Blick auf Janet.

»Das will ich wohl annehmen.« Es war Reidenbacker, der die Frage beantwortete. Er lächelte Janet aufmunternd an. Sie räusperte sich, lächelte knapp, rang aber immer noch nervös die Hände in ihrem Schoß.

»Sie sollten lieber daran denken, daß viele Neuankömmlinge genauso reagieren werden wir Janet«, meinte Kris leise zu Mitford. Dieser nickte bestätigend.

»Sollten wir nicht alles rausbringen, was wir geschaffen haben?« fragte Dick Aarens. »Wir brauchen alles, um weiterleben zu können. Und das Scout-Schiff? Wo sollen wir das jetzt unterbringen, wenn wir die Scheunen räumen müssen?«

Scott hob abwehrend die Hände. »Lassen Sie uns ein paar Stunden Zeit.« Er deutete auf die Spezialisten, die hinter ihm saßen. »Dann haben wir die Teams eingeteilt und die notwendigen Pläne aufgestellt, um sie auch zu realisieren. Ich weiß, daß einige von Ihnen von der Zauberkugel heute morgen beunruhigt wurden ...« Seine

Bezeichnung für das orbitale Flugobjekt ließ alle aufmerken, und er mußte über diese Wirkung grinsen. »Aber wir wollen nicht, daß weitere Gerüchte bei denen Unruhe auslösen, die sich auf Botany immer noch nicht sicher fühlen. Wir sollten uns gut überlegen, wie wir außerhalb der Kantine über diese Versammlung berichten, okay? Ich bitte Sie bei allem, was Ihnen heilig ist, nicht eine erneute Flut von Gerüchten auszulösen. Wir werden alles Menschenmögliche tun, um die widerrechtliche Besetzung der Behausungen und deren Folgen rückgängig zu machen. Unsere erste Aufgabe sollte darin bestehen, die Leute aus den Bauwerken unserer Wirte herauszuholen und an sichere Orte zu verfrachten, wie zum Beispiel in die Täler. Genauso wichtig ist es, die Ausrüstung bereit zu haben, die wir brauchen, um eine schnelle Evakuierung durchzuführen.«

Chuck Mitford drehte sich zu den hinter ihm Sitzenden um. »Bedenken Sie stets eines, Leute, die Farmer haben mehr als neun Monate gebraucht, um zu entdecken, daß wir hier sind. Ich würde meinen, wir haben ausreichend Zeit, um uns einen anderen Platz zu suchen und wenigstens die Garagen und die Scheunen zu reinigen, ehe wir aufbrechen. Stimmt's, Janet? Anna?«

»Wir schaffen es«, sagte Patti Sue derart entschlossen, daß Kris, die daran dachte, wie verängstigt das Mädchen mal gewesen war, bei dieser Demonstration von Zuversicht laut hätte jubeln können. Janet und Anna sahen gleich weniger verzweifelt aus.

»Vielleicht«, fügte Patti hinzu, »kommen sie nicht, bevor die Aussaat beginnt, aber wir wissen noch nicht mal, wann der Winter zu Ende geht, falls dies überhaupt der Winter ist.«

Zainal stand auf. »Mir gefällt der Gedanke, daß wir alle auf den anderen Kontinent umziehen«, sagte er. »Ich denke, wir sollten möglichst bald aufbrechen. Die Schiffe können sich ja die andere Landmasse vornehmen. Sie ist vielleicht gar nicht so öde, wie sie aus dem Weltraum erscheint. Wenn ja, dann können die Schiffe uns bei der weiteren Suche helfen.«

Sobald Zainal sich wieder hingesetzt hatte, stand Ninety auf. »Dort gibt es auch viele dieser abgeriegelten Täler, die nicht von den Farmern benutzt wurden. Vielleicht können wir dort Leute unterbringen.« Als er Protestrufe hörte, meinte er weiter: »Wir können ja Treppen einbauen, damit man jederzeit hinausgelangen kann. In den Tälern wachsen Büsche und Bäume. Wir könnten von dem, was wir an Nutzpflanzen angebaut haben, in die Täler bringen. Und ist es denn nicht so, daß die Turs und die Catteni sie für uns testen?« Er grinste und warf Zainal einen herausfordernden Blick zu.

Mitford stand auf. »Ich stimme Zainal zu«, sagte er mit einem ungewöhnlichen Ausdruck von Bescheidenheit.

»Sarge, Sie hatten die einzige realisierbare Idee. Sie brauchen jetzt nicht so tun, als hätten Sie wegen irgend etwas Schuldgefühle«, erklärte Kris energisch, und ihre Bemerkung wurde von vielen Anwesenden mit Beifall quittiert.

»Wir haben alle mitgeholfen«, sagte Joe Latore, drehte sich auf seinem Platz und fixierte Dick Aarens. »Oder etwa nicht?«

Aarens ignorierte ihn demonstrativ.

»Ja, aber was ist, wenn wir auf den anderen Kontinent umziehen?« fragte Anna Bollinger mit angstverzerrtem Gesicht, »und sie uns verfolgen?« Janet legte sofort einen Arm um ihre Schultern und blickte wütend in die Runde.

»Ach, keine Angst, Miss«, sagte Ninety, »überall auf dem Planeten gibt es Höhlen, in denen Sie niemals von ihnen aufgestöbert werden können. Und wahrscheinlich sind auch am Wasser Höhlen zu finden, was meinen Sie dazu, Zainal?«

Kris wandte sich um, wobei eine Hand sich auf Annas Knie legte. »Wir wissen, daß Sie sich vorwiegend Sorgen wegen Ihres Sohns machen, Anna, aber warum sollen wir noch mehr Schwierigkeiten bekommen, als wir jetzt schon haben?«

»Was mich zu der Frage bringt, inwieweit die Catteni zu unserer jetzigen Krise beigetragen haben«, sagte Scott. »Zainal, wie werden die Eosi reagieren, wenn der Satellit das Auftauchen der Zauber-Kugel meldet?«

»Sich große Sorgen machen«, antwortete Zainal prompt, und in seinen gelben Augen funkelte so etwas wie Schadenfreude.

Scott gestattete sich die Andeutung eines Lächelns über Zainals Scherz.

»Würden sie nach Botany kommen, um nachzuschauen, oder errichten sie mit ihren Raumschiffen eine Blockade?«

»Zuerst einmal wird diskutiert. Zweitens wird der Satellit auf Defekte überprüft, ob das, was er gemeldet hat, auch zutrifft. Drittens könnten sie jemanden herschicken, um sich darüber zu informieren, was mit uns passiert ist.« Zainal hatte offensichtlich erhebliche Zweifel, daß Letzteres passieren würde.

»Viertens, was ist denn, wenn sie uns noch weitere Kolonisten schicken?« fragte Sandy Areson.

Zainal ließ das Kinn auf die Brust sinken, als er darüber nachdachte.

»Ich denke, für eine Weile werden keine Kolonisten mehr kommen, Sandy.«

»Zumal eine Landung auf diesem Planeten ziemlich unglücklich enden kann«, fügte Aarens mit einem verhaltenen Lachen hinzu.

Zainal fuhr fort, als ob Aarens Bemerkung gar nicht gefallen wäre. »Sie werden an der Geschwindigkeit der Zauber-Kugel zweifeln.«

»Werden sie denn wissen, daß sie nicht aus diesem Sonnensystem stammt?« fragte Scott.

Zainal nickte. »Sie werden lange nachdenken, ehe sie irgend etwas tun.«

»Gut«, sagte Scott und rieb sich die Hände. »Dann werden wir genügend Zeit haben, um uns voll und ganz zurückzuziehen. Wenn ich die cattenische Kolonialpolitik richtig verstehe, Zainal, besteht sogar die Möglichkeit, daß sie diesen Planeten als unbewohnbar einstufen. Ist das richtig?«

Zainal nickte.

»Demnach haben wir alle am Ende vielleicht doch recht?« fragte Anna Bollinger, während sich ihr tränenüberströmtes Gesicht aufhellte.

»Das ist durchaus möglich«, sagte Scott mit einem Ausdruck deutlich gesteigerten Selbstbewußtseins.

Das Ergebnis der Diskussion war schließlich kein Referendum, sondern die Zusammenstellung von Erkundungstrupps, die jedes der von Ninety Doyle so bezeichneten ›einsamen Täler‹ erforschen sollten. Kleine Gruppen würden in den Tälern abgesetzt, um nach irgendwelchen fremdartigen Bewohnern Ausschau zu halten, wobei bisher nichts dergleichen in den bereits bewohnten Tälern beobachtet worden war. Sobald Mitford die Grundlagen dieser Erkundungen festgelegt hatte, übergab er Easley einen ganzen Stapel weitere Instruktionen, das sogenannte ›Handbuch‹, und rief die Mitglieder seines eigenen Teams zusammen. Sie brachen noch vor dem zweiten Mondaufgang auf, da das Amphibienfahrzeug über Scheinwerfer verfügte.

Es hatte außerdem eine hervorragende Federung. Mitford schlief seine obligatorischen sechs Stunden, während Zainal das Gefährt über rauhes und glattes

Gelände lenkte. Der Fahrer saß in der Mitte des Fahrzeugs mit jeweils zwei weiteren Sitzplätzen rechts und links neben sich und einer breiten Kontrolltafel vor sich. Zainal wies seine Ersatzfahrer, Joe Marley und Astrid, ein und erteilte ihnen eine ausführliche Lektion über die Fähigkeiten des Fahrzeugs sowie die verschiedenen Bedienelemente. Außerdem erklärte er ihnen die Bedeutung der einzelnen Symbole auf der Kontrolltafel.

»Haben wir ein Periskop?« fragte Marley.

»Dritter Knopf auf der rechten Seite, Sonnensymbol«, antwortete Zainal.

»Weshalb bin ich nicht von selbst darauf gekommen?«

»Wir können tief fahren, aber kein Periskop benutzen. Sagt das Handbuch«, erwiderte Zainal.

»Da liest tatsächlich jemand eine Betriebsanleitung!« Sarah seufzte übertrieben respektvoll.

Joe klopfte vorsichtig gegen das ›Glas‹ des schmalen Fensters neben sich. »Wieviel Druck hält das aus?«

»Genug. Wir tauchen nicht tief. Ist eher für kor-ro-dic ren-de Atmosphäre gebaut.« Zainal wandte sich an Astrid. »Welcher Knopf ist für das Schließen der Luftschlitze?« fragte er sie, um ihr Gedächtnis zu testen.

»Dieser«, sagte sie und zeigte auf den entsprechenden Knopf auf dem Armaturenbrett vor sich.

»Sie hat's begriffen«, sagte Zainal, und Kris, die hinter ihm saß, kicherte belustigt. Er lehnte sich nach hinten. »Ich lerne jeden Tag was Neues, nicht wahr?«

»Ich auch«, meinte Astrid stolz.

»Ganz bestimmt.« Joe grinste sie an.

Der Punkt, den sie ansteuerten, war etwa fünfhundert Meilen von Camp Narrow entfernt, und sie hatten die Absicht, auf direktem Weg zu ihrem Bestimmungsort zu gelangen und nur kurze Zwischenstopps einzulegen, um das Tub gründlich zu durchlüften. Es war ein derart neues Fahrzeug, daß es durchdringend nach frischer

Farbe und Öl und anderem roch und daß die Belüftung gründlich durchgeblasen werden mußte, ehe sie damit auf Tauchfahrt gingen. Daher hielten sie von Zeit zu Zeit an, um Tee zu trinken und dem Ruf der Natur zu folgen.

Im Laufe des folgenden Vormittags tauchte vor ihnen das Meer auf. Sie konnten ohne Fernglas die unregelmäßige Küstenlinie der benachbarten Landmasse erkennen. Das Wasser vor ihnen war ruhig, und nur winzige Wellen brachen sich plätschernd auf dem Strand.

»Es ist weiter als von Dover nach Calais«, stellte Astrid fest. Sie hatte während ihrer Studienzeit ausgedehnte Reisen durch Europa unternommen. Zainal sagte etwas auf Catteni und schnippte mit den Fingern der linken Hand, als die Zahl, die er nennen wollte, ihm nicht einfiel. »Sechs oder sieben plus sieben Zehner«, sagte er.

»Sechsundsiebzig«, sagte Kris. »Und wie schnell ist das Tub unter Wasser?«

»Nicht so schnell wie an Land«, erwiderte er. »Halbe Geschwindigkeit.«

»Das ist aber alles andere als langsam, sagte Joe beeindruckt und schaute zur geschwungenen Küstenlinie. »Seicht?« fragte er.

»Das werden wir schon bald feststellen«, sagte Mitford. »Alles an Bord!« Er winkte Astrid, Bjorn und Jan, die auf dem Kiesstrand nach Muscheln suchten.

Sie hatten den Punkt erreicht, an dem das Tub aufschwamm, als Joes Armaturenbrett sich mit einem Klingeln meldete. »Ein Sonar?« fragte er und sah dann, wie eine Anzeige zu leuchten begann. »Oder so etwas Ähnliches. Geht es jetzt abwärts, Skipper?«

Zainal schüttelte den Kopf. »Abstand zum Grund.«

Der Wasserspiegel erreichte nun die schmalen Sehschlitze und das obere Drittel des Hauptfensters. Dort konnte man auch die leichte Bewegung des Wassers erkennen.

»Ich habe ganz vergessen, nachzufragen«, sagte Mitford, »ob jemand zu Seekrankheit neigt . . . außer mir?«

»Sarge? Sie wollen doch nicht etwa . . .«, sagte Kris mit einem Ausdruck gespielten Erschreckens.

Die stets hilfsbereite Leila erhob sich von ihrem Platz und verschwand nach hinten. Sie kehrte mit einer größeren Schüssel zurück, die sie Mitford reichte. Er schenkte ihr einen derart vernichtenden Blick, daß sie sich sofort entschuldigte. »Ich wollte Ihnen nur helfen.«

»Er will Sie nur ein wenig ärgern«, sagte Kris.

»Vielleicht doch nicht«, meinte Mitford und starrte angespannt in die Schüssel.

»Leiden Sie unter Klaustrophobie?« wollte Kris wissen.

Er nickte.

»Oh«, sagte sie mitfühlend. Kein Wunder, daß er nicht so scharf darauf gewesen war, in Baby mitzufliegen.

»Bei der Fahrt, die das Tub schafft, Sarge«, sagte Joe in fröhlichem Ton, »sind wir in Nullkommanichts da.«

»Überlegen Sie doch mal, Chuck . . .«

Mitford legte schnell eine Hand auf Kris' Schulter. »Sprechen Sie nicht . . . dieses spezielle Wort aus, okay?«

»Autsch, aber Sie sind der erste, der diesen Kanal oder die Straße oder was immer es ist überquert. Können wir den Kanal nach Ihnen benennen?«

»Häh?« Der Sergeant musterte sie verblüfft. Dann begriff er, daß sie versuchte, ihn abzulenken, und er brachte ein Lächeln zustande. »Mir geht es ganz gut. Es ist immer noch etwas zu sehen . . .« Aber die Wellen spülten über die Frontscheibe, und er wandte schnell den Blick ab. Die Überfahrt nahm knappe zwei Catteni-Stunden in Anspruch, wie der Zeitmesser im Armaturenbrett verkündete. Das Tub rollte auf einen Sandstrand, der mit den gleichen Büschen bewachsen war wie der des Nachbarkontinents.

»Es gibt auch Muscheln«, sagte Astrid und deutete auf die Luftlöcher im Boden, während sie aus dem Tub stiegen. »Sollen wir welche sammeln?« fragte sie Mitford.

»Dazu haben wir noch genug Zeit«, sagte er und beschattete die Augen, um landeinwärts zu schauen. Dann blickte er auf die Landkarte, die er aus der Tasche geholt hatte, und faltete sie auseinander. »Wir sind etwa hier«, sagte er, deutete auf einen Fleck und zeigte dann mit dem Finger nach Westen. »In dieser Richtung steigt das Gelände an. Zainal, Kris, Astrid, Bjorn, Whitby, kommen Sie, schauen wir uns einmal um.« Damit setzte er sich in Marsch. »Joe, Sie passen auf das Tub auf«, fügte er hinzu.

Als sie die erste Anhöhe erreichten und sich einen ersten Überblick verschaffen konnten, sahen sie in beiden Richtungen mit Grün bedeckte Flächen, die sich bis zu den fernen Bergen erstreckten.

»Wie Luh-Kuh-Weiden«, sagte Bjorn und blieb stehen, um sich mit einem Zeh durch die Vegetation bis zum Erdreich darunter durchzugraben. Kleine, vielbeinige Geschöpfe wühlten sich tiefer hinein, weg von der frischen Luft. »Gute Erde«, fügte er hinzu, zerrieb eine Probe zwischen den Fingern und ließ sie hinabrieseln. Dann trat er auf die Vertiefung, die er geschaffen hatte.

»Meinen Sie, die Farmer bemerken es, wenn wir uns ein paar ihrer Stiere holen?« fragte Kris und überlegte, was sich sonst noch in der Erde verbarg.

»Solche Insekten gibt es nicht auf Luh-Kuh-Weiden«, fügte Bjorn hinzu. »Vielleicht auch keine Aasfresser.«

Kris schaute sich um. »Wir sollten eigentlich mal Glück haben.« Sie versuchte sich daran zu erinnern, was sie im Geographieunterricht über Geländeformen gelernt hatte. »Das sieht hier genauso aus wie die Landschaft da drüben.« Sie deutete mit dem Daumen über die Schulter auf das ferne Festland. »Möglich, daß eine Senkung die beiden voneinander getrennt hat ... oder der Spalt hat sich nicht geschlossen, wie es in prähistorischen Zeiten auf der Erde geschehen ist. Die Kontinente sahen nicht immer so aus wie heute, wissen Sie. Vielleicht ist dies noch ein junges Land ...«

»Nein, dies ist ein alter Planet«, sagte Whitby. »Auf den Weltraumkarten sind keine Vulkane zu sehen, und zahlreiche Berge scheinen ziemlich abgetragen zu sein. Aber diese Gegend sieht genauso aus wie ein Teil der Region, die wir hinter uns gelassen haben.«

»Warum wird dann hier keine Landwirtschaft betrieben?« fragte Astrid und runzelte die Stirn.

Mitford zuckte die Achseln und räusperte sich. »Wer weiß, aber wir sollten stets daran denken, daß wenn es ähnlich aussieht, auch ähnlich sein kann, und das könnte heißen, daß es hier auch Aasfresser gibt. Wir übernachten heute im Tub.« Dann holte er mit dem Arm weit aus. »Wir sollten weiterfahren und uns nach einem geeigneten Parkplatz umsehen.«

In den vier Stunden ihrer Suche erhaschten sie lediglich den Blick auf zwei kleine fliegende Geschöpfe, sahen jedoch keine Felsläufer.

»Zuerst einmal kommen sie hier nicht vor, weil es keine Felsen gibt«, sagte Mitford, als er sah, wie Astrid nach ihnen suchte. »Es gibt noch nicht einmal Bäume für Flugtiere. Nur Büsche. Wir sollten uns in zwei Gruppen aufteilen. Sie, Zainal, gehen mit Kris, Coo und Bjorn nach Norden. Sie, Slav, und der Rest, wir gehen nach Süden.«

Mehrmals blieb Bjorn stehen, um die Erde zu untersuchen. Sie war schwarz und feucht, aber nicht zu feucht, und mit zahlreichen kleinen Lebewesen bevölkert, die sie locker hielten. »Bestens geeignet für Landwirtschaft.«

»Warum gibt es dann hier keine Farmen?« fragte Kris beinahe betrübt.

»Wir werden den Grund noch erfahren«, versicherte Zainal ihr und legte ihr kurz eine Hand auf den Arm.

»Sie betreiben genug Landwirtschaft auf dem Hauptkontinent. Sie brauchen dieses Land nicht«, entschied Bjorn, aber er klang nicht sehr überzeugt.

»Und die geschlossenen Täler?« fragte Kris. »Sie sind noch geheimnisvoller.«

»Vielleicht«, meinte Bjorn nachdenklich, »wurden sie benutzt, um dort Tiere zu halten. In sicherer Entfernung von den Aasfressern.«

»Wo sind diese Tiere jetzt?« wollte Kris wissen.

»Gefressen?« Bjorn blinzelte.

»Diese Frage werden wir ebenfalls beantworten«, sagte Zainal.

Sie waren nach Norden vorgedrungen und beschrieben jetzt einen weiten Bogen, um zum Tub zurückzukehren. Zainal hatte im Norden in etwa einer Tagesreise Entfernung niedrige Berge gesichtet, doch ansonsten war die Küstenebene mit bescheidener Vegetation und vereinzelten Büschen bedeckt. Ein angenehmer Geruch lag in der Luft, als sie sich wieder dem Tub näherten. Joe hatte keine Zeit damit vergeudet, nach Muscheln zu graben. Leila und Oskar hatten verschiedene Fische gefangen und sie nach einer kurzen, aber eingehenden Untersuchung im Labor des Tub als für Menschen genießbar eingestuft. Sarah brachte einige eßbare Wurzeln und Grünpflanzen an, die sie in einem Bach in der Nähe gefunden hatte. Zur Ausrüstung des Tubs gehörten auch Kochherde, auf denen Töpfe voller Muscheln vor sich hin brodelten. Mit ein paar Steinen war ein Grill für die Fische gebaut worden, und zu ihrem Proviant gehörte auch Brot aus Camp Narrow. Als Mitford schließlich das Bier hervorholte, waren alle in bester Stimmung.

Der Bericht über den ungewöhnlichen Flugkörper wurde an Eosi Mentat Ix weitergeleitet, der großes Interesse an allem bekundete, was den Kolonialplaneten betraf.

Jedesmal, wenn er den Bericht über das Objekt abspulte, gab Ix einen unwilligen Laut von sich, denn allein schon die Geschwindigkeit deutete auf eine Technologie hin, die höher entwickelt war als die der Eosi. Ix verlangte sämtliche Berichte, vor allem jene, die von seiner neuen Entität stammten, denn im verblassenden Geist der Entität befand sich die Erinnerung an einen Besuch auf dem Planeten. Ix suchte sich sämtliche wichtigen Fakten zusammen, darunter auch die Persönlichkeit des Catteni, den es aus der Blutlinie seiner augenblicklichen, aber nicht ausgewählten Entität ausgesucht hatte. Es überprüfte, was die Entität übergangen hatte, den Fund, der zur Untersuchung als Beweis dafür vorgelegt worden war, daß der Planet vielleicht von einer anderen Rasse bewohnt wurde oder bewohnt worden war.

Ix befaßte sich mit den kleinen Erinnerungsfragmenten, ließ sie immer wieder abspielen, bis jede noch so winzige Nuance begutachtet worden war. Das Mentat war froh, daß Catteni einen zweiten, wendigeren Satelliten in eine Umlaufbahn um den Testplaneten geschickt hatten. Unglücklicherweise bestätigte dieser Satellit nur die unglaublich schnelle globale Überprüfung, die durch die fremde Kugel vorgenommen worden war, und Ix' Zorn steigerte sich angesichts des offenkundigen technologischen Vorsprungs vor den Eosi.

Die Logik legte den Schluß nahe, daß die Entdecker des Planeten die Welt neu bewerteten. Was hatte die Kugel laut ihrem Programm entdecken sollen? Und weshalb war auch dieses Objekt jenseits der Heliopause dieses Sonnensystems verschwunden?

Ix berief eine Versammlung jener seiner Mit-Mentats ein, die sich ihrer Verantwortung bewußt waren, sich mit der Empfehlung für eine bestimmte Vorgehensweise nützlich zu machen. In einem blitzschnellen Austausch von Informationen – der mühevollen Kommunikation mit ihren untergeordneten Catteni genauso unähnlich wie das Objekt des Unbekannten sich von ihren eigenen Satelliten unterschied – wurde beschlossen, daß die Angelegenheit noch eingehender untersucht werden mußte. Alle weiteren Lieferungen für den Kolonialplaneten wurden ausgesetzt, und die vielen widerspenstigen Erdbewohner würden bei dem zweiten Kolonieunternehmen eingesetzt.

Da es die Idee des Ix-Mentats war, daß gründlichere Untersuchungen angestellt werden mußten, entschieden die anderen Teilnehmer der Konferenz, daß es die mühevolle Reise unternehmen und dafür auf die üblichen Vergnügungen und Routinen verzichten mußte. Glücklicherweise konnte es die Reise in einem scheintoten Zustand machen, aber diese Annehmlichkeit machte einige Veränderungen am neuesten und schnellsten Catteni-Kriegsschiff erforderlich. Die Verzögerung steigerte den Unmut von Ix noch mehr, und es zerstreute sich damit, daß es sich Strafen für jene Wesen ausdachte, die für seine Unannehmlichkeiten verantwortlich waren.

Das Ix-Mentat war soeben von dem hochrangigen Marinekommandeur dieses Teils der Catteni-Flotte geweckt worden, als überall im Schiff Annäherungsalarme ertönten und es in Angriffsbereitschaft versetzten. Die Masse, die sich dem Catteni-Schiff näherte, war so groß, daß sie vom Detektorschirm nicht vollständig erfaßt werden konnte. Plötzlich schüttelten Kraftwellen die XZ durch, als wäre sie eine winzige Samenkapsel auf seinem schäumenden Teich. Das Ix suchte in einer Weise Halt, die mit seiner Würde und seiner Größe nicht vereinbar war, bis das Schütteln nachließ.

»Bericht!« verlangte das Schiff in einer kalten und bösartig klingenden verbalen Kommunikationsform.

»Höchster Eosi, ein unbekanntes Schiff ist aufgetaucht ...«

»Hältst du keine Wache?«

»Es erschien auf dem Schirm, als wir gerade die Heliopause passierten«, sagte der Kommandant und wagte es nicht, den Blick zu dem hoch aufragenden Eosi zu erheben, »wo andere dieser Gebilde schon verschwunden sind.« Der Kommandant war gründlichst über die Probleme im Zusammenhang mit dem Kolonialplaneten informiert, ganz zu schweigen von der außerordentlichen Tatsache, daß das Mentat nicht den Ausgewählten, sondern jemand anderen aus der Blutlinie erhalten hatte.

»Was ist es?« wollte das Ix wissen. »Kannst du es nicht zeigen?«

Der Kommandant holte umgehend das, was die gesamte Brückencrew erschreckt hatte, auf den nächsten Sichtschirm. Das gigantische Schiff hatte die zehnfache Größe des AA1, welches selbst dreimal so groß war wie das größte Raumschiff in der Catteni-Marine. Das riesige Schiff war offensichtlich zu einem Ziel innerhalb des Sonnensystems unterwegs, und das mit einer Geschwindigkeit, dank derer es dreißig Zeiteinheiten vor der AA1 mit ihrem hochentwickelten Antriebssystem und ihrer Reisegeschwindigkeit dort eintreffen würde.

»Können Sie keinen Signalgeber am Rumpf befestigen, ehe es außer Reichweite gerät?«

Noch während er das sagte, erkannte Ix, daß das Schiff wahrscheinlich schon längst nicht mehr zu erreichen war.

»Die Entfernung ist für eine solche Maßnahme bereits zu groß, Großer Eosi.«

Ix raste innerlich vor Zorn darüber, daß der Kommandant Zeit damit vergeudete, etwas Offensichtliches festzustellen. Wie konnte eine andere Rasse eine solche Technologie entwickelt haben, ohne daß die Eosi etwas von ihrer Existenz bemerkt hatten? Die Eosi hatten sich seit langem mit nichts Komplizierterem befaßt als mit der Verbesserung von Antrieb und Reichweite, da die Leistung ihrer Schiffe für sämtliche praktischen Zwecke ausreichte. Eine solche selbstzufriedene Haltung war nicht länger statthaft.

»Beobachten und aufzeichnen. Nicht einen einzigen Fehler.«

»Nein, Höchster Eosi, keine Fehler.« Damit begab sich der Kommandant, froh, mit dem Leben davongekommen zu sein, so schnell es die Höflichkeit erlaubte, in die relative Sicherheit seiner eigenen Kommandobrücke.

Niemand machte eine Bemerkung, als er eintrat, oder wandte den Blick von den Instrumenten ab, auf die zu achten ihm befohlen worden war.

Mehrere Stunden später wurde der Kapitän durch Unruhe und Aufregung auf der Brücke aus einem unbeabsichtigten Schlaf geweckt. »Sir, das Schiff ist . . .«

Hellwach und angestrengt auf den Sichtschirm starrend, verfolgte der Kommandant gebannt, wie das fremde Schiff, mehrfach vergrößert, damit es auf den Schirmen des langsameren Schiffs zu erkennen war, kurz in die Atmosphäre des Testplaneten eintauchte, dann wieder hochsprang und seine Reise zum anderen Ende des Sonnensystems fortsetzte. Wo es, sobald es die Heliopause erreichte, auch von den empfindlichsten Instrumenten nicht mehr aufzuspüren war.

Der Kommandant machte dem Eosi Meldung, der in einem ausladenden Sessel im Frachtabteil saß, das zu einer höchst komfortablen Kabine umgebaut worden war. Der Sessel stand vor einem großen Schirm, der dem Ix bereits alles gezeigt hatte, was der Kapitän meldete.

»Angesichts dieser Entwicklung ist der Planet nicht mehr so wichtig.« Der Eosi hielt inne. »Rückkehr nach Catten. Mit höchstmöglicher Geschwindigkeit.« In der Stimme schwang deutlich die Wut darüber mit, einer Geschwindigkeit begegnet zu sein, die die der besten Eosi-Schiffe bei weitem überstieg. »Das muß gemeldet – und gekontert werden.«

Während die AA1 die Heliopause des Systems passierte, verspürten alle, die wach waren, einen leichten Schock, ähnlich einem schwachen Stromstoß. Auf der Brücke wurde die Erscheinung als nanosekundenlanger Impuls wahrgenommen und als harmlos beurteilt und vergessen.

Deski-Ohren nahmen den Lärm in der Luft lange vor dem Auftauchen des riesigen Schiffs wahr. Aber während verängstigte Leute sich in die nächsten Höhlen flüchteten, die sie noch bewohnten, und in die Täler, die sie erforschten, nahm der Lärm nicht zu. Durch ein Fernglas betrachtet, war das Schiff lediglich als schillernder Rhombus am Himmel zu erkennen. Auf den Sichtschirmen der Kommandobrücken schien das Monstrum kaum die äußerste Schicht der Stratosphäre zu berühren, indem es davon wegsprang wie ein flacher Stein von der Oberfläche eines friedlich daliegenden Sees, ehe es seinen Kurs änderte, sich in den Weltraum hinausschwang und seinen schädelspaltenden Lärm mitnahm.

Scott blinzelte, räusperte sich und entspannte seine Hände, die er zu Fäusten geballt hatte. Er hatte auf der Kommandobrücke der KDL den unglaublichen astronautischen Vorgang auf dem Sichtschirm verfolgt.

Niemand brach das Schweigen, denn niemand glaubte, was er soeben gesehen hatte, bis eine Komm-Einheit piepte, was allen angesichts des soeben stattgefundenen Ereignisses fast wie ein unanständiger Laut vorkam.

»Das war in etwa die Größe des ersten Schiffs, Admiral«, sagte Su. »Ich denke, wir hatten Glück, daß es so hoch geflogen ist ... was ist das denn? Entschuldigen Sie, Sir ...« Und die Verbindung wurde unterbrochen.

Dick Aarens kam durch den Gang auf die Brücke gestürmt, stützte sich am Türrahmen ab. Sein Gesicht war aschfahl, und der Ausdruck seiner Augen signalisierte ungläubiges Staunen, sofern er überhaupt zu einer solchen Regung in der Lage war.

»Sie haben es getan, Scott. Sie haben es tatsächlich getan. Sie haben jede verd –«

»Hüten Sie Ihre Zunge, Aarens.« Scott hatte sich soweit erholt, um ihn zu bremsen. »Was haben sie getan?«

»Den ganzen Kram der Mechano-Bauern, die Landmaschinen, die wir zerlegt haben. Es ist alles wieder da. Zurückgebracht ins Schlachthaus und an die anderen Stellen ...«

Peter Easley, der genauso überrascht war wie alle anderen auf der Brücke, erfaßte die Nachricht noch vor Ray Scott und John Beverly. »Gut, daß wir die Hauptgarage ausgeräumt haben, nicht wahr?«

»Es hätte ein ziemliches Durcheinander gegeben, wenn wir es nicht getan hätten«, bemerkte Beverly, und dann brachen er und Peter in schallendes Gelächter aus.

»Ja, aber haben sie auch die *Teile* zurückgebracht?« wollte Scott wissen.

»Die Teile?« fragte Aarens verwirrt.

»Ich glaube nicht, Ray«, sagte Beverly und hielt das Handy hoch, das gewöhnlich an seinem Gürtel befestigt war.

Aarens eilte zur Einstiegsluke, kam aber gleich wieder zurück auf die Brücke, ein selbstzufriedenes Grinsen auf den Lippen. »Die Luftkissenfahrzeuge sind noch da. Vielleicht haben die Farmer gar nicht erkannt, was ich mit ihren Maschinen angestellt habe.«

Die neu konstruierte Kommunikationszentrale der KDL wurde nun mit Meldungen aus Shutdown, Bella Vista und den anderen drei Garagenkomplexen überschüttet, die soeben erst ausgeräumt worden waren. Dann folgten die Meldungen aus den Höhlen und Tälern, die nun von den Menschen bewohnt wurden.

»Demnach wissen sie nicht, daß wir hier sind«, stellte Worrell fest.

»Und es scheint sie auch nicht zu interessieren«, sagte Jay Greene. »Hoffentlich hat der Satellit diesen Besuch aufgezeichnet.«

»Halten Sie das wirklich für so gut?« Worry wagte kaum daran zu denken, welchen Verdruß es auf Barevi oder Catten, oder wo immer die Eosi sich aufhielten, auslösen würde.

Die Maschinen waren wieder zurück, funkelnde neue Modelle jeder Apparatur, die von den Kolonisten auseinandergenommen worden war. Sie waren in einwandfreiem Zustand und standen in ihrer alten Ordnung in jeder Garage, Scheune, in jedem Gebäude. Die Solarzellen, die abmontiert und an anderer Stelle für die Bedürfnisse des Lagers installiert worden waren, waren ebenfalls ersetzt worden und schienen voll funktionsfähig zu sein.

»Weshalb rühren die Maschinen sich nicht?«

»Noch ist nicht Frühling. Noch wird das Land nicht bebaut.«

»Hatten wir ein Glück, daß wir rechtzeitig ausgezogen sind!«

»Gab es keine Mitteilungen?«

»Hätten wir sie denn verstanden?«

»Wer war denn nun hier, die Heinzelmännchen oder E.T.'s Freunde?«

»*Was* tun wir jetzt?«

Chuck Mitford, der das riesige Raumschiff auf dem Sichtschirm des Tubs während ihrer Rückkehr zur Zentrale im New Narrow Valley gesehen hatte, wußte eine Antwort darauf, als John Beverly ihn von der Ankunft der Ersatzmaschinen unterrichtete.

»Geht in die Garagen und entfernt die Betäubungspfeile von den Maschinen, ehe sie wieder aufgeladen und einsatzfähig sind.«

»Würde ein derartiges Eingreifen nicht sofort bemerkt?« fragte Beverly.

»Ich hoffe nicht. Wir haben die ersten abmontiert, als sie geparkt waren, aber man sollte es versuchen, ehe sie betriebsfähig sind. Füllen Sie die Tanks mit Wasser. Dieses Betäubungsgift hat viele nach dem ersten Abwurf beinahe für immer ausgeschaltet. Lenny Doyle oder Pess zeigen Ihnen, wie es gemacht wird. Sie haben darin einige Erfahrung.«

»Sonst noch irgend welche Vorschläge, Sergeant?« fragte Beverly in respektvollem Ton.

»Achten Sie auf die Flugbestien. Diese Maschinen können sie sofort herbeirufen, wenn sie irgend etwas finden, das dort nicht hingehört.«

»Sonst noch was?«

»Wenn mir etwas einfällt, dann gebe ich Ihnen Bescheid. Aber fragen Sie auch Cumber, Esker, die Doyle-Brüder, Mack Su oder jeden anderen aus dem ersten Abwurf, der als Scout tätig war.«

Mitford hatte damals täglich Berichte über ihre Entdeckungen angefertigt. Nun wandte er sich wieder an sein Team.

»Ich hatte tatsächlich angenommen, daß wir mehr als

drei Wochen Zeit hätten, ehe irgend etwas geschieht«, sagte er und kratzte sich mit besorgter Miene am Kopf. »Können wir nicht etwas mehr Tempo aus dem Ding herausholen?« fragte er Sarah, die gerade das Fahrzeug steuerte.

»Klar, aber es wird ziemlich holperig.«

»Weit haben wir es nicht mehr«, stellte Zainal fest, als er durch das vordere Fenster hinausschaute.

»Wie lange werden die Eosi brauchen, um etwas zu unternehmen, Zainal?« fragte Mitford und trommelte nun mit den Fingern nervös auf sein Knie, während er sich mit der anderen Hand an den Sicherheitsgurt klammerte.

Zainal zuckte die Achseln. »Ich glaube nicht, daß sie so schnell agieren können wie die Farmer. Eosi sind keine Automaten. Außerdem kennen sie keine Materietransmission.«

»Ich hoffe, daß sie sich so heftig ärgern wie möglich«, meinte Mitford grinsend. »Sie sollen vor Neid und Wut nicht mehr zur Ruhe kommen.«

»Hauptsache, sie bleiben uns vom Leibe«, fügte Kris hinzu. Sie sagte das trotz Zainals Versicherung, denn sie war nicht die einzige, die sich wegen irgendwelcher Racheakte der Eosi an der Kolonie Sorgen machte. Er wußte es natürlich besser als sie, aber das hielt sie nicht davon ab, mit dem Schlimmsten zu rechnen. Sie wagte nicht einmal daran zu denken, wie die Farmer vielleicht reagierten, wenn sie direkt mit ihren ungebetenen Gästen zusammenträfen, obgleich Zainals Hinweis auf die schützenden Barrieren in den Tälern recht beruhigend war – so weit man sich bei einer unbekannten Rasse darauf verlassen konnte.

New Camp Narrow befand sich in einem der geschlossenen Täler, südöstlich der ursprünglichen Felsenanlage, und es war um einiges schmäler, aber auch länger als die meisten anderen Täler. Es war einfach durch eine Sprengladung geöffnet worden, die aus der Ausrüstung des Scout-Schiffs stammte. Zainal hatte mehrere Bergleute und ehemalige Offiziere über die Sprengleistung der verschiedenen Substanzen in den Geräteschränken informiert. Eigentlich waren die Sprengstoffe für bergbauliche Aufgaben vorgesehen gewesen, da die Farmer offenbar den Bodenschätzen auf dem Planeten keinerlei Beachtung geschenkt hatten. In dem langen, engen Tal waren die KDL und Baby nebeneinander geparkt worden. Trotz Babys Ausmaßen sah das größere, lange Transportschiff schlanker, stärker und viel gefährlicher aus. Teile des abgestürzten Transportschiffs waren dazu verwendet worden, einen recht geräumigen Unterstand in der Nähe zu errichten, und die zurückkehrenden Forscher identifizierten den Bau anhand der ein- und ausströmenden Menschenscharen leicht als neues Hauptquartier,

Kleine Zelte aus Luh-Kuh-Fellen säumten die andere Seite des allgegenwärtigen Talgewässers, eines Bachs, und eine abgehäutete Luh-Kuh drehte sich auf einem Spieß über einem Feuer. Der Schutt aus der Talöffnung war über den Bach geschafft worden und hatte als Baumaterial für weitere Behausungen gedient. Mehrere hatten schon Fensterhöhe erreicht, und Maurer waren eifrig mit ihrer Fertigstellung beschäftigt. Ein viel größeres Gebäude wurde bereits benutzt. Seine schweren Steinpfeiler stützten ein Schieferdach, das weit überhing und Schutz vor Regen bot, während die erst halbfertigen Seitenwände aus roh zubehauenen Holzstämmen ihm das Aussehen eines Forsthauses verliehen. Tische, Bänke, Hocker, ein paar Stühle und ein adretter Stapel Deckenrollen verrieten, daß es wahrscheinlich verschiedene Funktionen hatte, auch wenn der Bau noch lange nicht abgeschlossen war.

Als die Forscher herumkurvten, um zu parken, und aus dem Fahrzeug stiegen, wurden sie von vielen lautstark begrüßt, aber niemand unterbrach seine Arbeit länger als nur wenige Sekunden.

»Ich bin mal gespannt, wo sie die Flieger und die Luftkissenfahrzeuge untergebracht haben«, sagte Kris, die sich suchend umschaute.

»Das wird sicher nicht das einzige bevölkerte Tal sein«, sagte Mitford und streckte die Beine. »Okay, Kris, Zainal, Bjorn, Whitby, Coo, wir geben einen ersten Bericht ab. Haben Sie alle Karten zusammen, Whitby? Ja ...«

»Ich habe Bilder«, bot Zainal an und zeigte einen dicken Stapel, den er in der Hand hielt.

»Ich kann Ölproben beisteuern.« Bjorn hob den kleinen Kasten hoch, den er gefüllt hatte.

»Und ich nehme den Logbuch-Ausdruck mit«, fügte Kris hinzu und wunderte sich, weshalb Mitford plötzlich so gereizt wirkte.

»Sarah«, sagte der Sergeant und wandte sich an sie und Joe, »sehen Sie sich mal um, wie es hier mit der Disziplin aussieht. Astrid, Sie kümmern sich darum, etwas Eßbares zu beschaffen. Slav, Sie füllen Wasser in den Tank. Und Oskar, Jan, Leila, Sie lüften das Tub und sollten es vielleicht auch mal gründlich abwaschen.« Er deutete zum Bach.

Wenn auch die Feinheiten der Verwaltungszentrale einiges zu wünschen übrig ließen, als sie eintraten und sich umsahen, schienen wesentliche Dinge – darunter auch die schon wieder aufgebaute Brücke des gestrandeten Transportschiffs – in betriebsfähigem Zustand zu sein. Es gab sogar ›Büros‹, kleine Zellen mit aus Schilf geflochtenen Wänden, die ein wenig Ruhe und Abgeschiedenheit boten. Alte Mechano-Teile dienten noch immer als Hocker, Schränke, Regale und Bänke.

»Meinst du, die Farmer haben ihre eigenen Geräte erkannt?« wollte Kris von Zainal wissen.

»Kommen Sie mit Ihrer Gruppe hierher, Sergeant«, rief Scott, der in der Öffnung eines der größeren mit Schilfwänden abgetrennten Räume auf der anderen Seite der Brücke stand.

»Er hat sogar schon ein eigenes Zimmer«, murmelte Kris, diesmal zu Mitford.

»Sie werden immer unverschämter, Ma'am«, erwiderte Mitford, obgleich auch er die Einrichtung irritiert betrachtete. Der Catteni, der früher von dieser Kommandobrücke aus seine Befehle gegeben hatte, hatte sie niemals derart gut in Schuß gehalten.

»Mitford, Kris, Zainal, Bjorn, Whitby ...« Scott schüttelte ihnen die Hände. »Ich habe Sie schon kommen sehen«, meinte er weiter, »daher haben Joh, Bull und Jim darum gebeten, an der Besprechung teilzunehmen.«

Er saß hinter einem Schreibtisch, der aus nichts mehr als ein paar zusammengefügten Brettern bestand, die mit einer Art Politur geglättet worden waren, um Verletzungen durch Splitter zu vermeiden. Zwei geflochtene Körbe standen darauf. Für ›Eingang‹ und ›Ausgang‹, dachte Kris mit leisem Spott, doch ihre Existenz wirkte seltsam beruhigend. *Business as usual.* Die anderen hohen Militärs saßen an Scotts Tischseite.

»Es wäre ein idealer Ort, um viele, wenn nicht sogar alle unsere Leute dort anzusiedeln, Admiral«, begann Mitford und zog einen Hocker heran. Whitby faltete die Karte auseinander, die die Region ihrer Erkundungstätigkeit darstellte, und Zainal breitete Photos von den Gebieten aus, die sich augenscheinlich für eine Besiedlung anboten. »Allerdings sieht es so aus, als hätten Sie es sich hier auch schon recht hübsch eingerichtet.«

»Danke, Sergeant. Es ist tatsächlich sehr angenehm hier, und bisher gab es keinerlei Anzeichen für irgendwelche unliebsamen Erscheinungen in einem der Täler, die wir benutzen.« Scott hatte ein Photo in die Hand genommen, und Kris versetzte Zainal einen sanften Rippenstoß, weil sie mit ihm gewettet hatte, daß dieses Photo als erstes sein Interesse fesseln würde. »Das ist aber ein hervorragender Platz«, stellte er fest und gab das Bild an John Beverly weiter, der rechts neben ihm saß.

»Ich dachte mir, daß Ihnen der Blick auf den Hafen gefallen wird«, sagte Kris. »Er ist tief genug für einen Flugzeugträger.«

»Was wissen Sie schon vom Militär, Kris?« fragte Scott leicht ironisch, aber er war sichtlich guter Laune.

»Das Wasser ist da unten ziemlich dunkel«, erwiderte sie lächelnd. »Zu schade, daß wir keine großen Schiffe haben. Noch nicht, jedenfalls.«

Mitford gab Bjorn mit dem Kopf ein Zeichen, er sollte mit dem Bericht beginnen. »Der Boden ist fruchtbar, allerdings ist er seit vielen Jahren nicht bearbeitet worden.«

»Sie meinen, daß es früher der Fall war?« Scott rutschte ein Stück nach vorne und legte das Photo, das er aufgenommen hatte, wieder an seinen Platz.

Mitford zog es ein wenig beiseite, damit es die darunter liegenden nicht verdeckte. »Die Farmer bauen ihre Einrichtungen immer auf nicht nutzbarem Grund, auf Sand oder Fels oder auf Boden, der einfach unfruchtbar ist. Sehen Sie sich mal an, wie diese Felswand ausgehöhlt wurde. Wir könnten dort beinahe die KDL unterbringen. Auf jeden Fall würde diese Höhle Baby und unsere sämtlichen umgebauten Maschinen und sonstigen Geräte aufnehmen. In der gesamten Region findet man Hinweise auf eine frühere Nutzung. Und wir haben etwas weiter entlang der Felskette auch eine Stelle gefunden, die mich lebhaft an Position und Einrichtung des Schlachthauses erinnert hat.« Die vier betrachteten eingehend die betreffenden Photos, und es war offensichtlich, daß sie Mitford beipflichteten.

»Wir haben zwei weitere garagenähnliche Bauwerke ein Stück weiter weg gefunden.« Mitford deutete ihre Lage auf der Karte an. »Wir haben nicht noch nach weiteren gesucht, weil sie offenbar schon seit langer Zeit leerstehen.«

»Wir glauben, ähnliche Stellen auf der anderen Seite der Bucht gesehen zu haben«, ergriff Whitby nun das Wort, »aber das Gelände war für das Tub zu steil, daher haben wir die Bucht gar nicht erst überquert.«

»Ist es möglich, daß die Farmer das Land haben brach liegen lassen, weil sie hier genug zur Verfügung haben?« fragte Scott.

»Es liegt schon seit sehr vielen Jahren brach«, erklärte Bjorn. »Aber die Erde ist sehr fruchtbar, und in ihr würde alles gedeihen, was wir bräuchten. Vor allem dann, wenn wir das Land so umsichtig nutzen, wie die Farmer es tun.« Er hatten einen mahnenden Unterton in der Stimme, als er das sagte.

»Wir brauchen nur noch eine weitere Lieferung Ersatzgerät«, sagte Beverly grinsend.

»Zum Teufel, General ...« Mitford grinste. »Wir haben alles aufbewahrt, was wir nicht gebraucht haben, daher haben wir noch immer die Pflüge und anderes landwirtschaftliches Gerät. Ich habe gehört, daß nichts aufgesaugt oder hochgebeamt worden wäre. Wir haben nur zwei Bergpflüge und Geräte auf den Luftkissenfahrzeugen, die wir entsprechend ihrer ursprünglichen Funktion verwenden. Dort sehe ich kein großes Problem.«

»Das stimmt, aber bestimmt werden einige ihre Flitzer nicht aufgeben wollen.« Er zwinkerte Mitford zu. »Um damit zu pflügen. Aber was ist mit den Aasfressern?«

»Keine Spur«, antwortete Mitford.

»Und das ist ein großes Rätsel«, sagte Whitby. »Wir haben unseren Abfall jede Nacht, die wir dort waren, hinausgebracht – und fanden ihn am nächsten Morgen unberührt vor. Aber das Gelände ist dem sehr ähnlich, wie wir es hier antreffen.«

»Gibt es keine Aasfresser auf diesem Kontinent?«

»Wir haben jedenfalls keine gefunden.« Mitford übernahm wieder das Wort. »Gefunden haben wir Felsläufer, und zwar ganze Kolonien oben in den Bergen und genauso dumm wie unsere hier. Es gab dort Flugtiere, wo Zeltstangenbäume ganze Wälder bilden. Vielleicht sind die verdammten Aasfresser verhungert.« Er grinste. »Wir können ja ein paar Luh-Kühe von hier mitnehmen und uns dann ansehen, was geschieht. Wir haben auf jeden Fall keinen einzigen gefunden.«

»Viele von unseren Gemüsewurzeln und Beerensträuchern gedeihen dort schon, und die übrige Vegetation ähnelt der hiesigen.« Bjorns Miene strahlte Zufriedenheit aus. »Und Fische und Muscheln . . .«

»Dazu hätte sicherlich gerösteter Mais gepaßt«, sagte Kris plötzlich und seufzte. »Tut mir leid.«

Scott bedachte sie mit einem verständnisvollen Blick, und seine Lippen zuckten in einem angedeuteten Lächeln. »Sie sind nicht die einzige mit diesem Wunsch.«

»Vielleicht finden wir schon bald etwas Ähnliches«, sagte Bjorn, um ihr Hoffnung zu machen. »Wir wissen nicht im entferntesten, wie die Flora dieses Planeten aussieht.«

»Übrigens, Mitford«, sagte Beverly, »wir haben die Pfeile abmontiert, wie Sie es empfohlen haben. Das Betäubungsmittel ist ausgesprochen stark.«

»Das ist es«, bestätigten Zainal und Kris unisono.

»Stimmt, ja«, meinte Scott und wandte sich zu ihnen um. »Sie wurden geschnappt und haben später eine andere, glücklichere Gruppe gerettet.« Er hielt für einen

Moment inne. »Wenn es wirklich keine Aasfresser gibt ... Es gibt eine ganze Reihe von einleuchtenden Gründen, um unsere Operationsbasis auf den anderen Kontinent zu verlegen.«

Mitford beugte sich vor und zeichnete um die Region, die sie untersucht hatten, mit dem Zeigefinger einen Kreis. »Es ist wunderbares Land, Sir. Es dürfte zwar eine ganze Reihe von Flügen mit dem Transportschiff nötig sein, aber am Ende könnte es sich als die intelligenteste Tat erweisen, seit wir hier abgeworfen wurden.«

»Wenn wir sicher sein könnten, daß die Eosi uns nicht beobachten ...«, murmelte Scott und sah zu Zainal.

»Sie dürften immer noch mit Nachdenken beschäftigt sein, Scott«, beantwortete Zainal die nicht gestellte Frage. »Eosi denken lange und intensiv nach, ehe sie handeln. Wir benutzen das Transportschiff zur richtigen Zeit, damit das Orbitalobjekt uns nicht sieht – es ist nur eine kurze Reise. Wenn die Düsen vorsichtig eingesetzt und immer nur in kurzen Stößen gezündet werden, sind nicht genug Anzeichen da, die der Satellit aufzeichnen kann.«

»Außerdem«, meinte Mitford voller Zufriedenheit, »haben sie nicht die geringste Ahnung, daß wir diese Schiffe in unserer Gewalt haben. Und wenn sie auch nur einen Hauch von Intelligenz besitzen, halten sie sich, sobald sie das Monsterschiff gesehen haben, von Botany am besten möglichst fern.«

Alle blickten auf Zainal, der die am Tisch Sitzenden nacheinander musterte und dann die Achseln zuckte.

Nicht jedes Tal, das als Lebensraum benutzt wurde, bot soviel Schutz und Annehmlichkeiten wie der Komplex der Befehlszentrale. Trotzdem stieß der Vorschlag, erneut alles zusammenzupacken und umzuziehen, auf erheblichen Widerstand, vor allem von Seiten der Techniker und Ingenieure, die einer zweiten Umsiedlungsaktion ablehnend gegenüberstanden. Sie beschäftigten sich bereits mit verschiedenen Projekten und hatten keine Lust, ihre Arbeit zu unterbrechen. Die Aussicht auf geräumige Höhlensysteme ließ sie alles noch einmal überdenken. Da sie noch immer gezwungen waren, feste Behausungen aus primitiven Materialien zusammenzubasteln, wollten sie plötzlich die ersten sein, die übersetzten und sich häuslich einrichteten. Die Bergleute waren nicht sehr begeistert, vor allem Walter Duxie nicht, der verantwortliche Bergbauingenieur, da sie bereits auf eine ergiebige Eisenerzader gestoßen waren und sie abbauen wollten. Obwohl die aus dem Weltraum erstellten Landkarten der Catteni Vorkommen an Mineralien auf dem neuen Kontinent angaben, wehrten sie sich dagegen, einen Ort zu verlassen, an dem ihre Suche bereits Erfolg gezeigt hatte. Daher wurde entschieden, daß sie ihre Bemühungen an Ort und Stelle fortsetzen könnten. Sie verfügten über genügend Arbeitskräfte, die abwechselnd auf die Jagd gehen und sie alle mit Nahrungsmitteln versorgen könnten; hinzu kam, daß die in der Nähe gelegenen Höhlen sich bereits in einem bewohnbaren Zustand befanden. Den Transport des zutage geförderten Erzes zu den Einrichtungen, wo es weiterverabeitet wurde, konnte die KDL übernehmen.

»Wie sieht es mit den Treibstoffvorräten aus?« wollte Beverly während einer Konferenz von Zainal wissen. »Was geschieht, wenn wir keinen mehr haben? Wir verfügen kaum über die entsprechende Technologie, welchen herzustellen, auch wenn natürliche Rohstoffe vorhanden sind.«

Zainal lächelte. »Ich weiß, wo weitere Vorräte lagern. Mit eroberten Schiffen wäre eine Reise nach Barevi kein Problem.«

»Pirat!« rief Beverly unter schallendem Gelächter und mußte dem Catteni den Begriff erklären.

»Ich bin sicher ein guter Pirat«, entschied Zainal, dem die Definition gefiel. »Und bestimmt nicht der einzige.«

»Hey, was könnten Sie denn bei einem solchen Ausflug sonst noch mitnehmen?« wollte Su wissen. Er leitete die Technikergruppe, die ständig neue Werkzeuge entwickeln mußte, die früher mal verfügbar gewesen waren.

»Kommt darauf an, was Sie wollen«, erwiderte Zainal.

»Kann ich nicht mitfliegen und mir ansehen, was es dort zu holen gibt?« fragte Su, und Zainal deutete auf Beverly.

»Fragen Sie ihn. So bald starten wir nicht. Für kurze Flüge ist nicht viel Treibstoff nötig.«

Trotzdem achtete Zainal während des ersten Flugs genau auf die Anzeige und versuchte, als er eine besonders sparsame Flugbahn errechnet hatte, durch zeitweises Ausschalten des Antriebs soviel Treibstoff wie möglich einzusparen.

Mitford hatte eine volle Ladung Passagiere im Tub mitgenommen, die das neue Lager aufschlagen sollten, und Zainal und Kris zurückgelassen, die entscheiden würden, wer und was die nächsten Transportflüge der KDL mitmachen sollte. Die landwirtschaftliche Abteilung wollte unbedingt zur nächsten Welle gehören, da die Saat unbedingt ausgebracht werden mußte, sobald die Gefahr von Frostperioden auf ein Minimum gesunken war. Bisher war der ›Winter‹ auf Botany eine Folge von kalten, feuchten Tagen, aufgelockert durch sonnige, kalte Tage und häufige Nachtfröste. Es gab keine richtigen Stürme und keinen Schnee, obgleich es bewölkte Tage gab, an denen viele, die aus kalten Regionen stammten, durchaus mit Schneestürmen rechneten. Gelegentlich sanken die Temperaturen auf sehr tiefe Werte, so daß die Außenarbeiten stark behindert wurden, aber es gab in den Behausungen, die Schutz vor der Kälte boten, stets genug zu tun. Am schlimmsten waren diese Verhältnisse für ehemalige Bewohner tropischer Regionen, und sie erhielten zusätzliche Kleidung und gehörten zu den ersten, wenn neue Decken und lange Jacken aus Felsläuferpelzen hergestellt wurden.

Nicht lange nachdem Mitford zum ersten seiner vielen Tub-Trips gestartet war, ging Sandy Areson, die das Lager im Headquarters Valley leitete, zu Kris und nahm im Big Building ein eiliges Frühstück ein.

»Ich wollte Sie schon die ganze Zeit seit Ihrer Rückkehr von Ihrem Ausflug auf den anderen Kontinent einmal alleine sprechen«, sagte Sandy.

»Alleine? Das klingt richtig unheilvoll«, sagte Kris.

»Das ist es, und das ist es auch wieder nicht«, meinte Sandy. »Ich muß zugeben, daß es durchaus logisch klingt, soweit es die Verteilung des vorhandenen Reichtums betrifft.«

»Welchen Reichtum?« fragte Kris verwirrt. Reichtum auf Botany bedeutete Stunden zusätzlicher Arbeit für die paar ›Extras‹, die man neben Grundgütern wie Proviant und Unterkunft ergattern konnte. Sogar sie und Zainal hatten schon des öfteren in der Küche ausgeholfen.

Obgleich sie die einzigen waren, die an dem langen Tisch saßen, lehnte Sandy sich näher zu Kris und sagte: »Uns«, und deutete auf ihre Brust.

»Uns?« Dann schüttelte Kris den Kopf, als sie verstand. »Uns Frauen ... im gebärfähigen Alter?«

»Sie haben es erfaßt«, sagte Sandy, lehnte sich zurück und grinste verkniffen. »Es gibt auf Botany viel mehr Männer als Frauen, und da schon seit vier Wochen kein Abwurf mehr stattgefunden hat, dürfte sich daran auch so bald nichts ändern. Wenn wir nun einen Bestand an hochwertigem Erbgut erhalten wollen ...«

»Sie meinen, wir verhalten uns, als würden wir Botany nie mehr verlassen?«

Sandy musterte sie erstaunt. »Wir wurden abgeworfen, und wir bleiben«, sagte sie, »oder hören Sie nicht, was Zainal ständig wiederholt?«

Kris schluckte. »Ich glaube, ich war die ganze Zeit ziemlich naiv ... ich meine, wir haben schließlich die KDL. Wir könnten von hier weg.«

»Und zur Erde zurückkehren?« Sandy starrte sie fassungslos an. »Sie haben die Lager schon zu lange hinter sich gelassen und sind mit diesem tollen Catteni zusammen. Nicht«, – sie hob abwehrend die Hand – »daß ich Ihnen deshalb einen Vorwurf mache. Ich hatte keine Ahnung, daß es unter ihnen auch welche gibt, die unter die Kategorie ›nett‹ fallen ...«

»Die Leute finden ihn demnach ›nett‹?«

»Verschonen Sie mich mit Ihrem Sarkasmus, Kris Bjornsen. Viele Leute haben es in ihre dicken und intoleranten Schädel hineinbekommen, daß Zainal um einiges botanischer als cattenischer ist. ›Ich wurde abgeworfen, ich bleibe.‹« Sandy schnaubte amüsiert. »Vor allem unsere hohen Tiere. Aber Sie beide können keinen Nachwuchs haben. Das wissen Sie doch, oder?« Als Kris nickte, fuhr sie fort: »Und Sie sind in genau dem richtigen Alter.«

Kris wehrte sich innerlich gegen das, was als nächstes kommen würde, und lehnte sich von Sandy weg. Sie konnte beim besten Willen nicht mit jemand anderem zusammensein, auch wenn es darum ging, das Erbgut einer Kolonie zu verbessern, die überlebensfähig zu halten sie sich zu einem Lebensziel gemacht hatte.

»Sie brauchen sich deshalb nicht so anzustellen«, sagte Sandy. »Wir haben hier genug Ärzte, um Sie zum richtigen Zeitpunkt Ihres Zyklus künstlich zu befruchten. Ich habe es getan. Ich war sogar eine der ersten ...« Damit tätschelte Sandy ihren Bauch. »Natürlich habe ich den Vater ausgesucht.«

Kris schluckte erneut und verspürte Übelkeit bei der Vorstellung.

»Anna Bollinger ist ebenfalls schwanger, aber sie wurde formell mit Matt verbandelt, ehe sie es tat. Janet ist zu alt. Patti Sue hat es ebenfalls auf die altmodische Art und Weise getan, aber ich wollte Sie nur warnen, daß Sie auf der Liste stehen. Es ist nicht so, daß Sie Zainal damit untreu würden.«

»Das ist gar nicht mein Problem«, sagte Kris leise. »Wie kann ich schwanger werden, ehe hier alles geregelt ist und wir wissen, was die Farmer und die Eosi unternehmen werden? Was würde denn geschehen, wenn ...«

»Beruhigen Sie sich, Kris.« Sandy ergriff ihre aufgeregt flatternde Hand und hielt sie fest. »Sie stehen als eine der letzten auf der Liste, sollte ich hinzufügen, denn Ihre Talente sind in anderen Bereichen viel gefragter als in der Nachwuchsproduktion.«

Kris konnte ihre Erregung nicht unterdrücken. Nach ihrer Planung würde es noch einige Jahre dauern, ehe sie ernsthaft an Kinder dächte! Sie war kaum zweiundzwanzig, oder? Sie hatte während der Reise nach Botany einiges an subjektiver Zeit verloren und keine Ahnung mehr, welcher Monat, welcher Tag oder welches Jahr auf der Erde herrschte. Überdies glaubte sie nicht, daß sie eine gute Mutter wäre. Während der High-School oder im College hatte sie an ihren Jobs als Babysitter erst dann Spaß gehabt, wenn die Kinder fest eingeschlafen waren. Wenn mal eins doch wieder wach wurde und zu schreien begann, ließ sie sich bei der betreffenden Familie nie mehr blicken. Daher war sie überzeugt, nicht einen Hauch von mütterlichen Instinkten in sich zu haben.

»Auf jeden Fall richten wir Kinderkrippen ein und suchen uns Pflegepersonal, das mütterliche Funktion übernehmen kann, damit Sie, sobald das Baby da ist, sich nicht mehr darum zu kümmern brauchen, falls Sie mit der Mutterschaft nichts im Sinn haben.«

»Habe ich auch nicht«, sagte Kris trotzig. Sie kam sich in die Enge getrieben vor. »Wann wurde das denn entschieden? Ich höre zum ersten Mal davon.« Allmählich geriet sie in Rage. Sie hatte sich mit keinem Wort über die Aufgaben und Pflichten beklagt, die ihr auf diesem fremden Planeten übertragen worden waren. Sie hatte sogar die Gelegenheit begrüßt, ihre Vielseitigkeit und ihre Tatkraft zu beweisen, und hatte dabei Fertigkeiten erlernt, die sie in einem normalen Leben auf der Erde niemals hätte anwenden können.

Sandy lächelte sie weiterhin an.

»Falls es Sie interessiert, Sie machen im Augenblick die gleichen Phasen durch wie die anderen – Astrid eingeschlossen –, ehe sie sich ins Unvermeidliche begeben.«

Das versetzte Kris einen heftigen Schlag. Sie haßte es, erwartungsgemäß zu reagieren. Sandy kicherte leise und klopfte ihr auf die Schulter.

»Es geschieht nicht allzu bald, und es ist auf keinen Fall so schlimm, wie Sie vielleicht erwarten. Aber ich dachte, daß man mit Ihnen noch nicht darüber gesprochen hat. Sie waren schließlich mit den Erkundungstrupps unterwegs und haben daher nicht an der großen Debatte teilgenommen, und bisher hat niemand den Mut gehabt, Sie entsprechend zu informieren.«

»Wer hat Sie denn mit dieser Aufgabe betraut? Wußte Mitford Bescheid?«

»Ich habe mich freiwillig gemeldet. Mitford war zu feige«, sagte Sandy grinsend. »Betrachten Sie es doch einmal so, Kris: Wir haben Botany in Besitz genommen, und wir werden den Planeten behalten. Das wiederum bedeutet, daß es eine nächste Generation gibt, der wir die Früchte unserer schweren Arbeit hinterlassen können. Ich liebe diesen Planeten ...«

»Jetzt!« erinnerte Kris sie und kam sich wegen ihres Wutausbruchs ein wenig töricht vor.

Sandy schüttelte den Kopf. »Nein, ich habe ihn von Anfang an geliebt, denn hier konnte ich wirklich ich sein, und was ich wußte, war verdammt hilfreich. Auf der Erde ...« Sie deutete mit dem Daumen über die Schulter, »wurde ich als ›ausgeflippt‹ oder ›seltsam‹ oder ›asozial‹ bezeichnet, als Nonkonformistin und ganz eindeutig als verkrachte Existenz. Hier hingegen lasse ich als Stadtchefin Generäle und Admiräle vor mir Männchen machen. Das ist verdammt viel besser, als nur ›geduldet‹ zu werden. Und ich bin nicht die einzige, die auf Botany eine echte Heimat gefunden hat. Ich denke, Sie haben es auch, selbst wenn es bedeuten sollte, daß Sie neun Monate für die Produktion eines Babys opfern müssen.«

»So hatte ich die Situation noch gar nicht betrachtet ... ich meine, Ihre Situation. Ich meine, auf der Erde im Vergleich mit hier. Es gibt jedoch einen Punkt, über den man noch nicht ausreichend nachgedacht hat«, fügte Kris hinzu. »Die Farmer.«

»Jaaa«, sagte Sandy gedehnt. »Aber damit beschäftigen wir uns später, wenn es akut wird. Im Augenblick ... Autsch«, und sie hielt inne und blickte zum Eingang.

Zainal stand dort, schaute sich suchend um und entdeckte Kris und Sandy, die sofort aufstand. »Viel Glück«, sagte sie und verschwand mit einem Augenzwinkern.

Kris war eigentlich gar nicht in der Stimmung, jetzt mit Zainal zusammenzutreffen. Sandys Mitteilung hatte sie zutiefst erschüttert. Sie mußte erst einmal alles in ihrem Kopf ordnen und durchdenken. Ungeachtet des bisher ungelösten und letztlich auch unbekannten Farmer-Problems mußte sie zugeben, daß Nachwuchs der Kolonie auf Botany eine gewisse Stabilität verleihen würde, ganz zu schweigen von einer Stärkung der Moral. Sie wunderte sich, daß sogar jemand, der so sehr mißbraucht worden war wie Patti Sue, ernsthaft über eine Schwangerschaft nachdachte.

Sie fand wenig Trost in der Gewißheit, daß sie nicht in körperlichen Kontakt zu einem Mann treten müßte, obgleich diese Methode ihr ziemlich feige vorkam, schließlich würde der Mann um ... ›seinen Spaß‹ ... betrogen. Abgesehen davon, was auf Botany wegen der Erkundungsfahrten an ›Gesellschaft‹ zur Verfügung stand, hatte sie kaum Kontakt zu anderen Männern. Vorwiegend hatten sie und Zainal mit anderen Paaren zusammengearbeitet wie Sarah und Joe und Whitby, der sich mit Leila zusammengetan hatte, obgleich sie wie ein ziemlich seltsames Paar erschienen.

Sie hatte andeutungsweise gewußt, daß zum sechsten Abwurf eine Gruppe Frauen gehört hatte, die, anfangs von den anderen Frauen in den Lagern, denen sie zugeteilt worden waren, geächtet wurden. Sie hatte sich darüber zu Sarah geäußert, die mit sichtlicher Wonne berichtete, daß es sich um ›Nachtschattengeschöpfe‹ handelte, die in einer der deutschen Städte zusammen mit echten Demonstranten aufgegriffen worden waren. Offensichtlich wurden in Deutschland Bordelle geduldet, jedoch bestand man darauf, daß die Bewohnerinnen sich regelmäßigen medizinischen Überprüfungen unterzogen, um sicherzustellen, daß sie keine Geschlechtskrankheiten übertrugen, daher wären diese Frauen ›sauber‹. Da der Anteil an Männern auf Botany weitaus größer war als der an Frauen, bestand eine große Nachfrage an Frauen, die für sexuelle Zwecke zur Verfügung standen, und zwar zu allen denkbaren Bedingungen. Einige dieser Bedingungen brachten die allzu hitzigen Freier in die Arrestzellen, wo sie sich abkühlen konnten. Die Ankunft von professionellen Gunstgewerblerinnen stieß bei den

Lagerchefs auf großes Interesse. Daher hatte man es der freien Entscheidung der Frauen überlassen, ob sie ihrem vorherigen Gewerbe nachgehen wollten oder nicht. Als ihnen versichert wurde, daß eine derartige Praxis als ›aktive Arbeit‹ für das Wohl der Gemeinschaft betrachtet wurde, hatten sich bis auf zwei Frauen alle bereiterklärt, weiterzumachen. Es wurde festgelegt, daß sie trotzdem turnusmäßig die weniger angenehmen Arbeiten im Lager übernehmen müßten, wie den Küchen- und den Latrinendienst. Allerdings wurden sie vom Wachdienst befreit. Daraufhin hatten sie detaillierte Forderungen aufgestellt, wie sie von ihren Kunden behandelt werden und wie viele Kunden sie empfangen wollten. Angemessener Respekt war die erste Forderung – von seiten der weiblichen wie auch der männlichen Bevölkerung.

Die puritanisch eingestellten Frauen auf Botany wollten nicht einsehen, daß auch das älteste Gewerbe der Welt auf dem Planeten durchaus willkommen war. Aber sie konnten andererseits auch nicht leugnen, daß viele Männer plötzlich viel besser gelaunt durch die Lager spazierten und daß deren zum Teil beleidigende Bemerkungen gegenüber den sogenannten ›zickigen Weibern‹ erheblich zurückgingen. Es gab einige wenige verstockte, intolerante Frauen – wie Janet und Anna Bollinger, zum Beispiel, die den Umgang mit den anderen eifrigst mieden –, aber der Rest hielt sich an die Forderung und behandelte sie mit der verlangten Höflichkeit.

»Du siehst so bedrückt aus, Kris«, stellte Zainal fest, stieg über die Bank und ließ sich neben ihr nieder. »Ist die Suppe nicht in Ordnung?« fragte er, als er ihre fast volle Schüssel sah.

»Doch, sie ist in Ordnung.« Hastig ergriff sie den Löffel, obgleich die Suppe nur noch lauwarm war.

»Hat Sandy irgend etwas Schlimmes erzählt?« Er wirkte aufrichtig besorgt.

»Es ging um Frauenangelegenheiten«, erwiderte sie ausweichend.

»Mitford sagt, du müßtest für die Kolonie ein Kind austragen. Vielleicht auch zwei.«

»Wie bitte?« Kris ließ den Löffel in die Suppe fallen, so daß sie über den Schüsselrand schwappte. Wütend über dieses Ungeschick, begann Kris die Pfütze mit einem Pflanzenfaserbüschel aufzuwischen.

Zainal musterte sie ruhig, wobei einer seiner Mundwinkel zuckte. Er beugte sich zu ihr vor. »War es das, was Sandy dir gesagt hat?«

Sie wagte nicht, ihn anzusehen. »Demnach war Mitford so unverschämt, es dir zu erzählen und mir nicht?«

»Männerangelegenheiten«, sagte Zainal, und sie sah aus den Augenwinkeln, wie er sie angrinste. »Du weißt, daß du von mir kein Kind haben kannst. Bist du deshalb mit mir zusammen? Damit du keins bekommst?«

Sie funkelte ihn an. »Ich bin mit dir zusammen, weil ich dich liebe, du ... du ... du ... Lamettaschädel«, erwiderte sie mit leiser, aber leidenschaftlicher Stimme.

Er legte seine Hand auf ihre und drückte sie. »Du bist jung und stark. Du wirst eine gute Mutter sein.«

Kris schluckte. »Nein, das werde ich nicht. Ich bin nicht im mindesten mütterlich eingestellt!« Sie schleuderte es ihm in einem Tonfall entgegen, der keinen Widerspruch duldete. »Ich bin eine lausige Mutter. Ich bin noch nicht bereit, Kinder zu haben. Ich bin zu jung.«

Er betrachtete sie lange. »Ist das nicht etwas, das alle Erdenfrauen tun? Babys haben?«

»Nicht im entferntesten«, erwiderte sie grimmig.

»Ich verstehe«, sagte er langsam. »Der Grund ist also nicht, daß du mich nicht verletzen willst?«

»Ich gehöre zur treuen Sorte. Ich will keinen anderen Mann als dich. Auch wenn ich mit dir keine Kinder haben kann«, erwiderte sie mit gepreßter Stimme und starrte auf ihre Suppe, auf der sich mittlerweile eine Haut aus abgekühltem Fett gebildet hatte.

»Du brauchst nicht mit einem anderen Mann Sex zu haben. Mitford hat es mir genau erklärt.«

»Das ist ja noch schlimmer«, erwiderte sie mit zusammengebissenen Zähnen und verdrehte die Augen.

»Ich möchte gerne ein Kind von dir sehen. Nimm Mitford. Du magst ihn.«

»WAS?«

Sie schoß erregt von der Bank hoch, und diejenigen, die in der Nähe der Essenausgabe saßen, schauten zu ihnen herüber. Sie ließ sich wieder zurücksinken und schlug die Hände vors Gesicht. Sie war den Tränen so nahe wie noch nie während ihrer ganzen Zeit auf Botany. Das Schlimme war, daß sie Mitford tatsächlich mochte, und wenn sie sich nicht so eng mit Zainal zusammengetan hätte, hätte sie vielleicht versucht, den Sergeant für sich zu gewinnen. Sie hatte es nie getan, und auch Mitford hatte sich ihr gegenüber immer neutral verhalten. Vielleicht irrte sie sich darin, daß er sich für sie interessiert hätte, wenn Zainal nicht aufgetaucht wäre. Natürlich hatte er dafür gesorgt, daß sie so häufig mit Zainal zusammen war, so daß sexuelle Spannungen praktisch unausweichlich gewesen waren.

Zainal legte einen Arm um ihre Schultern. »Reg dich nicht auf, Kris. Es ist nicht so schlimm.«

»Nicht so schlimm?« Sie wirbelte zu ihm herum, stieß seinen Arm weg und stellte zu ihrer Genugtuung fest, daß er vor ihrer heftigen Reaktion zurückwich. »Nicht so schlimm!« Sie machte Anstalten, sich von der Bank zu erheben, doch er hielt sie zurück und setzte diesmal mehr von seiner Kraft ein als je zuvor.

»Du bist keine dumme Frau, Kris Bjornsen. Wenn es soweit ist, wirst du das Kind bekommen, und ich werde dir helfen. Jetzt reg dich nur nicht auf.«

Dann stand er auf und verblüffte sie derart, daß sie instinktiv nach seiner Hand griff. Hatte sie etwa in seinen Augen das Gesicht verloren, weil sie sich tatsächlich töricht aufführte? Wenn es ihm nichts ausmachte, weshalb dann ihr?

»Die Suppe ist kalt. Ich hole dir frische – heiße.«

Sie war fast benommen vor Erleichterung und bedankte sich mit einem Kopfnicken für seine aufmerksame Geste. Sie war außerdem froh, daß sie wenigstens für ein paar Sekunden allein war, um ihre Gedanken und aufgewühlten Gefühle zu ordnen. Als sie ihre Hände auf ihre Wangen legte, waren die Finger eiskalt. Oder glühten ihre Wangen vor Zorn und Scham? Ganz gleich, was es war, sie mußte sich auf jeden Fall beruhigen und aufhören, sich so lächerlich aufzuführen. Sie begann an dem Punkt, als Zainal ihr erklärt hatte, er hätte nichts dagegen, wenn sie mit einem Mann Sex hätte. Er wollte sogar, daß sie ein Kind bekam. Bekamen alle Catteni-Frauen Kinder, ganz gleich, ob sie es wollten oder nicht? Dann versuchte sie zu verarbeiten, daß er für sie ausgerechnet den Mann ausgesucht hatte, den sie von allen am meisten achtete. Das ließ auf ein Einfühlungsvermögen des Catteni schließen, das für seine Rasse höchst ungewöhnlich war. Oder war Menschlichkeit etwas Ansteckendes? Sie wußte, daß auch er Mitford bewunderte. Oder hatten er und Mitford sich über die Vaterschaft von Kris Bjornsens möglichem Kind unterhalten? Doch das bezweifelte sie. So ein Typ Mann war Mitford ganz gewiß nicht. Und sie konnte sich auch nicht richtig vorstellen, daß der Sergeant und Zainal sich über sogenannte Männerangelegenheiten unterhielten.

Er kam mit einer Schüssel dampfender Suppe zurück. Auf seinem Gesicht lag ein besorgter Ausdruck, und seine gelben Augen waren voller Mitgefühl und Zuneigung.

»Danke, Zainal«, sagte sie, nahm einen Löffel Suppe und blies vorsichtig, um sie abzukühlen. »Ich glaube, ich habe mit meiner Reaktion ein wenig übertrieben.«

»Du weißt, daß ich dich liebe«, meinte er beinahe beiläufig, womit er ihre ohnehin schon angespannten Nerven noch mehr erregt hätte, wenn sie sich nicht in dem Moment klargemacht hätte, daß ein solches Geständnis für einen Catteni absolut ungewöhnlich und untypisch war. Er legte eine Hand auf ihre freie Hand neben der Schüssel. »Es ist eine Emotion, die zu empfinden ich niemals in meinem Leben erwartet hätte.«

Dieses Geständnis traf sie wie ein Hieb in die Magengrube. Sie ließ den Kopf an seine Schulter sinken und weinte leise. Sie wußte, daß er zwei Kinder gehabt hatte. Sogar die Auserwählten hatten auf Catten das Recht, Erben zu zeugen. Er hatte niemals ein Wort über die Frau – oder die Frauen – verloren, die diese Kinder geboren hatte. Hatte er daher das Gefühl der Liebe für sich nicht zugelassen? Weil er wußte, daß er auserwählt war und nicht sehr lange als ›Mann‹ leben würde?

»Weshalb weinst du ... jetzt?« Er war völlig verwirrt.

»Wegen dir. Weil du mich lieben kannst.«

»Das ist gar nicht schwer.«

Sie konnte den amüsierten Unterton in seiner Stimme hören. Sie trocknete ihre Tränen, schaute ihn an und lächelte, so gut sie es in diesem Moment vermochte.

»Iß deine Suppe. Wir haben eine Menge Arbeit vor uns«, sagte er sehr sanft, und dafür liebte sie ihn noch mehr als je zuvor.

Kapitel 8

Die Eosi Mentats hatten beratschlagt; sie hatten die Berichte von beiden Satelliten unter genauester Beachtung auch der winzigsten Details untersucht. Mit jeder neuen Überprüfung nahm ihre Erregung zu. Zwei spezielle Punkte schälten sich schnell heraus. Erstens, die Eosi waren nicht, wie sie angenommen hatten, die einzige hochintelligente Rasse in der Galaxis, und warum waren sie nie mit den anderen zusammengetroffen, als sie diesen Arm der Milchstraße erforscht hatten? Zweitens, wie waren die anderen zu einer Technologie gelangt, die ihrer eigenen so überlegen war, und wie lange würde es dauern, bis sie die anderen einholten und schließlich überflügelten?

Mentat Ix machte sie auf den kurzen Eindruck aufmerksam, den seine Hülle von einer Komm-Einheit gewonnen hatte. Logischerweise sollte eine Untersuchung der vorhandenen Ausrüstung angestellt werden, um Erkenntnisse über die Konstruktion der technischen Ausrüstung zu gewinnen, die auf dem Kolonialplaneten benutzt wurde.

Mentat Ix erhielt den entsprechenden Auftrag. Ihm wurden als Helfer außerdem zwei junge Mentats zugeteilt, die über ausreichendes technisches Wissen und über den notwendigen Einfallsreichtum verfügten, um die Einrichtungen zu inspizieren und zu analysieren. Das Kriegsschiff AA1 würde sie dorthin bringen und ihnen außerdem Schutz vor möglichen Demonstrationen der dort ansässigen Bevölkerung bieten, die bekanntermaßen immer sehr lebhaft verliefen.

Während das prächtige neue Kriegsschiff die Ionosphäre des Zielplaneten erreichte, kam es im neuen Antriebssystem zu einem Defekt – was höchst seltsam war –, der in einer Schockwelle resultierte, die das Schiff vom Bug bis zum Heck durchlief. Die Werte auf den Anzeigeinstrumenten veränderten sich für eine Nanosekunde und zeigten danach wieder ihre normalen Einstellungen, und die Maschinen setzten ihren Betrieb fort, als ob es keinerlei Leistungsschwankungen gegeben hätte. Systemanalysen wurden durchgeführt und Schadensberichte erstellt, aber in keinem Bereich der AA1 wurde ein Fehler gefunden. Sogar das Ix Mentat war verwirrt. Das gefiel ihm genauso wenig wie die anderen Schocks, die dieses armselige System ihm schon früher versetzt hatte.

Der Kapitän aktivierte jede Schutzvorrichtung, über die dieses letzte Beispiel eosi-cattenischer Ingenieurskunst und Technologie verfügte, während er in die Atmosphäre des dritten Planeten hinunterstieg. Es wurden keine anderen Lebensformen aufgespürt als die, welche dort sein sollten, wenn man die Anzahl der dort abgesetzten Gefangenen und die Anzahl der dort vermuteten niederen Lebewesen zugrunde legte. Es gab 2003 Menschen weniger, als die Transportlisten auswiesen, doch es war sowohl beim Transport wie auch seit der ersten Landung sicherlich zu Verlusten gekommen.

Die Eosi hatten vereinbart, daß sie dort landen würden, wo die meisten Abwürfe stattgefunden hatten, ein Punkt, der durch das gestrandete Transportschiff markiert wurde.

Wachtrupps verließen die AA1, um eine schnelle Überprüfung der unmittelbaren Umgebung und des Wracks vorzunehmen. Sie hatten die Hälfte des Wegs zum Wrack zurückgelegt und befanden sich auf freiem Feld, als sie von fliegenden Lebewesen angegriffen wurden. Diese wurden mit der tödlichen Präzision abgeschossen, für die solche Elitetruppen berühmt waren. Und anschließend würden sie als einheimische Lebensformen identifiziert, wie das erste Erkundungsteam bereits festgestellt hatte. Als sie das Wrack erreichten, meldeten sie Anzeichen enormer Hitze und Feuerschäden im Bereich des Antriebssystems. Das stimmte natürlich mit den Berichten sowohl des befehlshabenden Drassi wie auch der Retter überein, die wenig später während des zweiten Unfalls ihre Leben verloren hatten.

»Des dritten«, korrigierte Mentat Ix den Kapitän.

»Lord?« fragte der Kapitän unsicher.

»Das Scout-Schiff ist nach der Landung auf diesem Planeten ebenfalls verschwunden.«

»Meine Entschuldigung. Von diesem Vorfall wußte ich nichts, Lord.«

»*Ich* aber.« Damit war dieses Thema erledigt.

»Seltsam, daß drei ...« Das junge Mentat Co hielt nachdenklich inne.

»Ja, drei ist seltsam.« Mentat Ix nickte auffordernd, damit der Kapitän seine Ermittlungen fortsetzte.

Der Truppführer fügte dann hinzu, daß nur die Hülle des Wracks übriggeblieben war. Es war ausgeweidet worden.

Das Mentat Ix stellte dann verärgert fest, daß in diesem Fall die Vorschriften nicht beachtet worden waren. Sogar ein Transportschiff hätte gesprengt werden müssen, so daß nichts von ihm hätte geborgen werden können. Es war ein unglücklicher Zufall, daß beide Drassi-Kapitäne bei der darauffolgenden Explosion der KDL umgekommen waren.

»Sicherlich ist davon nur wenig Brauchbares übriggeblieben«, bemerkte es schließlich und beendete damit dieses Thema.

»Nicht weit von hier gibt es eine hohe Konzentration an Metall«, meldete der Kapitän, denn der betreffende Bericht war ihm eilig gebracht worden.

Ix nickte, und ein Fingerschnippen signalisierte dem Kapitän, daß er einen Erkundungstrupp losschicken sollte. Sie kamen mit Bildern von großen Installationen zurück: Scheunen, Baracken, großen Stapeln von Würfeln, bei denen es sich anscheinend um umgekippte Kisten handelte. Und von vielen verschiedenen Maschinen.

»Landmaschinen«, sagte der Kapitän, denn er war mit landwirtschaftlichen Vorgängen durchaus vertraut.

»Welche Jahreszeit herrscht an diesem Ort?« fragte Mentat Se.

»Es ist kalt, aber nicht sehr. Winter, vielleicht?« vermutete Co.

»Landmaschinen ruhen im Winter«, bemerkte der Kapitän.

»Hol eine her.«

»Vielleicht möchten die Mentats sie lieber in ihrer ... hm ... normalen Umgebung sehen?« empfahl der Kapitän. Das erschien sinnvoller, als große, schwerfällige Apparate durch die Gegend zu bugsieren.

»Ist die Luft sauber?«

»Ja, Lord«, erwiderte der Kapitän. Er hoffte, selbst ein paar Lungen voll nehmen zu können. Falls er es schaffen sollte, die Mentats zum Verlassen der AA1 zu bewegen, hatte er den für das lebenserhaltende System verantwortlichen Besatzungsmitgliedern den Auftrag gegeben, das Schiff zu öffnen und frische planetare Luft hereinzulassen.

Die Mentats ließen sich mühelos im Beiboot des Kapitäns unterbringen, das drei Mentats und der notwendigen Crew ausreichend Platz bot. Sie sahen in den in die Felsen hineingebauten Anlagen nichts Beeindruckendes. Auch nicht in den Maschinen, die geduldig auf die Wiederaufnahme ihrer vorprogrammierten Tätigkeiten warteten. Tatsächlich erschienen die Maschinen geradezu deprimierend simpel in Design und Funktion, verglichen mit den Satelliten und dem riesengroßen

Schiff, das Ix auf seiner ersten Reise in dieses Sonnensystem erschreckt hatte.

»Nichts davon ist für uns von Nutzen oder trägt zum Verständnis der Mentalität der Erbauer bei«, stellte Mentat Ix fest, obgleich es am Sonnenschein und an der Reinheit und Frische der Luft nichts auszusetzen hatte. »Wenn die Kolonie eingerichtet ist, übernehme ich vielleicht sogar die Kontrolle über diesen Planeten.«

Die Mentats Co und Se wechselten verstohlene Blicke und folgten ihrem Chef zurück ins Schiff. Obgleich sie nichts von technologischer Bedeutung gefunden hatten, gab Ix keine neuen Befehle, sondern er zog sich in sein eigenes Quartier zurück, um zu meditieren.

Schließlich ließ Ix dem Kapitän bestellen, daß sein Beiboot für eine zweite Erkundungsfahrt bereitgemacht werden sollte. Diesmal nahmen die anderen Mentats an dem Ausflug teil. Ix zeigte dem Piloten, wo es landen wollte. Es wies außerdem den Piloten an, in der Luft stehenzubleiben, als die in die Felswand hineingemeißelten Symbole zu erkennen waren.

»Die Botschaft ist in Catteni abgefaßt«, sagte Mentat Co.

»Ja, der abtrünnige Zainal war hier.« Das Ix Mentat knirschte im Mund seines Wirts auf höchst ungewöhnliche Art mit den Zähnen, dann verlangte es, daß das Boot dort landen sollte, wo es einst als Lenvec heruntergegangen war, um einen Bruder an seine Pflichten zu erinnern.

Es gab an diesem Ort nichts Besonderes, nur weitere Felder mit Begrenzungshecken. Nichts, was in irgendeiner Weise auf die Flucht des Auserwählten hätte schließen lassen können. Und nur halb verwehte Spuren von der Landung des Scout-Schiffs. Das Ix Mentat blickte in die Richtung, aus der die Menschen und Zainal gekommen waren.

»Bring uns dorthin!« Es deutete.

Das Beiboot startete und gelangte schon bald zu einer tiefen Schlucht, die nicht nur deutlich sichtbare Hinweise auf menschliche Anwesenheit enthielt, sondern in deren Höhlensystem auch eine beträchtliche Anzahl von Lebensformen wahrzunehmen war. Mehrere erschienen, um das Boot zu beobachten. Der Detektor des Boots vermerkte die Benutzung von Handys, aber auf einer Frequenz, die nicht bestimmt werden konnte, ehe das Signal abrupt verstummte.

»Sie haben mehrere von diesen Handgeräten«, stellte das Ix Mentat überflüssigerweise fest.

»Möchte das Mentat landen und mit den Menschen reden?« fragte der Pilot, als weitere Wesen aus den Höhlen auftauchten.

»Ich habe kein Interesse daran.« Das Ix hatte die Eigenschaften der Menschen eingehend beobachtet. Hauptsächlich hielt es Ausschau nach den unverwechselbaren Anzeichen für die Anwesenheit eines lebenden Catteni, und die waren außer- oder innerhalb der Höhlen nicht zu finden. Tief in Ix' Geist war ein leiderfülltes Wimmern zu erahnen.

»Die Menschen scheinen ziemlich viel umhergezogen zu sein«, sagte Mentat Co, »falls dies«, er deutete mit einem langen Fingernagel auf den Bildschirm, wo weitere auffällige Zusammenballungen an unterschiedlichen Orten zu erkennen waren, »tatsächlich menschliche Pulse sind.«

Mentat Ix musterte Co mit deutlichem Interesse. »Wohin sind sie gezogen?«

»Auf den kleineren Kontinent, der sich neben unserem befindet. Viele Anzeichen für menschliches Leben waren dort zu erkennen, als wir ihn überflogen.«

»Zurück«, sagte das Ix Mentat und lehnte sich nach hinten. Es hatte es eilig, zum Schiff zu gelangen und es zum zweiten Kontinent starten zu lassen. Vielleicht befand der Catteni sich bei den dort versammelten Menschen.

Während die AA1 aufstieg, nachdem sie mit ihrem Gewicht eine deutliche Vertiefung auf dem Feld hinterlassen hatte, betrat das Ix Mentat die Kommandobrücke und trat hinter den Offizier, der für die Suche nach Lebensformen zuständig war.

»Einstellen auf Catteni-Signale«, befahl das Ix und trommelte mit den langen Fingernägeln einen Wirbel, der dem Catteni-Offizier durch und durch ging und ihn nervös zittern ließ.

Die AA1 näherte sich dem benachbarten Kontinent in einer flachen Kurve. Sie hatte noch nicht einmal die angestrebte Höhe erreicht, als der Schirm ein kurzes Signal ertönen ließ – als er die Anwesenheit eines Catteni registrierte. Das Zeichen verschwand so schnell wieder, daß der diensthabende Offizier sich fragte, ob es tatsächlich etwas zu bedeuten hatte. Das Mentat ging kein Risiko ein, vielleicht etwas zu übersehen, und ließ das Schiff die Stelle umkreisen. Es war eine schmale Landzunge, die sich in den schmalen Kanal zwischen den beiden Landmassen hinausschob. Aber auf dem Schirm erschien nichts mehr.

»Eine Anomalie, vielleicht«, vermutete Co, nachdem genügend Zeit verstrichen war, in der mehrere Umkreisungen des Planeten stattgefunden hatten.

»Vielleicht«, erwiderte das Ix ungehalten und gab ein Zeichen, den Flug über das Wasser fortzusetzen.

Die größte Konzentration schwächerer menschlicher Anzeichen wurde im Bereich der nördlichen Bucht festgestellt.

»Sie haben diesen Ort geradezu verseucht«, bemerkte Co, während das Geplapper auf irgendwelche cattenischen Laute abgehört wurde.

Das Ix dachte lange nach, während die AA1 ihre Position unter großem Treibstoffverbrauch beibehielt. Dann befahl das Mentat Ix mit einer abrupten Geste dem Kapitän, mit höchstmöglicher Geschwindigkeit nach Catten zurückzukehren.

Der Kapitän hatte die gleiche Absicht, wünschte er sich doch, seinen Eosi-Passagier endlich loszuwerden, und gab die nötigen Anordnungen. Er wurde beinahe von seinem Kommandosessel geschleudert, als die Vorwärtsbewegung des Schiffs abrupt nachließ. Die Maschinen liefen auf voller Leistung, und ihr Pulsieren nahm ständig zu, während das Schiff sich seinem undurchdringlichen Hindernis entgegenstemmte.

»Da ist eine Barriere, Kapitän«, meldete der Steuermann und deutete auf ein milchiges Gebilde, das sie festhielt. »Sie umspannt den gesamten Planeten.«

»Vernichte sie«, sagte das Ix mit einer erregten Bewegung seines langen Arms.

Der Kapitän ordnete eine Salve aus allen nach vorne gerichteten Waffen an und war überzeugt, daß die Feuerkraft für diese Aufgabe ausreichte. Das Schiff erzitterte, und die Angehörigen der Besatzung verhüllten die Augen zum Schutz vor dem grellen Lichtblitz.

»Ich erkenne eine kleine Lücke in der Erscheinung«, meldete der Navigator und versuchte den Gedanken zu verdrängen, wie wirkungslos die Bewaffnung des neuen Schiffs zu sein schien.

Der Kapitän forderte mehr Leistung, und das Schiff bewegte sich unendlich langsam vorwärts und drang durch die Barriere, die es nicht hatte zerstören können. Dann, unvermittelt und schlagartig, durchstieß das Schiff das Hindernis, und viele stürzten zu Boden, die sich nicht an irgend etwas festgehalten hatten, unter ihnen auch die drei Mentats.

Obgleich mehrere Offiziere Anstalten machten, den

Gestürzten behilflich zu sein, lehnten die Mentats jede Hilfe ab, kamen langsam wieder auf die Füße und schauten sich wütend um.

»Umkehren!« verlangte das Ix vom Kapitän. »Ich möchte wissen, was diese Barriere bedeutet und wie sie das Schiff hat bremsen können.«

Der Kapitän befahl dem Offizier am Kommunikationspult, den hinteren Sichtschirm einzuschalten. Nichts geschah.

»Ich wollte den Heckschirm sehen!« brüllte er. Der Kommunikationsoffizier krümmte sich furchtsam , nachdem all seine Bemühungen, eine Sicht nach achtern zu liefern, nicht von Erfolg gekrönt wurden.

»Keine Reaktion«, sagte er.

»Schadensbericht«, sagte der technische Offizier, »nennt Probleme mit den Antennen, Sir.«

»Bringen Sie es in Ordnung!« verlangte der Kapitän und schlug mit den Fäusten auf die Armlehnen.

Befehle wurden erteilt. Und das Ix trommelte mit größter Ungeduld mit den langen Fingernägeln.

»Nun, dann dreh das Schiff herum, so daß die Schirme für die Voraussicht uns die gewünschten Informationen liefern. Ich muß das Hindernis untersuchen«, sagte Ix und zeichnete mit einem Finger einen kleinen Kreis in die Luft. Während sich die AA1 aus der Umklammerung befreite, hatte ihr Antrieb sie eine beträchtliche Strecke weiterbeschleunigt, ehe das Manöver vollzogen war. Der Kapitän murmelte einen Fluch, als er erkannte, wie weit sie sich von der widrigen Barriere entfernt hatten, und auf der Brücke machte sich ein angespanntes Schweigen breit, bis sie sich der Erscheinung weit genug genähert hatten, um sie eingehend zu untersuchen. In dieser Zeit meldete ihnen ein Schadensbericht, daß jede Ausbuchtung über zwanzig Zentimeter und sämtliche empfindlicheren Antennen abgerissen worden waren. Und tatsächlich, als sie sich der milchigen Blase näherten, zeigte der vordere Sichtschirm, daß jedes abgerissene Teil in die Blase eingebettet war und alle zusammen die Umrisse des weniger leicht zu beschädigenden Rumpfs der AA1 markierten. Und die Blase hüllte den gesamten Planeten bis auf die beiden Satelliten vollständig ein. Der Orbitalkörper führte weiterhin seine programmierten Umlaufbahnen aus, doch auf seinen Aufzeichnungsbändern war nicht mehr zu sehen als ein Blick auf die Blase.

»Sie läßt Sonnenlicht durch«, sagte der Wissenschaftsoffizier. Er war froh, etwas Positives melden zu können, denn er mußte hinzufügen, daß ihm die Zusammensetzung völlig fremd war.

»Untersuch das gründlich«, sagte das Ix, beugte sich zu dem Techniker vor und wartete auf Antworten.

Der Catteni – einer der besten Kenner seines Fachs innerhalb der Streitkräfte – bediente sich jeder verfügbaren Technik einer Station, die bekanntermaßen über die neuesten Entwicklungen zur Wahrnehmung seiner Aufgaben verfügte, und fand nichts Berichtenswertes. Schließlich spreizte er die Finger und streckte die Hände in einer Geste von sich, mit der er seine Niederlage eingestand. Er wagte es nicht, zu dem Mentat aufzuschauen, daher sah er auch den furchtbaren Hieb nicht kommen, der seinen Schädel wie eine überreife Melone zerplatzen ließ. Das Ix stürmte aus der Kommandobrücke hinaus, seine Helfer im Schlepptau, und der Kapitän wies den Steuermann an, den ursprünglichen Kurs zurück nach Catten einzuschlagen. Dann ließ er die Leiche des Wissenschaftsoffiziers entfernen.

»Zum Teufel, ich weiß nicht, was es war«, sagte Marrucci zu den anderen, die sich auf der Kommandobrücke der KDL versammelt hatten. »So etwas habe ich noch nie gesehen – es hat sämtliche Meßinstrumente verrückt spielen lassen, und es sah aus ...« Er hielt inne, »als stünde der Weltraum für den Bruchteil einer Sekunde in hellen Flammen.«

»Wir sollten uns nicht in Phantastereien verlieren«, begann Scott und verstummte dann.

Beverly stieß einen halblauten Pfiff aus. »Ich weiß, daß es rein technologisch nicht möglich sein kann«, meinte er zögernd, »aber vieles von dem, was wir kürzlich gesehen haben, entspricht dem, was wir als Science-fiction bezeichnen würden, so daß wir auch ruhig davon ausgehen können, daß es möglich ist, eine Barriere um einen ganzen Planeten zu legen.«

»Da draußen ist jetzt etwas, das vorhin noch nicht da war«, stellte Scott fest, der aufmerksam den Scannerschirm betrachtete. »Auch wenn es sich lediglich als eine Art Nebel, als Schleier oder einfach nur als milchiger Fleck darstellt.«

»Ich habe mal als Kind eine *Raumschiff Enterprise*-Episode gesehen«, meinte Marrucci in einem um Entschuldigung bittenden Tonfall, »mit dem Titel ›Das tholianische Netz‹, und sie handelte von einem riesigen Korb oder Netz, in dem die *Enterprise* gefangen werden sollte.«

»Und wie hat die *Enterprise* sich befreit?« fragte Beverly ohne einen Anflug von Ironie.

Marrucci überlegte einige Sekunden lang, dann zuckte er die Achseln. »Daran kann ich mich nicht mehr erinnern. Aber ich weiß nur noch, daß dieses Netz sich rasend schnell drehte und daß sie wußten, daß ihnen nicht mehr allzuviel Zeit blieb, um sich zu retten ...« Er verstummte.

»Also halten die Farmer uns fest? Warum haben sie dann das Eosi-Schiff rein- und wieder rausgelassen?«

»Es hat ein Loch ins Netz gesprengt und ist deshalb

wieder rausgekommen«, meinte Marrucci und schaute sich um, ob irgendwer auf der Kommandobrücke mit einer anderen Deutung aufwarten konnte. »Das könnte immerhin den Blitz erklären, nämlich daß die Eosi die Sprengung ausgelöst haben.«

»Jetzt ist aber kein Loch zu erkennen«, sagte Scott und erhob sich wieder, wobei er jedoch den Blick nicht vom Schirm löste. »Und warum war das Eosi-Schiff überhaupt dort?«

»Um uns zu inspizieren?« schlug Fetterman vor. Sie waren alle von den Deski-Wächtern alarmiert worden, als das Schiff ihre neue Heimat, der sie den Namen Retreat Bay verliehen hatten, überflog. Danach hatte die Gruppe im alten Camp Narrow Bescheid gegeben, daß das Schiff auf dem alten Abwurf-Feld gelandet wäre. Anschließend hatten sie die Vorgänge heimlich und genauestens beobachtet. Unter anderem war das Beiboot zum Schlachthaus geflogen, hatte dann Kurs auf ein Feld bei Camp Rock genommen. Dort war das Beiboot, wie Worrell gemeldet hatte, über dem Lager in der Luft stehengeblieben. Worrell hatte auch berichtet, was er *in* dem Beiboot gesichtet hatte ...

»Ich sah drei ... Riesen ... in diesem Boot«, hatte Worry mit zitternder Stimme erzählt. »Sie starrten auf uns herunter, und ich habe noch nie solche Monster gesehen. Sie waren wie ... Catteni, aber kein Catteni ist so groß und leuchtet. Die Köpfe waren völlig deformiert, und die Gesichtszüge ähnelten denen der Catteni, waren aber wie Karikaturen. Nicht einmal Catteni sollten so schrecklich gezeichnet sein. Ich bin froh, daß Zainal dem entgangen ist, falls es das war, dem er sich entziehen wollte.«

»Ich schließe mich dem an, was Worry sagt«, warf Leon Dane ein. »So etwas habe ich noch nie gesehen, weder in Sydney noch bei einer anderen Operation in

Australien. Es gibt eine Krankheit – Elefantiasis –, die etwas auslöst, das ähnlich aussieht. Aber diese extreme Vergrößerung des Kopfs läßt eigentlich nicht auf irgendeine gehirnmäßige Abnormalität schließen ... kein Wunder, daß gewöhnliche Catteni von den Eosi abgeschreckt werden. Sie machen mir selbst ja schon eine Heidenangst.«

Kurz nach diesem Bericht wurde das Kriegsschiff dabei beobachtet, wie es über dem Kanal verharrte und dort längere Zeit kreiste. Die Zeit, die es dort operierte, reichte aus, daß die Leute in Retreat Bay die Tarnung von KDL und Baby vervollständigten. Beide Vehikel standen nun in einer geräumigen Höhle.

»Sie glauben doch nicht, daß sie Zainal gesucht haben, oder?« fragte Mitford. »Er müßte ungefähr dort gewesen sein.« Der Sergeant deutete auf die Gegend, über der das cattenische Schiff angehalten hatte. »Im Tub.«

»Wie wirken sich mehrere Faden Wasser auf die cattenischen Suchinstrumente aus?« fragte Marrucci in die Runde.

»Zainal wird es sicherlich wissen, aber wir sollten ihn jetzt lieber nicht rufen und ihn fragen, oder?« sagte Mitford.

Es hätte sowieso niemand tun können, denn in diesem Moment traf das Eosi-Kriegsschiff auf die blinde Stelle, und die Frage stand akut im Raum, ob sie davon eingeschlossen oder ob andere davon ausgeschlossen wurden.

Nachdem sie ihre vorprogrammierte Aufgabe ausgeführt hatte, nahm die Wartungskugel wieder ihre Überwachungsposition ein und beobachtete den Flug eines kleinen Raumschiffs, das soeben vom Planeten aufgestiegen war. Die Kugel hatte natürlich die vorherige Ankunft und Landung desselben Schiffs verzeichnet, aber da sie nicht darauf programmiert war, in irgendeiner Form aktiv zu werden, setzte sie ihre einmal begonnene Tätigkeit fort, die darin bestand, das Material auszustoßen, das die schützende Barriere bildete.

Als das Raumschiff jedoch den anfänglichen Widerstand der Barriere ignorierte, zog es seine Notfallanweisungen zu Rate. In dieser kurzen Zeitspanne, in der es seine Aktivitäten ausweitete, entwickelte das Raumschiff Kräfte, die schnell auf die gesamte Barriere verteilt und abgeleitet werden mußten, um die Wirkung zu mindern. Die weiteren Versuche des Raumschiffs, die Sperre zu durchbrechen, schwächten die Barriere. Dann waren die Instruktionen verfügbar, und die Barriere unterstützte den Austritt des feindlichen Raumschiffs. Die Substanz der Barriere verdichtete sich und hielt stand und riß vorstehende Teile vom Rumpf des Raumschiffs ab. Insgesamt blieb die Blase jedoch unversehrt, und der Planet war jetzt sicher vor äußeren Gefahren, zu denen nun das Raumschiff gezählt werden konnte.

Da ein Angriff stattgefunden hatte, aktivierte die Kugel ihr Nachrichtensegment und programmierte es mit einem vollständigen Bericht von den Vorgängen. Sobald das Nachrichtensegment den Punkt erreichte, an dem sein Hyperraumantrieb aktiviert werden konnte, ohne daß eine Energieentladung das Sonnensystem in irgendeiner Form in Mitleidenschaft zog, startete es zum Rückflug zu seiner heimatlichen Basis.

Diesmal wurde seine Meldung sehr schnell von Wesen entgegengenommen, die in der Lage waren, die Informationen richtig zu interpretieren.

Als Zainal und Kris in Retreat Bay aus dem Wasser auftauchten und an Land fuhren, fiel ihnen die Erregung derer auf, an denen sie vorbeirollten. Sie winkten ihnen ausgelassen zu, während sie sich zur Verwaltungszentrale in der großen Höhle begaben. Dort trafen sie auf Mitford, der in seinem kleinen Rutscher saß und sie erwartete.

»Man hat sich darauf geeinigt, daß sie wahrscheinlich nach Ihnen Ausschau gehalten haben«, sagte Mitford zu Zainal. »Steigen Sie beide ein. Die anderen sollen das Tub entladen.«

»Wir waren gerade im Kanal, als das Schiff über uns herflog«, erzählte Kris, während sie sich setzte. »Kurz nach unserem Start hörten wir die Berichte von der Landung auf dem Abwurf-Feld, und Zainal ...« sie grinste ihn an, »... gab sofort Vollgas und brachte das Tub, so schnell es ging, zum Kanal. Es wäre sicher nicht sehr gut gewesen, wenn sie uns entdeckt hätten, wo unser Fahrzeug doch eigentlich als Trümmerhaufen neben den Resten der KDL durchs All fliegen sollte.« Sie schaute zu Zainal.

Sie hatte ihm gegenüber nichts von ihrer anderen Vermutung erzählt, die Mitford soeben ausgesprochen hatte, nämlich daß das Schiff vielleicht nach ihm suchte. Zumindest nicht, bevor das Beiboot dort gelandet war, wo Lenvec heruntergegangen war und wo sie das Scout-Schiff gekapert hatten. In diesem Moment startete Zainal zu seiner tollkühnen Fahrt über das unwegsame Gelände. Er raste zum Kanal, um dort so tief zu tauchen, wie das Tub es ihnen erlaubte. Dabei erkannte sie auch, daß Zainal sich ernsthafte Sorgen machte. Nun schien er diesen Vorfall jedoch eher amüsant zu finden und ging mit einem Achselzucken über Mitfords Bericht hinweg.

»Worry hat drei Eosi gesehen?« fragte Zainal, und in seinen gelben Augen lag ein beinahe dämonisches Glitzern.

»Ja, und sie haben ihm und Leon Dane einen heillosen Schrecken eingejagt.«

Zainals Grinsen vertiefte sich. »Sie sind wirklich furchteinflößend. Ich hatte damals große Mühe, meinen Vater und meine Verwandten nicht zu blamieren, als ich in die Hose machte.« Dann hob er seine mächtigen Schultern. »Aber nur beim ersten Mal.«

»Ist es das, was aus Ihnen geworden wäre, wenn Sie zurückgegangen wären?« wollte Mitford wissen und schaute Zainal nicht direkt in die Augen.

Der Catteni nickte langsam. »Also sind sie zurückgekommen? Und haben sich die Maschinen in Narrow und auf dem Feld und in Camp Rock angeschaut und keine Anzeichen für Catteni-Leben gefunden. Dann sind sie wieder abgezogen. Auf dem Schirm war nichts, als wir in der Bucht rauskamen. Was ist geschehen? Ich möchte mehr hören.«

»Es gibt auch mehr zu erzählen, was Sie unter Wasser nicht hatten sehen können. Die hohen Militärs warten schon auf Sie«, sagte Mitford lächelnd und stoppte das Luftkissenfahrzeug vor der Leiter zur offenen Einstiegsluke der KDL.

Sie kletterten hinein.

»Gute Nachrichten, Sarge?« fragte Kris, als sie sich an die letzten paar Klicks erinnerte, ehe das Tub untertauchte. Zainals Gesichtsausdruck war so grimmig, so ... ängstlich gewesen. Der Gedanke, daß Zainal vor irgend etwas Angst haben könnte, gefiel ihr gar nicht, obgleich sie genau wußte, daß die Eosi ihm Angst einjagten. Hatte er den Verdacht, daß das Schiff nach ihm gesucht haben könnte ... immer noch? Hätte sein Bruder, Lenvec, immer noch genügend Bewußtsein, um einen Eosi dazu zu bringen, ihn zu suchen und sich zu rächen?

»Nun, etwas Ähnliches wie gute Nachrichten«, erwiderte Mitford mit einem seltsamen Lächeln. »Erzählen Sie mal, Zainal, konnte das Kriegsschiff bis ins Wasser hinein scannen?«

»Ich hoffe nicht«, sagte Zainal, und Kris, die ihn aufmerksam beobachtete, sah, wie seine Kiefermuskeln arbeiteten.

»Falls das ein Trost ist, aber ich glaube nicht, daß sie das können, denn sonst hätten sie Sie ja gefunden, wenn sie tatsächlich nach ihnen gesucht haben«, stellte Mitford fest. »Sie haben viel Zeit damit verbracht, den Kanal auf der anderen Seite in dem Bereich abzusuchen, in dem Sie wieder auftauchen würden.«

»Ich denke, es war für uns ganz schön knapp«, sagte Kris und fixierte Zainal.

»Aber sie sind wieder verschwunden«, sagte Zainal und nickte zufrieden.

»Und *wie* sie verschwunden sind. Mit einem großen Knall«, sagte Mitford. Weder Kris noch Zainal hatten Zeit, ihm weitere Fragen zu stellen, denn sie hatten nun die Kommandobrücke erreicht, wo Scott, Beverly und Marrucci schon auf sie warteten.

»Schön, daß Sie sicher wieder zurückgekommen sind«, begrüßte Scott sie und deutete Zainal und Kris, sie sollten zu ihm an den großen Schirm kommen. »Gino, spielen Sie noch mal die Aufnahme vom Abflug des cattenischen Schiffs ab, okay?«

Marrucci, der breit grinste, gab die notwendigen Tastaturbefehle mit einer Selbstverständlichkeit, als hätte er sein ganzes Berufsleben lang nichts anderes getan, als cattenische Geräte zu bedienen.

Zainal stieß ebenso wie Kris einen unterdrückten Seufzer aus, als er sah, wie das Blinken, das das cattenische Schiff darstellte, plötzlich verharrte.

»Wie konnte es im Raum auf eine Wand treffen?« fragte sie. Jetzt erst entdeckte sie die nahezu unsichtbare Außenhaut der Blase. »Die hat das Schiff gestoppt?« Sie schaute zuerst zu Beverly und dann zu Scott und Mitford und zuletzt zu Zainal.

Er schüttelte den Kopf, doch seine Augen glänzten zufrieden. »Es umkreist den Planeten?« fragte er.

»Wir haben Grund zu dieser Annahme. Und jetzt Achtung«, sagte Scott und hob eine Hand, um seine Augen vor dem Blitz zu schützen.

»Donnerwetter!« sagte Kris und blinzelte krampfhaft. »Was war das denn?«

»Die vorderen Düsen des Schiffs wurden gleichzeitig gezündet«, sagte Zainal mit einem sehr seltsamen Tonfall. »Und das reicht nicht aus?« Er verfolgte weiter das Geschehen, aber die Andeutung eines Lächelns spielte um seine Lippen, und er begann verhalten zu kichern. Jetzt verschränkte er die Arme vor der Brust und verfolgte, wie das cattenische Kriegsschiff sich langsam durch das Hindernis schob und unsichtbar wurde. »Ah!« Er ließ die Arme sinken. »Das ist wirklich sehr interessant«, sagte er und wandte sich an Scott.

»Ja, das finden wir auch.« Scott ließ sich auf der Kante der Schirmkontrolltafel nieder. »Wir nehmen an, sie haben Sie gesucht ...«

»Ich habe es ihnen erzählt«, sagte Mitford und ließ sich in den nächsten Sessel sinken.

Scott sah ihn irritiert an. »Wäre das möglich?«

»Zu welchem Zweck?« Zainal hob eine Schulter. »Ich habe mich mit dem Tub beeilt, damit sie es nicht sehen. Vielleicht haben sie mitbekommen, wie es abtauchte, falls sie ihre Scanner in die richtige Richtung gedreht haben. Wenn sie herkamen, dann nur, um sich mit eigenen Augen anzusehen, was ihre Kugel gemeldet hatte. Es war da, als die Zauber-Kugel herkam, und es war ebenfalls zugegen, als das Riesenschiff die Maschinen ablud. Und die haben die Eosi sich angesehen, oder nicht?«

Mitfords Miene spiegelte große Erleichterung wider, und Scott betrachtete Zainal mit einem Ausdruck, der an Scham grenzte.

»Sie sind hergekommen, um sich anzusehen, was es auf Botany Neues gibt«, wiederholte Zainal und entblößte die Zähne in einem breiten Grinsen. »Nicht, um nach mir zu suchen.«

Kris entspannte sich ein wenig. Sie hatte völlig vergessen, daß der cattenische Flugkörper Meldungen und Berichte sendete. Natürlich hatten sie sich das ansehen wollen! Zainal hatte mit der Sache überhaupt nichts zu tun. Er war abgeworfen worden, und er hatte sich entschlossen zu bleiben.

»Demnach glauben Sie, daß die Farmer diese Raumbarriere errichtet haben?« fragte Scott und musterte Zainal eindringlich.

»Wer sonst? Schließlich mußte das Kriegsschiff sich seinen Weg nach draußen freisprengen«, sagte Zainal. »Die Wache hat doch sonst keine Vorkommnisse im Raum gemeldet, oder?«

»Nur daß der Flugkörper der Catteni plötzlich einen Schatten zu haben schien«, sagte Marrucci. »Ich hatte gerade Wache, als die Catteni erschienen. Da war nichts, überhaupt nichts.«

»Ist der Schatten noch bei dem Flugkörper?«

Marrucci grinste. »So weit kann ich nicht mehr sehen.« Aber er rief das Logbuch für diesen Zeitraum ab und zeigte ihnen den winzigen Schatten hinter dem Flugkörper.

»Wenn dies das Gerät ist, das all das ausgelöst hat, warum hat es sich dann nicht schnell genug bewegt«, fragte Mitford mit leisem Groll in der Stimme, »um die Eosi daran zu hindern, überhaupt einzudringen?«

»Vielleicht hat es sich nur Zeit genommen, sich auszubreiten«, vermutete Beverly. Dann wandte er sich an Marrucci und fügte hinzu: »Selbst dieses tholianische Netz brauchte seine Zeit, um die *Enterprise* einzuhüllen, oder etwa nicht?«

»Die *Enterprise*?« rief Kris verblüfft aus. »Das tholianische Netz? An diese Episode kann ich mich erinnern!«

»Können Sie sich auch noch daran erinnern, wie die *Enterprise* sich befreit hat?« fragte Marrucci hoffnungsvoll.

»Nein«, erwiderte sie verlegen.

»Sie sind keine große Hilfe.«

»Das reicht jetzt«, sagte Scott und machte eine knappe Geste, um ihr Wortgeplänkel abzubrechen. »*Diese* Episode hat kein glückliches Ende. Der Planet ist vollkommen eingeschlossen.«

»Um uns auf ihm festzuhalten?« fragte Kris leise und wußte, daß die anderen im stillen dieselbe Frage stellten. »Vielleicht wollen sie nur sichergehen, daß ihre Maschinen intakt bleiben. Auch wenn sie zwischen uns und Luh-Kühen nicht unterscheiden können, dürften sie ein so großes Kriegsschiff doch mit einiger Besorgnis beobachtet haben.«

»Aber die Schiffe der Catteni sind hier doch ständig gelandet und gestartet«, wandte Mitford ein.

»Die Farmer hatten keine Ahnung, daß dieser Planet ... kolonisiert werden sollte«, Scott lächelte freudlos, »bis diese Zielflugrakete losgeschickt wurde ...«

»Wessen grandiose Idee war das überhaupt?« fragte Beverly stirnrunzelnd.

»Sie löste eine Reaktion aus, und das war es doch, was wir wollten«, meinte Mitford. Er weigerte sich offensichtlich, einen Namen zu nennen. Was, nach Kris' Auffassung, mehr Rücksichtnahme bewies, als Dick Aarens verdient hatte.

»Wie viele Monate dauerte es ...«, fragte Beverly, »bis diese Zauber-Kugel erschien?«

»Sieben«, antwortete Zainal, »und danach dauerte es nur drei Wochen, bis das große Schiff auftauchte, um die Maschinen zu ersetzen.«

»Was ich nicht verstehen kann, ist«, sagte Kris, »weshalb ihre Scannerüberprüfung nichts von der Existenz einer neuen Lebensform auf ihrem Planeten gemeldet hat. Luh-Kühe haben sechs Beine, und wir haben nur zwei. Das muß doch irgendwo aufgezeichnet worden sein, oder?« Sie hob die Hände in einer Geste der Ratlosigkeit.

»Und die Barriere hat das cattenische Kriegsschiff entlassen«, fügte Beverly in verwirrtem Tonfall hinzu.

»Wofür ich und, dessen bin ich mir sicher, Zainal sehr dankbar sind«, meinte Kris halblaut. Beverly warf ihr einen verständnisvollen Blick zu, der auch Zainal streifte, der neben ihr saß.

»In der Tat«, sagte Scott und räusperte sich nervös.

»*Sehr* dankbar«, bestätigte Zainal mit Nachdruck, lehnte sich in seinem Sessel zurück, streckte die Beine aus und gab einen erleichterten Seufzer von sich.

»Aber weshalb hat die Barriere so reagiert?« fragte Scott. Dieses Rätsel ließ ihm keine Ruhe.

»Weil das Schiff Waffen eingesetzt hat?« fragte Zainal.

»Das wäre natürlich eine Möglichkeit, falls die Farmer grundsätzlich friedliebend eingestellt sind«, meinte Scott. »Aber das wissen wir nicht, oder?«

»Wir wissen es durch die Täler«, sagte Zainal, »in denen etwas festgehalten oder von denen etwas ferngehalten werden sollte. Aber was immer es war, sollte nicht getötet werden. Im Augenblick werden wir hier festgehalten und vor Gefahren von außen geschützt.« Er deutete auf den Bildschirm, auf dem soeben der Abflug des Catteni-Schiffs abgespielt wurde. »Ich glaube, die Eosi haben jetzt etwas, worüber sie sich ausgiebig die Köpfe zerbrechen können.«

»Aber was bedeutet das für uns« – Scott schaute die Versammelten fragend an – »in bezug auf die Farmer?«

»Erinnern Sie sich noch daran, wie wir alle das Gefühl

hatten, von einem Scanner abgetastet zu werden?« begann Mitford und vergewisserte sich, daß alle ihm zuhörten. »Nun, unsere Zauber-Kugel machte eine Bestandsaufnahme, und das Versorgungsschiff warf ab, was nötig war, um die entstandenen Lücken aufzufüllen. Angenommen, daß dieses Schiff, genauso wie alle anderen Geräte der Farmer, darauf programmiert war, bestimmte Lebensformen anzutreffen, und die Existenz zahlreicher anderer nicht identifizierter Lebensformen vermerkte. Vielleicht wurde diese Blase um den Planeten installiert, bis die Farmer selbst herkommen und sich mit eigenen, nicht programmierten Augen umschauen.«

»Das ist reines Wunschdenken, Mitford«, stellte Scott fest. »Es wäre eine späte Rechtfertigung für alles, was Sie ursprünglich vorhatten. Nämlich ihre Aufmerksamkeit erregen und sich ihrer Hilfe versichern.« Als Mitford nickte, fuhr er fort: »Nur ist Ihr Plan leider fehlgeschlagen.«

»Ganz und gar nicht, Sir. Auf jeden Fall *noch* nicht.«

»Wäre er aber, wenn die Farmer entschieden, daß wir eine Art schädlicher Lebensform sind, die ihren Planeten vergiftet hat.«

Kris schaute wütend zu Scott. Sie war entsetzt, daß er so etwas überhaupt aussprechen konnte. Dann überlegte sie und mußte innerlich zugeben, daß er vermutlich nur das aussprach, was alle anderen befürchteten. Seine Miene drückte kein Bedauern über seine offenen Worte aus.

»Nein«, sagte Zainal in die unbehagliche Stille, die auf Scotts Feststellung gefolgt war. »Nein«, wiederholte er mit mehr Nachdruck und richtete sich auf. Dabei schlug er mit den Händen auf seine Knie, um seine Feststellung zu unterstreichen. »Die Farmer sind Pfleger. Sie sind eine Rasse, die sich dem Schutz verschrieben hat. Die Täler sind dafür ein Beweis. Die Scannerüberprüfung hätte eine schädliche Lebensform sicherlich töten können, aber das ist nicht geschehen. Die Barriere hätte ein Kriegsschiff vernichten können, hat es aber nicht. Sondern das Schiff durfte die Blase sogar verlassen. Wir werden demonstrieren, daß auch wir Pfleger, Retter, Schützer sind. Wenn die Farmer erscheinen …«

»Meinen Sie, das geschieht?« fragte Marrucci und hob die buschigen Augenbrauen in der Hoffnung auf eine negative Antwort.

»Ich denke, das werden sie tun, aber ich werde nicht so lange warten«, entschied Zainal mit einem verschmitzten Grinsen. »Ich werde mir bis dahin nicht den Kopf zerbrechen, sondern ich werde so angenehm wie möglich leben.«

»Ich denke, dem kann ich nur beipflichten, Zainal«, entschied Scott.

»Ich auch«, schloß Marrucci sich an.

»Ich habe meine Bedenken, Zainal«, sagte Scott, »aber sich Sorgen zu machen bringt überhaupt nichts, vor allem dann nicht« – er hob resignierend die Arme – »wenn wir es mit einer weitaus überlegenen Rasse zu tun haben.«

»Dieser Planet bietet unendliche Möglichkeiten«, meinte Beverly mit ernster, beschwörender Stimme. »Wir sollten versuchen, so viel wie möglich daraus zu machen, und hoffen, daß die Farmer am Ende in uns die zitierten Pfleger und, vielleicht, auch nützliche Bewohner ihrer Welt sehen.«

»Amen«, fügte Marrucci hinzu und machte ein Kreuzzeichen. Kris senkte, noch während sie nach Zainals Hand griff, voller Ehrfurcht den Kopf. Er verlor kein Wort über Phase Drei, aber an der Art und Weise, wie er ihre Hand drückte, erkannte sie, daß er diesen Punkt nicht vergessen hatte.

Kapitel 9

Während die hohen Offiziere zusammen mit Peter Easley, Yuri Palit und Chuck Mitford die verschiedenen Messen rund um die Retreat Bay und weiter landeinwärts aufsuchten, um Gerüchten entgegenzutreten und zu schildern, was geschehen war, berieten Zainal und die Flieger über einen kurzen Ausflug mit dem Scout-Schiff, um die Blase zu untersuchen. Bert Put, Marrucci, Raisha, Beverly und Vic Yowell konnten es kaum erwarten, sich das Phänomen aus nächster Nähe anzusehen. Für einen Ausflug sprach das Argument, daß, wenn die Satelliten nicht mehr aufzeichnen konnten, was die Neusiedler auf der Oberfläche des Planeten trieben, es sicherlich nicht schlimm wäre, wenn das Schiff für Forschungszwecke eingesetzt würde. Und eine der ersten Erscheinungen, die untersucht werden müßte, wäre nun mal die Blase. »So eingehend wie irgend möglich.«

»Vielleicht kann man auch in sie hinein«, fügte Kris hinzu, die sich zwar im Hintergrund hielt, aber entschlossen war, aus einer ganzen Reihe von Gründen an dieser Mission teilzunehmen. Sie hatte sich alles verfügbare Wissen über die neuen Geräte angeeignet und das Tub oft genug gelenkt, um ein Gefühl für die für Catteni dimensionierten Fingerauflagen auf den Armaturenbrettern zu entwickeln. Sie würde das Fliegen vielleicht niemals mehr erlernen, aber es gab während eines Flugs genügend Aufgaben und Tätigkeiten, für die sie sich ausreichend qualifiziert fühlte.

Sie hatte außerdem eine vage Ahnung, daß Zainal seinen Plan, mit einem der nächsten Vehikel der Farmer mitzufliegen, das den Himmel von Botany verdunkelte, auf keinen Fall aufgegeben hatte. Wie er das schaffen wollte, das konnte sie sich beim besten Willen nicht vorstellen, und er lieferte ihr auch keinerlei Hinweise. Allerdings gab es Momente, da starrte er vor sich hin, auf nichts Bestimmtes, und sie kannte ihn gut genug, um zu wissen, daß er gerade nach Möglichkeiten suchte, um seinen Plan in die Tat umzusetzen. Wenn man bedachte, wie schnell das Versorgungsschiff seine Ladung gelöscht hatte, würde er genügend Zeit haben, bis zu ihm zu gelangen, ehe es startete und seine unglaubliche Geschwindigkeit aufnahm? Das Scout-Schiff war mit einem Traktorstrahl ausgerüstet, und sie vermutete, daß er diesen einzusetzen hoffte, um sich an dem großen Schiff festzuklammern. Aber was wäre, wenn er losgerissen würde, sobald das Schiff der Farmer beschleunigte oder die Technik aktivierte, die es brauchte, um die immensen Strecken zu reisen, die es nach Auffassung aller zurücklegen mußte?

Sie hoffte, daß, wenn er seine Planung abgeschlossen hatte, sie ein Teil davon wäre. Trotz all der guten Freunde, die sie mittlerweile auf Botany gefunden hatte, wollte sie auf keinen Fall alleine zurückbleiben. Zumal Zainals Anwesenheit sie vor gewissen Unverschämtheiten schützte. Sie hatte bereits mehrere unangenehme Gespräche mit Männern geführt, die gerne auf ihrer ›Vaterschaftsliste‹ stehen würden. Sie hatten sich zwar bereit erklärt, auf den Weg der natürlichen Befruchtung zu verzichten, aber sie wollten, daß sie ihr Kind austrug.

Sie hatte es geschafft, sich für ihr Interesse zu bedanken – während sie in Wirklichkeit am liebsten so fest sie konnte zugeschlagen hätte – und versprach ihnen, sich ihr Angebot durch den Kopf gehen zu lassen. Und sie sorgte dafür, daß sie noch häufiger mit Zainal zusammen war, auch wenn es zur Folge hatte, daß sie ihre Arbeit an der Einrichtung ihres neuen Zuhauses mehr oder weniger einstellen mußte. Sie machte, so lange es ging, ohne seine Hilfe weiter – bis die ersten Männer erschienen und ihre Hilfe anboten ... und von Vaterschaft zu reden begannen.

Dann stellte Raisha fest, daß sie schwanger war, und stellte ihren Platz jedem, der sich dafür interessierte, zur Verfügung.

»Ich war oben, und es war wundervoll«, sagte sie, und ihre Augen glänzten, als sie in Erinnerungen schwelgte, »aber ich möchte es nicht bei Schwerelosigkeit treiben, vielen Dank.«

Dieser Zustand war schon bald weitverbreitet, als Astrid, Sarah und die drei jungen Frauen, die für die Catteni Nachrichten entschlüsselt hatten, verkündeten, daß sie ebenfalls schwanger waren. Kris hielt sich noch enger an Zainal und nahm sogar an ausgedehnten Unterweisungen am Armaturenbrett des Scout-Schiffs teil, um der ›Ansteckung‹ durch diese Krankheit zu entgehen. Kein Wunder, daß ausgerechnet in der Region um die Bucht so viele individuelle Behausungen gebaut wurden.

Raishas Platz zu füllen stellte keinerlei Problem dar, und Bert bot edelmütig an, ebenfalls zurückzutreten. Beverly und Marrucci gingen alle Referenzen von denen durch, die sich freiwillig zur Teilnahme an dem Flug gemeldet hatten, und entschieden sich für Antonio Gedes als Raishas Ersatz, aber Zainal bestand darauf, daß Bert auf seinem Posten bleiben sollte, da er ja immerhin einige Erfahrung mit dem Schiff und dem Weltraum hatte, während zwei andere Piloten, Alejandro Balenquah und Sidi Ahmed, auf die Teilnehmerliste aufgenommen wurden.

»Wahrscheinlich werden wir nie weit fliegen«, meinte Balenquah düster.

Er hatte dunkle Haut und tiefgründige schwarze Augen, mit denen er reserviert seine Umwelt betrachtete. Kris war sich nicht ganz im klaren darüber, ob ihr diese unbeteiligte Haltung zusagte, als ihm etwas angeboten wurde, das zu erhalten ein halbes Dutzend weniger qualifizierter Männer und Frauen sicherlich sogar einen Mord begangen hätte.

»Betrachten Sie es doch mal so, mein Freund«, sagte Bert Put, dem diese Haltung des Mannes ebensowenig gefiel, »man kann nie wissen, oder? Hatten Sie erwartet, jemals wieder ein Schiff durch den Weltraum zu lenken? Nun, Sie erhalten diese Möglichkeit – hier und jetzt.«

»Eigentlich nicht.« Und Balenquah änderte seine Haltung. Er war tatsächlich der schnellste der drei neuen Männer, die sich mit der ungewöhnlichen Ausrüstung und mit den Fingerdruckschaltern anzufreunden versuchten.

Der Flug war trotz erheblicher Bedenken von Seiten Reidenbackers und Aingers geplant worden. Sie seien typisches Bodenpersonal, hatte Marrucci einmal zu Kris bemerkt, und stünden der Luftfahrt und dem Raumflug überaus skeptisch gegenüber. Wenn die Satelliten auf den Schirmen der KDL und des Scouts nicht mehr zu sehen waren, dann konnte man wohl davon ausgehen, daß die Satelliten innerhalb der Blase nichts erkennen würden. Daher war es nicht nur ungefährlich, sondern auch eine kluge Vorsichtsmaßnahme, sich anzusehen, wie die Barriere sich, aus der Nähe betrachtet, darbot.

»Ganz zu schweigen von der Tatsache, daß Sie sich geradezu danach verzehren, wieder starten zu dürfen«, sagte Kris, und Marrucci grinste noch jungenhafter als je zuvor, obgleich er mittlerweile den Rang eines Colonel in der Luftwaffe bekleidete.

»Sie haben es erfaßt, Bjornsen«, sagte er und formte mit der Hand eine Pistole, zielte auf sie und ließ einen mit zwei Gelenken versehenen Daumen nach unten zucken. Er hatte außerdem die Angewohnheit, mit den Knöcheln zu knacken, wenn er nervös war, eine Angewohnheit, die Zainal immer wieder in Erstaunen versetzte. Zu Kris' großer Erleichterung konnte er das nicht nachmachen. Es reichte vollauf, wenn nur einer in der Enge einer Pilotenkanzel dazu fähig war.

Zainal wollte außerdem versuchen, einen Satelliten der Farmer zu lokalisieren, oder was immer die Blase steuerte.

»Wenn sie uns ausspionieren, dann ist es gut. Sie wollen schließlich mehr wissen, ehe sie zu uns kommen.«

»Das ist deine Interpretation«, sagte Kris.

Er musterte sie mit seinen gelben Augen, und ein leichtes Lächeln spielte um seine Lippen. »Und wie lautet deine?«

Sie überlegte einen Moment lang und lachte dann. »Ja, wir könnten tatsächlich weiße Mäuse sein.«

»Was?« fragte Zainal verwirrt, daher schlug sie vor, während ihres Hausbaus eine kleine Pause einzulegen, und sie erzählte ihm von Labormäusen und Labyrinthen, mit denen ihre Intelligenz und ihr Lernvermögen getestet wurden.

»Um noch mehr über uns zu erfahren, als sie mit Hilfe des Scanners bereits herausgefunden haben.«

»Aber wir tun doch das, was *wir* wollen«, sagte Zainal immer noch verwirrt.

»Vielleicht glauben wir das nur«, entgegnete sie.

»Scott würde es nicht gefallen, sich vorstellen zu müssen, daß jemand anderer ihn lenkt.« Er lachte verhalten, während er wieder aufstand und nach dem nächsten Ziegelstein griff.

»Nein, das würde es ganz bestimmt nicht«, pflichtete Kris ihm bei und lachte, während sie ebenfalls aufstand, um die Arbeit wieder aufzunehmen. »Wir haben genug Mörtel für die nächste Lage«, sagte sie und holte sich eine Kelle voll aus der Wanne. »Ich bin darin schon richtig gut.«

Dann erinnerte sie sich an Sandy Aresons Bemerkung,

daß Verputzen und Mauern ungefähr das gleiche war, als würde man einen Säugling füttern, und daß sie diese Fertigkeit hatte anwenden können, als sie ein eigenes Kind hatte. Kris knallte den nächsten Ziegelstein derart heftig auf seinen Platz, daß er entzweibrach.

»Das ist heute schon der vierte«, stellte sie ungehalten fest. »Vielleicht sollten sie die Steine noch etwas länger brennen.«

Sandy war für die Ziegelsteinherstellung verantwortlich, daher wußte Kris, daß die Schuld nicht in der Fabrik zu suchen war. Die Ziegelherstellung war eine der zahlreichen Aufgaben, an der sich jedes Mitglied der Gemeinschaft auf die eine oder andere Art beteiligte. Aber es lag etwas Tröstliches darin, den feuchten Lehm in die Formen zu schaufeln und zu wissen, daß man damit sein eigenes Haus praktisch aus dem Nichts bauen konnte, auch wenn man am Ende mit zerschundenen Händen und Armen dastand.

Trotzdem wäre es eine hübsche Bleibe, wenn es erst einmal fertig war. Sie und Zainal hatten damals, während ihres ersten Ausflugs, die Stelle gemeinsam ausgewählt. Sie hatten von dort einen herrlichen Blick auf die Bucht. Das Grundstück war groß genug, um Gemüse und Beerensträucher anzupflanzen, und hinter ihnen befand sich eine Gruppe ›junger‹ Zeltstangenbäume. Nach Monaten des Barackenlebens wünschte sich jeder auf Botany so etwas wie eine Privatsphäre, und die Region um die Bucht konnte damit aufwarten.

Die Messe von Narrow Valley war zerlegt und in die KDL geladen und anschließend auf einer Anhöhe über der Bucht wieder aufgebaut worden. Kleinere ›Büros‹ drängten sich auf natürlichen Terrassen und Etagen darunter und darüber. Das Krankenhaus war das einzige andere größere Bauwerk. Leon Dane verkündete, daß das medizinische Personal nicht die Zeit hätte, eine separate Entbindungsstation zu bauen und einzurichten. Er sei jedoch im Begriff, Hebammen für Hausgeburten auszubilden, denn alle Babys würden ungefähr zur gleichen Zeit zur Welt kommen.

Private Behausungen breiteten sich rund um die Bucht in allen Richtungen aus. Zuerst wurden sie aus dem Holz der Zeltstangenbäume gebaut, ehe die Ziegelei eine ausreichende Produktion vorweisen konnte. Diejenigen, die im Holzeinschlag beschäftigt waren, machten die interessante Entdeckung, daß sogar die kleinsten Zeltstangenbäume, die auf dem Plateau gefunden wurden, mindestens tausend Jahre alt waren.

»Genauso wie die Bäume auf der Erde haben sie Jahresringe«, erklärte Vigdin Elsasdottir, die Umweltexpertin, die den Holzeinschlag überwachte, und zeigte nur zu gerne ihr Demonstrationsobjekt vor, das sie immer bei sich trug. »Und schmale Ringe deuten darauf hin, daß das Klima während des letzten Jahrtausends kaum nennenswerten Schwankungen unterworfen war. Es gab keine Dürreperioden, keine extrem harten Winter, keine zu heißen Sommer. Einige der größeren Bäume dürften schon zehntausend Jahre alt sein.«

Erneut kam die Frage auf, wie lange die Farmer diesen Planeten schon besaßen. Vor allem da der ›neue‹ Wald ›junger‹ Bäume von den viel älteren abstammte. Sogar Worrell zeigte wenig Lust, sich darüber den Kopf zu zerbrechen.

»Ich habe wichtigere Dinge, mit denen ich mich beschäftigen muß«, hatte er eines Abends in der Messe erklärt. »Zum Beispiel wie ich Glas für die Leute beschaffen soll, die sich Fenster und Duschkabinen wünschen. Ausgerechnet«, klagte er und deutete theatralisch auf die Bucht, »als hätten wir da draußen nicht eine einzige riesengroße Badewanne für alle!«

Diejenigen, die schon auf der Erde im Baugewerbe tätig gewesen waren, wie zum Beispiel die Doyle-Brüder, hatten alle Hände voll zu tun, Ratschläge zu erteilen und Neulingen alles zu zeigen, was sie, wie Lenny es ausdrückte, ›von der Pike auf‹ gelernt hatten. Einige Asiaten hatten große Probleme, denn sie waren an ganz andere Baumaterialien gewöhnt. Nachdem die zugewiesenen Aufgaben erledigt worden waren und die Abende allmählich länger wurden, arbeitete jeder an seinem neuen Zuhause und half Nachbarn, soweit für bestimmte Projekte zusätzliche Arbeitskräfte nötig waren.

Obwohl einige hohe Militärs im Felsenhangar wohnten und auf Matratzen in ihren Büros schliefen, hatten sie alle sich zwar Bauplätze ausgesucht, aber das Einteilen von Arbeitsgruppen für rund zehntausend Menschen und Aliens nahm fast ihre gesamte Zeit in Anspruch.

»Jemand muß es tun«, meinte Mitford, als Kris sich einmal beschwerte, daß der Admiral sich, ohne gewählt zu sein, zum Chef von allem aufschwang. »Und zum Teufel, Kris, ich hätte vielleicht das Bataillon in jeder Hinsicht führen können und hätte es sicherlich auch geschafft, am Anfang so etwas wie Ordnung in den ganzen Haufen zu bekommen, aber er hat schließlich einen Flugzeugträger geleitet, und dort sind mindestens zehntausend Mann Besatzung. Er ist an den Umgang mit so vielen Leuten gewöhnt. Ich bin das nicht. Ich war froh, daß ich die Verantwortung an ihn abtreten konnte.«

Mitford war weiterhin für die Erkundung und das Kartographieren verantwortlich, und er versuchte ständig, die Übersichtskarte mit den nötigen Details zu vervollständigen, die nötig waren, um die Landwirtschaftsfläche zu vergrößern. »Das betrifft auch die Viehzucht, sofern man Luh-Kühe als normales Vieh bezeichnen kann.«

Da sie wußte, daß der Sergeant sich am wohlsten

fühlte, wenn er mit dem Tub auf Erkundungsfahrt war, wollte Kris gegen Ray Scott keinen allzu großen Groll in sich aufkommen lassen. Ohne Frage arbeitete er hier auf Botany praktisch rund um die Uhr. Und an manchen Tagen wirkte er sogar richtig umgänglich, als übte Botany eine besänftigende Wirkung auf ihn aus. Bei anderen Gelegenheiten war sie überzeugt, daß er Zainal verabscheute und ihm mißtraute und ihr wegen ihrer engen Verbindung mit dem ehemaligen Emassi-Offizier gleich mit. Er schwankte zwischen übertriebener Herzlichkeit, wenn er sich Zainals Kenntnissen in bestimmten Bereichen bediente, und totaler Ignoranz hinsichtlich Zainals Ansichten und Meinungen. Er führte das Kommando nicht ausschließlich nach seinen eigenen Vorstellungen, was Kris einigermaßen gnädig stimmte, und sie dachte, daß er nach Führung eines Flugzeugträgers trotz allem die nötige Erfahrung besaß. Sie konnte im Grunde dankbar sein, daß es Scott war, der die meisten Befehle erteilte, und nicht Geoffrey Ainger, den sie überhaupt nicht leiden konnte. Er war so englisch, daß er einem beinahe wie eine Karikatur eines leitenden Offiziers vorkam, und sie wußte, daß er Zainal als gefährlichen Fremdkörper betrachtete. Gut zurecht kam sie mit Rastancil, Fetterman und Reidenbacker; John Beverly war der netteste von allen, denn er sah ihr immer gerade in die Augen, wenn er sie etwas fragte oder ihr eine Frage beantwortete. Mit Easley hatte sie überhaupt keine Probleme. Im Gegenteil, Versammlungen schienen viel besser zu laufen, wenn er daran teilnahm, und sie erwiesen sich meistens auch als deutlich produktiver. Er hatte die Gabe, Spannungen abzubauen und Vorschläge zu machen, die die Diskussionen vorantrieben, anstatt ständig zu unterbrechen und sich mit Ray Scott zu beraten.

Womit sie wieder in die Gegenwart und zu dem Treffen zurückkehrte, zu dem Scott und Rastancil sie gebeten hatten. Sie wollten, daß Zainal die bergigere Region untersuchte, die während des Flugs noch nicht ausgekundschaftet worden war. Aus der ursprünglichen Absicht, einen Flug zur Blase und zurück zu unternehmen, hatte sich der Plan zu einer fünftägigen ausführlichen Erkundung des gesamten Planeten entwickelt.

»Sehen Sie nach, ob es auf unserem Kontinent Sacktäler oder Mineralienvorkommen gibt. Wir könnten Blei, Kupfer, Zink und Zinn gut gebrauchen, falls der Kontinent über so etwas verfügt.«

»Ich glaube, das tut er«, sagte Zainal. »Der Bergbauexperte, Walter Duxie, besitzt Kopien von den ursprünglichen Übersichtskarten.«

»Duxie? Kenne ich den?« fragte Scott über die Schulter seinen allgegenwärtigen Adjutanten.

»Ja, er war damit einverstanden, den anderen Ort zu verlassen und hier den Bergbau zu organisieren«, murmelte Beggs. »Ein stämmiger Mann, beginnende Glatze, in den Vierzigern, Engländer.«

»Ach ja, lassen Sie sich von ihm die Karten geben, damit ich sie mir anschauen kann.« Danach wandte Scott sich wieder zu Zainal und Kris um.

Kris fragte sich, wie Beggs' Beschreibung von Zainal – und von ihr selbst – aussehen mochte. Dann entschied sie, daß sie es eigentlich gar nicht wissen wollte.

Zwei Tage später stellte Zainal zufrieden fest, daß diejenigen, die ihn auf der Blasen-Mission, wie die Teilnehmer sie getauft hatten, begleiteten, hinreichend ausgebildet waren, um das, was sie gelernt hatten, in die Praxis umzusetzen. Er gab bekannt, daß sie bei Tagesanbruch starten würden, und riet allen, den Rest des Abends in Ruhe zu verbringen. Er selbst hatte nicht die Absicht, seinen eigenen Rat zu befolgen, denn sie würden das Dach ihrer Zwei-Zimmer-Hütte decken. Kris entschied, daß sie dadurch so müde sein müßte, so daß sie gar nicht wachbleiben konnte. Sie erwartete den Start zu ihrem Ausflug viel aufgeregter, als sie zuzugeben bereit war.

Zainal hatte soeben einen Stapel Dachschindeln bereitgestellt und die Leiter gegen das Giebelende des Hauses gelehnt, als Mitford, Worry, Tesco, Sandy Areson, Sally Stoffers und die beiden Doyles erschienen. Jeder hielt einen Hammer in der Hand, und sie hatten eine zweite Leiter bei sich.

»Ich kann nicht zulassen, daß Sie sich am Tag vor der Blasen-Mission noch irgend etwas brechen«, hatte Mitford unwirsch geknurrt.

Kris lächelte dankbar. Zainal mochte zwar einige Grundlagen des Hausbaus beherrschen, aber sie hatte schreckliche Angst, daß er vom Dach stürzte oder durch das Gebälk brach. Außerdem wollte er ihr nicht gestatten, ebenfalls hinaufzusteigen und Schindeln festzunageln.

»Sie dürfen nicht mitmachen«, erklärte Kris den beiden Frauen in einem Ton, der keine Widerrede duldete.

»Ich habe von Ihren Versuchen mit meinen roten Ziegeln gehört«, sagte Sandy. Sie war von dem Aufstieg ein wenig außer Atem. Sie stellte ihren Hocker vor der Hütte ab und nickte anerkennend. »Ich hatte gar keine Ahnung, daß wir eine solche Farbenvielfalt haben ... Wahrscheinlich solltet Ihr Neuen euch euer Baumaterial selbst einfärben.«

»Das Rot gefiel mir gut, daher habe ich die roten Ziegel einfach nachgefärbt«, sagte Kris und begutachtete kritisch die Wirkung. Sie hatten die dunkleren Ziegel um die Tür, die Fenstersimse, an den Ecken, am Schornstein und um den offenen Kamin vermauert. Sie hatten im kleineren Zimmer eine Hintertür eingebaut, durch die sie schneller die Latrine erreichen konnten. Und es gab einen Schlafspeicher, der sich vor allem bei Familien, die mit Zuwachs rechneten, großer Beliebtheit erfreute. »Ich finde, es sieht sehr gut aus.«

»Tut es auch. Ich kann Nägel anreichen. Ich habe außerdem meine praktische Nagelschürze mitgebracht.« Sie reichte Kris das Kleidungsstück, und diese band es sich lachend um, während Sandy damit begann, die drei geräumigen Taschen mit den Nägeln zu füllen. »Will Zainal sich die Nägel in seinen großen Mund stecken?«

Kris schüttelte grinsend den Kopf. »Nein. Lenny hat ihn schon davor gewarnt, daß er ja keinen verschluckt. Selbst ein Catteni würde das nicht überleben. Er hat sich für einen Eimer entschieden.«

Zainal hatte die Leiter mittlerweile gesichert, und ehe er seinen Eimer hochheben konnte, war sie schon mit einem Stapel Schindeln und dem Hammer die Leiter hinaufgeeilt.

»Hey!« protestierte Zainal.

»Man wüßte gar nicht, daß er ein Catteni ist«, meinte Sandy beiläufig zu Sally, »wenn man es ihm nicht deutlich ansehen würde.«

Sally verschluckte ein Kichern, während Zainal mindestens genauso elegant wie Kris vor ihm die Leiter hinaufturnte. Mitford und Lenny Doyle erschienen am anderen Ende des Dachs, und dann begann das große Hämmern, das mittlerweile auch auf zahlreichen anderen Dächern im Gange war.

Bei so tatkräftiger Hilfe beim Anreichen neuer Schindeln und der Erneuerung des Nagelvorrats war die Hütte bis zum Sonnenuntergang vollständig gedeckt. Anschließend schenkte Zainal Bier für die durstigen Kehlen aus, und Kris verteilte Tee aus einer großen Kanne, die im Kamin gestanden hatte.

»Mit dem Dach darauf wirkt die Hütte viel größer«, stellte Kris fest, blickte nach oben und atmete genußvoll den Duft des frischen Holzes ein, aus dem die Schindeln geschnitten worden waren. Sie hätten auch ein Schieferdach haben können, aber Mitford meinte, Holzschindeln wären viel hübscher und einfacher anzubringen.

Sie saßen zusammen, bis der erste Mond aufging, dann verabschiedeten sich die Gäste.

»Wir sollten lieber jetzt schon zum Hangar marschieren und im Scout schlafen«, sagte Kris und ging zur Türöffnung. Noch hatten sie keine richtige Tür.

Zainal hielt sie zurück. »Ich möchte unter meinem eigenen Dach bleiben, das ich selbst gebaut habe ...«

»Bei dessen Bau du mitgeholfen hast«, neckte Kris ihn.

»Wie du meinst«, sagte er lächelnd und deutete auf den Stapel Decken, den sie noch nicht bemerkt hatte.

»Damit wäre der Tag komplett.«

»Nicht ganz«, sagte Zainal mit leiser Stimme und schloß sie in die Arme. »Es ist immer gut, sein eigenes Heim zu haben. Sehr gut sogar.«

Es hätte für sie eigentlich ein idyllischer Tagesabschluß sein sollen. Aber als sie nachts, zwischen den Mondaufgängen, aufstand und sich dabei bemühte, Zainal, der fest schlief, nicht aufzuwecken, stolperte sie auf dem Rückweg von der Latrine über die übriggebliebenen Schindeln und brach sich den rechten Arm.

Sie war wütend auf sich selbst, weil sie so unvorsichtig war und sich selbst der Chance beraubt hatte, an der Mission teilzunehmen.

»Warum konnte es nicht der linke Arm sein? Wo ich doch Rechtshänderin bin«, schimpfte sie und weinte mehr vor Enttäuschung als vor Schmerzen, während Zainal sie zum nächsten verfügbaren Luftkissenfahrzeug trug und sie damit zum Krankenhaus brachte. Beide Knochen waren gebrochen, allerdings tröstete Leon

Dane sie mit der Feststellung, daß es kein komplizierter Bruch sei. Das hätte bei ihren begrenzten Möglichkeiten Probleme geben können.

Dann schenkte er ihr eine reichliche Portion von dem Gärungsalkohol ein, der vorwiegend als Schmerzmittel eingesetzt wurde. Das Zeug hatte einen leicht rauchigen Geschmack, aber Kris beklagte sich nicht.

»Das ist schon schlimm genug«, sagte sie, während Zainal sie festhielt und Leon die Knochen vorsichtig in die richtige Lage schob. Sie wurde ohnmächtig – anschließend, nicht während der Prozedur – und wachte wieder auf, als er gerade die letzte Bandage um die Bruchstelle wickelte.

»Ich hätte den Arm am liebsten mit Gips ruhig gestellt, nur kann ich damit noch nicht dienen«, sagte Leon. Er schenkte ihr noch eine kleine Portion Alkohol ein, »damit Sie ruhig schlafen können«, wie er meinte.

Danach zeigte er Zainal, der sie auf den Armen trug, ein freies Krankenzimmer. Zainal setzte sie ans Fenster und schob dann das nächste Bett neben ihres.

»So etwas sollten wir nicht zur Gewohnheit werden lassen«, sagte Leon mit gespieltem Ernst, während er Zainals Vorbereitungen verfolgte. Doch er knipste die mit Sonnenenergie gespeiste Beleuchtung aus und schloß leise die Tür hinter sich.

Kris hätte es lieber gesehen, wenn Zainal sie alleine ihrem Leid überlassen hätte, doch der Whiskey hatte den Schmerz in ihrem Arm betäubt, und die Wärme seines Körpers und seine Fürsorge trösteten sie, so daß sie schon bald einschlief.

Als sie am nächsten Morgen vom Startlärm des Scout-Schiffs geweckt wurde, war Zainal bereits verschwunden. Sein Bett war wieder an seinen alten Platz geschoben worden. Der Morgen graute, und er war pünktlich aufgebrochen. Sie fragte sich, wer nun ihren Platz einnahm, entschied jedoch, daß sie es lieber gar nicht wissen wollte. Sie versuchte wieder einzuschlafen, konnte es aber wegen der Schmerzen nicht, daher stand sie auf, wickelte sich in eine Decke und machte sich auf die Suche nach jemandem, der ihr helfen könnte, eine Tasse Kräutertee zuzubereiten. Vielleicht milderte dies die Schmerzen in ihrem Arm.

Was letztendlich die gewünschte Wirkung hatte, war ein kräftiger Schuß Alkohol im Tee.

»Ich kann doch wohl kaum die nächsten Wochen ständig betrunken sein«, sagte sie zu der Helferin in der Krankenhausküche.

»Ach, der Schmerz läßt mit der Zeit nach«, beruhigte Mavis, die diensthabende Krankenschwester, sie grinsend. »Und wenn nicht, dann haben wir ja unser Schmerzmittel. Und jetzt zurück in Ihr Zimmer. Ich gehe mit und helfe Ihnen beim Anziehen. Kann ich Ihren alten Overall zu Ihrer Hütte bringen, sobald er gereinigt ist? Und mich dort einmal umsehen? Cumber und ich bauen ebenfalls, und ich möchte mir ansehen, was die anderen geschafft haben. Haben Sie Ziegel oder Holz verwendet?«

Mavis ging Kris beim Ankleiden sehr geschickt zur Hand und schaffte es, sie von ihren Schmerzen abzulenken.

»Schauen Sie bei der Apotheke rein, und man wird Ihnen dort ein Flasche mitgeben – natürlich nur zum medizinischen Gebrauch«, sagte Mavis mit einem verschmitzten Lächeln und deutete zur Tür. »Ich kann eine Fahrgelegenheit rufen, aber Sie müssen einen Moment warten …«

»Ich kann sehr gut zu Fuß gehen …«

»Das können Sie eben nicht«, widersprach Pete Easley,

der soeben das Krankenhaus betrat. »Ich habe Leon versprochen, Sie mitzunehmen. Haben Sie Ihre Flasche Medizin? Setzen Sie sich, ich hole Ihnen eine. Ich weiß, wo sie aufbewahrt werden.« Er verschwand in der Apotheke und war schon wieder zurück, ehe Kris einen Platz gefunden hatte. Dann geleitete er sie nach draußen zum Rutscher.

»Hat Mitford Ihnen den geliehen?«

»Für Sie würde Mitford noch viel mehr tun. Außerdem ...« Easley betrachtete sie mit einem hinterlistigen Grinsen, »... hat er Zainal versprochen, sich um Sie zu kümmern.«

»Hmm, wie nett«, zischte sie giftig, wußte sie doch, welche Absicht Zainal verfolgte, indem er Mitford bat, auf sie aufzupassen.

»Sie können ruhig noch einen Tag im Krankenhaus bleiben«, meinte Easley und musterte sie besorgt.

»Ich bin nicht krank«, entgegnete sie spitz und kletterte vor ihm in das Luftkissenfahrzeug.

Der Platz auf dem Fahrersitz war nicht sehr groß, obgleich dort gewöhnlich zwei Leute sitzen konnten. Aber nicht jemand mit einem sperrigen Verband und einer braunen Flasche Fusel. Easley hockte schließlich schräg auf der Sitzkante, damit er nicht unabsichtlich gegen sie stieß. Sie kam sich unbeholfener vor als je zuvor in ihrem Leben und fühlte sich ausgesprochen unwohl. Es war kaum denkbar, daß sie nach dem Alkohol in der Nacht vorher einen Kater hatte, aber sie hätte in diesem Moment wer weiß was für ein Aspirin gegeben. Dann erinnerte sie sich daran, wie Zainal immer wieder über ihre Bereitschaft lachte, alles Mögliche zu verschenken, um irgend etwas Bestimmtes zu erhalten, und irgendwie besserte sich ihre Laune daraufhin erheblich.

»Ist er gut weggekommen?« erkundigte sie sich.

»Pünktlich, wie geplant. Laughrey hat Ihren Platz eingenommen.«

»Laughrey, der ehemalige Pilot der Concorde?« Ihre gute Laune steigerte sich. Sie mochte Laughrey, und er war sicherlich im siebten Himmel. »Wenigstens war es nicht Scotts kleines Würstchen ...« Sie hätte es nicht ertragen, wenn Beggs auf ihrem Platz gesessen hätte.

Pete Easley lachte. »Der Knabe ist ganz gut in dem, was er tut, aber Scott erträgt ihn nur, weil er auf diese Weise die anderen Leute in Ruhe läßt. Er ist der typische Jasager, aber er hat ein fotografisches Gedächtnis.«

Frühaufsteher winkten Kris und Pete zu, und einige deuteten auf ihren Arm und riefen ›So ein Pech‹. Sie wußte nicht, wie sie auf diese Welle der Sympathie reagieren sollte, daher winkte sie nur zurück und lächelte. Sie blickte zum Himmel und stellte sich vor, daß Baby wahrscheinlich jetzt schon über der anderen Halbkugel schwebte.

»Meinen Sie, ich käme auf eine der Kommandobrücken?«

»Nur wenn Sie vorher gefrühstückt haben. Sie sind käseweiß«, sagte er und bog auf den Parkplatz vor der Messe ein.

So nahm sie ihr Frühstück ein, das Pete ihr an den Tisch brachte, wo er sie, von der Tür aus nicht direkt zu sehen, plaziert hatte.

»Ich glaube nicht, daß Sie Lust auf Beileidsbezeugungen haben«, sagte er und setzte sich so zu ihr, daß sie vor neugierigen Blicken geschützt war.

»Hat die Nachricht von meinem Unfall sich denn schon in der ganzen Bucht herumgesprochen?« wollte sie wissen, und ihre Laune sackte gleich wieder auf einen Tiefpunkt.

»Nun, es bedurfte schon einer Erklärung, weshalb Zainal plötzlich mit Laughrey im Schlepptau erschien. Wir wissen doch alle, wie scharf Sie auf die Teilnahme an dieser Mission waren«, sagte er. »Und Sie wissen ja selbst, wie schnell Neuigkeiten sich in Retreat verbreiten.«

»Nun ja, das weiß ich wohl.« Sie verzog das Gesicht, denn nun kam sie sich schon selbst ein wenig seltsam vor.

»Ärgern Sie sich nicht, Kris«, sagte Pete. »Ich würde mich an Ihrer Stelle sogar noch verrückter anstellen.« Und er brachte sie wieder zum Luftkissenrutscher zurück, wobei er darauf achtete, daß sie nicht allzu vielen Leuten über den Weg liefen.

»Ich finde, ich sollte Sie jetzt nach Hause bringen, Kris«, sagte er und schlug dort, wo er zum Hangar hätte abbiegen müssen, die Richtung zu ihrer Hütte ein. »Sie sehen noch immer ein wenig mitgenommen aus.«

»Das bin ich auch«, gab sie zu. »Ich habe das Gefühl, als stünde ich total neben mir.«

Aber sie wollte auch nicht in einer Hütte herumsitzen und ständig an Zainal denken. Sie versuchte sich auf die Dinge zu konzentrieren, die sie mit einer Hand vollbringen konnte, und fand nur sehr wenige. Sogar zum Geschirrspülen brauchte man zwei Hände.

»Sehen Sie, Kris, sie erreichen die Blase frühestens in zwei Stunden. Wie wäre es, wenn ich Sie zu Ihrer Hütte bringe und rechtzeitig wieder abhole? Okay?«

»Ja, das klingt gut«, sagte sie, während er den Rutscher vor ihrer Tür abbremste. Sie war im Begriff auszusteigen, als sie erkannte, daß die Türöffnung nicht mehr leer war. »Hey, wie ist das denn dorthin gekommen?« Sie deutete verblüfft auf das nagelneue Teil.

Pete grinste. »Lenny Doyle hat sie bei Tagesanbruch hergebracht. Er meinte, Sie wären beim Traurigsein sicherlich lieber alleine und ungestört.« Sie war außer sich vor Freude und betätigte prüfend den Riegel.

»Wenn Sie die Schnur auf der Innenseite ziehen, ist es

genauso, als würden Sie abschließen«, sagte er und zeigte ihr, was er meinte.

»Genauso haben es früher die Pioniere im Wilden Westen gemacht.« Sie grinste selig, während sie an der Schnur zog.

Pete schob sie mit sanfter Gewalt über die Schwelle in die Hütte hinein. »Ruhen Sie sich aus. Ich hole Sie schon bald wieder ab.«

Er schloß die Tür, und sie zog wieder an der Schnur.

»Danke, Pete!« rief sie und hörte sein fröhliches »Nullo problemo« und anschließend das leise Zischen, als das Luftkissenfahrzeug sich entfernte.

Jemand hatte außerdem die Betten gemacht und die Pflanzenfaserfüllung der Matratze verstärkt. Sie bedankte sich im stillen bei diesem wohltätigen Unbekannten. Sie schob mit dem Fuß einen der Hocker über den Steinfußboden, kippte ihn dabei um und schob ihn weiter zum Bett. Dann richtete sie ihn wieder auf, stellte die ›Medizinflasche‹ darauf und setzte sich aufs Bett, um die Stiefel auszuziehen. Sie würde nicht einschlafen, das wußte sie genau, aber sie nahm einen Schluck aus der Flasche, ehe sie sich auf der Matratze ausstreckte.

Ein energisches Klopfen und eine Stimme, die ihren Namen rief, weckten sie, und sie setzte sich auf und stieß sich schmerzhaft ihren Arm.

»Ich komme ja schon«, antwortete sie und stellte fest, daß es nicht so einfach war, mit einem Arm in einer Tragschlinge auf die Füße zu kommen. Als sie die Tür öffnete, lehnte Pete Easley im Rahmen und strahlte sie an.

»Sie haben geschlafen und sehen um mindestens hundert Prozent besser aus«, sagte er, doch dann holte er einen Kamm hervor – er war aus Lu-Kuh-Knochen herausgefräst worden – und ging ihr damit durchs Haar. »So ist es fast perfekt. Kommen Sie. Wir sollten zusehen, daß wir im Hangar sind, ehe sie die Blase erreichen.«

Als sie die Kommandobrücke der KDL betraten, war sie bereits mit einem gespannten Publikum bevölkert, doch Scott bat die Anwesenden durch unmißverständliche Gesten, für sie Platz zu machen, und bot ihr einen der Sessel an.

»Es wird Sie sicherlich interessieren«, meinte Beverly aus der Pilotenkanzel des Scout-Schiffs, »daß die Blase von keinem der Suchinstrumente wahrgenommen wird. Aber sie ist deutlich sichtbar ... wie Sie alle sich überzeugen können.«

Was sie auch taten ... und zwar aus Babys Perspektive. Sie konnten außerdem das Scout-Schiff auf dem Sichtschirm der KDL erkennen. Seine Nase war kaum zehn Meter von der Barriere entfernt.

»Wir wollen sie mal probeweise anstoßen«, sagte Zainals Stimme, und Baby trieb auf die milchige Masse der Blase zu, tauchte leicht ein und federte langsam zurück.

»Moment mal, ich justiere nur den Schirm, damit Sie sehen können, was das Kriegsschiff hinterlassen hat«, sagte Marrucci, und seine Stimme bebte vor Lachen.

»Wir müssen ein kleines Stück zurücksetzen, um einen genauen Überblick zu erhalten.« Das war Laughreys amüsierter Bariton. Er lachte, während der Sichtschirm des Scout-Schiffs langsam nach Steuerbord und anschließend wieder zurückwanderte.

»Sehen Sie, was ich meine?« fragte Bert Put, und Kris konnte das Grinsen im Gesicht des Australiers deutlich vor sich sehen. »Sie haben jede Antenne und jeden Mast verloren, den sie besaßen.«

»Für immer in der Blase verewigt«, sagte Balenquah. »*Madre de Dios*, die Farmer haben aber schon verrückte Dinge geschaffen!«

»Können Sie eine Analyse durchführen?« fragte Scott.

»Geht nicht, wenn Sensoren nichts wahrnehmen können«, sagte Bert Put. »Es sei denn, wir gehen raus und versuchen, ein Stück herauszuschneiden.«

»Nein«, sagte Zainal. »Wenn Sie wollen, geht jemand raus, aber wir werden uns keine Probe holen.«

»Zustimmung zu Ihrem Vorschlag, Zainal«, sagte Scott. »Aber ich möchte, daß eine EVA-Untersuchung durchgeführt wird.«

»Ich gehe«, sagte Zainal, und sofort wurde sowohl unter den Beobachtern im Scout-Schiff wie auch in der KDL Protest laut.

Kris stellte fest, daß sie die linke Hand auf ihre Lippen preßte, damit sie nicht ebenfalls protestierte. Dann unterdrückte sie schließlich ihre Angst.

»Er ist derjenige, der gehen muß, Ray«, erklärte sie mit Nachdruck. »Er kennt die Ausrüstung und das Schiff. Niemand sonst hat sich auf einen Spaziergang im Raum vorbereitet, oder etwa doch?«

»Ich habe es getan«, sagte Bert Put, »aber nicht mit diesem Gerät. Zainal ist schon der richtige dafür, Kris. Er ist bereits dabei, sich umzuziehen.«

Zainals Raumanzug verfügte über eine eigene Kamera, daher wurde nach einer kurzen Wartezeit auf Zainals Helmoptik umgeschaltet, und sie sahen den schimmernden Schleier der Blase, als Zainal sich ihr langsam näherte. Sie konnten seine Hände sehen, wie sie vorgestreckt wurden, um die Blase zu berühren, und die Reaktion darauf, als Zainal von der Blase wegtrieb.

»Können Sie mit Ihrem Helm dagegenstoßen, Zainal?« fragte Scott, nachdem ihm eine Bitte der Techniker übermittelt worden war, die ebenfalls den Weltraumspaziergang beobachteten.

Allmählich füllte die Blase den gesamten Schirm aus. Von dem schwarzen Raum dahinter war durch die Substanz nichts zu erkennen, und sie war glatt.

»Wie eine Ballonhülle«, murmelte Kris halblaut.

»So würde ich es auch beschreiben«, sagte Scott.

Dann wich Zainal wieder zurück. »Es gibt keine Unregelmäßigkeiten, nicht einmal in der Umgebung der abgebrochenen Teile des Kriegsschiffs.«

»Können Sie uns mal diese Stelle zeigen?« fragte Scott.

»Weiter reicht die Lebensleine nicht, Ray«, sagte Beverly. »Wir haben sämtliches Fotomaterial, das Sie für eine genaue Untersuchung dieses Treibguts brauchen. Es ist nicht nötig, Zainal deswegen in Gefahr zu bringen.«

»Einverstanden«, sagte Scott gleichmütig. »Vielen Dank für Ihre Bemühungen, Zainal.«

»Gern geschehen«, antwortete Zainals tiefe Stimme. Sein Helm drehte sich und fing Babys Bug sowie die Fenster der Pilotenkanzel ein.

Kris' Mund wurde schlagartig trocken. Er war unendlich weit vom Schiff entfernt, auch wenn er langsam wieder darauf zutrieb. Sie spürte, wie sich eine Hand beruhigend auf ihre Schulter legte, und sie schaute zu Pete Easley hoch. Sie seufzte und versuchte, das Flattern in ihrer Magengrube unter Kontrolle zu bekommen. Die Bruchstelle begann wieder zu pulsieren, aber sie beschloß, es zu ignorieren: der Schmerz war nicht vorhanden. Dafür hatte sie jetzt keine Zeit.

Dann war Zainal wieder im Scout-Schiff, und seine Kamera wurde abgeschaltet. Kris atmete erleichtert auf, desgleichen alle anderen, die sich auf der Kommandobrücke eingefunden hatten. Es waren einfach zu viele für ihren Geschmack, und sie erhob sich von ihrem Platz und warf Pete einen flehendlichen Blick zu.

»Danke, Admiral«, sagte sie und nickte all denen zu, die sie persönlich kannte.

Eine Gasse bildete sich für sie, als Easley sie aus der Kommandobrücke hinaus und von der KDL hinunter führte. Die Knie gaben beinahe nach, als sie die Leiter hinunterkletterte und sich nur mit der linken Hand festhalten konnte. Ihr rechter Arm schmerzte, und es gelang ihr nicht, den Schmerz zu verdrängen.

»Es gibt Sandwiches und Tee«, sagte Pete und deutete in eine Ecke, wo ein Zeichentisch als Büfett hergerichtet worden war. »Und ich weiß, wo im Hangar der Schnaps aufbewahrt wird«, fügte er hinzu.

»Davon will ich nichts hören«, sagte sie mürrisch.

»Brauchen Sie auch nicht«, meinte Pete. »Aber Sie wissen, was ich meine. Setzen Sie sich. Ich bin gleich wieder zurück.« Er präparierte eine Tasse Tee und brachte mehr Sandwiches mit, als ihr lieb war, aber sie verzehrte zwei Stück und trank zwei Tassen des mit Whiskey verfeinerten Tees. Die Schmerzen an der Bruchstelle ließen schlagartig nach.

»Wollen Sie wieder zurückgehen und sich die nächste Übertragung ansehen?« fragte Easley.

Er war wirklich sehr nett, dachte Kris, aber sie schüttelte den Kopf.

»Dann bringe ich Sie wieder in Ihre Hütte.« Er griff nach ihrem Ellbogen und führte sie hinüber zum Rutscher, den er in nächster Nähe geparkt hatte.

Er war wirklich ein netter Kerl, dachte sie. Sie fragte sich, wer ihn wohl als Vater eines oder mehrerer Kinder aussuchen wurde. Er war einen ganzen Kopf größer als sie und erheblich athletischer, als man bei seiner jungenhaften Art, die er an den Tag legte, erwartet hätte. Er sah auch gar nicht so übel aus, wenngleich er nicht annähernd so attraktiv war wie Dick Aarens. Oder Yuri mit seinen slawischen Zügen und seinen eindringlichen schwarzen Augen. Allerdings war keiner eine echte Konkurrenz für Zainal.

Das Handy summte, und Pete meldete sich. »Oh, tatsächlich? Das ist ja toll ... Ich bringe Kris nach Hause. Sie braucht Ruhe. Okay? ... Prima. Bis gleich ... Nein, sie wissen nicht, woraus die Blase besteht ... außer daß es der verdammt größte Ballon ist, der je hergestellt wurde. Ende.«

»Ja ...« Kris kicherte. »Es ist der größte verdammte Ballon, und wir wissen nicht, wer ihn aufgeblasen hat.«

Pete grinste sie an, und sie wußte, daß sie sich ziemlich albern benahm, aber es war besser, als ständig mürrisch zu sein.

»Ich liebe diese Tür«, sagte sie, als der Rutscher genau davor stehenblieb. »Es ist die beste Tür, die ich je gesehen habe. Zainal wird sie bestimmt gefallen. Sagen Sie, wieviel Fusel haben Sie in meinen Tee geschüttet?«

»Nur soviel, um den Schmerz in ihrem Arm zu betäuben. Und er ist doch verschwunden, oder?«

Sie blickte auf den weißen Verband. »Das ist er tatsächlich.«

Pete drückte die Tür auf, und sie hatte schon einen Schritt gemacht, ehe sie erkannte, daß das Innere sich verändert hatte.

»Mein Gott, was ist denn hier hinter meinem Rücken passiert?« wollte sie wissen und schwankte ein wenig, als sie sich zu Pete umwandte.

Er griff nach ihrem gesunden Arm und führte sie in die Hütte hinein. »Nun, wir wollten mit unserer Überraschung warten, bis Zainal wieder zurück war, aber da Sie außer Gefecht gesetzt sind, dachten Sandy, Lenny, Ninety, Chuck, Sarah, Whitby und Leila, daß jetzt der richtige Zeitpunkt wäre, das Zeug reinzubringen.«

»Zeug?« Sie blinzelte und betrachtete zuerst den Tisch mit sechs Gläsern, alle von fast der gleichen Machart, und einer Steingutgarnitur – offenbar Sandys beste Qualität – aus zwei Töpfen, einem großen und einem kleinen, und einer gußeisernen Bratpfanne. Am Tisch standen Bänke und an einem Ende ein Sessel, der groß genug war für Zainal. Sie preßte überrascht die Hand auf den Mund. Doch als ihr staunender Blick zum kleineren Zimmer wanderte und sie die aus Holz gezimmerte Bettstatt mit handgeschnitzten Pfosten und einer dicken mit Pflanzenfasern gefüllten Matratze entdeckte, die darauf lag, kamen ihr die Tränen.

»Aber, aber, Kris«, sagte Pete irritiert und zog sie an sich. Er strich ihr mit der Hand tröstend über den Rücken und murmelte viele Dinge, die sie gar nicht richtig verstand, weil die Großzügigkeit ihrer Freunde und Kollegen sie total überwältigte.

Dann reichte er ihr eins der Gläser und drängte sie, einen Schluck zu trinken. Sie tat es nur, weil sie nicht so kindisch reagieren wollte, wo doch alle so nett zu ihr waren. Und dann bekam sie weiche Knie, und Pete fing sie auf – genauso leicht und sicher wie Zainal – und hob sie auf ihr Bett, schob ihr ein Kissen hinter den Rücken und nötigte sie, das Glas zu leeren.

»Das Bett – es ist so wunderschön ... und sie alle wissen, daß ich mir eine richtig dicke, weiche Matratze gewünscht habe ...« Und sie klammerte sich an Pete, der in diesem Augenblick das einzig Sichere in einer sich rasend schnell drehenden Welt war.

Sie spürte Arme um sich und, aus alter Gewohnheit und weil sie vergaß, daß Zainal weit weg im Weltraum war, hob ihr Gesicht, um geküßt zu werden. Und es geschah. Und auch ihre Wangen und ihr Hals und jeder Punkt, wo es ihr gefiel, und sie küßte das männliche Gesicht, leicht stoppelig, was sie überraschte, denn Zainal hatte keinen Bartwuchs, aber sie brauchte in diesem Moment Trost, und die Küsse waren wirklich sehr schön, und sie konnte nicht widerstehen und erwiderte sie ... und sie konnte auch nicht protestieren, obgleich ihr rechter Arm so schwer war und sich anfühlte, als gehörte er ihr gar nicht, und dann wurde ihr Overall abgestreift und sie spürte die warme Haut. Das alles war irgendwie unausweichlich und, am Ende, überaus angenehm.

Sie wachte mit einem schrecklichen Kater auf. Der Schmerz, als sie sich den rechten Arm beim Versuch sich aufzurichten heftig stieß, verriet ihr, daß er immer noch von einer Schiene fixiert wurde. Der Schmerz ließ schnell wieder nach. Die Mühe beim Aufrichten verstärkte allerdings das Dröhnen in ihrem Schädel.

Sie entsann sich, auf der Kommandobrücke der KDL gewesen zu sein, dann war sie in ihre Hütte getreten und hatte all die hübschen Geschenke gesehen, und sie hatte geweint, war aufs Bett gesetzt worden, und da war Pete Easley gewesen.

Ein Schreck durchzuckte sie, und sie krümmte sich sofort wieder, als ihr Kopf sich schmerzhaft meldete, und sie versuchte, sich an mehr zu erinnern. Und ihr Gedächtnis ließ sie nicht im Stich. Es war nicht Zainal gewesen, mit dem sie in der vergangenen Nacht zusammengewesen war. Es war Pete Easley gewesen! Und sie hatte es viel intensiver genossen, als sie es gedurft hätte. Tatsächlich tat es ihr leid – nicht richtig, aber fast –, daß ihre Skrupel von ihr verlangten, die Bindung, die sich zwischen ihr und Zainal entwickelt hatte, zu achten, als wäre es eine vor dem Gesetz geschlossene. Und das bedeutete, daß sie nicht mit jemand anderem ins Bett hüpfen durfte. Nun, in der vergangenen Nacht hatte es außergewöhnliche Umstände gegeben, zu denen es nie mehr kommen würde. Außerdem würde sie sich in Zukunft von jeglichem ›medizinischen‹, enthemmenden Alkohol fernhalten. Und zwar sowohl wegen der Kopfschmerzen, die er auslöste, als auch wegen seiner Wirkung auf ihre Selbstkontrolle.

Nun ja, dachte sie gleichmütig und lachte leise. Wenigstens kann ich mich daran erinnern, daß es Spaß gemacht hat. Dann seufzte sie. Sie hoffte, daß ihr nächstes Zusammentreffen nicht zu einer Peinlichkeit würde. Oder daß sie Pete nicht würde erklären müssen, daß die vergangene Nacht etwas Einmaliges gewesen wäre! Sie hatte nicht vor, Zainal zu betrügen. Auch nicht mit jemandem, der so gut im Bett war wie Pete Easley. Die Frau, die ihn bekäme, könnte sich glücklich schätzen. Sie machte eine weitere unvorsichtige Bewegung und dachte sehnsüchtig an eine kalte Kompresse für ihre Stirn und vielleicht auch für ihren Nacken.

Vielleicht ein Schluck Alkohol, um den Kater zu vertreiben? Sie schob die Decke zurück und bemerkte, daß Pete ihren Overall in Reichweite auf den Hocker gelegt und ihre Stiefel daneben gestellt hatte.

Ja, die Flasche mit der ›Medizin‹ stand auf dem Tisch, desgleichen das Glas, in dem sich noch ein kräftiger Schluck befand. Hatte er etwas getrunken, ehe er weggegangen war? Für einen kurzen Moment dachte sie besorgt, daß jemand sein Weggehen beobachtet haben könnte. Na, wenn schon. Sie setzte das Glas an die Lippen, leerte es in einem Zug und schüttelte sich von dem Geschmack. Es war ein kleines Wunder, daß sie überhaupt etwas von dem Zeug runterbekam.

Sie ging langsam zum Kamin und achtete darauf, ihren Kopf möglichst ruhig zu halten. Langsam ging sie in die Knie, um das Holz anzuzünden, das dort schon aufgeschichtet war. Eine weitere umsichtige Tat des netten Mr. Easley. Und der Kessel war auch schon mit Wasser gefüllt.

Eines Tages gäbe es in den Häusern fließendes Wasser, aber das lag noch in ferner Zukunft.

Sie kehrte zum Tisch zurück, um die Geschenke zu betrachten, die sie vorhin nur kurz gesehen hatte. Nun wurden sie von der Sonne beschienen, die durch das kleine Fenster über dem Bett hereindrang. Das mit Schlieren durchsetzte Glas zauberte ein Muster in allen Regenbogenfarben auf den Tisch. Dann wurde ihr bewußt, aus welcher Richtung die Sonne schien – aus

Osten! Demnach hatte sie den halben Vortag und eine ganze Botany-Nacht verschlafen! Kein Wunder, daß die Schmerzen in ihrem Arm derart abgeklungen waren.

Als das Wasser im Kessel zu sieden begann, hatten auch die Kopfschmerzen merklich nachgelassen. Sie nahm Kräuter aus dem kleinen Gefäß auf dem Kaminsims und bereitete sich eine Tasse Tee, mit der sie sich in Zainals Sessel sinken ließ, um in Ruhe zu trinken. Es war ein gemütlicher Sessel, und sie kuschelte sich in ihn hinein. Ein oder zwei Kissen fehlten noch, aber nein ... sie konnte sich Zainal wirklich nicht auf Kissen sitzend vorstellen. Das Holz, über das sie mit der linken Hand strich, war glattgeschliffen worden und roch leicht nach Pflanzenöl, das benutzt worden war, um ihm einen matten Glanz zu verleihen. Sie fragte sich, wer dieses Prachtstück angefertigt hatte.

Dann sah sie sich die Konstruktion des Tisches an. Er bestand aus einer etwa sieben Zentimeter dicken Schieferplatte, die aus dem nahegelegenen Steinbruch stammte. Sie ruhte auf sich leicht verjüngenden Zeltstangenbaumstempeln. Diese waren durch Nägel mit der Platte verbunden, damit diese nicht verrutschen konnte.

Ein leises Klopfen ertönte an der Tür.

»Herein«, sagte sie und sah, daß die Schnur, die den Riegel sicherte, nach innen gezogen worden war. Offenbar war sie noch wach genug gewesen, um daran zu denken, als Pete die Hütte verlassen hatte. Sie öffnete die Tür, und vor ihr stand Mavis Belton aus dem Krankenhaus mit einem sauberen Overall unterm Arm.

»Kommen Sie herein«, forderte Kris sie auf. »Das Wasser kocht schon. Ich wollte gerade eine Tasse Tee trinken, um meinen Kater zu vertreiben.«

»Wie geht es Ihrem Arm?« erkundigte Mavis sich lächelnd.

»Nicht so schlecht wie gestern, das ist schon mal

sicher. Aber kommen Sie doch.« Mavis folgte der Einladung, wobei sie sich aufmerksam im großen Raum der Hütte umsah. Dann entdeckte sie die Möbel und stieß einen überraschten Ruf aus. Sie strich mit den Fingern über die Schieferplatte und bewunderte die stämmigen Tischbeine, die das schwere Gewicht trugen.

»Den wirft so leicht nichts um«, stellte sie fest, begutachtete den Schrank und anschließend Zainals Sessel. »Der ist wirklich groß genug für ihn, würde ich meinen.«

»Er wird begeistert sein. Wenn er auf einem Stuhl sitzt und seine Knie hochragen wie bei Arnie Schwarzenegger, wenn der auf einem Kinderstuhl hockt, sieht man ihm geradezu an, wie unwohl er sich fühlt. Da ist Ihr Tee – und ich benutze einstweilen Zainals Platz, weil ich den Arm auf die Lehne legen kann.«

»Meine Schicht ist gerade zu Ende gegangen, aber ich dachte, daß es Sie vielleicht interessiert, daß das Scout-Schiff seine Mission tadellos ausführt.«

»Ich habe mitbekommen, wie sie zur Blase gelangten und wie Zainal seinen Spaziergang unternahm«, erzählte Kris. »Das war, bevor Pete Easley mich mit soviel Alkohol traktierte, daß ich offensichtlich umgekippt bin.«

»Ich denke, wir sollten das Rezept ein wenig abändern. Dieser Stoff hat offenbar doppelte Stärke. Ich habe Leon und Mayock sofort geraten, das Destillat noch stärker zu verschneiden.«

»Das sollten sie tun«, pflichtete Kris ihr bei und massierte ihren Nacken. »Mein Kater sagt das auch.«

»Setzen Sie sich doch nach draußen in die Sonne. Es ist ein herrlicher Tag.« Mavis erhob sich. »Darf ich mich mal umsehen? Drinnen und draußen?«

»Na klar, aber stolpern Sie nicht auch noch über den Stapel Dachschindeln hinterm Haus vor der Latrine.«

Gegen Abend, als Mitford in seinem Rutscher vorbeikam, um sie zur Messe hinunterzubringen, hatte sie sich wieder völlig erholt. Aber sie stellte ihn zur Rede und wollte wissen, wer die Möbel angefertigt hatte, die sie nach ihrer Rückkehr vom Hangar in ihrer Hütte vorgefunden hatte.

»Wessen Idee war dieser Tisch? Nicht einmal Zainal könnte ihn umkippen, und wie haben Sie die Platte dort hinaufgeschafft?« fragte sie.

»Wir wollten es eigentlich machen, während Zainal und Sie unterwegs waren, und Sie nach Ihrer Rückkehr überraschen«, erklärte Chuck Mitford mit einem hinterlistigen Grinsen. »Aber da Sie plötzlich auf der Krankenliste standen, hielten wir es für eine gute Idee, das Bett aufzustellen ... und was ist schon ein Bett ohne einen Tisch und die Stühle?«

»Nun, die Freude war wirklich riesengroß. Vor allem die dicke Matratze auf dem breiten Bett! Ich war zwar ziemlich betrunken, aber ich habe mich unheimlich darüber gefreut!« Dann bemerkte sie Mitfords seltsamen Gesichtsausdruck. »O ja, Pete Easley hat mich abgefüllt, für den Fall, daß Sie Gerüchte hören, ich wäre betrunken gewesen. Ich war's wirklich. Ich habe eine ganze Botany-Nacht durchgeschlafen, ohne mich zu rühren. Mavis kam heute morgen vorbei und sagte, sie wären gerade dabei, die letzten Untersuchungen durchzuführen. Ich meinte, das wollte ich ihnen auch geraten haben ... es war verdammt nochmal beinahe tödlich. Wer hat das Bett gezimmert?«

»Ach, die Doyles und ich. Ich habe das Holz geschnitten, und Lenny hat sich um die Pfosten gekümmert und mir gezeigt, wie man die Verbindungen herstellt und so weiter. Er und Ninety haben auch den Tisch und den großen Sessel gebaut. Sie meinten, es wäre das mindeste, das sie für jemanden tun könnten, der sie davor bewahrt hat, als Steaks in einer Tiefkühltruhe der Farmer zu landen. Joe und Sarah haben die Matratze und die Kissen gefüllt, Sandy Areson lieferte natürlich das Steingut und die Gläser, Whitby die Bänke. Coo besorgte die Töpfe und die Bratpfanne. Also überhaupt nichts Großartiges.«

»Nichts Großartiges?« rief sie aus, und ein letztes Nachbeben ihres Katers ließ ihre eigene Stimme im Kopf schmerzhaft widerhallen. »Sie möblieren unsere Hütte, und das soll nichts Großartiges sein? Für mich ist es das aber.« Sie beugte sich vor und küßte den Sergeant auf die Wange, ehe ihr überhaupt bewußt wurde, was sie tat. »So. Und jetzt werden Sie nur nicht rot, Chuck Mitford. Ich bin Ihnen für alles dankbar, was Sie getan haben, und abgesehen davon – niemand hat gesehen, daß ich Sie geküßt habe.«

Sie kicherte, als der Sergeant eine Hand auf seine Wange legen wollte, aber auf halbem Weg innehielt und sie schnell wieder in seinen Schoß fallen ließ. Er war immer noch puterrot.

»Ihre Hütte ist als erste fertig. Deshalb können Sie den anderen beim Einrichten behilflich sein, wenn deren Häuser fertig sind«, sagte er in barschem Ton. »Übrigens war ich die ganze Zeit in der KDL – die Mission verläuft wunschgemäß. Soweit sie bis jetzt haben feststellen können, weist der Ballon nicht die kleinste Falte auf. Rundum nahtlos. Die Techniker zerbrechen sich den Kopf darüber, welches Material hier benutzt wurde.«

»Wie ist denn die allgemeine Stimmung? Oder ist das alles noch viel zu weit weg, um die Klaustrophobiker zu beunruhigen?« fragte sie und versuchte, sich nicht darüber zu ärgern, daß sie nicht bei den anderen – und bei Zainal – war.

»Ich denke, die Leute sind froh. Die Deski haben offensichtlich eine Nacht voller Tanz und Gesang ... falls man dieses Geknödel überhaupt Gesang nennen kann ... hinter sich, und Coo sagt, wir würden von Riesen beschützt.«

»Hat er die Eosi gesehen?«

»Nein.« Mitford schüttelte den Kopf. »Und offen gesagt, bin ich froh, daß auch ich sie nicht gesehen habe. Worry hat noch immer Alpträume, und ich denke, das war auch der Grund, weshalb Leon den letzten Fusel so stark gemacht hat.« Er stieß einen langen Pfiff aus. »Sie können ihnen die Schuld daran geben, daß sie betrunken waren, nicht Pete Easley. Wobei mir noch etwas einfällt ... Offiziell sind Sie krank, Bjornsen, also kommen Sie ja nicht auf die Idee, irgend etwas mit Ihrem lädierten Arm zu versuchen, ehe Leon das Okay gibt. Verstanden?«

»Jawohl, Sir, Sergeant, Sir«, sagte sie und salutierte mehrmals mit der linken Hand.

Die Bastler und Spender der Möbel hielten ihnen an einem Tisch in der Messe Plätze frei. Kris bedankte sich überschwenglich bei allen dafür, daß sie aus einer Hütte ein richtiges Zuhause gemacht hatten, und versprach, sich bei ihnen zu revanchieren, wenn deren Hütten erst einmal standen. Dann wandte sich das Gespräch der Scout-Schiff-Mission zu, und Mitford, der, wie er Kris versicherte, reichlich mit Wasser gestreckten Fusel trank, setzte sie über den neuesten Stand der Dinge in Kenntnis.

Der Monitor verfolgte ebenfalls das kleine Schiff bei seiner Erkundung, vor allem bei der Untersuchung der Barriere, und zeichnete seinen weiteren Flug auf, bis es wieder wohlbehalten auf dem westlichen Kontinent gelandet war.

Kapitel 10

Baby kehrte wohlbehalten und mit einer ausreichenden Menge an Informationen zurück, um alle hohen Militärs, Ingenieure, Bergbauexperten und sonstige Spezialisten in Atem zu halten. Die Missions-Crew brauchte etwas länger, um wieder zur gewohnten Routine zurückzufinden, so begeistert war sie von ihrem Unternehmen. Zainals Kurs hatte ein Minimum an Treibstoff gekostet und bei Fliegern und Raumfahrern allgemein Beifall gefunden. Jeder an Bord hatte von ihm Instruktionen zur Steuerung von Baby erhalten und Gelegenheit bekommen, das Schiff eine Strecke lang selbst zu lenken.

»Wir haben zwar keine Flugsimulatoren, aber was sind die schon gegen das echte Fliegen?« fragte Balenquah. »Zu schade, daß wir die KDL nicht benutzen können. Zainal meint, sie sei noch viel einfacher zu lenken – durchaus einleuchtend, weil mit dieser Baureihe vorwiegend Drassi geflogen sind. Die gesamte Operation zur Eroberung der KDL war reine Zeitverschwendung.«

»Nein«, widersprach Bert Put, der offensichtlich von Balenquahs Meinungsäußerungen genug hatte, »wir haben dadurch einiges an Treibstoff, eine neue Kommandobrücke und jede Menge Werkzeug gewonnen, das wir sonst hätten mühsam nachbauen müssen.«

»Nun ja, das hatte ich vergessen«, lenkte Balenquah ein. »Schön, wenn wir die Bevölkerung verlegen müssen, wird es sich bestimmt als nützlich erweisen.«

»Es wird sicherlich Flüge mit der KDL geben«, sagte Marrucci, »und wenn auch nur für den Bergbaubetrieb oder die Landwirtschaft, aber auf jeden Fall hängen wir nicht vollkommen am Boden fest.«

»Wir denken eher an *richtige* Raumflüge«, fuhr der Mann fort und redete sich selbst in eine mürrische Stimmung. In diesem Moment erhob Zainal sich, murmelte etwas davon, daß er den Admiral aufsuchen müßte, und nahm Kris gleich mit. Als sie sich noch einmal umdrehte, während sie mit Zainal die Messe verließ, sah sie, daß auch andere vom Tisch aufstanden und Balenquah alleine zurückließen.

Zainal war wie vom Donner gerührt, als er die Hütte sah. Die Tür – die er schon bewunderte, noch ehe er sie öffnete, wobei Kris kaum an sich halten konnte mit einer Beschreibung dessen, was sich dahinter befand – fesselte sein Interesse. Er betrachtete sie eingehend und bediente die Schnur der Riegelsicherung, an der er zu seinem großen Vergnügen immer wieder zog.

Dann betrat er den Wohnraum und entdeckte den Tisch und den Sessel, das Geschirr und die Gläser, die Kris auf den Kaminsims gestellt hatte, da kein anderer Platz zur Aufbewahrung dieser Gegenstände vorhanden war – noch jedenfalls. Lenny hatte ihr versprochen, ihr beizubringen, wie man Nut-und-Feder-Verbindungen in Holz ausführte, so daß sie sich die nötigen Schränke und Schubladen selbst bauen konnte. Aber der Tisch und der Sessel überwältigten ihn geradezu, und er verharrte mitten in der Bewegung, starrte die Möbelstücke an und erkundigte sich dann stammelnd, woher diese Teile kämen.

Während sie ihm Rede und Antwort stand und immer wieder in ein belustigtes Kichern ausbrach, wenn sie an die Überraschung dachte, die ihn noch erwartete, inspizierte er alles und versuchte sogar, den mit der Schieferplatte versehenen Tisch anzuheben. Er setzte sich in den Sessel, erhob sich, stellte ihn auf den Kopf, um sich anzusehen, wie die Beine und die Verstrebungen montiert worden waren, dann stellte er ihn wieder an seinen

Platz, um sich darin niederzulassen, wobei er die Armlehnen mit seinen großen Händen andächtig streichelte.

Vielleicht hatten Catteni keine Tränenkanäle oder weinten niemals, aber Zainals Augen waren unübersehbar feucht geworden, und obgleich er ständig etwas zu sagen versuchte, schüttelte er nur hilflos den Kopf und brachte keinen Ton hervor.

»Das Beste habe ich bis zuletzt aufgespart«, sagte Kris und ergriff eine Hand. Sie führte ihn zu einer Stelle, von der aus er das neue Bett nicht übersehen konnte. Darauf reagierte er jedoch sofort. Mit einem verwegenen Ausdruck in den Augen schloß er sie in die Arme und trug sie, genauso wie John Wayne es mit Maureen O'Hara in *Der Sieger* getan hatte, zum Bett und demonstrierte ihr, zu was er auf einer standfesten Unterlage fähig war.

Mitford strich Kris von der Krankenliste, als er ihr Team losschicken wollte, damit es einen Paß durch die Berge im Westen zur Küste suchte. Sie sollte mitgehen. Er wußte, daß sie besser dabei aufgehoben war, Entfernungen zu messen und einzutragen, was sie auch mit der linken Hand tun konnte, als in Retreat zurückzubleiben und sich einzureden, sie wäre zu gar nichts nütze.

Während die Tour vorbereitet wurde, beteiligte sie sich an der Ziegelherstellung, da sie die Formen auch mit einer Hand füllen konnte. Sie war Sarah und Joe für ihre Beteiligung an der großen Möbel-Überraschung einiges schuldig. Als bei einem Unfall einige Holzfäller verletzt wurden – zwei sogar schwer –, hielt sie bei ihnen im Krankenhaus Wache, maß Puls und Temperatur. Da es keine Blutdruckmesser oder Thermometer gab, mußte sie sich auf das Gefühl ihrer linken Hand verlassen. Sie fütterte außerdem Boris Slavinkovin, der sich beide Arme und die meisten Rippen gebrochen hatte, als ein bergab rollender Baumstamm seinen Körper verletzt hatte. Von einer einhändigen Helferin gefüttert zu werden machte ihm nicht allzuviel aus, denn, wie er zu ihr meinte, damit beschäftigte er niemanden, der mehr leisten konnte, als ihn zu füttern. Dann fragte er sie, ob sie ihm nicht besseres Englisch beibringen könnte, da er ohnehin im Bett läge und nichts anderes zu tun hätte.

Ehemalige Lehrer hatten sich mit einem ehemaligen Karikaturisten zusammengetan und ein bebildertes Sprachlehrbuch für all jene entwickelt, die Englisch lernen wollten. Dank der Nachschubgüter in der KDL waren fünfzig Exemplare gedruckt worden, die schon ziemlich abgegriffen waren, als Kris ein Exemplar für Boris besorgte.

Leon und Maycock schafften es, ihr Gebräu derart zu verfeinern, daß es nicht nur einen nussigen Nachgeschmack hatte, sondern daß seine berauschende Wirkung einen nicht gleich von den Beinen holte.

Der einzige, dessen Organismus den anfangs angebotenen Gärungswhiskey problemlos vertrug, war Zainal, so daß man ihm das letzte Faß schenkte, anstatt seinen Inhalt mit Wasser zu verdünnen – was in Leons Augen ein Verbrechen gewesen wäre. Als er das erste Mal davon kostete, erzählte Kris ihm, wie Pete Easley sie mit kaum zwei Gläsern davon betrunken gemacht hatte und was für ein Kater am nächsten Tag daraus resultierte. Das erinnerte sie daran, daß sie in den letzten Tagen von Pete Easley nicht allzuviel gesehen hatte. Aber sie dachte sich nicht viel dabei, sondern ging weiter ihren Tätigkeiten in Krankenhaus und Ziegelei nach.

Dann waren sie endlich soweit, zu ihrer Erkundungsfahrt aufzubrechen, und es war für alle eine große Erleichterung, daß das Team wieder zusammen und unter sich war.

»Man gewöhnt sich zu leicht an die häuslichen

Annehmlichkeiten«, stellte Sarah fest und machte es sich in ihrem Sessel in dem großen Luftkissenlaster gemütlich. »Allerdings hätte ich es lieber gesehen, wenn wir mit unserer Hütte noch vor dieser Fahrt hätten anfangen können. Und noch mal vielen Dank, Kris, für die Ziegelsteine. Worry hat hundert für uns besorgt und Jay Greene ebenfalls. Ich denke, wir haben sicherlich genug, wenn wir zurück sind.«

»Wir sind auch sehr froh über die, die Sie für uns gemacht haben«, sagte Leila mit ihrer oft kaum zu verstehenden Stimme. Sie hielt krampfhaft Whitbys Hand fest, während sie sich mit der anderen an einen Haltegurt klammerte. Sie ist ein wenig blaß, dachte Kris, und sie fragte sich, ob sie ebenfalls schwanger war. Sarah war es, und es schien ihr zu gefallen, nahm sie diesen Zustand doch so gelassen hin, wie es für die modernen Frauen typisch war.

»Das war doch klar, Leila. Außerdem hat es mir einigen Verdruß erspart«, sagte Kris.

Und das stimmte tatsächlich, denn keiner der aufdringlichen Männer, der versuchte, bei ihr zu landen, arbeitete in der Ziegelei oder fütterte einen bettlägerigen Kranken, was wohl kaum die geeignete romantische Umgebung für die Art von Angebot war, für das sie Kris zu erwärmen hofften. Boris Slavinkovin brachte sich in dieser Hinsicht ebenfalls in Erinnerung, und sie mußte ihm damit drohen, ihn bei den Mahlzeiten sich selbst zu überlassen, wenn er nicht sofort damit aufhörte.

»Irgendwann werden Sie nachgeben müssen«, sagte Sarah ganz offen.

»Oh, das werde ich, bestimmt«, meinte Kris fröhlich und wich Zainals Blick aus, als er sich halb zu ihr umdrehte. »Aha, das war schon wieder ein Klick, nicht wahr? Und schon wieder haben wir tausend Plegs geschafft.« Sie machte einen weiteren Strich auf ihrem Notizblatt.

Sie fanden einen Weg durch die Berge, indem sie den gewundenen, aber miteinander verbundenen Schluchten folgten, die das Luftkissenfahrzeug ohne Schwierigkeiten bewältigen konnte. Sie markierten die leichter benutzbaren Routen mit prägnanten O's in einer leuchtendblauen Farbe, die sie erst kurz zuvor entwickelt hatten. Die Farben Rot und Gelb wurden bereits aus einheimischen Pflanzenfarben gewonnen. Die Sacktäler und –schluchten wurden jeweils mit einem X gekennzeichnet. Aus irgendeinem Grund, den er aber nicht nennen wollte, fand Zainal diese Prozedur sehr amüsant. Sie fanden keine Sacktäler oder Aasfresser, aber sie stießen auf eine neue Felsläuferart und einige Flugtiere, die fast genauso gut schmeckten wie Hühnerfleisch. Einige, die in nächster Nähe der See gefangen wurden, wiesen einen leichten Fischgeschmack auf.

Sie drangen weiter in Richtung Küste vor, bis die Felslandschaft sogar für ihr erstaunlich leicht manövrierbares Fahrzeug zu unwegsam wurde. Sie befanden sich zwei Wochen später wieder auf dem Rückweg entlang der Küste im Osten, als Kris zum ersten Mal morgens eine leichte Übelkeit verspürte. Zwei Tage lang war sie überzeugt, daß die Ursache die reifen weichen Früchte waren, die in dem fast tropischen Klima sogar so weit im Osten gediehen. Sie ignorierte dieses Unwohlsein bis zu dem Morgen, an dem Joe die Schiene und die Bandagen an ihrem Arm auswechselte. Das Material für die Bandagen stammte von Ärmeln und Beinen von Catteni-Overalls, die in Streifen geschnitten und häufig gewaschen worden waren, so daß der Stoff sich angenehm weich anfühlte und für ihre Zwecke genau die richtige Beschaffenheit aufwies. Ihr Arm schwitzte in der Hitze so sehr, daß sie froh war, den Verband mit Hilfe der zusätzlichen Verbandsrolle in Joes Medizinkoffer wechseln zu können.

»Der Arm heilt hervorragend«, sagte er und tastete behutsam die Bruchstelle ab. »Ich kann die Verdickungen der Knochen spüren, wo sie zusammengewachsen sind.«

»Es tut auch nicht mehr weh«, erklärte sie, obgleich sie einen leisen Seufzer ausstieß, als er Schiene und Verband wieder anlegte.

Er betrachtete sie prüfend von der Seite. »Der Ausflug hat Ihnen gutgetan. Sie haben vor unserer Abreise ein wenig blaß ausgesehen.«

»Apropos ... Hatte irgend jemand Probleme nach Verzehr dieser rosafarbenen Frucht gestern abend?« fragte sie.

Joe war nicht nur Arzt, sondern auch Botaniker.

»Nein, aber wir haben auch nicht allzuviel davon gegessen. Weshalb? Haben Sie Durchfall?«

»Nein, aber so etwas wie Verdauungsstörungen, nehme ich an.« Sie ging mit einem Achselzucken darüber hinweg, aber Sarah hatte ihre Frage mitgehört, kam zu ihnen herüber und musterte sie mit einem beunruhigenden Grinsen. »Und?« fragte Kris, als Sarah sich nicht äußerte.

»Tun die Brüste weh? Hatten Sie Ihre Periode? Wie lange ist Ihnen schon übel?«

Schützend verschränkte Kris die Arme vor ihrer Brust, und, als wäre Sarahs Bemerkung ein Fluch gewesen, sie war tatsächlich schmerzempfindlich. Sie wagte es nicht, die Haltung ihrer Arme zu ändern, als sie zu dem Schluß gelangte, den Sarah offensichtlich längst gezogen hatte.

»Ich kann nicht schwanger sein«, sagte sie und reckte das Kinn vor. »Ich habe niemals ...«

»Niemals was?« fragte Sarah mit einem hinterlistigen Grinsen.

Kris schloß die Augen, erinnerte sich an den Alkohol, den sie zur Schmerzbetäubung in ihrem Arm getrunken hatte, erinnerte sich weiter, wie Pete Easley ihr immer mehr davon eingeschenkt hatte, und daß es schließlich genug gewesen war, um ...

»Ich bringe ihn um«, sagte sie wütend. Kein Wunder, daß er ihr die ganze Zeit aus dem Weg gegangen war. Wenn sie erst mal nach Retreat zurückkäme ... dann würde sie ...

»Stimmt etwas nicht mit Kris' Arm?« erkundigte Zainal sich, und Kris wäre am liebsten wie ein Aasfresser im Boden verschwunden.

»Es ist nichts. Mit meinem Arm ist alles in Ordnung!« Sie schoß hoch und erdolchte Sarah und Joe mit ihren Blicken.

»Nein, aber sie ist schwanger«, sagte Sarah schadenfroh. Kris holte mit dem linken Arm aus, um Sarah mit einem gezielten Hieb zum Schweigen zu bringen, aber Zainal schlang ihr einen Arm um die Taille.

»Mußten Sie es unbedingt ausposaunen?« rief sie und versuchte an Sarah heranzukommen, die lässig zurückgewichen war. Grinsend schob Joe sich dazwischen, um seine Gefährtin zu beschützen. Er hob beschwichtigend die Hände.

»Kris, regen Sie sich doch nicht so auf«, sagte er, während Leila und Whitby angerannt kamen, um nachzusehen, was im Gange war.

»Kris ist ebenfalls schwanger«, krähte Sarah.

Dann drückte Zainal sie fest an seine Brust und hob sie hoch. Sie strampelte mit den Beinen in der Luft, und ihr blieb nichts anderes übrig, als stillzuhalten.

»Vielen Dank, Kris«, murmelte er ihr ins Ohr, und schlagartig erlosch in ihr jeglicher Wille zur Gegenwehr.

Sie hing nun schlaff in seinen Armen, seine Hände streichelten sie liebevoll. Es gab sicherlich nicht viele Männer, die sich bei einer Frau dafür bedanken würden, daß sie sich von einem anderen Mann hatte schwängern lassen.

»Nichts zu danken, glaube ich«, fügte sie hinzu und bäumte sich auf, damit er sie endlich losließ. Als er sie wieder auf die Füße stellte, entschuldigte sie sich so würdevoll wie möglich bei Sarah und Joe. »Ich wollte nur ganz sicher sein«, sagte sie kleinlaut. »Es hätte ja auch ein verdorbener Magen sein können.«

»Dann verraten Sie uns doch mal, wer der Glückliche war?« fragte Joe mit dem vertraulichen Tonfall eines alten Freundes.

Kris lachte. Sie würde sich einerseits niemals öffentlich abfällig über einen Schwerenöter wie Pete Easley äußern, noch würde sie die Wahrheit ihm oder jemand anderem gegenüber jemals durchblicken lassen ... es sei denn, natürlich, das Neugeborene hätte etwas an sich, das Rückschlüsse auf die Vaterschaft zuließe. Das geschähe dem Betreffenden nur recht. Die vorübergehende Schwäche einer Frau derart schamlos auszunutzen ... und dennoch ... Sie unterdrückte jegliche Anspielung auf einen Vorfall, für den schon bald ein dauerhafter und für alle sichtbarer Beweis vorliegen würde.

»Ich weiß es, und Sie dürfen in Kürze raten«, sagte sie und freute sich diebisch, daß sie sich auf diese Art und Weise bei Sarah dafür revanchieren konnte, daß sie etwas publik gemacht hatte, was Kris viel lieber für sich behalten hätte.

Die lange Fahrt an der Ostküste entlang verlief ohne größere Zwischenfälle. Alle fanden sich mit Kris' Schwangerschaft ab. Zainal behandelte sie mit einer Zärtlichkeit und Fürsorge, die sie niemals von ihm erwartet hätte. Sie war zu Tränen gerührt und hatte den tiefen Wunsch, sie hätte die biologische Schranke überwinden und von ihm schwanger sein können.

Als sie schließlich nach Retreat Bay zurückkehrten,

fühlte sie sich besser als je zuvor in ihrem Leben. Sie zeigte Leon ihren Arm, und er freute sich sichtlich über die Fortschritte, die seine Heilung gemacht hatte. Er wollte die Schienen noch an Ort und Stelle belassen, da sie darauf bestand, wieder ihre Arbeit aufzunehmen, aber sie konnte jetzt wenigstens ihre rechte Hand teilweise wieder benutzen. Er bestätigte außerdem ihre Schwangerschaft und hatte immerhin soviel Anstand, ihr dazu keine weiteren Fragen zu stellen.

»Eigentlich haben Sie hier auf Botany sogar eine Menge Glück damit. Es dauert nämlich nicht so lange«, fügte Leon lächelnd hinzu.

»Was meinen Sie damit, daß es nicht so lange dauert?«

»Eine durchschnittliche Schwangerschaft dauert zweihundertsechzig bis –achtzig Tage. Aber hier auf Botany brauchen Sie nur zweihundertzwölf Komma acht Tage auf die Niederkunft zu warten.« Als sie ihn verwirrt anblinzelte, fügte er hinzu: »Ein Dreißig-Stunden-Tag verändert zwar nicht die Entwicklungsgeschwindigkeit eines Fötus, aber er verringert die Anzahl von *Tagen*, die man schwanger ist.«

»Oh!«

»Die meisten meiner Patientinnen finden das sehr angenehm.«

»Ich werde darüber nachdenken.«

Die Nachricht von ihrer Schwangerschaft machte die Runde, und sie fand zusätzlichen Trost in der Tatsache, daß ihre ›Verehrer‹ ihre Wünsche anderweitig anzubringen versuchten. Und als sie Pete Easley eines Abends in der belebten Messe sah, winkte sie ihm flüchtig zu und ließ ihn weiterhin im unklaren. Sie mochte den Mann trotz seines üblen Tricks. Er hatte an jenem Tag ebenfalls getrunken. Vielleicht hatte seine damalige ›Zuneigung‹

rein äußerliche Ursachen gehabt, denn er hatte schließlich ebensoviel von dem Fusel konsumiert wie sie. Wie konnte sie ihm vorwerfen, sich betrunken und das getan zu haben, was in dieser Situation völlig natürlich gewesen war? Die Schwangerschaft schien sie überdies auch noch ausgesprochen milde zu stimmen.

Es wurde deutlich wärmer, und die Büsche begannen zu blühen und einen betäubenden Duft zu entwickeln, den der Wind in die Bucht wehte. Die landwirtschaftlichen Arbeitstrupps hatten das Land gepflügt und Saatgut auf den Feldern verteilt, das mit der KDL aus dem nun verlassenen Camp Bella Vista geholt worden war. Da kein anderes Schiff erschien, um das restliche Getreide abzuholen, übernahm die KDL diese Aufgabe, denn die Vorräte, die über den Kanal transportiert worden waren, gingen allmählich zur Neige.

Die Silos wurden geleert, um die neue Jahresernte aufzunehmen.

Auf dem Kontinent, der evakuiert worden war, hatten die Maschinen ebenfalls gepflügt und zahlreiche Felder besät. Irgendeiner von den Agrariern rief einen – allerdings ziemlich einseitigen – Wettstreit zwischen ihren und den Feldern der Farmer hinsichtlich der zu erwartenden Erträge aus. Die Agrarier hatten sich bereits entschieden, ebenso große Felder wie die Farmer zu bestellen, da das urbare Land sich in genau solche Flächen aufteilen ließ. Es war ein weiterer Hinweis darauf, daß dieser Kontinent ebenfalls Farmland gewesen war. Die zusammengetriebenen Luh-Kühe weideten auf den weniger fruchtbaren Feldern und an den Berghängen.

Etwa zu der Zeit, als das Getreide fünfzehn Zentimeter hoch stand und kräftig wuchs, wurde die beunruhigende Entdeckung gemacht, daß plötzlich wieder Aasfresser vorkamen. Nicht viele, aber genug, um sie daran zu erinnern, daß die Gefahr wieder allgegenwärtig war.

Astrid äußerte die Vermutung, daß die Luh-Kühe Parasiten ausschieden, die einen zweiten Lebenszyklus als Aasfresser hatten. Es gab nur wenige, die sich ihrer Meinung anschlossen, aber es war ein beliebter Gesprächsstoff für die langen Abende und brachte all jene mit Holzfußböden in ihren Hütten dazu, die Bohlen oder Bretter gegen dicke Schiefer- oder andere Steinplatten auszutauschen. Und viele von denen, die noch nicht mit dem Bau ihrer Behausungen begonnen hatten, suchten sich Bauplätze in den etwas belebteren Regionen. Niemand wagte sich mehr nachts auf ein Feld, und die Stellungen der Wachtposten wurden entweder aus solidem Stein gebaut oder auf hohen Pfählen errichtet.

Das alles waren jedoch eher harmlose Einschränkungen. Komposthaufen wurden umgehend in Steinwannen angelegt, und die Vernichtung unangenehmer Abfälle war kein Problem mehr. Nicht daß jemand sich Aasfresser in einer Latrine wünschte. Da solche Einrichtungen nicht mehr künstlich angelegt werden mußten, wurde die allabendliche Entsorgung dieser menschlichen Rückstände als Strafe verhängt. Dies geschah weit genug von der wachsenden Gemeinde entfernt, um die Gefahr der Aasfresser-Verseuchung bewohnter Gebiete auf ein Minimum zu reduzieren.

Der Frühling dauerte Monate, aber das schöne Wetter verhieß den Agrariern eine hervorragende Ernte, sogar reichhaltiger als die der Farmer. Die verschiedenen Hülsenfrüchte und Knollengewächse belegten mindestens genauso viele Felder wie die Getreidesorten, und es wurden Höhlen hergerichtet, um die Ernte zu lagern, anstatt nach immer neuen wildwachsenden nahrhaften Nutzpflanzen zu suchen. Die Aasfresser wurden nur dann von Grünpflanzen angelockt, wenn sie mit irgendwelchen blutigen Substanzen vermischt waren, so daß die Feldfrüchte nicht beschädigt wurden. Die Felsläufer-

Familie wurde stetig umfangreicher, und es wurde festgestellt, daß das Fleisch ganz junger Felsläufer in Aroma und Zartheit dem der erwachsenen Tiere überlegen war.

Abendkurse in verschiedenen Fertigkeiten wurden abgehalten. Die Abende, als Admiral Scott seinen ersten als solchen erkennbaren Topf zeichnete oder als Bull Fetterman seinen ersten Satz von sechs Eßzimmerstühlen fertigstellte oder als Marrucci eine tatsächlich benutzbare, mit Nut-und-Feder-Technik hergestellte Schublade in seinen Schrank einsetzte, stellten Sternstunden der Verwandlung von des Zivildaseins unkundigen Ex-Profis in echte Kolonisationstechniker dar.

Es gab natürlich Versager, wie Mitford sie nannte: Leute, die sich weigerten, ihren Anteil an Arbeit zu leisten, oder die sich darüber beklagten, daß die ›Obrigkeit‹ ihnen stets die wenig reizvollen Aufgaben zuwies. Richter Bempechat gab jedem Übeltäter drei Chancen, sich in den Augen der Gemeinschaft zu rehabilitieren. Danach gab es für den Uneinsichtigen nur noch die Rückkehr auf den alten Kontinent, wo er, ausgerüstet mit einer Tasse, einer Schlafdecke, einem Messer und einem Hackbeil, seinen individuellen Überlebenskampf führen durfte. Als das erste Dutzend von Delinquenten verstoßen wurde, nahm die Zahl der Uneinsichtigen rapide ab.

Einmal im Monat wurden die zwei Tal-Gefängnisse inspiziert. Die Turs verschwanden nach und nach, bis das Tal leer war. Die Catteni bauten am Ende Schutzhütten, und als sie um Versorgungsgüter baten, wie Nägel oder Fleisch, wurden ihnen diese Wünsche erfüllt. Aber sie erhielten nichts, was ihnen zu einer Flucht hätte verhelfen können. Zainal bezweifelte, daß sie es überhaupt versuchen würden.

»Es sind Drassi und Tudo. Sie haben genug zu essen, einen Platz zum Schlafen, und das reicht ihnen.«

»Ich kann mir niemanden vorstellen, der nicht bessere

Lebensumstände anstrebt«, hatte Marrucci gesagt, denn er saß sehr oft im Pilotensessel eines der beiden kleinen Flieger, die den kurzen Flug ausführten. »Ich meine, wenn man bedenkt, daß wir nun schon fast so groß wie eine kleine Stadt sind und sogar über eine eigene Schnapsbrennerei verfügen ...« Marrucci hatte die Hoffnung, zusätzlich zum Alkohol auch noch Wein anbieten zu können, und er hatte sich bereits im Süden nach den Früchten als Grundlage für seinen ›edlen Tropfen‹ umgesehen.

»Es gefällt ihnen so, wie es im Augenblick ist.« Zainal zuckte die Achseln.

»Meinen Sie, daß die Turs geflüchtet sind?« fragte Marrucci.

»Wen interessiert das?«

»Da haben Sie auch wieder recht.«

Das Tub flog regelmäßig die Minen mit Nachschub für die Männer und Frauen an, die dort arbeiteten, oder um Personal auszutauschen und Erz zurückzubringen. Die vom Richter am häufigsten wegen irgendwelcher geringerer Vergehen verhängte Strafe betrug einen Monat Zwangsarbeit in den Bergwerken, und nur ein einziger Delinquent betrachtete die Tätigkeit des Bergmanns als so angenehm und befriedigend, daß er freiwillig dabei blieb und nicht mehr zurückwollte.

Als Abendunterhaltung produzierten talentierte Zeitgenossen kleine Bühnenshows. Entweder sie erinnerten sich an lange Passagen aus Musicals oder Schauspielen, um verkürzte Versionen davon darzubieten, oder sie erfanden Dialoge und Aktionen, die sie dem hinzufügten, woran sie sich jeweils erinnern konnten. Kartenspiele wurden aus den stabilen Verpackungen in den Vorratslagern von KDL und Baby hergestellt. Die Karten ließen sich nicht allzugut mischen, aber das hielt die Spieler nicht davon ab, einen Stundenlohn oder irgendeine besondere Schnitzerei zu verwetten, um die Sache interessanter zu gestalten.

Es wurde auch Gold gefunden, aber man kam nach einer hitzigen Debatte überein, daß Tauschhandel ein weitaus besseres Zahlungssystem für eine so kleine Gemeinde wie die ihre wäre, in der jeder auch für die Gemeinschaft arbeiten mußte und sich nicht von dieser Pflicht freikaufen konnte. Unter den Kolonisten befanden sich auch mehrere Juweliere. Sie stellten Schmuck für jene her, die Gold und vielleicht sogar Edelsteine gefunden hatten, und setzten untereinander fest, wieviel Gramm des gelben Metalls als angemessener Preis gelten sollte.

Iri Bempechat hatte mehrere Assistenten als Rechtsberater für Streitigkeiten ausgebildet, die sich meistens einvernehmlich regeln ließen. Die ehemaligen Militärs hatten einen niederen Gerichtshof eingerichtet, gegen dessen Entscheidungen Einspruch eingelegt werden konnte, woraufhin Richter Bempechat die Aufgabe zufiel, die letzte Entscheidung in der jeweiligen Streitsache zu fällen.

»Wir brauchen keine formelle Regierung«, hatte Beverly eines Abends erklärt, als in einer Messe, in der aufgrund eines heftigen Regens mehr Betrieb als üblich herrschte, das Gespräch auf dieses Thema kam. Es war der Beginn einer Art Regenzeit, in der die Niederschläge jedoch vorwiegend in den Nachtstunden fielen. »Warum sollten wir etwas, das bisher ganz gut funktioniert hat, komplizierter machen?«

»Wenn es nicht kaputt ist, braucht man es nicht zu reparieren!« rief Mitford und wurde für diese alte Soldatenweisheit mit allgemeinem Gelächter belohnt.

»Wir haben eine Art Regierung, auch wenn die meisten von Ihnen es gar nicht merken. Wir haben lediglich keine gewählten Vertreter oder einen nominellen Staatschef. Ich glaube auch nicht, daß so etwas nötig ist«, stellte Iri mit seiner kultivierten und wohltönenden Stimme fest, die bis in den entferntesten Winkel des Saals reichte. »Diejenigen unter uns mit speziellen Erfahrungen haben die Aufgabe übernommen, für Frieden und Ruhe zu sorgen. Gemeinschaftsarbeit regelt all das, was sonst der öffentliche Dienst wahrnimmt, und ansonsten sind wir alle jeweils dort tätig, wo wir uns nützlich machen und wo wir Kenntnisse aus unseren früheren Berufen anwenden können, auch wenn wir ständig gegen eine allgemeine Materialknappheit ankämpfen müssen. Ich denke, wir sollten unserem Schicksal dankbar sein, daß wir über eine Vielfalt an Fertigkeiten verfügen. Praktisch jeder Bereich des Lebens ist bei uns vertreten. Unsere außerirdischen Gefährten«, – er deutete auf die Rugarianer, die wie immer als Gruppe zusammensaßen, und die Deski, die eher bereit waren, sich unter die Menschen zu mischen – »haben uns in jeder erdenklichen Weise geholfen. Ich denke, viele würden sich köstlich darüber amüsieren, wenn sie unser früheres Dasein mit dem vergleichen, was wir jetzt treiben, aber es war sowohl zu unserem Besten wie auch sehr aufschlußreich. Es geht uns allen sehr gut. Und wir können im großen und ganzen alles tun, was wir wollen. Natürlich ohne irgendwelche bürokratischen Hürden und ohne irgendwelche offiziellen Genehmigungen oder Verbote. Sie glauben gar nicht, wie glücklich ich darüber bin.«

Gelächter quittierte dieses scherzhafte Geständnis.

»Und in der Tat, warum sollen wir etwas verändern, das eigentlich völlig in Ordnung ist?« fragte er und hob beschwörend die Hände.

»Schön und gut, aber was geschieht mit unserem wunderschönen utopischen Traum, wenn die Farmer hierher kommen?« fragte Balenquah und schaute sich herausfordernd um.

»Das sollten wir Balenquah überlassen«, bemerkte eine anonyme männliche Stimme.

»Was soll *das* denn heißen?« fragte der Pilot, erhob sich von seinem Stuhl und schaute sich suchend um.

»Es heißt«, sagte Marrucci und zog Balenquah auf seinen Platz zurück, »daß Sie mal wieder völlig auf dem Holzweg sind und unangenehm auffallen. Sie leben, Sie können sich frei bewegen, Sie können sogar wieder fliegen, und wenn das nicht viel besser ist, als in einem cattenischen Gefängnis zu verhungern, weil Sie deren Frachter gesprengt haben, dann stimmt irgend etwas in Ihrem Kopf nicht.«

»Sagen Sie lieber nichts mehr«, ergriff Beverly an einem anderen Tisch das Wort, »wenn Sie weiterhin fliegen wollen.«

»Das ist ja genau das, was ich meine«, sagte Balenquah. »Wir brauchen eine formelle Regierung, damit man weiß, wer das Recht hat, Befehle zu geben.«

»Das reicht jetzt, Balenquah«, sagte Scott und schloß sich Beverlys Warnung an.

»Sie sind hier kein Admiral von irgendwas, Scott«, stellte Balenquah fest.

»Oh, wie laaaangweilig«, meinte eine der ›Ladies‹ zwei Tische weiter. Und sie gähnte demonstrativ, woraufhin die anderen an ihrem Tisch in brüllendes Gelächter ausbrachen.

»Sie können«, sagte Marrucci und schaute Balenquah kopfschüttelnd an, der sich angesichts des unverhohlenen Spotts allmählich zu verfärben begann, »einem mit Ihrem dummen Gefasel verdammt auf die Nerven gehen, und ich bin offensichtlich« – damit schaute er zum Frauentisch hinüber – »nicht der einzige, der so denkt.« Balenquah erhob sich, holte mit dem rechten Arm aus, aber noch ehe Marrucci aufspringen konnte, um sich zu verteidigen, hatte Scott schon dem Mann neben Balenquah zugenickt. Sie standen auf, fingen Balenquahs Arm ab und schleiften den Mann aus der Messe hinaus in den Regen.

»Sie können auch noch ›Rausschmeißer‹ auf die Liste meiner Tätigkeiten in der neuen Welt setzen«, sagte Scott zu Beverly, als sie zu ihren Plätzen zurückkehrten.

Kris teilte Balenquahs Pessimismus ein wenig. Das Problem mit den Farmern lauerte im Bewußtsein aller und bestimmte ihr Denken, auch wenn die meisten Leute so taten, als beträfe sie diese Drohung gar nicht. Zainal beharrte auf seiner Meinung, daß die Farmer durchaus wohlwollend und freundlich wären. Er konnte für seine Meinung keine andere Begründung anführen als die Art und Weise, wie dieser Planet seit Tausenden von Jahren bearbeitet wurde, wenn man zum Beispiel den neuen Wald von Zeltstangenbäumen als Indiz betrachtete.

»Und dann ist es schon einige Monate her, daß die Blase gesprengt wurde«, erinnerte er sie, während sie zu ihrer Hütte zurückschlenderten, nachdem der Regen aufgehört hatte. Überall in Retreat Bay waren mittlerweile Steinplattenwege angelegt worden, um Aasfresser abzuhalten, aber die Fußgänger hatten immer noch die Angewohnheit, bei jedem dritten Schritt möglichst hart aufzustampfen.

Kris überließ Zainal diese Vorsichtsmaßnahme, denn sie wollte das Baby, dessen Bewegung sie bereits ganz sacht in ihrem Leib spüren konnte – eine normale Erscheinung im fünften Schwangerschaftsmonat – nicht über Gebühr erschüttern. Sarah beklagte sich ständig, daß ihr Kleines um sich trat wie ein Fußballstar, aber sie war immerhin schon im achten Monat. Mittlerweile war fast jede Frau im zeugungsfähigen Alter – darunter auch die Deski und Rugarianer – schwanger, was zur Folge hätte, daß auf Retreat ein Babyboom von 2.103 neuen Mitbürgern zukäme. Anna Bollinger mochte zwar dem ersten menschlichen Baby auf Botany das Leben geschenkt haben, aber es hatten seitdem vierunddreißig Geburten stattgefunden, da die betreffenden Frauen bei ihrer Gefangenschaft bereits schwanger gewesen waren. Nun stand die neue Ernte – die auf Botany gesät worden war, wie jemand die Bibel zitierte – vor der Reife. Patti Sue war die erste und stolz darauf, Jay Greene einen Sohn zu schenken.

Kris wußte nicht, was sie sich, abgesehen von Gesundheit und keiner allzugroßen Ähnlichkeit mit seinem Erzeuger, von ihrem Kind wünschen sollte. Irgendwie brachte sie es nicht über sich, Zainal zu fragen, was ihm am liebsten wäre. Und dennoch, er würde bei allem, was sie zur Welt brächte, die Vaterrolle spielen.

Die meisten schwangeren Frauen arbeiteten in ihrem jeweiligen Bereich so lange wie möglich, und Kris, Sarah und Leila bildeten darin keine Ausnahme. Tatsächlich gerieten sie sogar mit dem Sergeant darüber in Streit, als er zunehmend darauf achtete, sie nur noch mit ›leichten‹ Aufgaben zu betrauen. So sorgte er dafür, daß Zainal mit Baby zum kleinsten Kontinent flog – eher eine sehr große Insel als eine kontinentale Landmasse –, um ihn gründlich zu erforschen, da der Küstenstreifen die einzige grüne Region war.

»Es erinnert ein wenig ans australische Outback«, meinte Sarah. Zainal ließ das Scout-Schiff einen Zick-Zack-Kurs über das Binnenland fliegen. »Wie Nullarbor. Klickweit überhaupt nichts! Kein Gras, keine Büsche ... nur Sand und Steine«, fügte sie hinzu und schüttelte sich voller Abscheu.

»Hm, ja, ich verstehe«, sagte Joe, ohne sich zu seiner rätselhaften Reaktion näher zu äußern. Er schaute durch die Steuerbordscheibe der Pilotenkanzel hinaus. »Echte Steine!« Er deutete auf einen Felsengrat, der unter ihnen verlief und aussah wie ein Rückgrat mit Vertiefungen und Spitzen. »Saurierskelette.«

»Hm, so sehen sie tatsächlich aus«, stimmte Kris zu.

Whitby machte den Vorschlag, zu landen und eine Nacht am Fuß dieser Bergkette zu verbringen, weil die Landkarten an dieser Stelle auf Erzvorkommen hinwiesen. »Wir sollten frühzeitig in Erfahrung bringen, wo Kupfer und Zink zu finden sind, denn genau die sollen da unten vorkommen. Wenn die Adern dicht unter der Oberfläche liegen, dann wäre es sicherlich vernünftig, eine Woche zu bleiben, um eine Schiffsladung zutage zu fördern.«

Also landeten sie, und es war heiß draußen.

»Genauso wie zu Hause in der Trockenzeit«, sagte Sarah begeistert, reckte die Arme, streckte ihren hochschwangeren Leib vor und wandte das Gesicht der Sonne zu.

»Das ist der beste Weg, sich einen Sonnenstich zu holen«, sagte Joe und setzte ihr unsanft ihren aus Gras geflochtenen Sonnenhut auf den Kopf. »Du wirst auf keinen Fall in der Enge unseres Scout-Schiffs das Kind zur Welt bringen.«

»Ich darf in Baby kein Baby kriegen?« Sarah bekam einen Lachanfall.

Whitby, Leila, Joe und Zainal machten sich auf den Weg, um die Erzvorkommen zu suchen. Sie waren beladen mit Gefäßen, um Gesteins- und Erdproben zu nehmen. Sarah und Kris, die die Hitze als sehr unangenehm empfanden, suchten Schutz im Schatten Babys, indem sie eine kleine Vertiefung gruben, so daß sie unter dem Landegestell auf einer Decke sitzen konnten. Kris hielt ein Nickerchen, während Sarah im Geröll herumrührte und nach interessanten Steinen Ausschau hielt.

Schließlich nickte auch Sarah ein, und beide Frauen erwachten vom Gelächter der zurückkehrenden Erzsucher. Jeder hatte ein totes Tier auf der Schulter, das einer großen Ratte glich.

Kris wich zurück, als Zainal drei Paar Kadaver neben ihr auf den Boden fallen ließ. Die Pelze weckten ihre Neugier, denn sie waren in verschiedenen Beigeschattierungen gefleckt.

»Tarnung? Wovor?« fragte sie und berührte das nächstliegende Tier. Das Fell war rauh von Erde und Sand.

»Sie graben sich ein«, sagte Joe erklärend. »Aber sie sind genießbar. Wir dachten, wir sollten es mal mit ihnen versuchen. Sie leben von Insekten, und davon hat der Kontinent im Überfluß. Ich habe mindestens fünfundzwanzig verschiedene Arten gesehen und nur ein paar gefangen.« Er hielt mehrere Glasbehälter hoch, die er mit einer Schnur zusammengebunden hatte. »Ich will sie untersuchen. Man weiß ja nie, ob das eine oder andere Tier nicht vielleicht von Nutzen ist.« Er grinste. »Oder besonders gut schmeckt. Oder nahrhaft ist.«

»Woher wollen Sie das wissen? Sie sind doch noch nie im Outback mit den Aborigines auf die Jagd gegangen«, sagte Sarah.

»Sie auch nicht.«

»Aber ich habe einen Aufsatz über die Arten geschrieben, die die Aborigines bevorzugen«, erwiderte sie hitzig, und schon war zwischen ihnen wieder der schönste Streit im Gange.

Die Wüstengraber – Kris weigerte sich, sie in Gedanken als Ratten zu bezeichnen – wurden abgehäutet und, nachdem Joe mit Hilfe der Instrumente im Scout-Schiff noch ein paar weitere Untersuchungen vorgenommen hatte, in der Küche zubereitet und als Teil des Abendessens serviert. Das Fleisch war in Konsistenz und

Geschmack anders als alles, was sie aus der Fauna Botanys bisher gekostet hatten. Es war glatt und schmeckte nach Nüssen. Man konnte kaum richtig hineinbeißen.

Bei Einbruch der Dämmerung tauchten auch ihre natürlichen Feinde auf, fledermausähnliche Lebewesen, die sich mit Hilfe langer, dreieckiger Flügel von den Felsspitzen hinabschwangen, um die Nachtgraber zu fangen. Die kühlere Luft lockte auch ganz andere Insektenarten aus ihren Verstecken, und zwar vorwiegend eine Gattung, die schmerzhafte, juckende Bisse austeilte und die Forscher zwang, im Scout-Schiff Zuflucht zu suchen. Aber vorher konnten sie noch verfolgen, wie die Nachtgraber unglaublich hohe Sprünge vollführten und sich ihre Mahlzeit mit ihren verlängerten Zungen einfingen, um schon im selben Moment im Erdreich zu verschwinden, wenn sie über sich das Schlagen von Fledermausflügeln hörten.

»So etwas wie die hatten wir auch auf der guten alten Erde«, sagte Joe und schaute aus dem Scout hinaus.

Die Männer waren mit dem Verlauf ihrer Suche zufrieden und hatten die Bereiche, in denen sie fündig geworden waren, mit blauer Farbe markiert, obgleich Whitby und Joe sich hinsichtlich der Haltbarkeit in der unbarmherzigen Sonne nicht einig werden konnten.

»Na schön, dann testen wir die Farbe eben unter realistischen Bedingungen«, sagte Joe achselzuckend. »Und wenn sie versagt, kennen wir auf jeden Fall noch die Koordinaten.«

Zainal machte sich am nächsten Morgen auf den Weg zur Küste. Er hielt Baby in niedriger Höhe und landete immer an den Stellen, die anders aussahen als die Umgebung. Diese tropische Gegend hielt Früchte und Nüsse bereit – Zitrusfrüchten und Kokosnüssen nicht unähnlich –, und davon wurden Proben eingesammelt, dazu auch eine völlig andere Insektenart. Kris empfand den Geruch von faulendem Gemüse und Obst ziemlich ekelerregend, sagte aber nichts, bis sogar die stets zurückhaltende Leila murmelnd einen Protest vorbrachte.

»Voraus scheint es Hochebenen oder so etwas zu geben.« Whitby deutete nach vorne. »Vielleicht ist es da oben kühler, und es weht ein Wind, der uns die Mücken und Schnaken vom Leibe hält.«

Kris haßte es, ihre Schwangerschaft als Begründung dafür anzuführen, daß sie alle anstrengenderen Arbeiten mied, aber sie war doch froh, daß die Männer auf einer Anhöhe mit Blick auf eine sehr idyllisch anmutende Bucht mit weißem Sandstrand aus dicken Ästen der üppig wuchernden Vegetation einen schützenden Unterstand aufbauten. Bei näherer Untersuchung stellte sich heraus, daß sich in dem Sand besonders bösartige bissige Insekten aufhielten, daher verminderte der Reiz dieser Gegend sich beträchtlich, und Sarah und Kris konnten beruhigt in sicherer Entfernung von diesen Störenfrieden das Nichtstun genießen. Es gab auch kleinere Äste, die man als Fächer benutzen konnte, und der Wind war tatsächlich kühl und erfrischend und duftete sehr angenehm nach dem, was weiter landeinwärts in voller Blüte zu stehen schien. Leila startete mit Whitby zu einem Erkundungsgang, kam jedoch schon bald wieder zurück. Ihr Gesicht und ihre nackten Arme waren mit roten Flecken übersät, da sie mit den Pflanzen in Berührung gekommen waren, durch die sie sich mit ihren Haumessern hatten einen Weg bahnen müssen.

»Der Saft, der mich so zugerichtet hat«, erzählte Leila, während Kris und Sarah ihr die Arme und das Gesicht wuschen, »ist sehr klebrig, und Joe hofft, daß wir einen Kautschukersatz gefunden haben.«

»Das ist sicherlich kein großer Trost für Sie, nicht wahr?« sagte Sarah mitfühlend. »Hilft ihnen das?«

Leila seufzte leise. »Und wie! Hauptsache es ist naß und kühlt meine Haut.«

»Was würden wir jetzt für ein anständiges Antihistamin geben!« sagte Sarah sehnsuchtsvoll.

»Wir haben doch genug Chemiker ...«, wandte Kris ein.

»Und nur ein einziges Mikroskop, das offenbar nicht stark genug ist, um damit irgend etwas Sinnvolles anzufangen, daher müssen wir uns wieder der alten Methode des Ausprobierens bedienen.«

Da der Versuch mit kalten Kompressen erfolgreich war, wurden weitere aus Verbandsstreifen aus dem Erste-Hilfe-Kasten hergestellt und um Leilas Arme gewickelt und auf Gesicht und Hals gelegt.

Genau diesen Zeitpunkt suchte sich Sarahs Baby für seine Geburt aus. Und es kam tatsächlich, bevor sein Vater und die anderen zurückkehrten, obgleich Kris sofort einen Hilferuf nach Joe über das Handy absetzte.

»Ich habe mich offenbar verzählt«, entschuldigte Sarah sich bei ihren Hebammen, als ihr klar wurde, daß die Wehen eingesetzt hatten. »Es ist auch ziemlich kompliziert bei Dreißig-Stunden-Tagen und Sieben-Monats-Schwangerschaften.«

»Unsinn«, entgegneten Kris und Leila wie aus einem Mund. »Es ist ja nicht so, daß wir nicht wissen, was wir tun sollen«, fügte Kris hinzu, auch wenn sich ihre Gedanken in einem panischen Wirbel überschlugen und sie an all die Dinge dachte, sie sich nicht an Bord des Scout-Schiffs befanden und die sie höchstwahrscheinlich dringend brauchte.

Aber gar nichts wurde gebraucht, da Sarahs hübsches, kräftiges und gesundes Baby für seine Geburt nur ein Minimum an Zeit brauchte. Mutter und Kind waren bereits gesäubert, als der Kindesvater auf die Lichtung hinuntersprang, das Gesicht hochrot und schrecklich zerkratzt, weil er alles getan hatte, um rechtzeitig zurück zu sein. Dann gratulierten Whitby und Zainal ihm und Sarah und bewunderten das Baby. Kris beobachtete Zainal und fragte sich, ob menschliche Babys sich in irgendeiner Weise von neugeborenen Catteni unterschieden.

»Klein«, murmelte Zainal, der wußte, daß von ihm ein Kommentar erwartet wurde.

»Klein?« rief Joe indigniert, während sein Sohn sich auf seinem Arm rührte.

»Er ist überhaupt nicht klein«, sagte Leila bestimmt und verblüffte damit das gesamte Team, weil sie überaus selten jemandem widersprach. »Er wiegt acht Pfund und ein paar Gramm. Und er ist gesund.«

»Und ich fühle mich blendend«, sagte Sarah. »Und es tut so gut, daß ich *dies* wieder tun kann«, fügte sie hinzu. Sie hatte sich aufgesetzt und die Arme um die Knie geschlungen, eine Haltung, die sie seit mehreren Monaten nicht mehr hatte einnehmen können.

»Wie groß sind denn Cattenibabys, wenn du dies für klein hältst?« fragte Kris. Sie hatte beschlossen, Zainal lieber den Kopf zurechtzusetzen, ehe er vielleicht noch von dem enttäuscht war, was sie hervorbringen würde.

Zainal deutete mit den Händen einen Abstand an.

»Ich bedaure zutiefst die Frauen, die so viel mit sich herumschleppen müssen«, sagte Sarah und schüttelte den Kopf.

»Ein größerer Kopf, eigentlich durchaus wahrscheinlich, und größere Knochen«, sagte Joe sachlich.

»Er ist gesund, und das alleine zählt«, stellte Whitby entschieden fest.

Aber der kleine Anthony Marley sorgte dafür, daß das Team die ungesunde Gegend verließ und nach Retreat Bay zurückkehrte. Sarah versuchte ihnen eine frühe Rückkehr auszureden, weil sie und Anthony sich wohlfühlten und die Erkundung fortgesetzt werden könnte, wenn es nach ihr ginge. Joe wollte davon jedoch nichts wissen, sondern dachte nur daran, seine Frau und das Kind von den Ärzten untersuchen zu lassen.

Leon Dane bescheinigte Sarah einen hervorragenden postnatalen Zustand, und Fawzia Johnston, die diensthabende Kinderärztin, meinte, daß der kleine Anthony so gesund und normal wäre, wie eine Mutter es sich nur wünschen könnte. Die Doyle-Brüder, die sich nun vorwiegend als Zimmerleute und Schreiner betätigten, schenkten Sarah und Joe eine Wiege für den Säugling.

»Wir haben alle Hände voll zu tun, die Nachfrage hier auf Botany zu befriedigen«, sagte Lenny, nachdem er pflichtschuldigst den kleinen Anthony bewundert und den Eltern gratuliert hatte. »Wissen Sie, dieser Ort hier wird immer mehr zu einem Zuhause, zumal jetzt auch die Babys kommen.« Er wiegte den Kopf mit melancholischer Miene.

»Sie vermissen sicherlich Ihre eigene Familie, nicht wahr?« sagte Sarah und legte ihm mitfühlend eine Hand auf den Arm.

Lennys Gesicht hellte sich auf, und er lächelte. »Irgendwie schon, aber wer hat Zeit, an das zu denken, was er zurückgelassen hat, wenn es hier noch so viel zu tun gibt?«

Kapitel II

Zane Charles Bjornsen erblickte genau 222 Tage nach seiner Zeugung im Morgengrauen das Licht Botanys. Er war ein großes Kind – worin er seinem Vater ähnelte. Er kam mit Fingernägeln zur Welt, die schon bald nach seiner Geburt geschnitten werden mußten, da er sich sonst sein hübsches Gesicht zerkratzt hätte. Und er hatte volles dunkles Haar.

Er war nicht, wie Anthony Marley es gewesen war, puterrot, verschrumpelt und ein Wesen, das nur seine Mutter richtig lieben konnte.

»Zane ist ein absolut guter Name«, hatte Kris Zainal versichert. »Einer meiner liebsten Westernautoren war Zane Grey. Und ich bewundere Chuck Mitford.«

»Aber er ist nicht der Vater.« Zainal hob lediglich eine Augenbraue und ließ behutsam die Frage anklingen, die zu beantworten sie sich weigerte.

»Nein, aber ich sehe keinen Grund, weshalb ... wir ... ihm nicht die Freude machen sollten, Pate zu sein.«

»Pate?« Zainals Miene drückte Ratlosigkeit aus. »Was ist ...«

»Jemand, der sich zur Fürsorge für das Kind verpflichtet, wenn es Gott geweiht wird ...«

»Gott?«

»Ja, dem Gott, zu dem Pater Jacob betet, dem wahren Gott.«

»Gibt es denn so einen?«

Zainal hatte Schwierigkeiten, an den Allmächtigen zu glauben, obgleich die zahlreichen Geistlichen, die mit ihnen auf dem Planeten abgesetzt worden waren, ständig bemüht waren, regelmäßig Gottesdienste zu veranstalten. Die Protestanten hatten damit keine Probleme, aber Pater Jacob schon, da ihm nicht die Dinge zur Verfügung standen, die er brauchte, um eine Messe ordnungsgemäß zu zelebrieren. Er klagte immer wieder darüber, daß ihm vieles fehlte und er nicht wüßte, wie er ohne die notwendigen Utensilien seiner Verpflichtung gerecht werden könnte.

Marrucci entpuppte sich als frommer Katholik und gab sich alle Mühe, den guten Pater im Zuge einer der auf Botany nicht seltenen Rollenwechsel zu trösten.

»Wenn Gott überall ist, dann ist Er auch hier, Padre, und dann nimmt Er dankbar die Huldigungen derer an, die Ihn vertrauensvoll anrufen. Die ersten Katholiken hatten keinen Altar, kein Allerheiligstes, und die Kommunion bestand aus Brot und Wein. Das haben wir. Wir haben unseren Glauben. Sprechen Sie nur die Gebete, dann mache ich den Meßdiener.«

Mitford war einerseits erfreut, andererseits einigermaßen verunsichert, weil ein Kind nach ihm benannt werden sollte. »Jeder wird annehmen, es ist meins, dabei ist es das gar nicht«, meinte der Sergeant barsch. »Nicht, daß ich mir nicht wünschte, er wäre mein Sohn, Kris«, fügte er hastig hinzu. »Ich meine, ich hätte mich sehr geehrt gefühlt, wenn Sie den Wunsch geäußert hätten ... nun, verdammt noch mal, Sie wissen genau, was ich meine.«

»Ja, das weiß ich, Chuck.«

»Und wer ist denn nun der Glückliche?«

»Erinnern Sie sich noch an dieses Gebräu, das Leon und Maycock etwa zu der Zeit hergestellt hatten, als ich mir den Arm brach?«

»Ja, ich erinnere mich.« Mitford weitete überrascht die Augen, dann verfinsterte sich seine Miene. »Sie meinen, Sie wurden vergewaltigt und haben es nicht gemeldet?« Er ballte die Fäuste, als umklammerte er damit den Hals des Übeltäters.

Kris tätschelte beruhigend eine der Fäuste. »Von einer Vergewaltigung weiß ich nichts. Aber ich weiß, daß ich sehr betrunken war.«

Chuck runzelte die Stirn. »Es war doch Pete Easley, der Sie zu Ihrer Hütte gebracht hat, oder?«

»Durchaus möglich, Chuck, aber ich erinnere mich an nichts mehr, und vielleicht ist es auch ganz gut so, oder meinen Sie nicht?«

»Nein, das meine ich nicht.«

»Nun, ich kann es nicht ändern. Aber vielleicht später, wenn Zane herangewachsen ist, wissen wir vielleicht mehr. Zainal ist es jedenfalls gleichgültig.«

»Ja, das stimmt wohl, und so wie er die ganze Sache hinnimmt, hat es seinem Ansehen in keiner Weise geschadet.« Zainal war im Augenblick damit beschäftigt, die Pflanzenfaserwindeln seines Sohnes zu wechseln. Die Büsche, die den nützlichen Grundstoff hervorbrachten, wurden überall in Retreat Bay, wo immer es möglich war, angebaut.

Der klebrige Saft, der ihnen während ihres letzten Erkundungstrips solche Schwierigkeiten gemacht hatte, war gesammelt worden und stellte, in entsprechende Formen gegossen, eine praktische wasserdichte Kleidung für Kleinkinder dar. Sie konnte gewaschen und vier- oder fünfmal benutzt werden, doch sie löste sich nach und nach auf – meistens genau im falschen Moment.

Mitford grinste und genoß den Anblick eines Catteni Emassi, der als Säuglingsschwester fungierte.

Zweitausendeinhundertdrei neue Leben waren erwartet worden, und bis auf fünf hatten es alle geschafft: zwei menschliche Babys waren tot zur Welt gekommen, eins der rugarianischen lebte nur drei Tage und starb dann, doch sogar der eine Rugarianer, der die speziellen Bedürfnisse seiner Rasse kannte, konnte dafür keine

Erklärung liefern; ein viertes Baby wurde während der Geburt von seiner eigenen Nabelschnur erhängt, und das fünfte Kind, ein Deski-Baby, war extrem mißgebildet und starb gleich nach der Geburt.

Die versprochenen Kinderkrippen öffneten ihre Tore, und jede Frau war berechtigt, ihr Kind dorthin zu bringen, wenn sie tagsüber arbeitete oder irgendwelche Gemeinschaftsaufgaben wahrnahm. Manchmal gehörte dazu auch die Aufsicht in der Kinderkrippe. Kris rief einen Wickeldienst ins Leben, den sie aus Wildwestgeschichten und aus historischen Romanen über Indianer kannte. Es war ganz nützlich für Babys bis drei Monate, und für kürzere Perioden auch noch später.

»Ich sagte doch, du würdest eine gute Mutter sein«, stellte Zainal mit einem Anflug von selbstzufriedenem Stolz fest, wenn sie demonstrierte, wie geschickt sie Zane mit sich herumtrug.

Zu Kris' Erstaunen war Zanes Pflege und Betreuung überhaupt nicht so mühselig, wie sie erwartet hatte, und das hatte nur wenig mit Zainals Begeisterung für das Kind zu tun. Sie hatte noch niemals etwas gehabt, das so total von ihr abhängig und das ihr gleichzeitig so wertvoll war. Ein- oder zweimal fragte sie sich, ob sie Pete Easley gegenüber unfair war, weil sie ihm nichts erzählt hatte. Aber er und eine der schwedischen Landwirtschaftshelferinnen hatten gemeinsam Ziegel gebrannt, was auf Botany mit einer Verlobung gleichbedeutend war. Wenn Kris ihn dabei ertappte, daß er ihren Sohn sehr aufmerksam betrachtete, ignorierte sie die Frage in seinen Augen und schilderte wortreich, was für ein guter Vater Zainal wäre, bis sogar Pete Easley davon genug hatte.

Der Babyboom löste eine ganze Reihe von Untersuchungen und Experimenten aus – ein sehr feiner Puder als Ersatz für Talkum, eine Salbe gegen Windelekzeme und andere harmlose Hautreizungen; eine Methode, Pflanzenfasern zu einem Stoff zu weben, aus dem man Babykleidung schneidern konnte, und ein Spinnrad, um aus Luh-Kuh-Haaren eine Art Strickwolle herzustellen. Den Tieren war als Schutz vor der winterlichen Kälte längeres und dichteres Fell gewachsen. Dieses wurde eingesammelt – ehe die Aasfresser sich der Kühe bemächtigen konnten – und gesponnen, dann gewaschen und/oder zu Filz verdichtet.

Die Nutzpflanzen gediehen auf beiden Kontinenten reichhaltig und in saftigem Grün. Die Catteni bauten weiterhin in ihrem Tal nichts an. Die Bergleute förderten tonnenweise Eisen, Kupfer, Zinn, Zink, Blei, Gold und Silber und gelegentlich auch ein paar ungewöhnlich klare Steine zutage, bei denen es sich laut der Juweliere um eine Variante des Turmalins handelte. Aber niemand suchte an den Stellen nach Schmucksteinen, an denen Rubine, Smaragde, Saphire oder Diamanten – die allein wegen ihrer Härte von Nutzen gewesen wären – hätten vorkommen können. Knochen waren viel nützlicher, und die schweren Knochen der vier hinteren Beine der Luh-Kühe wurden stets sorgfältig gesäubert und getrocknet und dienten schließlich als wertvolle Grundlage für kunstvolle Schnitzereien.

Zane war gerade fünf Monate alt, als der Deski-Wachtposten auf der Südseite von Retreat Bay alle mit einem warnenden Geheul aufschreckte. Für eine so schlanke Rasse, die über keine nennenswerte Lungenkapazität verfügte, konnte sie verdammt viel Lärm erzeugen. Das Baby bekam gerade die ersten Zähne, daher war Kris wach, um den Kleinen zu trösten. Zainals Komm-Einheit summte, und er richtete sich ruckartig im Bett auf, das Handy am Ohr, ehe Kris auch nur reagieren konnte.

»Was?« Er sprang aus dem Bett und hüpfte auf einem Fuß herum, während er zuhörte und sich dabei den Overall überstreifte. Selbst in einer so lächerlichen Haltung bewunderte Kris sein Erscheinungsbild. Wenn doch Zane nur ein einziges Gen von seinem Pflegevater hätte in sich aufnehmen können ...

»Sie ist weg«, verkündete Zainal, während er das Handy zuklappte und sich so schnell wie möglich vollständig anzog.

»Was ist weg?«

»Die Blase.« Er war jetzt in die Stiefel geschlüpft und eilte zur Tür.

»Ich komme mit«, erklärte Kris.

»Doch nicht etwa so?« Er bedachte sie mit einem mißbilligenden Blick, denn sie war nur in eine Decke gehüllt. Sie drückte Zane seinem Vater in den Arm und kleidete sich genauso schnell an wie er, wickelte die Decke zusammen, holte zwei zusätzliche Schilfkörbe und setzte das Baby in die Tragschlinge, in der sie es gewöhnlich herumtrug. Dann ließ sie sich in einen Passagiersitz des Luftkissenlasters sinken. Zainal kurbelte am Lenkrad, und das Fahrzeug startete ins fahle Licht des Morgengrauens und schlug die Richtung zum Hangar ein. Lichter flammten überall in der Siedlung auf, und gelegentlich rief jemand »Was ist los?«, wenn Zainal an den Kontrollen des Lasters erkannt wurde.

»Ist die Blase wirklich verschwunden?« fragte sie, als sie dahinjagten.

»Deski haben etwas gehört, das ganz anders klang als alles, was sie kannten«, berichtete Zainal, »und sie haben daraufhin die Kommandobrücke gewarnt. Die Brücken-Crew hatte bereits etwas auf dem Schirm beobachtet, konnte sich aber keinen Reim darauf machen.«

»Die Farmer?« fragte Kris, und plötzlich erwachte in ihr eine schreckliche Angst. Sie wiegte ihren Sohn, denn sie wußte, wenn man ihn bewegte, schlief er immer ein, auch wenn die Zähne ihn quälten, und selbst diese kurze Fahrt hatte eine beruhigende Wirkung auf ihn.

Diejenigen, die geweckt worden waren, trafen mit Luftkissenfahrzeugen ein. Sie rannten, so schnell sie konnten, und teilweise sogar schneller als die einfachen Treträder, die zur Überwindung kurzer Strecken konstruiert worden waren. Das Prinzip der Luftreifen mußte noch verbessert werden, aber die Eisenringe funktionierten auf den Steinplatten und den unbefestigten Wegen gut genug, und so waren die Fahrer allemal schneller als die Fußgänger.

Sämtliche Lampen im Hangar brannten, und die Einstiegsluken von KDL, Baby und die Bürotür standen offen. Rutscher waren kreuz und quer geparkt.

Zainal begab sich mit Kris zum nächstliegenden Büro. Die dortige Kommandobrücke zeigte genauso viel wie die des Schiffs, und außerdem hätten sie und das Baby dort viel mehr Platz. Auch in solchen Situationen hatte Zainal stets Kris' und Zanes Wohl im Auge.

Scott, Beggs, Fetterman, Yowell und Coo hielten sich im Büro auf, und Scott winkte Zainal zu sich.

»Eine Umkreisung ist bereits durchgeführt, und der Flugkörper ist nicht sehr groß. Nicht klein genug, um ein programmierter Satellit zu sein, aber das Ding bewegt sich zu schnell für uns. Wir können keinen klaren Eindruck von seiner Größe oder seiner Form gewinnen.«

»Das«, und Coo deutete auf die Spur, die die Orbitalkugel hinterließ, »ist nicht zu hören. Etwas ist gelandet.« Er sprach mit mehr Nachdruck, als ein Deski es gewöhnlich tat. Er hatte es wahrscheinlich für Scott wiederholt. Nun deutete Coo mit seinen spinnenartigen Fingern auf die Kommandostation der Farmer, die Kris, Zainal und die anderen vor gut einem botanischen Jahr untersucht hatten. Es war die Station, wo Dick Aarens absichtlich den Start einer Zielflugrakete ausgelöst hatte.

»Was ...« Scott verfolgte den Kurs der Orbitalkugel mit einem Finger. In diesem Moment wechselte der Flugkörper die Richtung und schwenkte auf eine Nord-Süd-Bahn ein. Schnell führte er mehrere Umkreisungen von Botany durch. »Was ist das?«

»Das erfahren wir ...« Und Zainal hielt inne und überwachte den Weg der Kugel auf dem Schirm, »genau jetzt.«

Sie verspürten das typische Kitzeln, als sie von einem Scannerstrahl abgetastet wurden. Zainal gluckste leise.

»Ohmeingott«, stieß Fetterman hervor und setzte sich, als ob sämtliche Kraft aus seinen Beinen gewichen wäre.

Kris hatte es ebenfalls gespürt, und Zane hatte sich in seiner Tragschlinge für einen kurzen Moment aufgebäumt. Sie legte eine Hand auf seine Wange und fragte sich, ob der Scannerstrahl für einen so kleinen Körper nicht zu stark gewesen war. Zainal tätschelte beruhigend ihre Schulter. »Ich gehe freiwillig«, sagte Zainal.

Kris schaffte es gerade noch, den Einwand »Nein, das tust du nicht!« zu verschlucken, als Scott auch schon ablehnend beide Hände hob, wobei er den Blick keine Sekunde vom Schirm löste. Die Komm-Einheit piepte, und er aktivierte sie.

»Wurden wir gerade gescannt?« Es war Beverlys Stimme.

»Coo meldet, sie seien an der Kommando-Station gelandet.«

»Da oben ist aber nichts zu sehen«, sagte Beverly.

Coo nickte heftig und bekräftigte seine Meldung.

»Fek bestätigt alles«, fuhr Beverly fort. »Haben wir nicht festgestellt, daß sie Materietransmission benutzen?«

»Oh, oh«, sagte Yowell, und er machte ein paar unsichere Schritte rückwärts, um sich auf den nächstbesten Hocker fallen zu lassen. Sein Gesicht war eine Studie widerstreitender Gefühle: Hoffnung, Furcht, Unsicherheit und Verwirrung.

Coo drehte den Kopf zur Bürotür. Er stand auf, hob einen Arm und deutete hinaus.

»Sind sie da?« fragte Scott.

Kris schluckte und legte instinktiv die Arme schützend um Zane. Als Zainal sich in Bewegung setzte, war sie sofort dicht hinter ihm und damit noch vor den anderen, die einen Sekundenbruchteil länger gezögert hatten, ehe sie reagierten. Wenn ihr Schicksal sie heimsuchte, dann wollte sie es wenigstens sehen.

Während sie das Büro verließen, blickte sie hinüber zur KDL und entdeckte Feks unverwechselbare Gestalt in der Einstiegsluke, dann Balenquahs stämmige Figur als Silhouette im Lukenlicht, gefolgt von Worrells leicht gebückter Gestalt. Die kerzengerade Figur war vermutlich Rastancil, und die zierlichen Umrisse gehörten zu einer Frau, die sie nicht kannte, als letzter kam Slav. Von Baby näherten sich Mitford, Easley, Yuri und Richter Bempechat.

Sie bildeten einen Halbkreis.

Was sich vor ihren Augen abspielte, war überhaupt nicht mit dem zu vergleichen, was in einer *Raumschiff Enterprise*-Folge hätte stattfinden können. Keine farbigen Lichter oder Strahlen oder Säulen. Und auch keine sonstigen Spezialeffekte, wie Kris sie schon in zahlreichen Science-fiction-Filmen und -Videos gesehen hatte. Und dennoch ... irgend etwas war da draußen, bildete eine solide Masse, die auf sie zukam, mit einem Nimbus um einen dunkleren Kern. Etwas, das sogar im matten Licht des frühen Morgens größer aussah als der größte der wartenden Menschen.

Dann war es doch nicht größer und schien sich auszudehnen. Sie erkannte die typische spinnenartige Gestalt eines Deski. Neben ihr stieß Coo einen erstickten gurgelnden Laut aus und erstarrte. Mit ihrer freien Hand erfaßte Kris Coos lange Finger und drückte sie. Mit der anderen Hand schirmte sie Zanes Gesicht ab. Zainal hatte seinen Körper halb gedreht, so daß er sie zum Teil abschirmte. Aber die meisten Gestalten, die sich aus dem Nebel herausschälten – nur war es kein richtiger Nebel –, hatten die äußere Erscheinung von Menschen, wie man an den Details der Gesichter und Gliedmaßen erkennen konnte.

»Sie können sich verändern«, flüsterte sie. »Sie nehmen unsere Gestalt an.«

Coo atmete zischend ein. Entsetzen? Erleichterung? Angst? Kris verstärkte ihren Griff und wußte nicht, ob sie Hilfe gab oder selbst suchte.

»Wie bitte?« fragte Scott leise und ließ nicht aus den Augen, was vor ihm erschien. Dabei lehnte er sich ein wenig zu Kris hinüber.

»Da sind ein Deski und ein Rugarianer, und alle anderen sind Menschen. Aber es sind nicht so viele wie wir.«

Als die Verwandlung vollzogen war und kein Zweifel mehr bestand, daß diese Besucher die drei Rassen darstellten, die ihnen gegenüberstanden, betrachteten die Gruppen einander.

»Ich sehe keinen Catteni.« Kris' Bemerkung war kaum zu verstehen. Aber sie mußte nach dieser Feststellung unwillkürlich kichern, eine Reaktion, die sie schnellstens zu unterdrücken versuchte. Wenn das die Farmer waren – und alles deutete daraufhin, denn wer sonst hätte die Blase entfernen können? –, dann waren sie nicht vollkommen. Irgendwie stärkte diese Erkenntnis ihr Selbstvertrauen.

Niemand sagte etwas, und die Spannung nahm zu. Na

schön, wenn die Besucher keinerlei Aggression an den Tag legten, dann sollte man sie vielleicht auch wie Besucher behandeln, und zwar alle acht. Wir sind in der Überzahl, dachte sie, allerdings ist das auch der einzige Punkt, in dem wir ihnen überlegen sind, wenn man bedenkt, was sie soeben getan haben. Es war so dumm, einfach nur dazustehen und sich gegenseitig anzustarren.

»Hallo«, sagte sie und verlieh dem Wort einen freundlichen, zugleich fragenden Unterton. Sie schob sich an Zainal vorbei und zog unabsichtlich Coo mit sich, während Richter Bempechat ebenfalls einen Schritt vorwärts machte. Sie wußte, daß sie einen ziemlich dummen Gesichtsausdruck hatte, als sie zu dem Richter hinüberblickte, um einen Hinweis darauf zu erhalten, was sie als nächstes tun sollte.

Der Richter lächelte sie flüchtig an – so daß sie den Eindruck gewann, nichts richtig falsch gemacht zu haben –, und sie hob beide Hände, eine, wie sie hoffte, in der gesamten Galaxis zu verstehende Geste, daß sie unbewaffnet war.

»Wir haben gehofft, daß wir Sie irgendwann kennenlernen würden, um unsere Anwesenheit auf einem Planeten zu erklären, den Sie offenbar schon seit mehreren tausend Jahren nutzen«, erklärte der Richter, während er eine leichte Verbeugung andeutete. »Mir ist klar, daß Sie nicht verstehen, was ich sage, aber ich hoffe, daß die Aufrichtigkeit meiner Worte offenbar wird. Wir wissen, daß wir Ihr Territorium widerrechtlich betreten haben, aber wir wurden gegen unseren Willen hierher gebracht und können nicht auf unsere eigenen Welten zurückkehren.«

Während der Richter redete, verspürte Kris einen ganz leichten Druck gegen ihre Stirn und im Nacken. Zane bewegte sich, und sie wiegte ihn sanft und streichelte seinen Rücken, was ihn gewöhnlich beruhigte.

»Wir sind auf diesen Kontinent umgezogen, weil Sie ihn zur Zeit nicht landwirtschaftlich nutzen. Wir wollten Sie und Ihre Einrichtungen auf keinen Fall stören. Wir möchten hierbleiben. Mit Ihrer Erlaubnis. Falls das überhaupt möglich ist, denn wir verfügen nicht über ausreichende Transportmittel, um von hier wegzugehen. Meinen Sie, Sie könnten uns verstehen? Irgendwie?« Er streckte ihnen wieder die Hände entgegen, eine Geste voller Würde, aber auch eine Bitte.

»Es wird verstanden«, erwiderte eine Stimme, die der des Richters erstaunlich ähnlich war.

Wer immer gesprochen hatte, mußte es sehr schnell getan haben, denn Kris hatte nicht gesehen, wie sich irgendein Mund bewegt hatte. Dann begriff sie, daß niemand gesprochen hatte. Die Stimme war direkt in ihrem Kopf erklungen. Zane bewegte sich wieder unruhig.

»Wir wollten mit Ihnen zusammentreffen. Haben Sie keine Angst. Wir verletzen nicht. Wir töten nicht. Wir besetzen nicht. Sie alle sind sehr jung.«

»Eine junge Rasse?« fragte Iri Bempechat belustigt.

»Ja«, und eines der männlichen Wesen benutzte den Mund, um das Wort auszusprechen, aber Kris hörte es immer noch mehr in ihrem Kopf als mit ihren Ohren. »Sehr jung.«

Richter Bempechat lächelte. »Das sind wir Menschen wohl. Ich glaube, die Deskis«, und er deutete auf Coo, »existieren schon viel länger als die Menschen«, und er deutete auf sich selbst und dann auf Kris.

»Wir haben die Deski gesehen und sie in Ruhe gelassen. Sie kommen ganz gut zurecht. Weshalb sind so viele von ihnen hier? Warum gibt es drei ... nein, fünf ... Rassen auf dem Planeten?«

»Wir wurden hier abgeworfen. Wir müssen hierbleiben«, sagte der Richter lapidar und schaute kurz zu Zainal.

»Weil die anderen, wie dieser dort«, und nun deutete der Sprecher mit einer wohlgeformten Hand auf den Catteni, »Sie gegen Ihren Willen hierher gebracht haben, damit Sie auf dieser Welt eine Kolonie gründen.«

»Ich sehe, daß wir Ihnen nicht viel zu erzählen brauchen«, sagte Richter Bempechat. »Sie lesen die Gedanken in unseren Köpfen.«

»Sofern welche da sind.« Freundlichkeit und nicht Herablassung lag in seiner Stimme, die nun weniger wie ein Echo des Richters klang, sondern mehr von der Persönlichkeit ihres Sprechers widerspiegelte.

»Wir versuchen Fortschritte zu machen«, sagte der Richter und verbeugte sich respektvoll.

»Ein sehr schwieriger Prozeß, der ewig dauert. Aber Sie tun es nicht.«

»Und Sie tun es?«

»Im Grunde ja.«

»Aber nicht so wie die Eosi«, sagte Zainal.

Das fremde Wesen wandte sich zu dem neuen Sprecher um. »Wir kennen weder den Namen noch Ihr geistiges Bild von diesen Eosi.«

»So ist es sicher am besten«, bemerkte jemand leise, und für einen Moment dachte Kris, daß die Bemerkung von Mitford gekommen war. Sie paßte zu ihm. Oder vielleicht auch von Yowell, da der Sergeant zu der mittleren Gruppe gehörte und Vic ihnen viel näher war.

»Wir bitten um Ihre Hilfe, um der Herrschaft der Eosi über mein Volk, die Catteni, und diese anderen Rassen zu entfliehen«, sagte Zainal und deutete mit einer ausholenden Bewegung auf die Umstehenden.

»Eine solche Hilfe schließt die Rassenschädigung ein, die wir nicht dulden.«

»Auch wenn weiterhin einer unschuldigen Rasse, die sich nicht vor der herrschenden Macht schützen kann, Schaden zugefügt wird?« fragte Richter Bempechat.

»Wenn Gewalt eingesetzt wird, können die Absichten und Wünsche, die den Einsatz der Gewalt ausgelöst haben, nicht geändert und umgeleitet werden.« Die Miene des Wesens hatte jetzt einen tadelnden Ausdruck.

»Wie soll man denn Gewalt vermeiden?« fragte Scott und meldete sich zum ersten Mal zu Wort.

»Es gibt Möglichkeiten. Erlernen Sie sie.«

Die Gestalten begannen sich aufzulösen.

»Wie werden Sie genannt?« fragte der Richter und machte einen schnellen Schritt vorwärts, um ihr Verschwinden aufzuhalten.

»Sie haben uns Farmer genannt. Das ist durchaus passend.« Der Sprecher lächelte überaus freundlich.

Kris kam der Gedanke, daß dieses Wesen in jedem Film als Jesus Christus perfekt besetzt gewesen wäre.

»Ist er nicht bei Ihnen?« lautete der Gedanke, der in ihren Geist gesetzt wurde.

»Gehen Sie nicht weg«, sagte Zainal, trat ebenfalls vor und hob eine Hand. »Noch nicht. Wie können wir die Gewalt vermeiden, wenn sie gegen uns eingesetzt wird? Wie befreien wir uns selbst und unsere Freunde von der eosianischen Herrschaft?«

»Dürfen wir hierbleiben? Auf Ihrem Planeten?« Kris sprang beinahe nach vorne und schreckte Zane aus dem Schlaf. Er stieß einen Protestschrei aus.

Einer der Farmer glitt heran. Die Beine bewegten sich, aber die Frau – sie kam Kris ausgesprochen feminin vor, als sie sich ihr näherte – berührte den Boden nicht.

»Sie beobachten sehr gut.« Erneut wurde ihr ein Gedanke eingepflanzt. Das Wesen schaute auf Zane hinunter. Obgleich Kris versuchte, ihn zu beruhigen, mündete der erste Schrei in ein leises, ängstliches Weinen. Natürlich konnte Zane nichts dafür, daß er auf die Spannung, die Enttäuschung und die Angst reagierte, aus der die Atmosphäre um ihn herum bestand.

»Wir haben Sie so viel zu fragen. Möchten so viel wissen«, sagte Easley flehend.

»Dies ist Ihr Kind!« sagte die Frau und wandte sich wieder zu Kris um.

Kris konnte sich ebensowenig weigern, ihren Sohn vorzuzeigen, wie sie die Wehen hätte unterdrücken können, die ihn aus ihrem Leib herausgepreßt hatten. Sie drehte Zane, dessen Gesicht sich vor Angst rötete, dem Wesen entgegen. Dieses beugte sich über den Jungen, strich mit einer grazilen, fast durchsichtigen Hand über sein Gesicht, und sofort lächelte er zufrieden und plapperte auf seine neueste Verehrerin ein.

»Hier sind viele Junge«, sagte sie, und Kris hatte den Eindruck, das sie irgendwie neidisch klang. »Und wir!«

»Dann dürfen wir bleiben?« fragte Kris ernst.

»Sie bleiben. Wir werden beobachten, aber wir mischen uns nicht ein.«

»Dürfen wir hinaus?« fragte Zainal und deutete mit den Händen die Form einer Kugel an.

»Das ist zu Ihrem Schutz«, erklärte der erste Sprecher.

»Wir danken Ihnen dafür«, erwiderte Richter Bempechat und schickte Zainal einen warnenden Blick.

»Damit tun Sie mehr, als die anderen getan haben.« Der Gedanke schlich sich in Kris' Kopf, und das weibliche Wesen glitt zu seiner Gruppe zurück.

In dem Moment, als sie wieder zusammen waren, verschwanden sie auch schon.

Wie weggezaubert, dachte Kris, während ihr Sohn auf ihrem Arm selig vor sich hinprustete.

Wie auf Kommando redeten alle gleichzeitig, wobei der Haupteinwand der war, daß man eigentlich nur sehr wenig erfahren hätte, und wer überhaupt den Richter zum Sprecher bestimmt hätte und weshalb nicht mehr Fragen gestellt worden wären, so lange sie mit den Farmern hätten reden können? Und für wen Zainal sich eigentlich hielte, daß er sich mit seiner Bitte um Hilfe an offensichtliche Pazifisten wandte?

Scott bat um Ruhe. Richter Bempechat erklärte sachlich, daß er ganz gewiß nicht die Absicht gehabt hätte, für alle zu reden, sondern daß es sich rein zufällig ergeben hätte. Balenquah griff Kris wegen ihres ›dämlichen‹ Hallo an.

»Nun, ich konnte sie wohl kaum darum bitten, uns zu ihrem Anführer zu bringen, oder?« wehrte sie sich. »Und brüllen Sie nicht so vor meinem Baby!«

»Wollten Sie ihnen den Kleinen geben?« fragte Balenquah.

»Reden Sie keinen Quatsch. Sie wollte ihn nur betrachten«, sagte Kris und entfernte sich von dem streitsüchtigen Piloten. Aarens war schon schrecklich, aber Balenquah verlieh dem Begriff ›unerträglich‹ ganz neue Dimensionen.

»ALLE MAL HERHÖREN!« rief Scott und erhob seine Stimme über das allgemeine Gemurmel. »Wir haben die Erlaubnis hierzubleiben. Das ist doch das Wichtigste, was wir wissen mußten, nicht wahr?«

Mit einem Mal waren der Klang aufgeregter Stimmen und das Summen eines Luftkissenfahrzeugs, das sich dem Hangar näherte, deutlich zu hören.

»Hey, sie sind gekommen, und wir können hierbleiben!« rief Lenny Doyle, während er aus dem Fahrzeug heraussprang und in den Hangar rannte. »Sie sind soeben vor der Messe aufgetaucht und ...« Er brach mitten im Satz ab, als er die Gesichter der Wartenden sehen konnte. »Wir dürfen sie Farmer nennen«, endete er. »Sie waren hier auch?«

Worrell, Leon Dane, Mayock und zwei Krankenschwestern tauchten als nächste aus dem Luftkissentieflader auf, der als Krankenwagen benutzt wurde. Ihre Gesichter erstrahlten selig, wie bei Leuten, die großartige Neuigkeiten zu verkünden haben. Das Strahlen ließ in dem Moment nach, als auch sie erkennen mußten, daß sie nichts Einmaliges erlebt hatten.

»Wie viele von diesen seltsamen Wechselwesen sind denn hier gewesen?« fragte Kris in die einsetzende Stille.

Dann begann die Komm-Zentrale aufgeregt zu summen. Alle Leitungen ins Büro waren gleichzeitig belegt.

»Dann war es wohl eher eine ziemlich ungewöhnliche Massenhalluzination«, stellte Dane fest. »Sollen wir mal unsere Erfahrungen miteinander vergleichen? Wir können hierbleiben, zumindest haben sie etwas Derartiges gemeint, und wir können sie Farmer nennen ...«

»Da es zutreffend ist«, fügte der Richter hinzu.

»Haben wir denn alle dieselben Fragen gestellt?« fragte Leon und ließ den Blick zwischen Zainal und Scott hin und her wandern.

»Wir sollten tatsächlich unsere Erfahrungen austauschen«, sagte Scott, »nachdem wir die eingehenden Anrufe beantwortet haben. Kris, Yowell, Zainal ... helfen Sie mir mal ...« Dabei deutete er auf die blinkenden Lämpchen der Komm-Zentrale.

»Wie viele waren es?« fragte Kris, als sie Zeit hatten, sich über das erstaunliche gleichzeitige Erscheinen von Farmern bei allen wichtigen Gruppen auf Botany zu unterhalten. Sogar die Bergleute hatten Besuch von zehn Wesen erhalten. Keine Farmer-Gruppe war umfangreicher gewesen als die, die sich bei ihnen vorgestellt hatte. Die fünf Personen, die am Kommandoposten Wache gehalten hatten, berichteten von drei Besuchern. Die in der Messe, wo die meisten Leute sich zum Frühstück eingefunden hatten, hatten insgesamt dreißig Farmer gezählt. Das Krankenhaus war immerhin mit fünfzehn Besuchern bedacht worden.

»Alle zur gleichen Zeit?« fragte Leon verblüfft.

»Mindestens fünfzig, und die konnten unmöglich alle in dieser Kugel Platz gefunden haben«, sagte Beverly.

»Das kommt darauf an, wieviel Platz solche Wechselwesen brauchen«, meinte Kris.

»Wenn sie allen von uns erschienen sind, weshalb haben wir dann nicht mehr über sie herausbekommen?« wollte Scott wissen. »Wir hatten die einmalige Chance, aus dieser Begegnung eine Menge herauszuholen.«

»Wir hatten alle die gleiche Chance«, gab Rastancil ihm recht, »aber ich konnte gar nicht schnell genug reagieren, auch kann ich nicht behaupten, daß Sie ausgesprochen intelligente Fragen gestellt haben, Ray.«

Obgleich Rastancil seine Einschätzung sehr diplomatisch formuliert hatte, reagierte Admiral Ray Scott beleidigt.

»Unsinn«, sagte Kris, »sie hatten verdammt viel mehr Erfahrung mit solchen Begegnungen als wir. Wir sind wirklich jung.« Sie kicherte. »Aber glauben Sie denn wirklich, wir hätten von einer Rasse direkte Antworten erhalten, die über eine solche Technologie verfügt? Wir sind viel zu jung für sie, als daß sie uns mehr als nur ein paar Minuten an Aufmerksamkeit schenken.«

»Betrachten wir doch mal die positiven Aspekte dieser Begegnung«, sagte Pete Easley und gebot mit einer Handbewegung Scott Einhalt, der sich von allen am meisten über die vertane Gelegenheit zu ärgern schien. »Wir haben jetzt die offizielle Erlaubnis hierzubleiben. Ich habe sogar den Eindruck«, er wandte sich zu Zainal um, als erwartete er dessen Bestätigung, »daß wir vielleicht sogar aus der Blase herauskommen, aber andere, wie die Eosi, nicht.«

Zainal nickte.

»Ich möchte, daß Sie einen Flug organisieren, um das zu überprüfen, Zainal. Wenn möglich heute noch«, sagte

Scott, der die Gelegenheit ergriff, sich wieder in einem Bereich bewegen zu können, in dem er sich auskannte. »Ich weiß nicht, ob das Ihren Plänen für Phase Drei nützt, aber ...« Er zuckte die Achseln.

»Was haben sie damit gemeint, ›das ist mehr, als die anderen getan haben‹?« fragte Kris.

Scott, Zainal und der Richter musterten sie überrascht.

»Als du darum gebeten hast, daß die Blase entfernt werden sollte, Zainal, und der Richter erklärte, wir würden ihnen für den Schutz danken, meinte einer von ihnen: ›Damit tun sie mehr, als die anderen getan haben.‹ Haben Sie das gehört?« Kris schaute sich fragend um. »War ich etwa der einzige Mensch?«

»Was haben Sie sonst noch gehört, Kris?« fragte Richter Bempechat und lächelte sie auf eine Art und Weise an, die die Vermutung nahelegte, daß er vielleicht auch einige sehr private Gedanken verfolgte.

»Sie beneiden uns darum, daß wir Kinder haben«, sagte sie und schaute sich um. Und fing Pete Easleys Blick auf, und dann erinnerte sie sich an die Bemerkung des weiblichen Aliens: »Das ist Ihr Kind!« Dabei hatte die Frau Pete und nicht Kris angesehen.

Die Wahrheit will raus, nicht wahr? dachte Kris bei sich und nickte. Sie war gemein gewesen, es ihm nicht schon früher erzählt und ihm aus reinem Trotz das Wissen um die Tatsachen vorenthalten zu haben. Pete lächelte – es war ein ausgesprochen glückliches Lächeln –, ehe er auf Scott deutete, der gerade eine Frage an Kris wiederholte.

»Tut mir leid, Ray, was wollten Sie wissen?«

»Was haben Sie sonst noch ›gehört‹, wovon wir nichts wissen?«

»Keine Ahnung«, erwiderte sie achselzuckend. »Ich hatte niemals angenommen, daß ich telepathische Fähigkeiten habe. Ich dachte, wir hätten alle dasselbe gehört.

Wurde denn außer dem Richter und mir noch jemand anderem eine Sonderbehandlung zuteil?«

»Ich habe ganz deutlich gehört, daß sie diesen Quadranten nach vernunftbegabten Arten absuchen wollen, die sich hier seit ihrem letzten Besuch entwickelt haben«, sagte Zainal und schaute sich um.

»Ihrem letzten Besuch?« rief Pete Easley. Und stieß einen Pfiff aus.

»Sie waren auf der Deski-Welt«, verkündete Coo stolz.

»Demnach kommen Sie viel besser weg als wir Menschen«, sagte Richter Bempechat und grinste breit.

Kris bemerkte, daß Scott etwas hatte sagen wollen und daß der Richter dem Admiral mit einer diplomatischeren Bemerkung zuvorgekommen war. Scott preßte die Lippen zusammen.

»Ich denke«, fuhr der Richter fort, während er nach einem Schreibstift und einem Stück Papier griff, »wir sollten am besten dieses erstaunliche Gespräch, so gut es geht, rekonstruieren. Und hinzufügen, was jeder einzelne von uns aus den Bemerkungen der Allgemeinheit herausgehört hat.«

»Gute Idee«, sagte Leon.

»Insgesamt haben wir dann wahrscheinlich mehr, als in den jeweiligen Einzelgesprächen vermittelt wurde«, sagte der Richter. »Wir müssen die Bergleute und die Besatzung des Kommandopostens bitten, dasselbe zu tun. Im Grunde jeden, der mit diesen verwandlungsfreudigen Farmern zusammengetroffen ist.«

Zainal brach am Vormittag zusammen mit Marrucci, Balenquah und Beverly auf, um zur Blase zu fliegen und sich zu vergewissern, ob sie durchgelassen würden.

»Viel wichtiger ist, daß du wieder zurückkommst«, sagte Kris mit Nachdruck, als Zainal ihr von seinem Vorhaben erzählte. Es dauerte fast den ganzen Tag, um die verschiedenen Gespräche schriftlich zu fixieren, und am Ende, als alles zu Papier gebracht worden war, ergab sich tatsächlich, daß erheblich mehr Informationen ausgetauscht worden waren.

»Ich frage mich, ob sie während ihres Heimflugs eine ähnlich sorgfältige Rekapitulation vornehmen«, sagte Kris irgendwann während der mühsamen Rekonstruktion der verschiedenen Diskussionsbeiträge.

»Das bezweifle ich«, sagte Rastancil. »Sie haben sich ganz leicht aus unseren Gehirnen bedient, so daß sie wahrscheinlich auch über alles Bescheid wissen, was an anderer Stelle vor sich ging.«

»Wahrscheinlich schon in dem Moment, als es geschah«, sagte Worry und rümpfte die Nase. Dabei hatte er nicht wie sonst seinen zutiefst besorgten Gesichtsausdruck.

Fast jeder – oder zumindest all jene, die sich mit speziellen Problemen auseinandersetzen mußten – hatten ›private‹ Informationen erhalten. Leon Dane, der sich mit medizinischen Problemen herumschlug, für die er keine Lösung fand, und auf die Gelegenheit gewartet hatte, fremde Ratschläge einzuholen, hatte erfahren, welche Pflanzen er suchen müßte. Außerdem kannte er plötzlich – »es fuhr wie ein greller Blitz durch meinen Schädel« – die Methode der Gewinnung sowie die wirkungsvollste Dosierung der heilenden Substanzen.

»Wir haben die meisten Pflanzen bereits getestet und sie als giftig, wenn nicht gar tödlich eingestuft. Aber winzige und verdünnte Dosierungen ansonsten gefährlicher Substanzen haben oft einen therapeutischen Wert, wenn sie unter sorgfältiger Überwachung verabreicht werden. Ich habe soeben eine kurze Eillektion über die hiesigen botanischen Hilfsmittel erhalten. Es scheint, als gebe es hier einen Strauch, der ein allgemein anzuwendendes

Anästhetikum liefert, aber sie sähen es lieber, wenn wir uns weiterhin auf unsere einzige Akupunkteurin verlassen würden. Sie soll anderen ihre Fertigkeit beibringen.«

»Sie begrüßen es, daß wir Ziegel herstellen«, sagte Sandy Areson, »und ich weiß jetzt, wo man fünf verschiedene Arten Lehm finden kann . . .«

»Und mir wurde erklärt, welche anderen Büsche Samenkapseln wie diese Faserflocken haben, die wir spinnen und zu Stoff weben können«, sagte Janet. »Irgendwie war er wie Jesus Christus.«

»Der bei uns ist«, fügte Kris hinzu.

»Was haben Sie gesagt?« Janet war leicht ungehalten.

»›Er ist nicht bei Ihnen?‹, wurde gefragt«, erzählte Kris.

»Und Sie müssen auch bedenken«, fuhr Janet fort und nahm eine würdige Haltung ein, »daß sie uns in menschlicher Gestalt erschienen sind. Demnach haben wir jetzt eine Bestätigung für die äußere Erscheinung Gottes erhalten. Sie ist menschlich!«

»Das lag nur daran, daß weder Rugarianer noch Deski zu jenem Zeitpunkt bei Ihnen waren«, sagte Sandy Areson, aber diesmal kam aus ihrem Mund keinerlei Anspielung auf Janets offensichtliche Religiosität. »Wir hatten sowohl Deski als auch Rugarianer, denn Vertreter dieser Rassen saßen mit uns Menschen beim Frühstück.«

Die Wache am Kommandoposten wurde freundlich davon in Kenntnis gesetzt, daß ihre Anwesenheit nicht länger nötig wäre. Den Bergleuten war versichert worden, daß die Farmer gegen die Ausbeutung von Mineral- und Erzvorkommen nichts einzuwenden hätten. Die Holzfäller wurden gebeten, nicht ausgerechnet die ältesten Bäume zu fällen, sondern erhielten die Erlaubnis, die Waldbestände auf dem zweiten landwirtschaftlich genutzten Kontinent auszudünnen, denn das Holz dieser Baumarten war weicher und eignete sich besser zur ›Herstellung nützlicher Gegenstände.‹

Allgemein war den Menschen erlaubt worden, auf dem zweiten Kontinent zu bleiben sowie die Herren des Planeten ›Farmer‹ zu nennen, und ihnen wurde versichert, daß sie auf keinen Fall eine ›Rassenschädigung‹ zu befürchten hätten.

»Sie waren sehr traurig, daß wir so weit weg von unserem Zuhause sind«, meinte Coo.

»Und?« fragte Richter Bempechat, als offensichtlich wurde, daß Coo noch mehr als das mitgeteilt worden war. »Haben Sie vorgeschlagen, Sie nach Hause zu bringen?«

»Nicht jetzt«, sagte Coo. »Hier haben wir es besser.« Dann lächelte er auf seine typische Art. »Sogar viel besser.«

»Wir auch«, fügte Slav hinzu. »Niemand ist bei den Catteni sicher.« Er zog die Augenbrauen zusammen und saugte die Lippen in den Mund. Auf diese Weise drückte er sein großes Mißfallen aus. »Sehen die Farmer keine Gefahr?« fragte er und ließ den Blick vom Richter über Scott und Worrell bis zu den anderen wandern, die sich noch im Büro aufhielten.

»Nicht, wenn es zu einer Rassenschädigung führt, derer sie sich noch nicht einmal gegenüber den aggressiven Rassen wie den Catteni schuldig machen wollen ...«, begann der Richter und fuhr fort, als Kris sich vielsagend räusperte, »ich muß mich korrigieren, meine Liebe ... wie die Eosi ... die von den Catteni verlangen, genauso zu handeln.«

»Hey, er ist da, und ich denke, er tut es«, rief Bert Put.

Alle im Büro drängten sich vor den Sichtschirm, um den winzigen Fleck zu beobachten, der Baby darstellte. Der Fleck verschwand. Die meisten jubelten und applaudierten angesichts dieser Bestätigung, daß die Erlaubnis der Farmer ernst gemeint war. Kris hielt jedoch den Atem an.

»Das würde ich nicht tun«, sagte Easley, der neben ihr stand. »Es könnte sein, daß er längere Zeit draußen bleibt.«

Unwillkürlich drehte Kris sich zu ihm um und atmete mit einem matten Lächeln aus. Sie hatte sich alle Mühe gegeben, ein Gespräch mit ihm zu vermeiden.

»An dem Tag ist soviel Schnaps geflossen, daß ich mich nicht mehr daran erinnern kann, was ich getan habe oder *daß* ich etwas getan habe«, meinte er mit leiser Stimme. »Ist er ein gutes Baby für dich?«

»Es könnte nicht besser sein«, sagte sie und schaute zärtlich auf den schlafenden Zane hinunter. »Vielen Dank.« Und dann fügte sie hinzu, um bei ihm keine falschen Hoffnungen zu wecken, »glaube ich zumindest.« Pete Easley lachte leise über ihre Einschränkung und tätschelte ihre Schulter, ehe er sich entfernte. Fast wäre es ihr lieber gewesen, wenn er noch ein wenig bei ihr geblieben wäre, denn die Wartezeit war ziemlich lang. Sie hätte alles darauf verwettet, daß Zainal darauf abzielte, den Eosi zu zeigen, daß er sich außerhalb der Blase aufgehalten hatte. Wahrscheinlich ließ er das Scout-Schiff sowohl um die Orbitalkugel wie auch um den geosynchronen Satelliten kreisen. Das sähe ihm ähnlich! Trotzdem war sie sich nicht ganz sicher, zu was er in der Lage wäre. Eines wußte sie jedoch genau, daß er irgendeinen neuen Plan für Phase Drei hatte. Und den Eosi eine lange Nase zu ziehen war ein Teil davon. Natürlich verdarb das die falsche Spur, die er gelegt hatte, um ihnen vorzugaukeln, daß er sich längst ganz woanders in der Galaxis aufhielt. Aber ging er für sie alle nicht ein schrecklich hohes Risiko ein? Was wäre, wenn die Blase dem Eosi-Kriegsschiff nachgeben würde?

In ihrem Arm seufzte Zane und drängte sich dichter an sie. Nein, dachte Kris, er würde nichts tun, das seinen Sohn in Gefahr brächte.

»Ah, er ist wieder drin!« rief Bert jetzt, woraufhin Zane erneut zusammenzuckte. »Und er kommt zurück!«

Erleichtert, daß Zainal mit seinem Vorhaben offensichtlich Erfolg gehabt hatte, entschied Kris, daß sie endlich verschwinden konnte. Wenn er jetzt aufwachte, müßte Zane gefüttert werden. Außerdem brauchte er eine frische Windel, und ihr gingen allmählich die Pflanzenfaserbüschel aus. Außerdem war sie nach der aufregenden Begegnung mit den Farmern und der anschließenden Diskussion rechtschaffen müde. Wenn sie ihren Sohn erst einmal gefüttert hätte, dann bliebe ihr noch ein wenig Zeit zum Ausruhen, ehe Zainal landete.

Die Orbitalkugel meldete pflichtschuldigst das Auftauchen eines kleinen Flugkörpers aus dem schützenden Mantel. Sie meldete das Auftauchen, den kurzen Flug zu dem stationären Satelliten und danach wieder sein Eindringen. Jenseits des Hindernisses konnte nichts aufgezeichnet werden, aber dieser kurze Flug war für die Orbitalkugel ein derartiges Phänomen, daß sie sofort eine Nachricht an ihre Basis absetzte.

Als der Bericht eintraf, wanderte er sofort zum Ix Mentat, das in Rage geriet. Sehr schnell wurde das Vehikel als konstruktionsmäßig ähnlich dem Scout-Schiff identifiziert, in dem Zainal, wie man vermutete, das System verlassen hatte.

»Das Entfernen der Markierungen täuscht niemanden«, sagte das Ix. »Und wenn ein Scout-Schiff mit seinem bescheidenen Energievorrat das Hindernis in beiden Richtungen durchdringen kann, dann können wir das erst recht!«

Das Kriegsschiff, die AA1, sowie ihr Schwesterschiff, das soeben seine Testflüge absolviert hatte, wurden für die schnellstmögliche Rückkehr ins fragliche System mit

Vorräten und Mannschaften versehen. Die gegenüber dem ersten Besuch doppelte Feuerkraft würde sicherlich ein Loch in das bohren, was ihren Ausflug behindert und die anschließende Rückkehr der AA1 nicht mehr zugelassen hatte.

»Diesmal wird Zainal zurückkommen, um angemessen bestraft zu werden«, sagte das Ix Mentat und dachte sich alle möglichen physischen Mißhandlungen aus, die dem Auserwählten die schlimmsten Schmerzen und die totale Erniedrigung zufügen würden. Es war die Strafe dafür, daß er es versäumt hatte, sich bei der Führung der Eosi zu melden. Das Mentat stellte sich Szenen der Mißhandlung, der Zerfleischung, der Folter besonders empfindlicher Körperstellen der cattenischen Anatomie mit giftigen Substanzen vor.

Unterdessen erfüllte der Drang, neue Erfolge technologischer Entwicklung zu erzielen, jeden einzelnen Eosi. Sie waren zu lange untätig gewesen, hatten sich mit der Beherrschung von sieben Sonnensystemen, mit der Ausbeutung ihrer Reichtümer zufrieden gegeben. Aber es gab noch so viele Welten zu entdecken und für eosianische Zwecke umzuwandeln. Sie standen auf der Schwelle zu einer neuen Epoche eosianischer Dominanz! Niemand durfte sich ihrem Drang nach Fortschritt entgegenstellen. Am Ende würde die Galaxis ihnen gehören!

Als die Barriere von der geballten Wucht eosianischer Marinekampfkraft attackiert wurde, erwies sie sich als undurchdringlich für jedwede Kombination von Raketen, Strahlen und Energie. Der Angriff gegen die Barriere war erfolglos, und das Bombardement mit Waffen aller Art erwies sich als nicht ausreichend, um die Barriere auch nur anzukratzen. Diejenigen, die sich auf dem

Planeten aufhielten, bekamen von dem Versuch nichts mit.

In sämtlichen von den Eosi beherrschten Systemen wurden Kapitäne und Gouverneure von dieser unerwarteten Beleidigung in Kenntnis gesetzt. Die Nachricht gelangte auch zu den Unterdrückten auf den rugarianischen, deskischen, ilginishen, turischen und terranischen Heimatwelten und sogar auf die verschiedenen kolonisierten Planeten. Hoffnung flackerte auf! Aber sie wurde durch die Heftigkeit der eosianischen Reaktion auf diese ihnen zugefügte Schlappe gleich wieder erstickt. Die Eosi konzentrierten sich jetzt darauf, irgendeine Möglichkeit zum Durchdringen der Barriere zu suchen, ganz gleich, wo sie sie finden könnten. Die Eosi waren schon immer unangenehm gewesen, doch nun wurden sie bösartig. Alle Mühe wurde nun auf das Bestehen der ersten echten Prüfung eosianischer Vorherrschaft konzentriert, seit die Mentats ihre Körper aufgegeben hatten, um Unsterblichkeit zu finden, indem sie sich der starken Catteni-Körper bedienten.

Und immer noch erwies die Barriere sich als undurchdringlich.

Daher schickte das Ix Mentat jedes verfügbare Scout-Schiff bis weit hinter die schon früher erforschten Sektoren, um eine Spur jener zu suchen, deren hochentwickelte Technologie es daran hinderte, die Rache zu üben, nach der es sich sehr sehnte.

Kapitel 12

»Baby ist durchgeschlüpft wie ein Aal«, berichtete Marrucci und grinste, als er mit den gefalteten Händen einen sich dahinschlängelnden Fisch imitierte. »Zainal ist sehr langsam geflogen, und das war vielleicht der ganze Trick. Wenn man mit Macht dagegen anstürmt, wird man wohl zurückgeworfen, wie es damals beim ersten Mal geschah, als wir unser Glück versucht haben.«

»Ich glaube, beim Wiedereindringen waren wir etwas schneller«, sagte Beverly nach einiger Überlegung.

»Wir hätten die Orbitalkugel der Eosi abschießen können. Baby ist schließlich bewaffnet. Es wäre eine nachdrückliche Warnung gewesen«, sagte Balenquah so übelgelaunt wie eh und je. »Wir hätten es tun sollen, wissen Sie! Damit hätten wir ihnen bewiesen, daß wir aktiv etwas gegen ihre Überwachung unternehmen können! Und sie hätten uns so gut wie nichts anhaben können.« Er fügte noch ein lautes selbstzufriedenes »Ha!« hinzu, ehe er sich eines der vorbereiteten Sandwiches vom Tisch holte und das Büro verließ.

»Gut, daß Sie mitgeflogen sind, General«, sagte Marrucci leise. »Dieser Kerl kostet mich noch den letzten Nerv.«

»Er ist ein guter Pilot«, meinte Beverly, doch er zeigte wenig Begeisterung.

Scott lehnte sich über den Tisch und bedeutete den beiden, das gleiche zu tun. »Trifft zu, was Balenquah gesagt hat? Sie waren nicht lange genug außerhalb der Blase, um von der Kugel gesehen zu werden?«

Beverly grinste. »Natürlich wurden wir gesehen. Zainal hat uns sogar am geosynchronen Satelliten vorbeigelenkt. Zainals wesentliche Absicht bestand nämlich darin, festzustellen, ob er die Blase überwinden könnte, und dafür zu sorgen, daß Austritt wie auch Eintritt registriert würden.«

»Würde das die Eosi denn nicht erst recht in Rage bringen?«

»Offen gesagt, hoffe ich das sehr. Jetzt, wo die Farmer uns beschützen ...«

»Moment mal.« Scott richtete sich ruckartig auf. »Wie kommt Zainal darauf, daß sie das auch dann tun werden, wenn wir uns solche lächerlichen Heldenstückchen leisten?«

»Wenn man lichtjahreweit oben an der Spitze steht, dann braucht man sich nicht unbedingt der ›Rassenschädigung‹ zu bedienen, um diese Position zu halten – nicht mit der Technologie, über die die Farmer verfügen. Aber die Eosi nicht. Das wird sie laut Zainal wurmen, und ich denke, er sieht das durchaus richtig. Wenn sie weiterhin Botany attackieren, werden die Farmer dem nicht irgendwann Einhalt gebieten?«

»Dieser verdammte Zainal. Auf die eine oder andere Art und Weise kommt er doch noch zu seiner Phase Drei.« In Scotts Stimme schwang ein Hauch von Bewunderung mit. »Aber verdammt noch mal, er sollte uns bei solchen Entscheidungen doch lieber ins Vertrauen ziehen. Wir müssen schließlich das Wohl der Gemeinschaft im Auge behalten. Und wo ist Zainal überhaupt? Ich habe eine ganze Menge mit ihm zu besprechen.«

»Ach, er hat uns abgesetzt und ist zum Catteni-Tal weitergeflogen, um nachzuschauen, ob die Farmer auch dort waren. Ich dachte, das wüßten Sie.«

»Ich? Auf die Idee wäre ich ganz bestimmt nicht gekommen.« Scotts Miene verfinsterte sich. »Dieser verdammte Catt!«

»Offen gesagt, Ray, würde ich schon gerne wissen, ob die Farmer denen auch erschienen sind. Wohlgemerkt, ich fühle mich hier auf Botany sehr wohl, aber es gab auf der Erde noch eine ganze Reihe von Dingen, die unerledigt geblieben sind, und ich möchte, wenn irgend möglich, daran beteiligt sein«, sagte Beverly und nickte bekräftigend.

»Die Pflicht eines Soldaten, auf jeden Fall und egal wie zu seiner Einheit zurückzukehren?« fragte Scott mit einem leicht herablassenden Lächeln.

»Sie haben es erfaßt. Was mich betrifft«, Beverly faltete die Hände, »so werde ich nicht abwarten, bis die Erde von der Herrschaft der Eosi befreit ist. Viele von uns empfinden genauso. Und ich nehme an, daß weitaus mehr Leute, als Sie wahrhaben wollen, Zainal jederzeit dabei unterstützen würden, die Farmer um aktive Hilfe zu bitten.«

Scott ließ sich das durch den Kopf gehen und seufzte. »Wenn wir doch ...« Dann fuhr er mit völlig veränderter Stimme und einem traurigen Lächeln fort: »Nicht daß ich hier auf Botany nicht einige sehr wertvolle Lektionen gelernt hätte.«

»Das haben wir alle«, stimmte Beverly ihm mit dem Anflug eines Lächelns zu und betrachtete sinnend die Schwielen an seinen Händen.

Als Zainal zurückkehrte, meldete er Ray Scott umgehend, daß die Farmer auch bei den Catteni erschienen wären und sie derart erschreckt hätten, daß zwei Talbewohner immer noch unter Schock stünden. Die anderen weigerten sich zu glauben, daß sie keinen Besuch von den Eosi erhalten hatten, und flehten ihn an, daß er sie an einen sichereren Ort bringen sollte.

»Ich habe ihnen erklärt, dies wären keine Eosi, sondern die wahren Eigentümer des Planeten gewesen, und daß ihnen noch viel Schlimmeres zustoßen würde, wenn sie das Tal verließen.«

»Was wäre denn schlimmer als die Eosi?« fragte Scott.

»Was sie nicht kennen, ist immer schlimmer«, meinte Zainal und zuckte die Achseln. »Sie werden niemals das Tal verlassen.«

»Haben Sie es denn schon mal versucht?«

Zainal hatte auch dafür nur ein Achselzucken übrig. »Nein. Der Drassi hat nur auf dem Schiff Befehlsgewalt über sie. Sie werden gar nichts tun.«

»Haben Sie sich lange genug außerhalb der Blase aufgehalten, so daß beide Satelliten Sie genau haben sehen können?«

»Das hat John Ihnen doch schon erzählt«, sagte Zainal.

»Meinen Sie, Zainal«, Scott lehnte sich lässig zurück, »daß es besonders klug ist, die Eosi auf diese Art und Weise zu reizen? Wie können wir sicher sein, daß die Farmer uns helfen, wenn wir unseren Feind ständig herausfordern? Wir wissen nur sehr wenig von ihrer Philosophie und Gesellschaft, oder auch von ihrer Technologie, außer daß sie allem überlegen ist, was wir irgendwann einmal gesehen haben.«

Zainal grinste, und der Ausdruck seiner Augen war drohend. »Zur Zeit herrscht bei den Eosi große Unruhe. Irgendeine andere Gruppierung ist weiterentwickelt als sie. Das werden sie nicht auf sich beruhen lassen. Sie werden zwei Dinge tun: nach den Farmern suchen und gleichzeitig versuchen, technologisch so weit wie möglich voranzukommen.«

»Ja, aber sind sie dazu fähig? Ich meine, Materietransmission, wie die Farmer sie einsetzen, ist doch ein Riesenschritt vorwärts, würde ich meinen«, sagte Scott.

»Gewöhnlich geschieht es während des Kriegs, daß Technologien weiterentwickelt werden«, sagte Beverly. »Das sollte uns noch mehr als anderen bewußt sein, Ray.«

»Unsere ach so hoch entwickelte Technologie hat uns

auch ganz toll geholfen, als die Catteni gelandet sind«, stellte Scott mit einem bitteren Lachen fest.

»Haben sie denn die Unterseeboote aufgespürt?« fragte Beverly.

Scott warf ihm einen beschwörenden Blick zu und deutete mit einer Kopfbewegung auf Zainal.

»Auf wessen Seite ist er, Ray?« fragte Beverly.

»Auf meiner eigenen«, antwortete Zainal grinsend, ohne gefragt worden zu sein. »Ich gehe jetzt nach Hause.«

Kris schlief schon, und sie wachte kurz auf, als sie spürte, wie er neben ihr unter die Decke schlüpfte.

»Du hast schon feste Pläne für Phase Drei, nicht wahr?« murmelte sie, und ehe er es zugeben konnte, war sie schon wieder eingeschlafen.

Zane weckte sie, als die Nacht hereinbrach, und wollte essen und anschließend ein wenig spielen.

»Nun, du hast doch, oder nicht?« sagte sie, als sie das Baby vor dem Kamin stillte. Zainal saß in seinem Sessel und schaute ihnen zu. Mit einer Hand strich er über die Armlehne.

»Was habe ich?«

»Phase Drei geplant.«

Er grinste sie an. »Es ist doch nur logisch, das zu beenden, was Mitford begonnen hat. Die Farmer auf uns aufmerksam zu machen, damit sie herkommen und sich ansehen, was wir mit ihrer Welt getan haben. Daß die Eosi herkamen, ist sehr gut. Wir haben ihre Pläne nachhaltig gestört, und das war schon seit vielen Generationen nötig.«

»Erzähl mir bloß nicht, daß schon andere Catteni versucht haben, die Eosi loszuwerden.« Das überraschte sie.

»Es wurde heimlich darüber gesprochen«, gab er zu

und trommelte mit den Fingern auf der Armlehne. »Ich war auf Barevi, um mit ... einer Gruppe über einen entsprechenden Plan zu reden.«

»Tatsächlich? Und ich habe dir all das verdorben, oder?« Kris errötete vor Scham. »Hast du darüber mit Chuck gesprochen? Oder mit jemand anderem?«

Zainal hob die Schultern. »Ich hatte keinen Grund dazu, bis jetzt.«

»Wolltest du deshalb in der Lage sein, den Planeten zu verlassen?«

»Ich denke, daß es schon sehr günstig wäre, wenn diejenigen, die sich gegen die Eosi wehren, eine Basis hätten.«

»Noch mehr Catteni hier?« Kris wußte genau, daß es mehrere hundert Leute gab, die dagegen etwas einzuwenden hätten. Vielleicht aber auch nicht, da den Leuten nun eigentlich klar sein müßte, daß es die Eosi waren, die die Aktionen der Catteni steuerten. Das Problem war, daß viele Catteni viel zu sehr genossen, was die Eosi den Angehörigen anderer Rassen antaten.

»Das gäbe Ärger, wenn es bekannt würde«, stimmte Zainal ihr zu, indem er ihrem Gedankengang folgte. »Es gibt diesen Wüstenkontinent. Niemand geht normalerweise dorthin.«

»Das stimmt. Und wenn die Leute nicht wüßten, daß dort Catteni sind ... aber du kannst das nicht vor den Militärs verbergen, Zainal. Sie vertrauen dir jetzt. Sie würden niemals ...«

»Keine Sorge, ich weiß ihr Vertrauen zu würdigen. Ich werde es ihnen erzählen, wenn ich denke, daß ich schaffe, was ich tun möchte. Ich brauche dazu viel Unterstützung von Beverly, Scott, Easley, Yowell, Bert, Raisha. Wir müssen auch von der Erde noch viele retten.«

»Das Transport-Schiff?« Sie hatte Zane erschreckt und mußte ihn wieder beruhigen.

Zainal nickte. »An Bord der KDL befindet sich vieles, was wir brauchen. Die Sternenkarten, die verschiedenen Codes ...«

»Würden die Eosi die Codes denn nicht ändern? Nur für den Fall, daß du von hier wegkommst?«

Zainal schüttelte den Kopf. Seine gelben Augen funkelten im Feuerschein.

»Die Drassi lernen viel zu langsam, um so schnell zu reagieren.«

»Demnach mußt du schnell und möglichst bald handeln. Stimmt's?«

Er nickte. Ihr Herz klopfte heftig aus Angst um ihn.

»Hast du vor, auf der Erde zu landen?«

Er schüttelte den Kopf. »Barevi ist für mich sicherer. Dort herrscht ein ständiges Kommen und Gehen, und wir können uns bei den neuen Gefangenen viele Informationen holen. Und die ›transportieren‹, die wir brauchen.«

»Du, Emassi Zainal, kannst einfach reingehen und die Herausgabe der schlimmsten Gefangenen verlangen, und sie werden dir übergeben?« Die Angst verlieh ihrer Stimme einen sarkastischen Unterton. »Du mit einer Mannschaft von ...«

»Deski und Rugarianern und Freunden, die sich vor den Emassi und den Drassi verstecken.«

»Ich wußte gar nicht, daß auch Deski und Rugarianer bei den Mannschaften der Catteni sind.«

»Sie bilden nicht die gesamte Mannschaft, sondern es sind nur die, die am häufigsten zu sehen sind«, sagte Zainal. Dann erhob er sich mit einer für einen so grobknochigen Mann eleganten, fließenden Bewegung und begann auf und ab zu gehen. »Wir sind kein Transport-Schiff. Wir kommen von den Bergwerken auf K'dasht Nik Sot Fil«, sagte er, während er den Raum durchmaß. »Wir brauchen bestimmte Arbeiter, stark, vielleicht mit ein wenig technischer Erfahrung. Wir kriegen, was wir brauchen – und bestimmte Dinge, die Botany braucht ...«

»Und niemand wird etwas bemerken?«

»Dieses Zeug, um die Haut grau zu machen? Wie lange hält es sich auf dem Gesicht eines Mannes?«

»Keine Ahnung«, sagte sie, aber sie fing allmählich an zu erkennen, wie er es schaffen könnte. »Aber du kannst so viel mitnehmen, wie du brauchst.« Sie ging in Gedanken all jene durch, die als falsche Catteni aufgetreten waren, als die KDL gekapert wurde. »Aber werden denn die Eosi nicht alles genau beobachten? Was ist, wenn sie schon beobachtet haben, wie das Scout-Schiff aus- und einflog?«

Zainal lachte verhalten, blieb neben ihrem Stuhl stehen, um ihre Wange zu streicheln, und schaute auf das hungrige Baby hinunter.

»Ich hoffe doch, daß sie es gesehen haben.«

»Ja, aber du kannst doch nicht mit ihnen zusammentreffen, wenn du dich durch die Hintertür hinausschleichst, oder?«

»Bert Put geht raus und sieht nach, ob ... die Luft klar ist?« Er hob fragend die Augenbrauen.

»Ob die Luft rein ist ...«

»Gut, und ich nehme auch Catteni-Sprecher mit.« Er ging wieder auf und ab, rieb sich die Hände, während er laut nachdachte. »Hast du alles Barevi vergessen?« fragte er in dieser Sprache.

Erschrocken antwortete sie auf Barevi und bejahte. Könnte sie ihn begleiten? Wollte sie ihn begleiten? Sie wollte ganz gewiß nicht alleine zurückbleiben. Aber Zane?

»Chuck wäre nützlich«, fügte sie hinzu. »Und Jay Greene ...«

Er war neben ihr stehengeblieben und schaute auf

Zane hinunter, der mittlerweile eingeschlafen war. »Ich brauche dich auch.« Ihr kamen beinahe die Tränen. Ihr Herz war so voller Liebe für sie beide, und ihre Verantwortung zog sie in zwei Richtungen gleichzeitig.

»Sandy hat mehr Milch als eine Kuh«, sagte sie und wagte es nicht, Zainal in diesem Moment in die Augen zu schauen. Sie gab sich einen Ruck und redete schnell weiter: »Und das ist doch genau die Situation, für die wir dieses Krippensystem überhaupt eingerichtet haben, nicht wahr?«

Sie hörte, wie Zainal Rufnummern tippte. »Chuck? Haben Sie heute abend Zeit, um mit mir über eine Idee zu reden?«

Chuck Mitford entschied sofort, daß sie auch die hohen Militärs davon in Kenntnis setzen müßten. »Aber nur ein paar von ihnen«, meinte er weiter und rieb sich zufrieden grinsend die Hände, weil Zainal ihn als Crew-Chef mitnehmen wollte. Chuck hatte das noch nicht mal als besondere Gunst angesehen, denn er hatte tatsächlich den Körperbau und die Größe vieler Catteni. Er sah jedoch besser aus als die meisten, wie Kris zugeben mußte.

Scott mußte zu Rate gezogen werden – zumal Chuck wollte, daß er ebenfalls einen Catteni spielte. Und John Beverly, Gino Marrucci. Ninety Doyle, Dowdall, Mack Su wegen seiner elektronischen Kenntnisse, Yuri Palit und mehrere andere, die zur ursprünglichen Kommandogruppe gehört hatten, weil sie über Kenntnisse der cattenischen Sprache verfügten.

»Ich sehe keinen Grund, weshalb wir nicht sofort zur Erde starten können«, lautete Scotts erster Einwand.

»Ich habe keine Codes für die Erde ... die KDL ist auf Barevi stationiert. Ich denke, daß wir mit den letzten Transporten von der Erde reden ...«

»Und wenn wir ein anderes Schiff mit den richtigen Codes stehlen?« fragte Marrucci und spreizte die Finger, als säße er bereits in einem Cockpit und als wäre er im Begriff, jeden Moment zu starten. »Ich würde wirklich gerne auf die gute alte Terra Firma zurückkehren.«

Zainal grinste. »Das wäre auch eine Möglichkeit. Wenn ein Schiff zufälligerweise startbereit ist.«

»Sie können doch nicht die Mannschaft so einfach hierlassen ...«, wandte Scott ein.

»Es gibt hier andere Täler«, sagte Zainal. »Die KDL kann problemlos auf Barevi landen und von dort aus wieder starten. Das ist wichtig. Ich weiß, daß wir die Dinge, die wir brauchen, ohne Schwierigkeiten übernehmen können.«

»Können wir eine Wunschliste aufstellen?« fragte Rastancil, und seine Miene hellte sich auf.

»Nein, eine Liste mit allem, was wir dringend brauchen.«

»Medizinisches Gerät?« fragte Chuck hoffnungsvoll und holte Notizblock und Bleistiftstummel hervor.

»Wenn wir welches finden, immer«, erwiderte Zainal und erinnerte Mitford daran, daß die Medizin der Catteni noch ziemlich primitiv war. »Guten Stahl, wenn wir ihn finden«, meinte er weiter, da er wußte, daß die Experten bessere Materialien brauchten, um geeignete chirurgische Instrumente herzustellen.

Chuck notierte ›Stahl‹ und unterstrich das Wort.

»Kriegen wir denn diesmal saubere Catteni-Uniformen?« fragte Yuri Palit und rümpfte die Nase.

Zainal schüttelte den Kopf. »Sie müssen auch riechen wie ein Catteni, und das tun Sie nicht.« Yuri verzog das Gesicht und seufzte. »Tragen Sie, was Sie immer während der Reise tragen, dann ziehen Sie sich auf Barevi um«, fügte Zainal grinsend hinzu. »Und jetzt« – damit holte er die Karten vom Raumhafen auf Barevi und seiner Umgebung hervor, um sie Chuck zu zeigen – »sollten wir uns ansehen, wohin wir müssen und was wir auf eventuelle Fragen erwidern müssen. Wenn Sie schnell gehen, als wüßten Sie genau, wohin Sie wollen, um dort zum Beispiel eine Nachricht loszuwerden, wird niemand Sie aufhalten und mit Fragen belästigen. Also müssen Sie sich dort auskennen!«

Dem stimmten sie sofort zu, aber im Laufe des Sprachunterrichts kamen Fragen auf, vor allem von all denen, die nicht auf Barevi gefangengenommen worden waren und die den Planeten überhaupt nicht kannten. An diesem Punkt schaltete Kris sich ein, denn sie war mit ihrem Besitzer häufig durch die Stadt geflogen.

»Können wir nicht ein paar Flitzer stehlen, anstatt uns dort zu Fuß vorwärts zu bewegen?« fragte Dowdall.

»Sie können Flitzer *mieten*«, korrigierte Zainal ihn. »Wir müssen uns entweder anpassen, oder wir fallen auf. Wenn wir uns nahtlos anpassen, können wir vielleicht sogar noch einmal zurückkommen.«

»Hey, das gefällt mir«, sagte Ninety Doyle und grinste. »Es gibt ein paar Tudos …«

Zainal deutete mit dem Bleistift auf Ninety. »Sie werden ein guter Tudo sein und die Befehle Ihres Drassi befolgen.«

»Ja, klar, Boß, schon verstanden, Boß Drassi«, sagte Ninety gutmütig, tippte gegen seine imaginäre Mütze und nickte gehorsam.

»Chuck, können Sie sich noch daran erinnern, wo genau die Sklaven festgehalten wurden?«

»Ich denke schon.« Damit holte auch Chuck ein Blatt Papier mit einer Skizze hervor, die er schon früher angefertigt hatte. »Wir sollten uns lieber ein paar Catteni-Symbole einprägen, um den Markierungen in den Fluren folgen zu können …«

Die Vorbereitungen nahmen zehn Tage in Anspruch, wobei diejenigen, die mitfliegen sollten, lange Lektionen über sich ergehen lassen mußten. Die Auswahl beschränkte sich auf die, deren äußere Erscheinung den Catteni am nächsten kam und die bereits Kenntnisse von der Sprache hatten und sich ein wenig auf Barevi auskannten. Scott, Marrucci und Yuri gehörten zwar nicht dazu, aber sie konnten denen zugeteilt werden, die sich zurechtfinden würden wie Chuck, Ninety Doyle, Dowdall und Mack Su. Coo, Slav und Pess waren ein wenig nervös, angesichts der Aussicht mitzugehen, aber sie müßten sich bei ihren eigenen Artgenossen melden und mögliche Neuigkeiten in Erfahrung bringen. Kris spielte aufgrund ihrer Kenntnis der Stadt und der Flitzer und ihrer Bedienung eine besondere Rolle. Die Beine ihrer Catteni-Uniform mußten verlängert werden, damit sie ihr paßte, doch nachdem ihr Haar mit grauem Schlamm, der die terranischen Locken verdeckte, zugekleistert und ihr Gesicht mit dem grauen Puder-Make-up geschminkt worden war, sah sie durchaus überzeugend aus. Sie beherrschte auch genügend Catteni und Lingua Barevi, um Flitzer zu mieten und überzeugend zu feilschen. Jemand, der mit barevischen Händlern nicht zu feilschen versuchte, hätte sich sofort verdächtig gemacht. In der KDL und im Scout-Schiff wurde genügend cattenische Währung gefunden. Zainal erklärte ihnen, daß Lieferscheine und Rechnungen auf die Registrierungsnummer der Schiffe ausgestellt und daß die Rechnungen an die Zentralbank geschickt wurden, von wo aus die jeweiligen Zahlungen vorgenommen wurden.

»Und ehe sie irgend etwas wittern, sind wir schon längst wieder weg«, sagte Doyle glucksend und rieb sich voller Vorfreude die Hände.

»Was geschieht, Zainal«, fragte John Beverly eines Morgens während der Planungsbesprechung, »wenn jemand Sie erkennt?« Alle am Tisch – Sandy Areson machte sie an diesem Morgen mit der grauen Schminke und ihrem Gebrauch vertraut – drehten sich zu ihm um.

»Ich bin tot«, sagte Zainal und verwarf diese Möglichkeit. »Niemand wird erwarten, mich zu sehen, vor allem nicht in einer Drassi-Uniform«, meinte er abschließend.

Sandy legte den Kopf schief. Dann erhob sie sich halb, streckte den Arm über den Tisch, legte die Hand unter sein Kinn und drehte seinen Kopf prüfend hin und her.

»Kein Problem«, sagte sie. »Wir fügen ein paar Wangenpolster hinzu, so daß er ein wenig fetter aussieht, dann kommen ein paar weitere Falten in sein Gesicht, damit er älter wirkt, und schon würde ihn noch nicht einmal seine eigene Mutter wiedererkennen.«

»Was ist das? Polster?« fragte Zainal und war offenbar ein wenig entsetzt.

»Ich war mal als Maskenbildnerin für eine Theatertruppe tätig, Zainal. Vertrauen Sie mir. Sie werden sich selbst nicht mehr wiedererkennen. Ich bringe ein paar zur Hütte und zeige sie Ihnen.« Als sie weitere skeptische Mienen sah, meinte Sandy: »Sie alle werden ihn auch nicht erkennen. Glauben Sie mir.

Als sie Kris und Zainal später an diesem Abend zeigte, was sie meinte, staunten sie darüber, welche Wirkung die paar Veränderungen hatten.

»Ich würde an Ihrer Stelle ein wenig gebeugt gehen«, riet Sandy ihm. »Drassi sind ziemlich klein und gehen nicht in stolzer Haltung wie ein Emassi, wissen Sie.«

Zainal grinste und bedankte sich bei ihr. Es war ein Grinsen, das, bedingt durch die Wangenpolster, sehr fremd aussah.

»Nimm sie raus«, verlangte Kris, nachdem Sandy gegangen war. »Ich teile diese Hütte nicht mit einem Fremden. Einem sehr unattraktiven Fremden, möchte ich noch hinzufügen.« Und sie schüttelte sich vor Abscheu, bis er die Polster entfernt hatte und wieder aussah wie immer.

Die Ankunft des Ix Mentat und seiner zwei jungen Begleiter auf dem größten cattenischen Erd-Raumhafen in Texas in der Nähe dessen, was früher Houston gewesen war, verursachte umfangreichere Sicherheitsprobleme. Der Grund für sein Kommen führte zu erheblicher Verunsicherung, da der militärische Gouverneur einigermaßen sicher war, daß er wohl gezwungen würde, auf ehrenhafte Art und Weise sein Leben selbst zu beenden, da er es nicht geschafft hatte, trotz der strengen Maßnahmen, die er durchgesetzt hatte, die Rebellion unter der eingeborenen Bevölkerung einzudämmen. Er hatte gewissenhaft sämtliche Befehle, die ihm von den Mentats auf Catten übermittelt worden waren, ausgeführt, schien jedoch mit dem Kampf gegen die allgemeine Revolte und mit der Zutageförderung des auf diesem Planeten verfügbaren Reichtums nicht weiter zu sein als in den ersten Monaten der Besetzung.

Als Hoch-Emassi Bulent von den Geräten erfuhr, die die Mentats mitgebracht hatten, wurde er aschfahl, bis er erfuhr, daß die Geistsonden bei Menschen und nicht bei uneffektiven Emassi eingesetzt werden sollten.

Daher hörte er sich die Wünsche des Ix Mentats aufmerksam an, organisierte die Suche und trieb so viele von den gewünschten Objekten zusammen, wie gefunden wurden. Einige konnten als tot gestrichen werden, andere konnten bereits abtransportiert worden sein, da sie in den fünfzig Städten residiert hatten, die während der ersten Welle der Besetzung durch die Catteni entvölkert worden waren.

Bulent hatte beinahe so etwas wie Mitleid mit den

Männern und Frauen, die zusammengetrieben und in die offenen Sklavenställe gepfercht wurden, denn die sommerliche Hitze war drückend, obgleich er selbst sich bei solchen Temperaturen besonders wohl fühlte. Durch die Hitze und die drangvolle Enge kam es zu Verlusten. Er hatte nun die nicht gerade beneidenswerte Aufgabe, dem Ix Mentat zu erklären, daß Menschen nicht in gleicher Weise wie die Catteni Sonneneinstrahlung ertragen konnten, vor allem keine Vertreter der vorgerückten Altersgruppe, zu der die meisten Gefangenen gehörten. Daher wurden sie in einen geräumigen Schuppen gebracht, der vorher ausgeräumt worden war.

Bulents Leute mußten nun den jeweiligen Spezialisten, die Ix befragen wollte, Nummern entsprechend des Rangs zuweisen, den sie im Wissenschaftsbetrieb der Menschen innegehabt hatten.

Ix, Co und Se führten Testuntersuchungen bei weniger bekannten Individuen durch und erhielten unterschiedliche Ergebnisse. Nach vier Todesfällen und nur wenigen Informationen aus den geplatzten Gehirnen mußte das Instrument neu kalibriert werden. Ursprünglich war es dazu benutzt worden, die geistige Leistungsfähigkeit der Catteni zu erhöhen, indem damit zerebrale und kortikale Bereiche erweitert und bestimmte Zentren in beiden Sphären stimuliert wurden. Das Ergebnis war die intelligente Emassi-Teilmenge der Catteni gewesen, die ursprünglich primitiv und kaum mehr als aufrecht gehende Tiere gewesen waren. Aber was verstärkt werden konnte, konnte auch geschwächt werden. Das war der Zweck des Einsatzes des Geräts bei den Menschen.

Die eigentliche Untersuchung konnte bis zu einem halben Tag in Anspruch nehmen, falls die ersten Informationen aus den leichter zugänglichen Bereichen des Geists interessant erschienen. Das heißt, falls das Objekt es wert war, behutsam behandelt zu werden. Anderenfalls reichte eine Stunde an Untersuchung aus, aber das Objekt gewann kaum nennenswerte Teile seiner Persönlichkeit und seiner Erinnerung zurück. Inkontinenz ergab sich als häufigstes Problem, und einige erlangten noch nicht einmal genügend Intelligenz zurück, um selbständig zu essen. Diese wurden in aller Stille aus dem Weg geschafft.

Mittels eines behutsameren Einsatzes der Geistsonde erlangten das Ix und seine jungen Helfer die Zugriffcodes für private Datenspeicher und Forschungslabors, doch dieses Material behandelte vorwiegend menschliche Aspekte. Die Mentats fanden auch höchst geheime Codes, doch sie interessierten sich nicht für politische Entwicklungen, da sie diese als alltäglich und leicht vorhersagbar ansahen – obgleich es auch ein oder zwei raffinierte Schachzüge gab, die das Ix hätte benutzen können, falls es sich als notwendig erweisen sollte.

Unter den Opfern befanden sich die restlichen hochrangigen Führer des Staats, die bisher weder einem Transport zugeteilt noch hingerichtet worden waren. Sie enthüllten die Namen weiterer wichtiger Beamter, deren Gehirne voll von manchmal sogar amüsanten, wenngleich unwichtigen Details waren. Einige Untersuchungen erwiesen sich als fruchtbarer, lieferten sie den Mentat doch Hinweise auf spezielle in Arbeit befindliche wissenschaftliche Studien. Das war es, was das Ix gesucht hatte, und es erstellte für den Hoch-Emassi eine entsprechende Liste.

Der Hoch-Emassi Bulent schickte seine Lakaien aus, um diese Leute zu suchen. Häufig kehrten sie mit leeren Händen und mit dem Hinweis zurück, daß die betreffende Person gestorben oder möglicherweise abtransportiert, aber auf jeden Fall nicht aufzufinden sei. Mehrere von diesen, entschied das Ix, müßten gesucht werden, solange ihr Tod nicht zweifelsfrei festgestellt werden könnte. Daher erteilte Bulent seinen besten Leuten, darunter auch mehreren abtrünnigen Menschen, entsprechende Instruktionen und versprach ihnen, im Falle des Erfolgs, verlockende Belohnungen. Dann ließ er sie die bekannten Verstecke und Zufluchtsorte durchkämmen.

Das Ix nutzte alle Möglichkeiten, um in Erfahrung zu bringen, wie wenig die Menschen über die Galaxis und das Universum wußten, welche unglaublich primitiven Methoden der Raumfahrt sie beherrschten und welche Theorien sie während ihrer bisherigen Existenz untersucht und bestätigt gefunden oder verworfen hatten.

Das Menschenmaterial, das diese Untersuchungen überlebt hatte, wurde in Transportschiffe verladen und nach Barevi geschickt, um dort als Sklaven, oder zu welchem Zweck auch immer die nahezu intelligenzlosen Hüllen nütze waren, verkauft zu werden.

Dann schloß das Ix sich in sein Raumschiff ein und begann damit, alles, was es erfahren hatte, noch einmal gründlich zu durchforsten, in der Hoffnung, daß es vielleicht auf eine Theorie stieß, die seinem hochentwickelten Geist einen erfolgversprechenden Weg weiterer Forschungen andeutete.

Auf die vage Chance hin, daß sie vielleicht ein weiteres Schiff kapern könnten, sollten Bert Put und Balenquah als Reservepiloten mitkommen. Raisha fiel die Aufgabe zu, das Scout-Schiff zur Blase zu bringen und sich zu vergewissern, ob die Luft rein war. Beverly und Marrucci hatten die nächsten fünf Fenster berechnet, durch die sie den Kontakt mit dem umlaufenden Satelliten vermeiden würden, daher brauchte die Umgebung nur noch auf die Existenz von cattenischen Schiffen überprüft zu werden.

Kris fiel es gleichermaßen schwer und leicht, Zane in

Sandys Obhut zurückzulassen. Sie hatte es geschafft, ihn teilweise zu entwöhnen, und er nahm bereits feste Nahrung in pürierter Form zu sich. Aber Sandy versprach, daß sie ihm nichts verweigern würde, falls er sich etwas anderes wünschte. Und Kris konnte sich auf sie verlassen. Pete Easley erschien, als sie Zane in die Kinderkrippe brachte, wobei sie sich vorkam wie eine Verräterin, denn einerseits hungerte sie geradezu danach, an dieser Mission teilzunehmen, andererseits wußte sie schon jetzt, daß sie ihren Sohn schrecklich vermissen würde.

»Er ist ganz gut beieinander, nicht wahr?« bemerkte Pete, als Kris Anstalten machte, ihren Sohn bei Sandy abzugeben. Der Kleine war wach und brabbelte fröhlich vor sich hin. »Gib ihn mir mal«, sagte Pete, und Kris hatte keine Chance, ihm diese Bitte zu verweigern.

Da Zane sehr anpassungsfähig war, prustete er Pete Easley genauso selig ins Gesicht, wie er es bei Zainal getan hätte.

Kris begriff plötzlich, daß Pete ihr auf diese Weise klarmachte, er würde sich während ihrer Abwesenheit um seinen leiblichen Sohn kümmern. Diese Demonstration seines Besitzanspruchs war sowohl willkommen wie auch beunruhigend. Aber sollte das Undenkbare wirklich eintreten, dann wußte Kris, daß Pete Easley die volle Verantwortung für Zane übernehmen würde, und dazu hatte er, wie sie zugeben mußte, jedes Recht.

Mit einem dankbaren Kopfnicken in seine Richtung und nach einer Umarmung mit Abschiedskuß für Sandy verließ Kris die Kinderkrippe. Ihre widerstreitenden Gefühle ließen allmählich nach, als sie begann, sich innerlich auf die Mission vorzubereiten.

Raisha startete mit dem Scout, um den Raum außerhalb der Blase zu kontrollieren, während Zainal die KDL zur ›Hintertür‹ lenkte. Sie drang mit dem Schiff gerade lange genug durch das Hindernis, um eine eindeutige Bestätigung dafür zu erhalten, daß in nächster Nähe nichts im Raum zu sehen war. Zainal lenkte die KDL über der Südpolregion durch die Blase. Er war nicht der einzige, der mit einem tiefen Seufzer der Erleichterung feststellte, daß das Manöver nicht behindert wurde und daß die KDL die Blase verlassen durfte. Dann lenkte er das Schiff in die Richtung des nächsten der fünf Monde und ging, indem er ihn dazu benutzte, um seine Flugbahnüberwachung zu verbergen, bis zu diesem Punkt auf Höchstgeschwindigkeit. Dort angekommen, berechnete er den Kurs aus dem System hinaus und weiter nach Barevi.

Selbst bei der Geschwindigkeit, zu der die KDL fähig war, würde die Reise drei Wochen dauern. Daher blieb nun mehr Zeit, in der sie ihre Catteni-Rollen vervollkommnen und lernen konnten, auf Befehle und Fragen automatisch zu reagieren. Die armselige Bibliothek der KDL enthielt Raumhafenkarten für die Planeten, die sich unter cattenischer Vorherrschaft befanden. Diese wurden zur eingehenden Betrachtung vor allem durch Bert und Balenquah vergrößert, die rechtzeitig wissen wollten, ob sich die Chance zu einer weiteren Schiffseroberung ergäbe. Scott zeigte an einem solchen Vorhaben noch kein großes Interesse.

»Er möchte ein Kriegsschiff«, vertraute Mitford Zainal und Kris an. »Feuerkraft.«

Zainal zog das in Erwägung. »Es könnte vielleicht möglich sein, Waffen zu stehlen, aber sogar die Catteni betreiben auf ihren Kriegsschiffen einen Wachdienst. Wir haben nicht genug Leute für eine Mannschaft. Vielleicht ein anderes Mal.«

Chuck und Kris starrten ihn überrascht an, und er grinste zurück.

»Wer hat mal gesagt: ›Denk großräumig‹?«

»Dick Aarens?« schlug Kris vor.

Es gab außerdem Pläne von Barevi-Stadt, die die Erinnerung all jener anregten, die sich dort schon mal aufgehalten hatten. Und wieviel ein Flitzer zum einen oder anderen Bestimmungsort kostete. Und wie man sich gegen Betrüger durchsetzte und wie man reagierte, wenn man in eine handgreifliche Auseinandersetzung verwickelt wurde.

»Catteni kämpfen immer«, sagte Zainal. »Sie verarbeiten auf diese Art und Weise ihren Zorn. Um jeden Preis vermeiden.«

»Hey, es ist ganz leicht, einen Catteni umzuwerfen«, sagte Yuri und demonstrierte am völlig ahnungslosen Zainal einen Jiu-Jitsu-Griff.

Gerade hatte der Emassi noch gestanden, und schon lag er auf dem Rücken und wirkte überrascht und verärgert zugleich.

Als Yuri ihm eine Hand reichte, um ihm beim Aufstehen behilflich zu sein, ignorierte er sie, aber er lächelte, als er wieder auf den Füßen stand.

»Bringen Sie uns das bei!«

Also wurden Jiu-Jitsu, Karate und andere Kampftechniken ins tägliche Trainings- und Ausbildungsprogramm aufgenommen.

»Es ist besser, wenn wir keine . . .« Und an dieser Stelle grinste Zainal. ». . . Rassenschädigung begehen.«

»Als ob die Farmer das bemerken oder sich daran stören würden«, meinte Balenquah spöttisch.

»Wir wissen es, und wir stören uns daran, daß Schaden zugefügt wurde«, sagte Zainal und machte dem stets mürrischen Piloten seinen Standpunkt unmißverständlich klar.

»Im Reden sind Sie ganz toll«, erwiderte Sev Balenquah streitsüchtig.

»Viel toller bin ich noch in ganz anderen Dingen«, lautete Zainals Erwiderung.

In diesem Moment rammte Mitford dem Piloten, der direkt neben ihm saß, einen Ellbogen so heftig in die Seite, daß er nach Luft schnappte.

»Auf diesem Schiff gibt es eine Arrestzelle«, sagte Beverly. »Wollen Sie den Rest unserer Reise dort zubringen?«

»Machen Sie doch, was Sie wollen«, sagte Balenquah, stand auf und entfernte sich.

Als Beverly ihn zurückrufen wollte, schüttelte Scott den Kopf.

»Wir sollten lieber ein Auge auf ihn haben«, meinte Marrucci leise zu Beverly. Der General und Scott nickten. »Keine Ahnung, was mit ihm nicht stimmt. Dabei hat er sogar Gelegenheit gehabt, wieder zu fliegen.«

Sie wechselten sich in der kleinen Küche ab und kümmerten sich nicht um die Lebensmittelvorräte der Catteni, da sie noch schrecklicher schmeckten als die Proviantriegel, die an die transportierten Gefangenen verteilt wurden. Die KDL hatte ursprünglich drei Gefrierkammern gehabt: zwei mittelgroße und eine große für längere Aufbewahrungszeiten. Diese diente nun als Messe, während eine der mittelgroßen ins Krankenhaus geschafft worden war. Die letzte reichte für die Reise aus, da Zainal die Absicht hatte, sie auf dem Markt auf Barevi mit verderblichen Gütern aufzufüllen. Überraschenderweise verfügte die Catteni-Küche über das Äquivalent eines Mikrowellenherds, so daß die vorbereiteten Suppen, das Brot und die Mahlzeiten, die die Kantine zu der Mission beigesteuert hatte, schnell erhitzt werden konnten. Als der erste Kontakt mit den planetaren Autoritäten von Barevi hergestellt wurde, waren alle optimal darauf vorbereitet. Sogar Balenquah konnte die richtigen Antworten auf Anhieb geben. Trotz seiner offensichtlichen charakterlichen Mängel verfügte er über eine hohe Sprachbegabung, und Zainal hoffte, ihn zusammen mit Kris auf die geplante Einkaufstour schicken zu können.

»Er blickt genauso finster wie mein alter Boß«, sagte Kris, »der typische unangenehme Tudo. Pardon, nicht Tudo, Foto«, korrigierte sie sich.

Sie hatte den Begriff ›Foto‹ schon gekannt, noch ehe sie den Unterschied zwischen Emassi und Drassi kannte.

Als sie von den barevischen Grenzwachen begrüßt wurden, bellte Zainal, der als Drassi Kubitai auftrat, die Antworten, und Kris verstand jedes Wort, daß er sagte, und alles, was der diensthabende Offizier von sich gab. Die KDL operierte nun offiziell als KDI, da die KDL sicherlich als vermißt galt. Hinsichtlich dieses Codes gab es keinerlei Probleme.

»Sehr schlampig«, murmelte Zainal halblaut, obgleich er wahrscheinlich genau deshalb dankbar war.

Er überflog die Stadt, um allen einen flüchtigen Überblick und eine Orientierungshilfe zu verschaffen. Dabei lieferte er während ihres Flugs zum Landeplatz zu jedem Sektor eine kurze Beschreibung.

Mack Su fungierte als Navigator, und Yuri hatte den Posten des Flugingenieurs inne. Sie hatten sofort alle Hände voll zu tun. Matt Dargle erledigte den Papierkrieg mit der Raumhafenverwaltung und legte das Logbuch vor, das Zainal vorbereitet hatte, während Yuri sich um das Auftanken, den Trinkwassernachschub und die weiteren Aufenthaltsformalitäten kümmerte. Zainal hielt sich wohlweislich im direkten Landebereich auf, damit sie nicht auf unvorhergesehene Schwierigkeiten stießen, während die verschiedenen Teams zu ihren jeweiligen Missionen aufbrachen.

Coo und Slav gingen als erste und mimten große Erleichterung darüber, daß sie nicht mehr bei den Drassi sein mußten, während Pess, Matt, Bert und Beverly an Bord blieben. Die beiden letzten sollten sich nicht blicken lassen. Pess und Matt beherrschten Barevi und ein wenig Catteni, daher waren sie am geeignetsten, zurückzubleiben und ein unbefugtes Eindringen ins Raumschiff zu verhindern. Ninety und Dowdall würden sich darüber informieren, ob auf dem Sklavenmarkt Menschen angeboten würden. Zainal, Mitford und Scott würden sich ins Zentrum von Barevi begeben, dort eine Mahlzeit und ein paar Drinks einnehmen und sich anhören, was allgemein geredet wurde und welche Gerüchte in Umlauf wären. Dann, nachdem Mack und Yuri ihre Aufgaben erfüllt hätten, würden Yuri und Marrucci sich mit Kris und Balenquah treffen, um auf dem Markt Vorräte zu beschaffen. Einiges davon könnte dem Schiff in Rechnung gestellt werden, so daß sie für das cattenische Geld, das sie zur Verfügung hatten, andere Dinge erstehen konnten wie zum Beispiel das ›*Plursaw*‹-Additiv, das die Deski brauchten. Deren Vorrat ging allmählich zur Neige, und es gab neue Deski-Babys, die es dringend brauchten. Zainal hatte eine Einkaufsliste aufgestellt, die sie vorzeigen konnten, da die meisten Tudo nicht mehr als ihren Namen lesen und schreiben konnten, und hatte sie mit ›Drassi Kubitai‹ unterschrieben. Er hatte Kris außerdem das Zeichen für ›Kubitai‹ üben lassen für den Fall, daß sie irgendwelche Bestellungen oder Quittungen abzeichnen mußte.

Kris fühlte sich in ihren schweren Catteni-Stiefeln mehr als unwohl und hatte schreckliche Angst. Sie waren für sie ein wenig zu groß, obgleich sie dafür sorgten, daß ihre Trägerin in einem viel authentischeren Catteni-Gang daherstampfte. Sie würde sich trotz der Planzenfaserbüschel, die sie sich hineingepackt hatte, bestimmt Blasen an den Fersen holen, aber sie marschierte genauso zackig wie die anderen aus dem Schiff hinaus und betrat das Raumhafengelände. Ein paar Catteni lungerten herum und schauten zu, wie Rugarianer und Deski mit Kisten herumhantierten und auf anderen Landeplätzen Güter aus- und einluden. Das Schiff, das von ihrer KDI drei Plätze entfernt stand, schien zur gleichen Klasse zu gehören. Es war so neu, daß es nur wenige Meteoreinschläge oder andere Dellen in seinem Rumpf aufwies, und die Farbe schien ganz frisch zu sein.

Marrucci versetzte Kris mit dem Ellbogen einen leichten Rippenstoß und deutete mit einem Kopfnicken auf das Schiff als mögliche Beute eines Kaperversuchs. Sie grinste und flüsterte: »Niemals, mein Freund!« Er grinste nur.

Sie hatten das Hauptgebäude verlassen und hielten nach einem Flitzer Ausschau. Nirgendwo sahen sie einen Terraner. Zainal hatte gesagt, daß immer irgendwelche Flitzer herumstanden und auf Passagiere warteten. Sie näherten sich dem ersten. Sein Fahrer war ein verhutzelter alter Catteni, dessen Gesicht von häßlichen Narben übersät war. Balenquah gab ihm seine Anweisungen im typisch unfreundlichen Ton der Catteni, schob jeden an Bord, wobei seine Hand ein wenig zu lange auf Kris' Hüfte ruhte und drängte sie zur Eile, damit sie endlich weiterkämen. Er zwängte sich neben Kris auf den harten, breiten Sitz und preßte seinen Oberschenkel an sie, so daß sie ihm am liebsten eine Ohrfeige gegeben hätte. Im Augenblick konnte sie nichts weiter tun, als still dazusitzen und seine Nähe zu ertragen. Hatte der Mann denn überhaupt kein Feingefühl? Konnte er sich nicht denken, daß sie sich so etwas von ihm niemals gefallen lassen würde? Warte, bis wir wieder zur KDL ... nein, KDI – sie mußte sich das unbedingt merken – zurückgekehrt sind, dachte sie. Dank der ruckartigen Manöver des Flitzers, der sich zügig durch den dichten Verkehr schlängelte, genoß Balenquah sicherlich die Fahrt, verhalf sie ihm doch zu reichlichem Körperkontakt mit Kris. Marrucci fing einmal ihren Blick auf und reagierte mit einem Kopfnicken, womit er ihr signalisierte, daß ihm Balenquahs Dreistigkeit nicht entgangen war.

Dann befanden sie sich über dem Marktbereich, wo ihr Fahrer geschickt anderen Flitzern in einer Weise auswich, die Kris in ihrer Sklavenzeit stets beinahe einen Herzinfarkt beschert hätte. Sie landeten einigermaßen sicher, und der Fahrer raffte das Fahrgeld zusammen, das Balenquah ihm reichte, und ließ sein Vehikel gleich wieder aufsteigen, um anderen landenden Fahrzeugen Platz zu machen.

»Hören Sie auf, mich herumzuschubsen, Balenquah«, verlangte Kris halblaut, als sie losgingen.

»Wer? Ich?«

Marrucci klopfte ihm auf den Rücken und ermahnte ihn in Catteni, die richtige Sprache zu benutzen, dann fragte er Kris, ebenfalls auf Catteni, welche Richtung sie einschlagen sollten.

»Hier ist der Lebensmittelmarkt für Deski-Zusätze. Wenn wir genug kaufen, liefern sie frei Schiff.«

»Wir kaufen eine Menge«, sagte Marrucci. »Wo?«

Kris hatte sich umgeschaut und eine Gruppe Deski entdeckt. »Dort!«

»Deski! Was?« Kris war sich nicht sicher, ob Balenquah lediglich seine Rolle spielte oder ob er wieder einmal demonstrierte, was für ein unangenehmer Mensch er war.

Auf ihrem Weg kamen sie an einer Bude vorbei, in der alkoholische Getränke verkauft wurden, die nur ein Catteni vertragen konnte, aber Balenquah bestand darauf, anzuhalten und eins zu kosten, da er durstig wäre, wie er meinte.

»Nicht gut«, sagte Kris stirnrunzelnd, denn das war die beste Methode, Balenquah dazu zu bringen, tatsächlich ein Getränk zu kosten. Alle waren entsetzlich, aber das sollte er selbst rausfinden.

Lachend und sie durch das Gedränge schiebend, deutete er auf die bernsteinfarbene Flasche und ein großes Glas. Sogar der Budeninhaber machte ein überraschtes Gesicht. Unter schallendem Gelächter schlug Balenquah Kris so heftig auf den Rücken, daß sie beinahe das Gleichgewicht verlor, aber da sie wußte, was kommen würde, hielt sie sich gerade und wartete ab.

Balenquah war sogar dumm genug, die gesamte Menge in einem Zug zu trinken.

Er hätte auf einen anderen Catteni achten sollen, der dasselbe im Glas hatte, aber nur sehr vorsichtig davon trank.

Als die scharfe Flüssigkeit in seiner Kehle brannte, traten ihm die Augen aus dem Kopf, und seine graue Haut färbte sich so intensiv rot, daß Kris einen ziemlichen Schreck bekam, aber irgendwie schaffte er es, das meiste aus dem Glas tatsächlich runterzubekommen.

»Hab' doch gesagt, nicht gut«, sagte Kris und verlieh ihrer Stimme einen tieferen Klang. »Besser da drüben!« Und sie deutete in eine Ecke, wo ihr Herr an Markttagen zu trinken pflegte. Sie ließ Balenquah stehen, damit er sich von dem Pilth – aha, sie erinnerte sich jetzt auch an den Namen dieses speziellen Teufelszeugs – erholte, und ging weiter zu den Deski. Sie hielt außerdem wachsam Ausschau nach irgendwelchen Gruppen von Catteni, die über den Markt streunten und Unfrieden stiften wollten. Marrucci wartete mit Balenquah, während Yuri sich zu ihr gesellte.

»Gut gemacht«, murmelte er auf Englisch, und sie

stieß ihm leicht in die Seite. »Sehr elegant«, fügte er auf Catteni hinzu.

Sie konnten beide Balenquah husten und spucken hören. Er schnappte krampfhaft nach Luft, während sein Organismus versuchte, das Catteni-Getränk, das auf der Erde allenfalls als Frostschutzmittel Verwendung gefunden hätte, zu verarbeiten. Zumindest roch es genauso. Der Pilth hatte außerdem Balenquahs Stimmbänder in Mitleidenschaft gezogen, und er brachte nichts anderes hervor als seltsam gurgelnde, unverständliche Laute, als er und Marrucci ebenfalls an den Deski-Stand kamen, wo der Händler nichts anderes als Plursaw verkaufte. Sie feilschte mit ihm wegen der Lieferkosten, erhöhte dann jedoch ihr Angebot für einen umgehenden Transport zur KDI. Das war tatsächlich der Artikel, den sie am dringendsten brauchten. An zweiter Stelle stand Salz, um Fleisch haltbar zu machen. Zucker war bei den Catteni nicht bekannt, daher müßte sie genügend Essig zum Einlegen mitnehmen. Das war einfach, da sie für den Küchennachschub zuständig war und wußte, wo alles zu finden war. Am selben Verkaufsstand entdeckte sie in einem Sack zu ihrer Überraschung etwas, das aussah wie Zimtrinde, und ein Fäßchen mit Muskatnüssen. Ihr würziger Duft war so vertraut und weckte so manche Erinnerung. Sie nahm ein Stück brauner Rinde aus dem Sack und hielt es sich an die Nase, um sich zu vergewissern, daß es tatsächlich Zimt war, aber was dieses Gewürz auf Barevi zu suchen hatte, war ihr ein Rätsel.

Dann fragte sie mit der rauhen Stimme, die sie immer benutzte, wenn sie etwas auf Catteni sagte: »Was ist das?« Sie ließ die Rinde wieder in den Sack fallen und wischte sich die Hände an ihrer Uniform ab, wie jeder Catteni es getan hätte.

Sie verstand nur die Hälfte von dem, was der Standinhaber erklärte, erfuhr aber immerhin, daß es von Terra stammte und zum Kochen gebraucht wurde. Sie sollte mal etwas davon ausprobieren. Sie spielte die Unentschlossene, bis Marrucci ihr auf die Schulter klopfte und ihr zu Hilfe kam.

»Drassi Kubitai ist immer für etwas Neues zu haben. Versuchen Sie's.«

In dieser Situation hatten sie Glück, denn die beiden Artikel waren so ungewöhnlich, daß der Standinhaber noch nichts davon hatte verkaufen können und nun überzeugt war, ein schlechtes Geschäft gemacht zu haben. Sie feilschten ausgiebig, und am Ende erhielt sie die Gewürze – den ganzen Sack und das Fäßchen – und schwatzte ihm auch noch einen großen Sack Pfefferkörner ab, auf denen er ebenfalls bisher sitzengeblieben war. Kris fiel es nicht schwer, den Verkäufer zu überreden, alles zur KDI zu liefern, und konnte kaum ihre Freude darüber verbergen, daß sie die Gewürze aufgestöbert hatte. Die Messe würde ihr dafür auf Knien danken. Sie erstand außerdem noch einige Gallonen Essig von guter Qualität.

In der nächsten Abteilung fand Kris Stoffe aller Art in sämtlichen Farben, Mustern und Materialien, von denen einige aus terranischer Produktion stammten, was sie gleichermaßen erfreute wie auch entsetzte. Die Catteni schienen die Erde wirklich in jeder erdenklichen Weise auszuplündern. Sie verdrängte ihre Abscheu und feilschte um mehrere Ballen Stoff in unterschiedlichen Farben und Qualitäten, um daraus Kinderbekleidung anzufertigen. Ihre eigene Stofferzeugung reichte für alle Frauen aus, die etwas tragen wollten, das nicht aus cattenischen Overalls zusammengeschneidert worden war, aber die Kinder hatten andere Bedürfnisse, was ihre Kleidung betraf. Kris kaufte soviel, daß der Ladeninhaber sie fragte, ob sie selbst auch Händlerin wäre.

»Ich nicht, aber Drassi«, sagte sie in einem Ton, als

mißbillige sie diese Nebentätigkeit zutiefst, und deutete eher gleichgültig auf die Ware, die sie kaufte. Im letzten Laden gab es außerdem Nadeln, und sie legte gleichgültig ein paar Pakete auf die Theke und ließ sich vom Händler eine Rechnung schreiben. »Drassi braucht alles.« Mehr brauchte sie nicht zu sagen. »Lieferung bis Sonnenuntergang, und Sie kriegen Bonus«, sagte sie und zwinkerte ihm zu, wie sie es früher von Zeit zu Zeit bei ihrem Herrn hatte beobachten können.

Dann schaute sie sich nach ihren Gefährten aus dem Schiff um und fand sie in der Nähe eines Obststands, wo Balenquah versuchte, die Schmerzen in seiner Speiseröhre zu lindern.

»Ich sagte ihnen doch, nicht gut«, wiederholte sie und nahm eine Gorubirne von einem kunstvoll aufgeschichteten Stapel. Sie drehte den Kopf ein wenig zur Seite, damit der Händler nicht sehen konnte, daß sie keine so großen Zähne hatte, wie sie für die Catteni typisch waren, als sie die zähe Schale damit abriß, wie jeder anständige Catteni-Soldat es zu tun pflegte, und sie einfach auf die Straße spuckte. Eins war sicher, sie hätte niemals angenommen, noch einmal in ihrem Leben diese leckeren saftigen Früchte zu essen. Mein Gott, sie hatte seit jenem Wald einen weiten Weg zurückgelegt. Sie deutete auf ein Netz mit Birnen und erkundigte sich nach dem Preis.

»Vier«, sagte sie und feilschte dann um einen Rabatt, wie sie es früher immer getan hatte. Sie erhielt die Birnen für einen guten Preis – es waren genug, so daß jeder auf dem Rückflug nach Botany sich daran erfreuen konnte –, band die Netze zusammen und schwang sie sich über die Schulter. Yuri und Marrucci beobachteten sie fragend. »Ich erkläre später«, sagte sie auf Catteni. »Dort entlang.«

Sie bogen in einen anderen Gang ein, wo Türen offenstanden zu den Auslagen und Waren ortsfester Händler und wo sie hoffte, auch Metallwaren zu finden. Die Messe hatte Bedarf an einigen großen Kochtöpfen und Brat- und Backblechen angemeldet. All das fand sie tatsächlich, und sie kaufte fünf große Kochkessel und einige Backbleche. Sie sah auch andere Artikel, die – wie die Stoffe – eindeutig von der Erde stammten. Wenn die Plünderungen auf Terra dieses Ausmaß angenommen hatten, hätten sie vielleicht sogar noch das Glück, einige medizinische Geräte zu finden. Leon Dane hatte sorgfältig alle Instrumente aufgezeichnet, die er brauchte. Wenn ihre Suche in dieser Richtung Erfolg hätte, wären die für diesen Tag geplanten Einkäufe vollständig erledigt worden. Sie wollte den Markt so schnell wie möglich verlassen. Nach der Wachablösung hätte eine ganze Menge Soldaten dienstfrei, sie würden anfangen zu trinken und Streit suchen und Unruhe stiften. Ehe es dazu käme, wollte sie von dort verschwunden sein.

Messer in der Form und Größe, wie Leon Dane sie wünschte, gab es in einem der Läden tatsächlich zu kaufen, aber zu einem höheren Preis, als Zainal geschätzt hatte. Sie gab an Geld aus, was sie bei sich hatte, und erhielt bündelweise Skalpelle, Lanzetten und Wundhaken, Chirurgenhämmer, Knochensägen. Aus dem Angebot konnte man den Schluß ziehen, daß die Krankenhäuser auf der Erde gründlich leergeräumt worden waren. Trotzdem feilschte sie so verbissen, daß der Händler wissen wollte, weshalb sie soviel terranische Instrumente brauchte.

»Terranisch? Was ist das?« Sie tat so, als suchte sie den Namen auf dem Griff eines Skalpells.

»Wo waren Sie?«

»Überall und nirgends«, sagte sie mit einem gleichgültigen Achselzucken.

»Beeilen Sie sich«, drängte Marrucci in unwirschem

Tonfall und deutete mit einem Kopfnicken über die Schulter auf eine Bande Catteni, die den Gang betraten. Sie gingen zu sechst nebeneinander und schoben jeden beiseite, der ihnen im Weg war.

»Packen Sie alles zusammen. Wir haben heute noch mehr zu erledigen«, sagte sie und sammelte genug Speichel, um in die Gosse zu spucken. Dabei drehte sie den Kopf zur Seite und konnte in etwa berechnen, wie schnell die Bande sich vorwärts bewegte. »Bringen Sie Bal zu einem Flitzer«, wies sie Marrucci an. »Yuri bleibt hier.«

Sie wußte nicht, wie Balenquah reagieren würde, wenn diese Catteni ihn gewaltsam beiseite drängten.

»Warum trödeln Sie so, Foto?« fauchte sie den Ladeninhaber an, der umständlich die Instrumente einpackte, aber die Klingen waren wirklich haarscharf.

Es gelang Marrucci, Balenquah in Sicherheit zu bringen. Dank dem Pilth befand er sich in einem Zustand, in dem ihm kaum nach Widerrede der Sinn stand. Sie streckte gerade die Hand nach dem Paket aus, das der Ladeninhaber ihr reichen wollte, als Yuri gegen sie gestoßen wurde und sie gegen eine Vitrine schob, woraufhin die Hälfte des Inhalts herauspurzelte und mehrere Teile – da die Vitrine auf seiner Seite offenstand – sich in den Körper des Ladeninhabers bohrten und steckenblieben. Er heulte vor Schmerzen und Wut laut auf, während er die scharfen und spitzen Objekte aus seinen Oberschenkeln herauszog.

Yuri reagierte, duckte sich unter dem ersten Schwinger eines gedrungenen Catteni-Wächters weg und versetzte dann der Kniescheibe des Angreifers einen Doppeltritt, woraufhin der Wächter unter lautem Schmerzensgeschrei zu Boden ging. Der Ladeninhaber rief um Hilfe und packte Kris, wobei er ihr beinahe das wertvolle Paket aus den Händen wand. Doch sie riß sich los. Als er um die Vitrine herumkam, die Oberschenkel von den Einstichen blutüberströmt, versetzte sie ihm einen Karatetritt in die Magengrube und schleuderte ihn nach hinten in eine andere Glasvitrine. Sie hörte ihn brüllen, als sich ihm eine Scherbe in den Hintern bohrte, aber sie blieb nicht stehen.

»Nichts wie weg«, rief sie in gutem Catteni. Die Angst lähmte ihre Stimme. Sie krallte ihre Hände in Yuris Uniform, als er gerade einen weiteren Catteni zu Boden schickte.

Mehrere seiner Gefährten reagierten auf seine Flüche und Schmerzenslaute und machten Anstalten, sie anzugreifen, aber Catteni waren keine guten Läufer, und Yuri und Kris hatten gute Chancen, so schnell wie möglich das Weite zu suchen.

Sie rannten beinahe Marrucci über den Haufen, der ihretwegen zurückgekommen war, und so eilten sie jetzt alle zu dem Flitzer, in dem Balenquah, armseliges Opfer seiner allzu kühnen Pilth-Probe, schlaff in den Sitzen hing.

Sein Zustand – oder eher der Geruch, der ihm entströmte und sich mit dem der Gorubirnen mischte, die in den Netzen, die Kris über der Schulter trug, aufgeplatzt waren – ließ den Flitzerlenker keine Zeit verlieren, und es brachte sie schnellstens zum Raumhafen. Als sie eintrafen, war Pess mit den Waren ebenfalls dort. Sie hatte in jedem Arm einen Stoffballen und war mit dem Beladen des Schiffs beschäftigt.

»Ist das *Plursaw* auch schon eingetroffen?« fragte Kris und rannte die ausgefahrene Gangway hinauf.

Pess grinste. Sie nickte und erwiderte auf Barevi: »Schon sehr früh. Sieht mich, stellt Fragen. Ich sage, Drassi hat bestellt. Keine Ahnung, was er bestellt.«

Nun, sie konnten nur hoffen, daß niemand sie Englisch sprechen gehört hatte. Marrucci und Yuri hievten den bewußtlosen Balenquah aus dem Flitzer. Kris ging wieder nach unten, um den Flitzerchauffeur zu entlohnen.

»Wir die ersten?« fragte sie Pess, während sie ihr dabei half, den Stoff zu verstauen, wobei sie sich vergewisserte, daß man auch die Nadeln eingepackt hatte.

Pess nickte. »Was ist mit Pilot? Nicht in Ordnung?«

»Er hat Pilth getrunken«, erwiderte Kris. Dann fügte sie grinsend hinzu: »Ich hab' ihm gesagt, es wäre nicht gut.«

Pess lachte und schaffte es, den Blick von der klaffenden Mundhöhle mit ihrem grünlichen Zahnfleisch abzuwenden, ohne daß ihr schlecht wurde.

Beverly und Bert Put kamen aus ihrem Versteck. Obgleich sie ein wenig durcheinander wirkten, hörten sie sich die Abenteuer ihrer Gefährten an und lachten über Balenquahs Mißgeschick. Sie freuten sich über ihre Einkäufe, vor allem über die Gewürze, das Salz, den Essig und den Pfeffer.

»Wir mußten verschwinden, weil eine Bande Catteni Streit suchte«, erzählte Yuri. »Wir besorgen die Elektronikteile morgen«, meinte er weiter und schaute Kris fragend an, die bestätigend nickte.

Kris verteilte nun die Gorubirnen, und alle waren sich darin einig, daß die Frucht wirklich sehr wohlschmeckend war. »Wir können die Kerne aufbewahren und auf Botany eigene Büsche heranziehen«, sagte sie und schaute sich um auf der Suche nach einem Behälter, in dem die Kerne aufbewahrt werden könnten. Gleichzeitig erkundigte sie sich, ob die anderen Trupps sich schon gemeldet hätten.

»Zainal hat von sich hören lassen, als er und Mitford das Restaurant erreichten. Desgleichen Coo und Slav«, klärte Beverly sie auf. »Aber sie hatten unangenehme Neuigkeiten.«

»Wie unangenehm?«

Beverly und Bert wechselten nervöse Blicke.

»Sie werden durch euer Schweigen nicht besser.« In Kris' Magengrube breitete sich allmählich ein Gefühl der Übelkeit aus.

»Hier gibt es im Augenblick eine große Zahl Terraner, die auf den Abtransport warten.«

Eine Pause trat ein.

»Was ist daran neu?« fragte Kris.

»Coo sagt, sie wären beschädigt.« Beverly tippte sich gegen den Kopf. »Sie sitzen oder stehen und reden kein Wort.«

»*Wie bitte*?«

Sie, Yuri und Gino reagierten gleichzeitig und starrten Beverly entsetzt an.

»Coo sagt, er hätte gehört, daß ihnen der Geist genommen wurde.«

»Die Eosi haben Geistlöscher?« flüsterte Kris erschrocken.

»Weiß Zainal davon?« fragte Marrucci, der mindestens genauso entsetzt war.

»Coo erzählt, alle reden darüber – stumm. Sogar die Catteni. Zainal wird ebenfalls davon hören.«

Marrucci stieß zahlreiche Flüche aus, ohne sich ein einziges Mal zu wiederholen.

Yuri war unter seiner grauen Schminke kreideweiß geworden. Sie wurde an den natürlichen Gesichtsfalten bereits rissig, und Kris nahm sich geistesabwesend vor, ihn daran zu erinnern, die Farbe aufzufrischen, ehe er das nächste Mal hinausging.

»Zainal wird nichts Auffälliges unternehmen, ohne sich vorher mit Ihnen beraten zu haben, nicht wahr?« wollte Kris von Beverly wissen. »Was wollen die Eosi denn aus den Geistern herausholen? Sie wissen doch gar nichts von uns.«

»Coo sagte, es wären vorwiegend ältere Männer und einige Frauen . . .«

»Sicherlich Wissenschaftler«, vermutete Kris, und Beverly nickte traurig. »O Gott, was haben wir da in Gang gesetzt?«

Beverly ergriff ihre Hand und drückte sie. »Wir haben eine Rebellion ins Leben gerufen, Kris, wie wir es auf der Erde hatten tun wollen, aber nicht konnten. Zainal wußte wie, und er hat es getan.«

»Aber um welchen Preis!« Sie rang die Hände, überwältigt von Schuldgefühlen.

»Wann hat es jemals einen Krieg ohne Verluste gegeben?« fragte Yuri mit heiserer Stimme und fuhr mit dem Finger so lange durch einen Wassertropfen auf der Tischplatte, bis er die Form eines Rorschach-Kleckses hatte.

»Was ist mit Ninety und Dowdall?«

»Sie berichten, die Ställe seien voller Menschen. Sie haben auch von Zombies gehört«, antwortete Beverly. »Sie sind auf dem Rückweg, ehe die Wachablösung stattfindet.«

»Daran hat Dowdall sich erinnert, nicht wahr?« sagte Kris und nickte zufrieden.

Zainal, Scott und Mitford kamen niedergeschlagen zurück, und ihr Schweigen berichtete viel eindringlicher von der Tragödie, als sie es mit Worten vermocht hätten. Das erste, was Zainal tat, war, daß er die Wangen- und Kinnpolster herausnahm, die sein Äußeres verändert hatten.

»Wir kamen in ein Gefängnis hinein«, sagte Scott, ließ sich in einen Sessel fallen und griff nach dem Glas Schnaps, das Kris auch für ihn gefüllt hatte. »Ich habe ein paar Gesichter aus Artikeln und Zeitungen erkannt. Sie, John und Gino, würden wahrscheinlich noch mehr erkennen. Diejenigen, die ich wiedererkannte, waren Experten in Quantenphysik, Organtransplantation und Lasertechnik.«

»Laser können als Waffen eingesetzt werden«, murmelte Kris.

»So etwas haben die Eosi bereits«, erwiderte Zainal mit leiser Stimme.

»Werden Sie sich ... erholen?« fragte Kris.

Zainal schüttelte den Kopf, meinte aber: »Es hängt davon ab, wie lange sie mit der Sonde bearbeitet wurden. Die Eosi kennen nur wenig Mitleid.«

»Andere Neuigkeiten sind dafür besser«, sagte Scott und verdrängte die bedrückende Vision. »Die Erde rebelliert in großem Rahmen, und die Catteni plündern, was das Zeug hält.«

»So etwas Ähnliches habe ich mir schon gedacht«, sagte Kris. »Ich habe Muskat, Zimt, Pfeffer, Salz, auf der Erde hergestellten Stoff und Nadeln und medizinische Instrumente gekauft, zweifellos alles ebenfalls zusammengeplündert. Ich hatte nicht genug Geld bei mir, um alles zu kaufen, was Leon so dringend braucht. Haben wir denn noch etwas, das wir ausgeben können?« wollte sie von Zainal wissen, welcher nickte.

»Keine Elektronikteile?« fragte Scott beunruhigt. »Die brauchen wir fast noch dringender als medizinische Instrumente.«

»Wenn die Catteni so gründlich geplündert haben, wie es offensichtlich geschehen ist, finden wir alle terranischen elektronischen Bauteile, die wir brauchen. Aber wir sind mit einem Trupp dienstfreier Wächter zusammengestoßen«, sagte Kris, und Zainal knurrte drohend. »Und daraufhin lieber abgehauen.«

»Wir auch«, sagte Dowdall. »Es wimmelt im Raumhafen davon. Wir hatten Glück, daß wir überhaupt noch einen Landeplatz gekriegt haben.«

»Irgendwelche Schäden?« fragte Zainal.

»Nicht bei uns.« Kris grinste. Dowdall ebenfalls.

»Wo ist Balenquah?« fragte Scott und schaute sich suchend um.

»Er schläft ein ganzes Glas Pilth aus«, erwiderte Kris und grinste immer noch schadenfroh.

Zainal brach in brüllendes Gelächter aus.

»Ich habe ihn gewarnt, es wäre nicht so gut«, sagte Kris. Yuri und Marrucci kicherten vor sich hin.

»Das geschieht ihm nur recht«, sagte Marrucci, aber Kris warf ihm einen beschwörenden Blick zu, und er äußerte sich nicht weiter dazu.

»Habt ihr das *Plursaw* für die Deski gekriegt?« erkundigte Zainal sich. Sie nickte.

»Und sogar zu einem günstigen Preis. Ich habe so viel wie möglich liefern lassen. Pess hat das meiste bereits verladen. ›Drassi sagt so.‹«

Sie mußte über die Wirksamkeit dieser rätselhaften Bemerkung immer noch lachen.

Coo und Slav kamen in diesem Moment zurück. Slav hatte einen Hautriß über dem Auge, und Coos schlanke Gestalt wies einige Hautabschürfungen auf.

»Ärger?« fragte Zainal und sprang auf.

Coo hob beschwichtigend eine Hand. »Eine Catteni-Bande. Sie hassen Aliens.«

»Sie hassen jeden«, sagte Dowdall heftig. »Kommen Sie, Slav, ich verbinde Sie.« Er ging mit ihm hinüber zu dem Schrank mit dem wenigen medizinischen Material, das sie zur Verfügung hatten. Slav ertrug die Behandlung, obgleich das braune cattenische Desinfektionsmittel wie Feuer brannte – sogar für die Catteni selbst.

»Schlechte Neuigkeiten«, sagte Coo und gesellte sich zu den anderen am Tisch.

Mitford bereitete Kräutertee zu, als Coo höflich den Alkohol ablehnte, der bereits auf dem Tisch stand.

»Sind sie auch hinter Ihrem Volk her?« fragte Scott.

Coo schüttelte den Kopf. »Wir bauen keine Maschinen.«

»Mein Volk muß immer dort arbeiten, wo es besonders laut ist«, sagte Slav und kraulte sich erregt die Haare auf seiner Brust. »Wir sind stark.«

»Ihre Erde kein guter Arbeitsplatz«, sagte Coo grinsend. »Zuviel Verdruß.«

»Wir machen auch Verdruß«, sagte Slav, »wenn es verlangt wird.« Dabei schaute er Mitford herausfordernd an.

»Wenn alle unterdrückten Minderheiten gleichzeitig rebellieren würden, hätten die Eosi Schwierigkeiten, den Überblick zu behalten«, sagte Scott, der die Idee sofort weiterspann.

Zainal gab jedoch einen mißbilligenden Laut von sich und schüttelte den Kopf.

»Mehr Rassenschädigung.«

Scott schlug mit einer Faust so heftig auf den Tisch, daß die Schnapsflasche hüpfte. »Verdammt noch mal, Zainal, mein Volk wird ständig rassengeschädigt. Sie haben sie doch selbst gesehen. Wie viele sollen diese Tortur denn noch über sich ergehen lassen? Um dann als geistlose Zombies verkauft zu werden und wer weiß wo zu sterben?«

Kris hatte Scott noch nie so erregt gesehen, aber es mußte auch entsetzlich gewesen sein, geistig brillante Leute auf den Grad von Schwachsinnigen reduziert zu sehen.

»Die Eosi suchen bei euren Leuten nach Ideen«, sagte Zainal – seinem gewöhnlich unergründlichen Gesicht war das Mitgefühl deutlich anzusehen, daß er für die Opfer empfand – und schloß sich Scotts Meinung an.

»Wenn sie nichts finden, das sie gebrauchen können, hören sie auf.«

»Wann ...«, wollte Scott wissen und dehnte das Wort, um die Dringlichkeit zu unterstreichen, »wird das sein?«

»Heute habe ich nichts gehört. Morgen können wir woanders hingehen und lauschen – und vielleicht sogar Fragen stellen.«

»Und was ist mit all diesen ... geschändeten Leuten?« fragte Scott. Er war so aufgewühlt, daß Kris Tränen in den Augen des Admirals glitzern sah.

»Wir können etwas tun«, sagte Zainal entschlossen. Dann wandte er sich an Kris und Marrucci. »Morgen früh holt den Draht, das Plastik, die elektronischen Teile, die gebraucht werden. Haltet euch startbereit, wenn ich ...«

»Was haben Sie vor?« unterbrach Mitford ihn, obgleich sein Gesichtsausdruck Kris verriet, daß er bereits irgend etwas ahnte.

»Zu helfen, so gut es geht. Den Farmern werden«, und Zainal betonte das Wort, »Rassenschädigungen nicht gefallen. Wir zeigen ihnen, was in dieser Richtung passieren kann.«

»Wir nehmen sie mit zurück?« fragte Scott, und seine Miene hellte sich für einen kurzen Moment auf, bis der gesunde Menschenverstand wieder die Oberhand gewann. »Wie können wir so vielen geschädigten Menschen helfen?«

»Irgendwie werden wir es schaffen«, erklärte Kris so heftig, daß Coo sich unwillkürlich duckte. »Wie viele sind es?«

»Hunderte«, antwortete Scott und hob hilflos eine Hand.

»Nicht alle sind geschädigt«, sagte Zainal. »Aber sie werden in Bergwerken und auf Feldern sterben, wenn nicht für sie gesorgt wird.«

»Wir können sie unmöglich hier lassen«, erklärte Dowdall mit Nachdruck und schaute seine Gefährten beifallheischend an. Sogar die beiden Deski und Slav stimmten ihm zu.

»Zainal, haben Sie das andere Schiff aus dieser Klasse ein paar Landeplätze von uns entfernt gesehen?« fragte Marrucci, und seine Augen funkelten unternehmungslustig.

Bert Put, der während der Diskussion die meiste Zeit geschwiegen hatte, richtete sich mit einem erwartungsvollen Gesichtsausdruck auf. Er schaute Zainal fragend an.

Dieser nickte, und ein Grinsen ließ seine Mundwinkel nach oben schnellen.

»Vielleicht besuche ich heute den Wächter – und trinke mit ihm ein wenig Pilth.«

»Nein«, sagte Mitford mit einem bösen Grinsen, »daran könnte er gewöhnt sein. Nehmen Sie unseren Schnaps.«

Am nächsten Morgen, als sie sich zum Frühstück trafen, hatte Zainal gute Neuigkeiten nach seinem abendlichen Gespräch. Die meisten Besatzungsmitglieder der KDM hatten Landurlaub, nachdem sie soeben eine lange Reise mitsamt einem Abstecher zur Erde beendet hatten. Sie hatten zwei Decks voll geist-gelöschter Menschen für die Sklavenmärkte und Plünderungsgut mitgebracht, das schon bald auf den Märkten von Barevi zum Verkauf angeboten würde. Nur zwei Angehörige der Crew waren an Bord und hielten abwechselnd Wache. Sie waren nicht sehr glücklich über diesen Dienst, hofften jedoch, in zwei Tagen abgelöst zu werden. Wie bei Catteni-Schiffen allgemein üblich, war die KDM bereits aufgetankt und mit allen nötigen Vorräten versehen worden. Die beiden

Angehörigen der Crew meinten, sie würden wieder zur Erde fliegen, um weitere Fracht aufzunehmen, da die Catteni alle Lagerhäuser und Aufbewahrungseinrichtungen systematisch ausräumten, ganz gleich, ob sie die Güter gebrauchen konnten oder nicht.

»Was immer die Eosi auf der Erde zu finden hoffen, haben sie nicht gefunden«, sagte Zainal. »Noch nicht einmal Informationen. Vielleicht ziehen sie sogar ab.«

»Wie bitte?«

»Sie verlassen die Erde?«

»Hurra, wir haben es ihnen gegeben, und sie konnten es nicht aushalten.«

»Nicht so eilig«, sagte Zainal und hob die Hände. »Ihre Erde ist vielleicht nicht mehr so, wie Sie sie in Erinnerung haben.«

»Dann bauen wir sie wieder auf, wenn wir zu Hause sind«, sagte Beverly mit glänzenden Augen.

Zainal äußerte sich ganz bewußt nicht dazu. »Ich habe auch erfahren, daß der Hafenmeister bei dem ständigen Hin und Her der Schiffe sehr beschäftigt ist.«

»Was bedeutet, daß er die Schiffe gar nicht so genau überprüft?«

Zainal nickte. »Wir sind zu einem günstigen Zeitpunkt hergekommen.«

»Dann sollten wir die Gunst der Stunde auch zum Abflug nutzen«, sagte Mitford rauh. »Wenn wir alles finden, was wir brauchen, können wir dann heute noch starten? Ich habe das seltsame Gefühl, als würden wir das Glück, das wir bisher hatten, über Gebühr strapazieren. Während unseres Rückwegs habe ich einfach zu viele von diesen umherstreifenden Banden gesehen, die betrunken durch die Gegend torkeln. Nur gut, daß wir nicht zu Fuß waren.«

Alle blickten erwartungsvoll auf Zainal. Er zögerte, dann nickte er. »Früher ist sicher besser als später, aber«, und er hob warnend einen Finger, »wir fliegen nicht leer zurück!«

»Hey, wenn sich nur zwei Angehörige der Besatzung in der KDM aufhalten, könnten wir sie dann nicht einfach kapern?« fragte Marrucci voller Eifer.

Mitford schüttelte den Kopf und verwarf diese Idee sofort, aber Scott beugte sich interessiert vor.

»Könnten wir?«

»Ich denke, es wäre sehr leicht. Marrucci kann Kapitän sein. Balenquah ...« Zainal schaute sich suchend um.

»Ihm war die ganze Nacht schlecht«, erklärte Mitford ungehalten. »Er ist zu gar nichts nütze. Ich habe niemals mehr als nur einen winzigen Schluck Pilth getrunken, und der hat mir schon völlig gereicht, so daß ich das Zeug seitdem gemieden habe.«

»Ich sagte ihm, es wäre nicht gut«, wiederholte Kris mit einem betont unschuldigen Gesichtsausdruck.

»Woraufhin er noch schärfer darauf war, es auszuprobieren, nicht wahr?« fragte Mitford und schenkte ihr einen vielsagenden Blick.

»Er hat es verdient ...«, begann Marrucci, aber Kris versetzte ihm unterm Tisch einen Tritt gegen das Schienbein. »Er ist ein sturer Bastard«, sagte der Pilot statt dessen.

»Na schön«, sagte Scott und wandte sich wieder dem augenblicklichen Stand der Dinge und dem zu, was unternommen werden mußte, »dann stellen wir erst einmal fest, was wir mit den ... Behinderten tun können. Okay?« Er schaute zu Zainal, und dieser nickte. »Sie haben doch die gestrige Liste zusammengekauft, nicht wahr, Kris? Begleiten Sie daher heute Mack Su, Ninety und Marrucci, um alles an elektronischen Teilen zu kaufen, was wir finden können ...«

»Wir werden eine ganze Menge finden«, sagte Kris mit finsterer Miene. »Ich konnte mich nur flüchtig umsehen, aber überall konnte ich irgendwelche Dinge sehen, die aus unserer Heimat stammen müssen.«

»Gut«, sagte Mack, »das bedeutet, daß wir gute Chancen haben, das zu finden, was wir brauchen. Wir haben uns so gut wie möglich mit dem Material der Farmer beholfen. Aber wir könnten sehr viel mehr mit vertrauten Komponenten erreichen, oder nicht, Dowdall?«

»Wir brauchen auch noch mehr Handys.« Dabei klopfte Zainal auf seine cattenische Komm-Einheit. »Wir brauchen alles, was wir kriegen oder herstellen können.«

Kris reichte ihm einen Bleistift und die dünne Plastikfolie, die die Catteni für Notizen verwendeten. »Dann stellen Sie uns mal eine weitere Einkaufsliste zusammen, Drassi Kubitai!«

Zainal verzog das Gesicht. »Ich kenne die cattenischen Symbole nicht«, gab er unverblümt zu.

»Gibt es kein Wort für ›Ersatzteile‹ in Catteni?« fragte Mack grinsend.

»Ach ja ...« Und Zainal zeichnete schnell das entsprechende Symbol und fügte kleine Striche und Kringel hinzu. »Das bedeutet alles, um elektronische Reparaturen auszuführen.« Er betrachtete die Zeichnung. »Zumindest nehme ich das an.«

»Haben wir es endlich geschafft, einen anständigen, aufrechten Catteni gründlich zu verderben?« fragte Mack und lieferte ein weiteres Beispiel für seinen skurrilen Humor.

»Offenbar«, stimmte Zainal ihm aus tiefstem Herzen zu. »Wir sollten schnellstens ...«

»Notfall-Pläne aufstellen?« beendete Kris für ihn den Satz.

»Genau. Für den Fall, daß zwei Schiffsladungen Menschen für die Bergwerke oder Kolonien oder wohin auch immer sie sie schicken, bestimmt sind. Wir sind startbereit und würden die Problemfälle sofort mitnehmen«, sagte Zainal. »Ich sage Chuck Bescheid und erkläre ihm, wohin er die KDM bringen soll. Dann, Sergeant, werden Sie für den diensthabenden Wächter noch eine Flasche Schnaps mitnehmen. Der andere dürfte schlafen. Sie wissen, was Sie zu tun haben. Dann gehen Marrucci, Beverly, Coo, Pess und Slav als Mannschaft an Bord. Bert, Gino, Sie halten sich bereit, um das Schiff an den Ort zu bringen, den ich Ihnen noch nennen werde.« Er blätterte den Stapel Karten und Pläne durch, bis er fand, was er suchte. »Da sind die Sklavenställe, aber Sie müssen um die Stadt herumfliegen, nicht über sie hinweg.«

»Müssen wir uns nicht vorher bei der Raumhafenverwaltung eine Starterlaubnis holen?« erkundigte Marrucci sich.

Zainal schlug sich mit der flachen Hand gegen die Stirn und sog zischend die Luft ein.

»Wenn wir erst mal die KDM fest in unserer Hand haben, kann ich zurückkommen und das übernehmen, Zainal«, bot Mitford sich an. »Sagen Sie mir nur, was ›Sklavengefängnis‹ auf Catteni heißt. Ich beherrsche nur Barevi.«

»Dann benutzen Sie es ruhig, wenn es sein muß«, sagte Zainal und winkte ab, um anzudeuten, daß die Raumhafenbehörden beides verstanden. Danach erhob er sich. »Viel Glück.« Er reckte beide Daumen nach oben und grinste, als sein Blick auf Kris fiel.

»Das gleiche für dich«, sagte sie, als alle anderen sich ebenfalls erhoben. »Und achten Sie auf die Gesichtsfarbe, wenn Sie zu schwitzen anfangen. Und denken Sie vor allem daran, stets die Mützenschirme tief herunterzuziehen. Ich habe noch nie einen Catteni mit blauen oder braunen Augen gesehen!«

»Slav, Pess, Sie bewachen Schiff«, lautete Zainals letzte Anweisung, ehe er sich durch die Luke hinausschwang.

Kris, Dowdall, Mack und Ninety ergatterten den letzten freien Flitzer vor dem Raumhafen. Als er das Fahrtziel hörte, meinte der Chauffeur unfreundlich, der Markt wäre noch nicht geöffnet.

»Ich soll einkaufen«, erwiderte Kris auf Barevi. »Befehl von Drassi.«

Das beendete sämtliche neugierigen Fragen von Seiten des Catteni. Er hatte an Stelle der linken Hand eine hakenförmige Prothese, aber ein Flitzer ließ sich ohne Schwierigkeiten auch einhändig lenken. Bekamen eigentlich nur behinderte Catteni auf Barevi eine Taxilizenz?

Während das Vehikel in Richtung Markt schwebte, bemerkten sie, daß an verschiedenen Punkten der Stadt Qualm aufstieg.

»Viele Kämpfe?« fragte Ninety auf Barevi und grinste, achtete aber trotzdem darauf, auf keinen Fall seine Zähne zu entblößen.

»Viele«, erwiderte der Catteni in seiner eigenen Sprache und mit unfreundlichem Tonfall. »Neun Schiffsbanden. Der schlimmste Kampf seit Wochen.«

Was bedeutete, daß die Überlebenden anschließend sowohl wegen zu maßlosen Pilthgenusses oder wegen ihrer im Kampf kassierten Blessuren schlafen würden. Oder sich für die geforderten vierundzwanzig Stunden verstecken würden. Das Glück war schon wieder auf ihrer Seite, so hoffte sie, wagte aber nicht, diese Hoffnung laut zu äußern.

Der größte Teil des ersten Marktplatzes, den sie überflogen – es war der, auf dem sie am Vortag eingekauft hatten – war ein Durcheinander von zerstörten Ständen, sonstigem Müll und Laden- und Standinhabern, die in den Trümmern nach allem suchten, was sie noch verkaufen konnten. Während sie mit dem Flitzer die Apartmentbauten überquerten, die die beiden Marktplätze voneinander trennten, sah Kris, daß bunte Stoffstreifen – wahrscheinlich aus einem der Läden, die sie aufgesucht hatte – den gesamten Bereich schmückten.

»Die Jungs hatten offenbar eine Menge Spaß«, murmelte Ninety und handelte sich von Kris einen heftigen Rippenstoß ein, weil er Englisch gesprochen hatte. Er verdrehte die Augen, um sich dafür zu entschuldigen, aber der Fahrer hatte offenbar gar nichts mitbekommen.

Auf dem dritten Platz, den sie mit dem Flitzer ansteuerten, waren die Schäden nicht so umfangreich. Wahrscheinlich deshalb, weil dort nicht so viele Getränke- und Imbißbuden standen. Aber ein Abschnitt war praktisch dem Erdboden gleichgemacht worden, und Kris hoffte inständig, daß dort nicht ausgerechnet die Buden gestanden hatten, deren Angebot sie am dringendsten brauchte.

»Ein Ticco zusätzlich, wenn Sie warten«, erklärte sie dem Chauffeur mit ihrer rauhen Catteni-Stimme. Sie konnte ihre Stimme mittlerweile auf Kommando verstellen, auch wenn ihre Kehle vom ausführlichen Feilschen am Vortag immer noch ein wenig wund war.

»Nur ein Ticco?« beschwerte sich der Catteni.

»Warten Sie ab«, sagte sie und überließ ihm, was er zu tun gedachte. Sie gab ihm eine kleinere Münze und deutete auf den Stand, an dem heiße Getränke und das nahezu ungenießbare Catteni-Brot angeboten wurden.

Das stimmte ihn sofort milder, und sie marschierte mit ihren Gefährten los, um die gewünschten Ersatzteile zu suchen.

Vier Läden, in deren Auslagen Kisten mit losen Chips standen, waren nicht geöffnet. Sie gelangten zu einem fünften Laden auf der langen Seite der rechteckigen Marktfläche. Der Ladeninhaber fegte gerade alle möglichen elektronischen Komponenten und Chips zusammen, ohne auf die Beschädigungen zu achten, die diese nachlässige Behandlung den Bauteilen zufügte. Mack und Dowdall stöhnten gequält auf, und Kris zischte sie an, weil sie völlig aus ihren Catteni-Rollen fielen.

»Verkaufen Sie?« fragte sie und mimte die dumme Catteni-Tudo.

»Was soll ich denn sonst damit tun?« erwiderte der Ladeninhaber zornig und deutete auf das Durcheinander in seinem Laden und davor. Er schimpfte weiter und wechselte dabei in seiner Wut von Barevi in Catteni um.

Kris hielt Zainals beschriebenen Zettel hoch. »Haben Sie das?«

Der Ladeninhaber hielt lange genug in seiner Schilderung dessen inne, was er der Bande antun würde, die seine Waren zu Schrott zerschlagen und zertrampelt hatte, betrachtete sie mißtrauisch und wandte sich dann zu Mack und Dowdall um, die begeistert dies oder das aufhoben, das noch nicht beschädigt war.

»Ich hab' alles für Reparaturen. Und noch mehr ... falls nicht alles zertrümmert wurde.«

Er stellte den Besen beiseite und führte sie durch den Laden, drückte eine Tür im hinteren Teil auf und zeigte ihnen ungeöffnete Kartons, die allesamt mit einem Strichcode versehen waren und mit Aufschriften in Englisch, Französisch, Deutsch und entweder Japanisch oder Chinesisch – Kris konnte den Unterschied nicht erkennen –, die Auskunft über den jeweiligen Inhalt gaben.

»Und viele unversehrt!« rief sie aus. »Drassi will haben!«

»Alles?« Der Ladeninhaber war begeistert und mißtrauisch zugleich.

»Drassi Kubitai handelt«, sagte Dowdall mit einem Augenzwinkern, während er die Kartons aus den Regalen holte und in der Mitte des Raums aufstapelte. Seine Augen leuchteten derart freudig erregt, daß Kris wie wild an ihrem eigenen Mützenschirm herumzerrte, um ihn zu warnen. »Kubitai mit uns zufrieden«, sagte er auf Barevi und wandte das Gesicht ab.

»Nicht alles, aber Proben, um zu zeigen. Wieviel?« begann Kris und klopfte auf die Kartons, die Dowdall ausgesucht hatte und auf die Mack weitere Kartons stapelte. Dabei atmete er heftig, vergaß aber nicht, den Kopf gesenkt zu halten. »Sie liefern?«

»Ha! Ausgerechnet jetzt, wo ich erst aufräumen und abschließen muß, ehe sie wieder zurückkommen?«

»Kubitai wünscht Komm-Einheiten, Drassi?« fragte Mack und kam mit einer Kiste von einem der hinteren Regale zurück. »Und Kabel?«

Kris tat so, als würde sie einen Blick auf die Liste werfen. Der Ladeninhaber deutete auf das Symbol auf der rechten Seite.

»Da, Dummkopf«, sagte er, und in seine gelben Augen trat ein verschlagener Ausdruck, als ihm die Idee kam, sie bei den Preisen zu übervorteilen.

»Ich zähle gut«, sagte sie, zog an ihrer Mütze, um die Augen abzuschirmen, musterte ihn aber eindringlich. »Ich bald Drassi. Sie werden sehen.«

»Ha!« lautete seine Antwort, aber er begann immerhin die ausgewählten Kartons in den vorderen Teil des Ladens zu schaffen. »Haben Sie Transportmöglichkeit?«

»Flitzer«, sagte sie. »Ich ruf' ihn her.«

Sie mußte den Flitzerchauffeur holen, der sich tatsächlich mit ihrer Münze eine Mahlzeit gekauft hatte. Als er sah, wieviel in den Trümmern vor dem zerstörten Laden aufgestapelt war, schüttelte er den Kopf.

»Rufen Sie einen anderen«, verlangte sie von ihm und deutete auf sein Armaturenbrett. »Drassi Kubitai sehr zufrieden mit uns. Wir kriegen langen Landurlaub.« Sie schlenderte zum Laden zurück, wo Dowdall wartete. Er war sichtlich nervös.

»Wird er nicht mißtrauisch, wenn wir so viel bestellen?

Und die KDI überprüfen?« Er stellte die Frage in einem kaum hörbaren Flüsterton.

»Das hat er wahrscheinlich längst getan, und falls die Raumhafenverwaltung die Zeit findet, seine Fragen zu beantworten, wird er auch wissen, auf welchem Platz die KDI steht«, murmelte sie zurück. Dann, als sie den Ladeninhaber aus dem Augenwinkel herankommen sah, boxte sie Dowdall gegen den Arm. »Arbeiten! Nicht arbeiten, kein Urlaub!«

Aber die Geldgier – und möglicherweise der Anruf im Kontrollturm, um sich zu vergewissern, daß tatsächlich eine KDI mit einem Drassi Kubitai im Raumhafen stand – brachten den Ladeninhaber dazu, den umfangreichen Auftrag auszuführen.

Kris feilschte verbissen mit ihm, weil es zu ihrer Rolle einer nicht ganz dummen Tudo-Botin gehörte. Sie hatte keine Ahnung, was die Ersatzteile auf der Erde gekostet hätten, aber Mack war ziemlich verblüfft über die Warenmenge.

Dazu gehörten sogar Laptops, die sich immer noch in ihren Originalverpackungen befanden. Welchen Nutzen hätten die Catteni wohl von solchen Geräten? Sie konnten noch nicht einmal die Bedienungsanleitungen lesen und hatten erst recht keine Ahnung von der Bedeutung der Icons. Kris hatte schon genug Probleme mit ihrem 286er IBM-Klon auf dem College gehabt. Sie zählte ein Dutzend Geräte mit sämtlichem Zubehör plus Werkzeug und mehrere Kartons Disketten. Sie hoffte inständig, nicht erklären zu müssen, weshalb auch diese Geräte zu ihrem Großeinkauf gehörten. Ihre Sprachkenntnisse in Barevi und Catteni hätten dazu auf keinen Fall ausgereicht.

Sie handelte und setzte schließlich ihr Zeichen unter die Reihe von Symbolen, die seine elektronische Registrierkasse ausspuckte. Sie fügte außerdem das Symbol für Kubitai hinzu, das Zainal ihr gezeigt hatte, und war dankbar für seine Voraussicht.

Dann luden sie die Kartons und Kisten in die Flitzer. Ihr Chauffeur hatte das ungefähre Frachtvolumen geschätzt und gleich zwei, nicht nur einen Flitzer herbeigerufen.

Während des Flugs über die Stadt hinweg zwang Kris sich zu fröhlichen Gedanken. Dabei hatte sie entsetzliche Angst, daß irgend etwas passieren könnte und daß sie von einem Armeeposten oder einer Hafenpatrouille oder durch irgendein anderes Mißgeschick aufgehalten würden. Aber sie kehrten sicher zu ihrem Landeplatz zurück und begannen mit dem Ausladen ihrer Einkäufe. Mitford, Marrucci, Slav, Coo und Pess kamen eilig heraus, um zu helfen. Marrucci stieß einen leisen Pfiff aus, als er sah, was sie alles eingekauft hatten.

»Catteni können nicht pfeifen«, sagte Kris im Innern des Schiffs, wo sie relativ sicher waren.

»Autsch.«

»Irgendein Lebenszeichen von Zainal?«

Er schüttelte den Kopf, trottete zurück zur Rampe, gab unverständliche Laute von sich, die wie gedämpfte Catteni-Flüche klangen, und fügte ein unfreundliches »Sagt Drassi« hinzu.

Sie waren mit dem Ausladen beinahe fertig, als Balenquah in die offene Einstiegsluke stolperte. Seine graue Gesichtsfarbe hatte sich mit Schweiß vermischt und war völlig verschmiert, und sein Haarlehm war im Laufe der Nacht abgefallen und auf dem Kopfkissen liegengeblieben, so daß er auch nicht mehr entfernt wie ein Catteni aussah.

Mitford erholte sich als erster von dem Schreck. »Krank! Zurück! Dow, Nine, bringen Sie ihn weg!« Die beiden rissen den Piloten zurück, und er brachte nur einen halberstickten Protest über die Lippen, ehe jemand ihn bewußtlos schlug. Mitford verdrehte die Augen und schaute zu Kris hinüber, die den völlig verblüfften Flitzerchauffeuren gegenüberstand.

Indem sie Mitfords Hinweis aufnahm, schüttelte sie den Kopf und fühlte sich plötzlich ebenfalls ausgesprochen krank.

»Sehr krank. Terra-krank«, sagte sie, immer noch den Kopf schüttelnd. Dabei zwang sie sich, trotz ihrer wackligen Beine die Rampe hinunterzugehen. Es waren nur noch wenige Kartons übrig, die verstaut werden mußten.

»Weiß Hafenmeister Bescheid?« fragte der einhändige Catteni, und seine gelben Augen spiegelten nacktes Mißtrauen wider.

»Hafenmeister sagt, wir sollen Kranken an Bord festhalten und ihn zurück nach Terra bringen«, sagte Mitford und hielt das Gesicht gesenkt, so daß der Catteni ihm nicht in die Augen blicken konnte. »Und ihn dort zurücklassen.«

»Drassi sagt, wir starten heute«, fügte Kris hinzu. »Ich nehme Landurlaub dort! Hab' Bal erzählt, dort nicht gut.«

Sie gab den Chauffeuren gerade genug, daß sie zufrieden waren, keine so magere Summe, die sie vielleicht beleidigt hätte, aber doch nicht genug, um als Bestechung gewertet zu werden. Im Geiste dankte sie Gott für jene schrecklichen Einkaufsreisen mit ihrem Catteni-Butler, wodurch sie den Unterschied kannte.

Nachdem sie den Landebereich verlassen hatten, marschierte sie direkt zu der Schnapsflasche und schenkte sich großzügig ein. Dowdall und Ninety leisteten ihr Gesellschaft und nahmen ihr stumm die Flasche aus der Hand.

»Wir haben ihn gefesselt und eingesperrt«, sagte Dowdall. »Dieser verdammte, vor Arroganz stinkende Bastard hätte uns beinahe verpfiffen.«

»Das hätte er immer noch tun können«, sagte Mitford und streckte die Hand nach der Flasche aus. »Ich bin mir nicht sicher, ob der einhändige Bursche unsere Erklärung wirklich geschluckt hat.«

»Ja, aber warum sollte er den Verdacht haben, daß als Catteni gekleidete Soldaten etwas anderes als Catteni sein könnten?« sagte Kris. Sie brauchte unbedingt eine Stärkung.

»Das ist richtig«, stimmte Mitford zu.

»Ist alles klar?« fragten Beverly und Bert Put im Flüsterton aus ihrem Abteil.

»Noch«, sagte Kris und setzte sich, weil ihre Beine sich noch nie so weich angefühlt hatten. Sie vergrub das Gesicht in den Händen. »So etwas möchte ich nie mehr durchmachen müssen.«

Ein aufgeregtes Summen von der Komm-Tafel auf der Kommandobrücke schreckte sie auf. Beverly und Mitford versuchten beide zur gleichen Zeit, durch die Türöffnung zu stürmen, wobei der Sergeant sich grotesk verrenkte, um dem General doch noch den Vortritt zu lassen.

»Schkelk?« fragte Beverly nach echter Tudoart, während er sich meldete. »Oh, Gott sei Dank.«

Als Kris den Kopf reckte, um die Brücke sehen zu können, konnte sie erkennen, wie er sich sichtlich entspannte. Für nur einen winzigen Moment – dann straffte er sich wieder und winkte den anderen aufgeregt, sie sollten hereinkommen. »Ja, ja, ich habe Sie verstanden. Wie sieht ›siebenundvierzig‹ auf Catteni aus, um Gottes willen? . . . Oh.« Er hatte nach einem Schreibblock gegriffen, den Mitford nun für ihn festhielt, da er das Handy am Ohr hatte. »Dicker Strich nach oben, zwei Querstriche, dreimal nach unten und ein kleines nach rechts geneigtes Quadrat zwischen den beiden abwärts gerichteten Strichen. Verstanden. Ist dies das Zeichen für die

KDI?« Beverly begann zu lächeln und gab einen Seufzer der Erleichterung von sich, die seinen gesamten Körper zu erfüllen schien. »Gott sei Dank«, flüsterte er. »Okay, dann gibt es eine Änderung nur im letzten Zeichen, nämlich ein Kreis an Stelle eines Quadrats zwischen den beiden Strichen nach rechts unten? ... Schon klar. Wir sind da, sobald wir starten dürfen. Halten Sie schon mal Ausschau nach uns.«

Er unterbrach die Verbindung.

»Notfall-Plan ist angelaufen. Mitford, nehmen Sie sich eine neue Flasche Schnaps und machen Sie Ihre Besuchstour. Gino, Coo, Slav, Pess, Ninety lungern draußen herum, als hätten sie schreckliche Langeweile. Wir retten ein paar Leute. Und Gott gebe, daß noch ein letzter Funke Geist in ihnen übriggeblieben ist. Wir räumen die Gefängnisse aus.«

»Ich weiß, wie man in die Abteilungen kommt«, sagte Kris und ergriff Ninetys Hand. »Ich zeige es Ihnen lieber. Hoffentlich geht es genauso wie im Wrack.«

Die Kontrollen befanden sich an der gleichen Stelle neben der Luke, allerdings schienen sie in einem viel besseren Betriebszustand zu sein.

»Ob sie wohl betäubt sind?« fragte Ninety nervös.

»Das hoffe ich. Dann ist nämlich ihre Überlebenschance um einiges höher«, sagte Kris und dachte ganz bewußt nicht an diesen Prozeß und an die Körper, die schon bald die vier Ebenen des flachen Decks füllen würden. »Schauen Sie gelegentlich mal hinaus, Ninety, für den Fall, daß wir ungebetenen Besuch erhalten«, sagte sie und reichte ihm die Komm-Einheit von ihrem Gürtel.

Kapitel 13

Dafür, daß der Notfall-Plan ziemlich eilig aufgestellt worden war und ebenso eilig in die Tat umgesetzt wurde, klappte er ganz gut. Aber mittlerweile waren weitere Catteni an den Landeplätzen aufgetaucht, wo sie Frachten ein- und ausluden oder den Rugarianern bei dieser Arbeit zusahen. Bert Put wäre mit seiner Körpergröße sofort aufgefallen und hätte die Blicke aller auf sich gelenkt. Daher wurde er in Decken gehüllt, und Dowdall und Slav schleppten ihn hinüber zur KDM, wobei sie abfällige Bemerkungen über Drassis und ihre verrückten Hin-und-Her-Geschäfte machten. Dann kehrten sie zur KDI zurück.

»Ein Kinderspiel«, sagte Mitford, als er wieder zur KDI kam. »Von Anfang bis Ende. Wir lassen dieses Dreckloch bald hinter uns.«

»Was ist mit Zainal und Scott?« fragte Ninety.

»Wir treffen sie auf Plattform Siebenundvierzig und Neunundvierzig, wenn wir unsere Passagiere aufnehmen. Jetzt muß ich erst einmal die Raumhafenverwaltung rufen und mir die Starterlaubnis holen.«

Während Bert sich in den Kapitänssessel sinken ließ, setzte Beverly sich auf den Platz des Ingenieurs, und Mitford nahm Kontakt mit der Raumhafenleitung auf. Kris beobachtete, wie sich seine Schultern strafften und er die Augen verdrehte.

Was nun? Sollte der schlimmste Fall, mit dem sie die ganze Zeit gerechnet hatte, nun doch eingetreten sein? Sie merkte, wie ihre Knie wieder weich wurden, als die Sorge sie zu überwältigen drohte.

»Krank?« rief Mitford auf Catteni aus und fluchte dann unerwartet fließend in der fremden Sprache. »Ja. Terra-krank.« Er klang angeekelt. »Wir laden ihn mit den anderen aus. Sie nichts sehen.« Er produzierte ein gemeines Kichern. »Kotik. Zehn.«

Er stieß einen Pfiff aus, dann schloß er den Kanal. »Der Chauffeur war mißtrauisch. Wir sollten lieber von hier verschwinden, ehe jemand herkommt, um sich unseren terra-kranken Soldaten anzusehen. Gehen Sie auf nicht mehr als eintausend Plegs Höhe, Bert. Das ist unsere vorgeschriebene Position.«

Mitford nickte Kris zu und reckte den Daumen hoch. Er nahm sich eine weitere Flasche Schnaps, so daß nur noch zwei für den Heimflug übrigblieben, dann schlenderte er zu dem frisch gekaperten Schiff zurück.

Bert setzte die Startroutine in Gang, ließ die Sirene ertönen, die die Mannschaft ins Schiff zurückrief. Dann schloß er die Luke, als alle vollzählig waren, und startete die Maschinen, wie er es während seines früheren Berufslebens getan hatte. Die KDI stieg problemlos auf, und Bert nahm eine leichte Kurskorrektur vor, während sie beobachten konnten, wie der Raumhafen stetig kleiner wurde. Mit den kleinen Düsentriebwerken, die als einzige bei derart dichtem Flugverkehr zugelassen waren, schien das Umfliegen von Barevi-Stadt, die sich mitsamt ihren Feldern und Wäldern unter ihnen erstreckte, eine halbe Ewigkeit zu dauern. Sie konnten sehen, wo große Erdräummaschinen Bäume fällten und Gebirge aus Gestein und Erde beiseite schoben und einebneten, um mehr Raum für Ansiedlungen zu schaffen. Zweifellos, dachte Kris voller Bitterkeit, für den Absatz der Produktmassen, die sie von einer ausgelaugten Erde hierher importierten.

Flitzer schossen umher, und jeder schien ausgerechnet auf sie zuzurasen, so daß es Kris ein ums andere Mal den Atem verschlug.

»Sie können nicht hereinschauen«, beruhigte Bert sie. »Und ich überlasse Ihnen sofort den Platz, wenn man uns ansprechen sollte. Möchten Sie denn dieses Prachtstück nicht selbst für eine Weile lenken?«

Seine Bemerkungen milderten ihre innere Anspannung ein wenig, aber sie blieb direkt neben ihm, falls sie schnell die Plätze tauschen müßten.

Sie hatten einige Schwierigkeiten, zu entscheiden, auf welcher Plattform sie andocken sollten, da es im Grundsymbol, das Zainal ihnen gezeigt hatte, zu einigen kleinen Änderungen gekommen war. Aber als sie mit der geringsten möglichen Geschwindigkeit einschwebten, konnten alle die Zahl erkennen und sogar die Plattform der KDM direkt unter sich sehen.

Unter ihnen befanden sich die Sklavengefängnisse, die denen ähnelten, die Kris kennengelernt hatte, als sie in das Schiff getrieben worden war, das sie vor so vielen Monaten auf Botany abgesetzt hatte. Es gab zahlreiche Ställe, die sich um ein Gebäude mit rechteckigem Grundriß drängten. Nicht alle Ställe waren besetzt oder wurden benutzt. Nur vier. Sie konnte die Ställe hinter Plattform Neunundvierzig nicht einsehen und hoffte, daß sie niemals erfahren würde, wen oder was sie an diesem Tag zurücklassen mußten.

Bert bugsierte das Schiff säuberlich auf die Plattform, schaltete den Antrieb aus und öffnete die Luke. Kris nahm ihren Platz an den Kontrollen ein, und plötzlich kam Zainal die Rampe herauf, spuckte die sein Gesicht entstellenden Polster aus, murmelte halblaut vor sich hin und machte eine wütende Bemerkung. Er zwinkerte ihr verstohlen zu, als er an ihr vorbei zur Brücke ging. Kris brachte ein ausgesprochen unterwürfiges »Ja, Drassi«, hervor und erblickte die ersten der bemitleidenswerten Passagiere.

Ihr kamen fast die Tränen beim Anblick der ausdruckslosen Gesichter, der toten Augen, der automatenhaften Bewegungen, die nicht auf Intelligenz schließen

ließen. Sie schaffte es, die Decks zu wechseln und das unterste zu öffnen, als der Ladevorgang begann.

Sie hatte Mühe, nicht laut zu weinen, und verschaffte sich ein wenig Erleichterung, indem sie so unfreundlich wie möglich den Catteni anfauchte, der die armen Seelen die Rampe hinauftrieb.

Die meisten hatten sich die Decken auf die Schulter gelegt, während die eine Hand die Proviantriegel an den Körper preßte und die andere die trügerische Suppenschüssel hielt, die nun leer war. Sie sagte sich immer wieder, daß sie sie rettete – sie wären schon bald in Sicherheit, bald würde angemessen für sie gesorgt werden –, und sie fragte sich, wie um alles in der Welt sie mit all diesen wandelnden Toten auf Botany fertigwerden sollten, wo es soviel Hoffnung und Leben und eine Zukunft gab.

Sie wechselte das Deck, als die erste Etage gefüllt war. Mehrere der Passagiere, die wie geduldige Schafe die Rampe hinaufschlurften, stolperten und stürzten. Sie mußte an sich halten, um an den Kontrollen stehenzubleiben und nicht aufzuspringen und ihnen zu Hilfe zu eilen, aber das hätte auf keinen Fall zu dem Catteni-Tudo gepaßt, den sie in diesem Moment darstellte. Sie würde ganz sicher keinen Fehler machen und eine Katastrophe heraufbeschwören. Darauf verwandte sie ihre ganze Energie.

Sie schaltete auf die dritte Etage um, und schließlich war auch diese besetzt. Die Luft um sie herum war erfüllt mit leisem Schluchzen und flehenden Bitten um Gnade von denen in den unteren Ebenen. Die mit Drogen versetzte Suppe konnte sie nicht sofort von ihrem augenblicklichen Leiden erlösen, und sie – Kris – auch nicht.

Es war Zainal, der behutsam ihre Hände von den Kontrollen wegzog, als die Rampe eingefahren wurden und die Luke sich mit einem lauten Klirren schloß. Er geleitete sie zurück in die Offiziersmesse und schenkte ihr eine großzügige Portion Schnaps ein.

»Wir haben doch fast nichts mehr«, protestierte sie.

»Du brauchst das Zeug aber *jetzt*, Kris«, sagte er. »Mir war überhaupt nicht klar, was du durchgemacht hast. Ich hätte es selbst getan, wenn ...«

»Nein, nein«, sie schüttelte den Kopf, »das tut kein Drassi-Kapitän.« Dann ließ sie den Kopf auf den Tisch sinken und begann zu weinen.

»Sie schlafen jetzt alle«, sagte Zainal, schloß sie in die Arme, drückte sie an seine Brust und strich ihr übers Haar.

»Zainal?« schluchzte sie und hob ihr tränenüberströmtes Gesicht, »haben wir alle mitgenommen?«

»So viele, wie wir an Bord schaffen konnten. Außerdem ein paar Deski, Rugarianer, ein halbes Dutzend Ilginish und ein paar Turs zusätzlich.«

»Wir brauchen Ilginish und Turs ziemlich dringend, nicht wahr?« sagte sie und versuchte ihr Schluchzen unter Kontrolle zu bekommen.

Ninety und Beverly standen in der Türöffnung. Zainal bedeutete ihnen mit einem Kopfnicken, sie sollten nur hereinkommen, und beide bedienten sich aus der Schnapsflasche.

»Viel ist nicht mehr übrig«, meinte Kris ausdruckslos.

»Es ist eine rein medizinische Maßnahme, meine Liebe«, sagte Beverly, und sie dachte, daß er unter seiner kaffeefarbenen Haut schrecklich aussah. »Dowdall meldet, daß die KDM sich auf einem parallelen Kurs bewegt. Es befinden sich einige Schiffe im Landeanflug, aber wir haben die Erlaubnis zu starten und das System mit Höchstgeschwindigkeit zu verlassen.« Er seufzte tief und trank dann den Rest Schnaps aus seinem Glas. »Sie haben erst mal dienstfrei, Bjornsen. Ich möchte Sie für mindestens zwei Schichten nicht mehr hier an Deck sehen.«

»Aye, aye, Sir«, sagte sie und brachte mühsam ein mattes Lächeln und einen müden Salut zustande.

Zainal half ihr vom Sessel hoch und brachte sie in ihr Quartier. Er mußte sie auf die obere Schlafkoje hieven, und als er sie in die rauhe cattenische Armeedecke einwickelte, waren seine großen Hände überaus sanft.

Sie mußten während der nächsten zwei Wochen einige heikle Begegnungen vermeiden, bis sie endlich in den verkehrsärmeren Raumsektor gelangten, der zum Botany-System führte. Vorwiegend handelte es sich um routinemäßige Funksprüche von Schiff zu Schiff, die Zainal in der falschen KDI und Mitford in der KDM führten.

Sie besprachen außerdem, wie sie die Leute, die sie gerettet hatten, in die Botany-Kolonie integrieren könnten.

Kris ertappte sich dabei, wie sie Admiral Ray Scott verblüfft musterte: Unter all diesem Marinedrill und Militärgehabe kam ein Mann von ungewöhnlicher Empfindsamkeit zum Vorschein. Und von hoher moralischer Integrität. Sie war nicht die einzige, die ihm versicherte, daß diese Leute den Planeten niemals mit cattenischen Sklavenschiffen hätten verlassen dürfen.

»Verdammt noch mal, Ray«, sagte Beverly am zweiten Abend, »es ist ja nicht so, daß es mehr sind als wir! Dann müssen wir eben öfter auf die Jagd gehen und ein paar zusätzliche Felder bestellen. Wenn es sein muß, richten wir einen Hilfs- und Pflegedienst für diejenigen ein, die sich nicht selbst helfen können. Wir wissen noch nicht einmal, wie gründlich einige von ihnen geist-gelöscht wurden. Es könnte noch etwas vorhanden sein, das unsere Psycho-Experten vielleicht wecken und wiederherstellen können. Und schließlich könnten allein die Tatsache, wieder Mensch unter Menschen sein zu dürfen ... nichts für ungut, Zainal ... und gute Verpflegung und Fürsorge einige von ihnen wieder zu sich bringen.«

»Fast jeder hat jetzt so etwas wie ein Haus. Wir können ihnen Unterkunft, Nahrung und ... sehr viel Fürsorge geben«, sagte Dowdall und räusperte sich. Er gehörte ebenfalls zu denen, die sich von ihren Gefühlen nicht überwältigen ließen.

»Und wir werden die Farmer informieren«, sagte Zainal.

»Meinen Sie, sie könnten irgendeinen psychischen Eingriff vornehmen und einiges von dem ersetzen, was gelöscht wurde?« fragte Dowdall.

Zainal zuckte die Achseln. »Das ist durchaus möglich, da sie wissenschaftlich viel weiter sind als wir. Warum nicht auch auf diesem Sektor?«

»Ich denke, wir können keine Wunder erwarten«, sagte Ray Scott, obgleich das kurze Aufflackern von Hoffnung in seinen Augen bei dem Gedanken einer möglichen Wiederherstellung niemandem am Tisch entging.

»Wir werden sie informieren«, wiederholte Zainal.

»Was mich ganz persönlich betrifft«, sagte Kris, »so können sie einem nicht mehr Arbeit machen als ein Baby, und wir könnten einen von ihnen in unserem Haus aufnehmen, nicht wahr, Zainal?«

Er nickte. »Solange er oder sie durch den Anblick eines Catteni nicht zu sehr aufgeregt wird.«

»Nun, ich denke«, fuhr Kris standhaft fort, »jeder sollte die Erfahrung machen, daß es in diesem Universum mindestens einen guten Catteni gibt!«

Sie näherten sich der Heliopause, als Zainal – ganz beiläufig, wie Kris meinte – erwähnte, es bestünde durchaus die Möglichkeit, daß sie Probleme haben könnten, das zweite Schiff durch die Blase zu schleusen.

»Weshalb?« fragte Kris. »Sie sind einander doch völlig gleich.«

»Es sind zwei, und nur eins hat die Blase verlassen.«

»Die KDL war schwanger, als sie startete. Die KDM ist ihre Tochter«, sagte Kris und mußte über ihre eigene Scharfsinnigkeit staunen.

Die anderen, die am Tisch in der Offiziersmesse saßen, lachten höflich.

»Es *ist* ein Problem«, sagte Beverly.

»Weshalb?« wollte Scott wissen. »Wenn wir ganz langsam fliegen, wie wir es beim Verlassen der Blase getan haben, und uns regelrecht hineinstehlen.«

Zainal war nicht überzeugt.

»Zu schade, daß wir uns nicht bei unseren Freunden bemerkbar machen und Raisha im Scout-Schiff rufen können, damit sie für uns ein Loch bohrt«, sagte Bert. »Vielleicht können wir huckepack hineingelangen«, schlug er vor, verwarf jedoch diese Idee sofort wieder mit einer Handbewegung. »Zu riskant.«

Zainal pflichtet ihm mit einem ratlosen Achselzucken bei.

»Das wäre wirklich schlimm, wenn wir die Leute bis vor die Tür brächten, sie aber nicht hineinbekämen«, meinte Dowdall.

»Es muß doch eine Möglichkeit geben«, sagte Scott und schaute Zainal an, als ob dieser ihn zu einer Idee inspirieren könnte.

»Wenn es eine gibt, dann finden wir sie auch«, entschied der ehemalige Emassi.

Aber es war offensichtlich, daß sich jeder an Bord der KDL während der restlichen Reise durch das Sonnensystem zu seinem dritten Planeten darüber den Kopf zerbrach.

»Maschinen«, sagte Kris, als sie auf der Kommandobrücke saß und ihren Anflug auf Botany verfolgte.

»Was?« fragte Scott. Er schaute von den letzten Kursberechnungen hoch, die sie unbemerkt sowohl am Satelliten als auch an der Orbitalkugel vorbeiführen würden.

»Gibt es hier an Bord vielleicht so etwas wie einen Traktorstrahl?« wollte sie von Zainal wissen.

»Einen was?« Er runzelte die Stirn, weil er diesen Begriff in seinem nunmehr beachtlichen Vokabular nicht finden konnte.

»Etwas, das ein anderes Schiff hinter sich herziehen kann, ein Schiff ohne Antrieb.«

»Sie hat die Lösung gefunden!« rief Scott. »Hat die KDL einen Traktorstrahl?«

Zainal brauchte ein wenig Zeit, um genau zu verstehen, was sie meinten, aber dann verzog seine Miene sich zu einem breiten Grinsen.

»Keinen Traktorstrahl, aber das Schiff kann Verbindung herstellen.« Er drückte beide Fäuste gegeneinander. »Ein Schiffsrumpf ist negativ, der andere positiv. Sehr einfach zu erreichen. Ich sage Bert Bescheid.«

Sie hatten nicht sehr viele Gespräche von Schiff zu Schiff geführt, weil sie befürchteten, abgehört zu werden. Aber so nahe bei Botany konnten sie es riskieren. Die Orbitalkugel könnte zwar etwas von dem Funkverkehr aufschnappen, aber es würde nicht ausreichen, um einen Alarm auszulösen. Es sei denn, hinter den Monden hätten sich Eosi versteckt und warteten auf sie.

»Oh, er meint, man sollte den Rumpf magnetisieren«, sagte Bert, als er begriff, um was es ging. »Okay, dann erklären Sie mir mal die Prozedur.«

Der leichte Ruck, als die KDM sich magnetisch hinter die KDL hängte, war von jedem deutlich zu spüren. Begleitet wurde dieser Vorgang von einem seltsamen Vibrieren in der Luft. Die KDL würde zuerst durch die Blase gedrückt, angeschoben von der KDM. Alle schauten nervös zu, als die glatte Außenhaut der Blase näher und näher kam und dahinter ein leuchtender Halbmond, als welcher Botany sich darstellte, sichtbar wurde. Bert hatte auf die geringste mögliche Vorwärtsgeschwindigkeit abgebremst, während Zainal, der sich vor ihm befand, ihn leitete. Die Nase der KDL stieß gegen die Blase, die weit genug aufklaffte, um das Schiff durchzulassen. Die gesamte KDL befand sich schon bald innerhalb der Blase, und sie spürten keinen Widerstand und auch keinen Ruck der Trennung von der KDM.

»Wir haben es geschafft!« jubelte Bert über den offenen Kanal. »Wir haben es geschafft! Und wie trenne ich uns jetzt voneinander? Entschuldigung, es war nur ein Scherz.«

Dann öffnete Rastancil einen Kanal und erkundigte sich, ob es allen gutging. Und was das andere Schiff auf seinem Bildschirm zu bedeuten hätte. »Was habt ihr getrieben, Leute?«

»Nun, wir mußten unsere Rettungsmission ordnungsgemäß abschließen«, sagte Scott, bei dem die Euphorie über die Überwindung des letzten Hindernisses auf ihrem Heimweg schlagartig nachließ. »Wir konnten sie nicht einfach ...« An dieser Stelle versagte seine Stimme für einen kurzen Moment, dann fuhr er mit fester Stimme fort, »auf Barevi zurücklassen.«

»Sie haben jemanden gerettet? Wen? Was?«

»Sie werden es schon rechtzeitig sehen«, erwiderte Scott beinahe zornig. »Einige sind in einem ziemlich schlechten Zustand. Rufen Sie alle Mediziner und auch jeden anderen, der Erfahrung in Krankenpflege hat, schnellstens zusammen. Vor allem die Psychiater. Wir haben ein paar weitere Catteni-Gefangene, die ins Tal geschickt werden. Raisha soll sich bereit halten, sie auszufliegen. Dann brauchen wir ein weiteres Tal für ein paar Turs, die wir mitnehmen mußten. Raisha sollte zum Schutz ein paar Wächter mitnehmen, falls diese Bande zu früh aufwacht.«

»Ärzte? Psychiater? Was für Schäden haben sie denn?« Rastancil klang entsetzt.

»Das werden Sie schon in Kürze sehen«, erwiderte Scott mit gepreßter Stimme, »und wir brauchen nahrhafte Suppe oder irgend etwas anderes zum Essen.«

Er unterbrach die Verbindung, und sein Gesicht zeigte einen düsteren, brütenden Ausdruck.

»Es wird schon klappen, Ray«, sagte Kris und legte eine Hand auf seinen Arm. »Sie werden es sehen.«

»Botany kann es mit jeder Herausforderung aufnehmen«, fügte Dowdall mit dem Stolz eines Überlebenden des ersten Abwurfs hinzu.

Als die beiden Schiffe auf dem großen Feld vor dem Hangar landeten, hatte Rastancil Fahrzeuge, medizinisches Personal und genügend Helfer mobilisiert, um die Schläfer schnellstens auszuladen.

Jim Rastancil, Geoffrey Ainger, Bob Reidenbacker, Bull Fetterman – also all jene, die den Kolonierat bildeten – warteten geduldig auf Scott und Zainal, die mit der KDM kurz vor ihrem Schwesterschiff gelandet waren.

»Es hätte eine einstimmige Entscheidung aller Bewohner von Botany geben müssen«, meinte Scott, strich sich nervös mit den Fingern die Haare aus der Stirn und massierte dann seinen Nacken.

»Es wäre sicher eine einstimmige Entscheidung aller

Botanybewohner gewesen«, erklärte Beverly mit Nachdruck.

»Verdammt, klar«, schlossen Dowdall, Kris und Mitford sich unisono an.

»Wer? Was?« fragte Rastancil, überrascht über Scotts Zögern.

»Die, die von den Eosi geist-gelöscht wurden«, sagte Scott knapp. »Sie sollten Gott weiß wohin geschafft und als Sklaven verkauft werden.«

»Mein Gott! Natürlich mußten Sie sie herbringen!« Rastancil erhob die Stimme. »Leon, Mayock, sehen Sie zu, daß die Leute schnellstmöglich rausgeschafft werden.« Dann rannte er mit dem medizinischen Personal die Rampe hinauf.

Kris begab sich noch vor ihm auf ihren Posten an den Deckkontrollen.

»Okay, jetzt muß alles schnell gehen«, hörte sie Bull Fetterman brüllen. »Holt den großen Schlitten hoch, die Träger mit den Bahren sollen zuerst kommen. Außerdem soll jemand Decken bereithalten, als Behelfstragen . . .«

Die Türen zu den Frachtabteilen öffneten sich, und obgleich mehrere Leute ein leichtes Würgen verspürten, als eine Wolke fauligen Gestanks herauswallte, gingen sie tapfer hinein und blieben stehen.

»Herrgott im Himmel . . .«, flüsterte Rastancil, starrte auf den menschlichen Müll, der kreuz und quer herumlag. Nur wenige hatten es geschafft, sich auszustrecken, ehe die Wirkung der Droge einsetzte.

»Und ich dachte, uns wäre es richtig schlecht ergangen«, murmelte Leon, kniete sich neben dem ersten bewußtlosen Körper hin und legte prüfend einen Finger auf die Halsschlagader. Gleichzeitig ließ er seinen Blick durch den Laderaum wandern.

Kris hatte die matte Beleuchtung eingeschaltet.

»Bahre hierher«, sagte Leon und deutete auf den

Mann, um schließlich weiter in den Laderaum vorzudringen und sich um den nächsten reglosen Körper zu kümmern. »Mayock, wir sollten am besten alle erst einmal raustragen.«

Und damit begann die letzte Phase der Rettungsaktion.

Sechzehnhundert Menschen, glücklicherweise nicht alle von ihnen geist-gelöscht, doch viele mit mißhandelten Körpern und kleineren Verletzungen, wurden aus den beiden Schiffen herausgeholt. Dazu zweihundert Deski, einhundertvierzehn Rugarianer, neunzig Ilginish und zwölf Turs.

Die Turs wurden auf einem der unteren Decks abgelegt, wo sie eingeschlossen wurden, für den Fall, daß sie aufwachten, ehe Raisha von ihrem Flug mit den Catteni zu ihrem neuen Lebensraum zurückkehrte. Die beiden Mannschaftsangehörigen aus der KDM waren während der Reise in ihrem tristen Schiffsgefängnis untergebracht gewesen und hatten nur Coo und Mitford in ihren Catteni-Rollen zu Gesicht bekommen. Ihnen war erklärt worden, ihr Schiff wäre beschlagnahmt worden. Einer von ihnen protestierte jedes Mal, wenn ihm das Essen gebracht wurde, gegen diese Behandlung. Er beschwerte sich sogar über die gute Verpflegung, die er erhielt, weil sie nicht dem entsprach, woran er gewöhnt war. Der andere Catteni schlief fast die ganze Zeit und stand lediglich auf, um seinen natürlichen Bedürfnissen nachzukommen und um zu essen. Ihnen wurden die Augen verbunden, ehe man sie aus der Zelle herausholte, so daß sie den Informationen, die die anderen Gefangenen haben würden, nur wenig hinzuzufügen hätten.

Dank der zahlreichen Helfer konnte Leons Teams diejenigen unter den Passagieren sehr schnell finden, die der größten Fürsorge bedurften. Die meisten anderen brauchten nur Ruhe, etwas Anständiges zu essen und Trost. Mittlerweile hatten viele das Bewußtsein wiedererlangt, und man konnte ihnen Wasser und eine Suppe anbieten, die eilig aus der Kantine herangeschafft wurde. Sogar ohne ausdrücklichen Befehl war plötzlich bei jedem Opfer ein Helfer, der ihm einen Empfang bereitete, der Kris' Herz erfreute. Scott hätte mehr Vertrauen in die Großzügigkeit der Gemeinschaft haben sollen. Er hatte ja bei jedem neuen Abwurf, den die Catteni durchführten, dafür entsprechende Beispiele sehen können.

Einige wachten auf und waren völlig passiv, die leeren Gesichter ausdruckslos. Ihnen mußte beim Trinken geholfen werden, allerdings konnten sie schlucken oder essen, sobald ihre Lippen mit Nahrung in Berührung kamen. Andere erwachten schreiend oder hilflos schluchzend, und das war beinahe genauso herzzerreißend, auch wenn es andeutete, daß noch ein winziger Rest der ursprünglichen Persönlichkeit vorhanden war.

»Redet mit ihnen, Leute«, rief Leon. »Sie sollen die englische Sprache hören, menschliche Gesichter sehen. Füttert sie, aber laßt sie das Essen nicht hinunterschlingen.«

»Wer weiß, wann sie das letzte Mal eine anständige Mahlzeit hatten«, murmelte Anna Bollinger und versuchte die stark lädierte Frau neben sich daran zu hindern, die Suppenschüssel in einem Zug zu leeren. »Nur schlückchenweise. Es ist soviel da, wie Sie haben wollen.«

»Mein Gott, das ist ja wie nach einer Naturkatastrophe, nach einem Erdbeben oder so«, sagte Joe Latore und half einem Mann auf die Füße, der die ganze Zeit verzweifelt aufzustehen versuchte. »Was zum Teufel tun Sie da, Zainal? Müssen Sie denn ausgerechnet jetzt diese armen Leute fotografieren?«

»Ich zeige den Farmern, was die Eosi mit Leuten tun. Und ich zeige den Farmern, wie Menschen helfen«, sagte er und brachte die schwache Lampe dicht vor die leeren Augen von Joes Mann.

Dann drehte Zainal die Kamera, um auch die Frau aufzunehmen, die am ganzen Körper Blutergüsse hatte. Er ging weiter zu einer Gruppe von drei Frauen, deren Gesichter völlig ohne Ausdruck und deren Augen stumpf und leer waren.

Diejenigen, die zwar verwundet waren, aber aus eigener Kraft laufen konnten, wurden mit Anweisungen für die weitere Pflege und Betreuung zu den Häusern freiwilliger Helfer geschickt.

»Möchte baden!« verlangte jemand mit lauter Stimme. »Mal sehen, was unter all dem Schmutz und Dreck zum Vorschein kommt!«

Alle waren geradezu begierig zu helfen, so daß einige fast enttäuscht waren, als allen Opfern eine Bleibe zugewiesen worden war.

Leon und die anderen Angehörigen des medizinischen Personals gaben allgemeine Ratschläge, die ersten wichtigen Notmaßnahmen betreffend. »Halten Sie sie warm, geben Sie ihnen reichlich zu trinken, aber seien Sie mit fester Nahrung vorsichtig, bis ihre Körper sich daran gewöhnt haben. Sie sollen soviel wie möglich schlafen. Aber überlassen Sie sie nicht sich selbst. Wir werden in Kürze Untersuchungsteams zusammenstellen, die sich ansehen sollen, wer von den Leuten sich vielleicht für eine Rehabilitation eignet.«

»Schaffen Sie das, Leon?« fragte Scott ernst.

»Ich denke schon, Ray«, erwiderte Leon nicht ohne einen scharfen Unterton. »Wir können es schaffen, und wir haben es schon geschafft.« Dabei deutete er mit einer ausholenden Geste auf die umstehenden Gebäude. »Wer weiß? Gute Verpflegung, frische Luft, freundliche Gesichter ...« Er deutete ein Lächeln an. »... und eine gründliche Trauma-Therapie bewirken vielleicht sogar bei einigen eine vollkommene Genesung.«

»Meinen Sie wirklich?« Scott war offensichtlich dankbar für jede Rechtfertigung seiner Entscheidung, der Kolonie soviel Verantwortung aufgeladen zu haben.

»Aber immer!« sagte Leon in einem derart zuversichtlichen Tonfall, daß Scott sich schließlich innerlich entspannte. »Sie hätten sie auf keinen Fall zurücklassen dürfen! Bei uns geht es ihnen allemal besser als anderswo.«

»Das stimmt«, bekräftigte Kris. »Sie sehen ziemlich geschafft aus, Ray.«

»Ich sollte auch einen mit zu mir nehmen. Mein Haus ist fertig«, sagte Scott und schaute den letzten Paaren nach, die den Platz verließen.

»Wir lassen die Leute rundgehen, Ray. Ich sorge dafür, daß Sie auch ganz sicher an die Reihe kommen«, versprach Leon mit einem Hauch leiser Ironie. »Im Augenblick, Ray Scott, verordne ich Ihnen jedoch erst einmal ausgiebige Ruhe. Ihnen auch, Kris. Sie haben ein Baby in der Kinderkrippe abgegeben, aber das scheint schon mindestens ein Jahr zurückzuliegen, oder?«

»So kommt es mir vor«, sagte sie. Sie war einfach zu beschäftigt gewesen, um an Zane zu denken. Aber er schien sich dort wohlzufühlen. Eine der in der Krippe beschäftigten jungen Frauen hatte ihr erzählt, daß es ihm wirklich gutginge.

»Das denke ich auch. Aber gehen Sie jetzt zu ihm.« Und Leon schob sie in die richtige Richtung. Dann, als er bemerkte, daß Kris nach Zainal Ausschau hielt, fügte er hinzu: »Als ich ihn das letzte Mal sah, begleitete er die letzte Schlittenladung.«

Zu ihrer großen Freude traf sie ihn kurz vor der Krippe, wo er ihr mit Zane auf dem Arm entgegenkam. Zane kreischte vor Freude, als er seine Mutter sah, und wäre beinahe aus Zainals Armen gerutscht, als er die Arme ausstreckte und sich seiner Mutter entgegenreckte. Zainal gab ihn gerne weiter, wobei er darauf achtete, daß seine Kamera, die an einem Riemen über seiner Schulter hing, nicht hin und her baumelte.

»Ich habe Sie filmen gesehen«, sagte Scott und änderte die Richtung, um mit ihnen zu gehen. Er brachte sogar ein mattes Lächeln zustande, als er die Begeisterung sah, mit der Zane seine Mutter umarmte.

Zainal tätschelte die Kamera und nickte. »Dieser Beweis ist nötig, um den Farmern zu zeigen, wie die Eosi Menschen behandeln. Helfen Sie mir dabei, einen Bericht zu schreiben, Ray?« Als Scott müde nickte, meinte Zainal weiter: »Was mit Worten nicht zu beschreiben ist, wird der Film zeigen.«

»Benutzen Sie eine der Zielflugraketen, die die Farmer im Kommandoposten haben?«

»Die Farmer dulden keine Rassenschädigung. Sobald sie sehen, was die Eosi tun, werden wir sicherlich wieder von ihnen hören.«

»Und was ist, wenn die Farmer nicht darauf reagieren?« fragte Scott.

»Das müssen wir abwarten, oder?« sagte Zainal, aber der Unterton in seiner Stimme verriet Kris, daß er nicht ruhen würde, bis er Phase Drei vollendet hätte, ganz gleich, wie schwierig es würde.

Es gab einige Diskussionen darüber, ob die Farmer überhaupt die Bildsequenzen abspielen könnten, die Zainal, Kris und der ehemalige Kameramann hergestellt hatten. Baxter hingegen hatte Standfotos geschossen, die tatsächlich langatmige Erklärungen überflüssig machten, und diese wurden sorgfältig in die Transportröhre gesteckt.

Die Zielflugrakete hatte keine Schwierigkeiten, die Blase auf ihrem Weg zu ihrem Bestimmungsort zu verlassen. Ihr Start wurde von der Orbitalkugel und dem geosynchronen Satelliten ebenso aufgezeichnet wie ihr abruptes Verschwinden kurz nach der Heliopause. Dieses Ereignis wurde zwecks weiterer Verbreitung sofort zum Hauptquartier der Eosi weitergemeldet.

Das Ix Mentat, das soeben von seinen beinahe vergeblichen Ermittlungen auf dem rebellischen Planeten zurückgekehrt war, reagierte derart rasend, daß seine jungen Helfer befürchteten, es könnte die Verbindung zu seinem Wirt verlieren. Es hatte soeben einen Bericht von Barevi erhalten, in dem das Verschwinden eines neuen Transport-Schiffs und von über zweitausend Sklaven mitgeteilt wurde. Sie waren für die Bergbaukolonie auf Ble Soc Fac Set vorgesehen gewesen, die dringend auf Ersatz für unvermeidbare Verluste durch ein schweres Grubenunglück wartete. Als der Bericht die Zusammensetzung der Lieferung offenbarte, stand das Ix Mentat für kurze Zeit seiner Selbstvernichtung näher als irgendein anderer Angehöriger seiner Klasse in ihrer langen Geschichte.

Die Genesung von einem solchen Anfall erfolgte nur langsam. Sein Wirt hatte körperliche Schäden davongetragen und mußte repariert werden, eine bisher so gut wie nie aufgetretene Komplikation während einer Eosi-Emassi-Symbiose.

Um ihren Chef zu beruhigen, gaben die Mentats Co und Se Anweisungen, daß auf dem innersten Mond des Problem-Planeten eine zusätzliche Einrichtung installiert werden sollte: ein zweiter Orbital-Körper, der auf eine langsamere Rotation programmiert war. Er würde eine ständige Überwachung gewährleisten und die rebellische Bevölkerung davon abhalten, den Planeten erneut heimlich zu verlassen, da es nun offensichtlich war, daß sie über zwei oder gar mehr Raumschiffe verfügten.

Als sich das Mentat Ix von seiner kurzzeitigen Schwäche erholt hatte, begann es die umfangreichste Expedition zu organisieren, die jemals von cattenischen Streitkräften unternommen worden war. Sie würde die schrecklichste Rache an diesem widerspenstigen Planeten üben, die je von einem Eosi Mentat inszeniert worden war. Anschließend gäbe es in der Galaxis keinerlei Opposition mehr, die in der Lage wäre, die Eosi in dieser Weise zu erniedrigen. Aber vorher müßten sie die Waffen oder die Methode finden, um die Barriere um den Kolonialplaneten zu zerstören oder zu durchbrechen. Eines Planeten, wie Mentat Ix all seinen Kollegen versicherte, der ohne Zweifel die Ursache aller Probleme wäre, mit denen Catteni und Eosi sich in jüngster Zeit herumschlagen müßten. Wäre er erst einmal vernichtet, könnten die Eosi wieder ihre normalen Aktivitäten aufnehmen und sich ungehindert ihrer Eroberungen erfreuen.

ENDE

Band 24 226

Anne McCaffrey

Die Kolonie der Catteni

Deutsche Erstveröffentlichung

Kristin Bjornsen wird eines Tages mit vielen anderen Menschen von den außerirdischen Catteni entführt und versklavt. Die Catteni schätzen es, wenn ihre Sklaven zäh und intelligent sind. Kristin, die diese Eigenschaften besitzt, überlebt – im Gegensatz zu vielen anderen. Doch hat sie damit das bessere Los gezogen? Denn die Catteni haben einen neuen Planeten entdeckt, und sie besitzen eine ganz einfache Methode, um zu testen, ob eine Welt bewohnbar ist: Sie setzen eine Handvoll Sklaven auf der neuen Kolonie aus und warten ab, was passiert ...

BASTEI LÜBBE

Band 24 208

Jack McDevitt

Gottes Maschinen

Deutsche Erstveröffentlichung

Einsam steht sie auf Iapetus, einem Mond des Saturn: die riesige Statue eines außerirdischen Wesens, mit einer Inschrift, die allen Entschlüsselungsversuchen trotzt. Sie ist nicht das einzige Relikt. Nach Entwicklung des überlichtschnellen Antriebs entdecken Forscher weitere geheimnisvolle Bauwerke – und alle auf Welten, die von kosmischen Katastrophen heimgesucht wurden. Die Archäologen von der Erde stehen vor einem Rätsel. Gibt es einen Zusammenhang zwischen den fremden Wesen und dem Untergang so vieler Zivilisationen? Und wohin sind die Monument-Erbauer verschwunden?
Doch es bleibt nicht mehr viel Zeit, Antworten zu finden, denn die Erde, die sich am Rande einer ökologischen Katastrophe befindt, kann keine weiteren Gelder für Forschungen bereitstellen – selbst wenn in ihnen der Schlüssel für das Überleben der ganzen menschlichen Rasse liegen könnte ...

Ein neuer, ungewöhnlicher SF-Roman aus der Feder des Philip-K.-Dick-Anward-Preisträgers JACK McDEVITT.

»Interstellare Archäologie mit erstaunlichen Ideen, einer beeindruckenden Atmosphäre und der Spannung eines ausgeklügelten Krimis. Unwiderstehlich!«
Gregory Benford

BASTEI LÜBBE